雀鸟与群狼的对决

扭转战局的兵棋游戏

[英国] 西蒙·帕金○著　周媛○译

译林出版社

图书在版编目（CIP）数据

雀鸟与群狼的对决：扭转战局的兵棋游戏 /（英）西蒙·帕金(Simon Parkin) 著 ; 周媛译. -- 南京 : 译林出版社，2025. 2. -- ISBN 978-7-5753-0436-8

Ⅰ. I561.55

中国国家版本馆CIP数据核字第2024151Q14号

雀鸟与群狼的对决：扭转战局的兵棋游戏　[英国] 西蒙·帕金／著　周媛／译

责任编辑　黄　洁
装帧设计　尚燕平
校　　对　王　敏
责任印制　单　莉

原文出版　Sceptre, 2019
出版发行　译林出版社
地　　址　南京市湖南路 1 号 A 楼
邮　　箱　yilin@yilin.com
网　　址　www.yilin.com
市场热线　025-86633278
排　　版　南京展望文化发展有限公司
印　　刷　苏州市越洋印刷有限公司
开　　本　850 毫米 ×1168 毫米　1/32
印　　张　15.25
插　　页　4
版　　次　2025 年 2 月第 1 版
印　　次　2025 年 2 月第 1 次印刷
书　　号　ISBN 978-7-5753-0436-8
定　　价　88.00 元

献给艾斯特尔·帕金
愿你在自己的游戏中
找到激动人心的答案

目录

第二部分

第三部分

第一章　最后一个站立的人

1945 年 5 月 23 日

吉尔伯特·罗伯茨，一位由英国皇家海军退役军官转行 1
而来的战术游戏设计师，刚刚迈上这艘远洋邮轮的舷梯，就立马停住了脚步。如果他没有认错的话，那个吃力地扛着行李箱走下舷梯的男人就是德国海军元帅卡尔·邓尼茨。23 天前，阿道夫·希特勒自杀之后，正是由此人接任纳粹德国国家元首一职。

两个人又走近了些，在彼此面前停下脚步，就像他们在这场战争中的多数时间里一样，在这个既不能完全算陆地也不能完全算海域的边缘空间对峙着。有那么一瞬，在这午后的阳光里，就只能听到码头旁嘎吱嘎吱的晃动声和不绝的水流声。

这两个人的身形看起来比身上穿的制服都要小至少一号，

但他们之所以没有像大多数攀上高位、福利优渥的军官那样日渐发福，并不是因为个人的自制力，仅仅是命运的不幸使然。一场与疾病的苦战让今年44岁的罗伯茨时不时上气不接下气。他1.8米的个子，体重却只有112磅，可以说是很严重的体重过轻了。至于邓尼茨，在之前的一个月里，他一直费尽全力斡旋，想为他那被多方围困的祖国争取到好一点的投降条件，也因此承受巨大的压力。还有另一种令他无法忍受的痛苦。仅仅一年之内，他的两个而不是一个儿子死于战场，而且两个儿子都是在为U型潜艇服役作战期间牺牲的。邓尼茨亲自创建了U型潜艇部队，在晋升至元帅的这一路上，他一直都在顽强指挥U型潜艇作战。所以，对于两个儿子的生命，他背负着双重责任：一是作为他们的父亲，二是作为他们的指挥官。

2 这两个男人共有的不仅仅是不幸的命运和天生的超人毅力。在过去的三年里，罗伯茨和邓尼茨是彼此的劲敌，他们在广阔的大西洋海面上展开了一场U型潜艇与战舰之间无处不在又处处致命的危险游戏。而这片竞技场是那么变化莫测与反复无常，所有在这里战斗过的人一致认为，它是这场战争中的第三方敌人。

1938年夏天，在确诊肺结核后的第二天，罗伯茨获准从皇家海军退役。但战争开始七个月之后，他又被召唤了回来。那个时候海军方面还不会用“战术游戏设计师”这样的头衔来描述这份工作，但这是时任英国首相丘吉尔赋予罗伯茨所扮演角色的实质。罗伯茨需要创造出一种游戏，让英国人理解他们为什么会在德国 U 型潜艇的进攻之下损失那么多的舰船。罗伯茨和一群来自英国皇家海军女子服务队——又名“鹪鹩”（Wrens）——的聪慧又机敏的年轻女队员组队合作，她们当中大部分人才刚刚毕业，有的甚至还没有走出校门。在此后的数月里，他们利用自己的模拟游戏重现了无数次海上作战的场景。通过这种“游戏”，罗伯茨发明了许多反潜战术，一旦被证实有效，这些战术马上就被传授给成千上万名即将出海作战的英国皇家海军军官。

邓尼茨同样清楚这样的模拟游戏在战争时期所具备的奇妙价值。他的指挥部设立在法国占领区一座高雅的 19 世纪别墅的地下掩体内，在这里，他也设计了很多模拟游戏，检验并不断完善自己的战术，随后再将新的指令传达给他心爱的 U 型潜艇艇长们。这些战术将帮助 U 型潜艇的官兵实现他们的终极目标：击沉盟国商船，阻止食物和其他物资通过海路抵达英国，让英国的那些岛民陷入饥荒，从而使德国赢得这场战争。

这两个男人都在海图上推拨过木制模型，演练他们的佯攻与主攻，这是沙盘推演（plots），就好像在一张水上棋盘上摆布棋子。他们的赌注是生死攸关的。成千上万名英国和德国将士已经战死，其中就有罗伯茨和邓尼茨熟悉并亲自指导过的一些手下。

“下午好，元帅先生。”罗伯茨打招呼道。他身侧有位年轻的美国审讯官陪同，这位审讯官从前是美国联邦调查局的探员。[1]

邓尼茨也一眼就认出了他的对手，因为去年英国的一本杂志曾经刊出罗伯茨的照片。[2]他满怀敬意地点头示意。他知道罗伯茨为什么会来到弗伦斯堡这个德国港城：罗伯茨想来
3 这里尽可能多地收集证据，用以验证他通过自己设计的游戏推理出的 U 艇所执行的秘密战术是否正确。

罗伯茨说一口流利的德语，他把手放进口袋里，摸了摸自己的“艾克*通行证”，这是由美军上将德怀特·戴维·艾森豪威尔签发的一纸文件，授权他审讯任何他觉得与自己的调查相关的人员。罗伯茨是多么渴望能够直接审讯邓尼茨，询问那些 U 型潜艇战术——“狼群”战术、鱼雷偷袭，以及水下的逃生路线。他也很想知道，这名海军元帅对于他和“鹪鹩”设计出来的那些反攻策略到底了解多少。但邓尼茨得去卢森堡，在那儿与其他被捕的纳粹高层、党卫军军官、军队将领和政府部长会合，等待接受军事审判。

“我们会为您提供您所需的一切，保证您待在这里的这段时间生活愉快，工作高效。”邓尼茨这样说道，随后便沿着斜

* 艾克（Ike），艾森豪威尔的昵称。

坡走到了码头上。

一名武装警卫引领邓尼茨穿过英军的坦克方阵，走向附近的警察局，在那里，有人会检查他身上是否私藏小瓶毒药。[3]与此同时，罗伯茨和那位出身美国联邦调查局的审讯官一起登上了邮轮。这艘邮轮名为“帕特利亚”号，意为“祖国”，顾名思义，这是希特勒已经分崩离析的祖国的最后遗骸。

在可容纳近600名船员和乘客的邮轮上，罗伯茨被领到了他的舱房。他被分到一套头等舱，包括一个卧室、独立卫浴和起居室，他打算就在这个起居室里采访投降的U型潜艇军官。罗伯茨走进船舱，迎接他的是一名年轻英俊的德国海军军官，头发蓬松，眉宇间透露着坚毅。此人介绍自己名叫海因茨·沃克林。他又解释说，在罗伯茨执行任务期间，他将会担任罗伯茨的助手。

四天前，沃克林才刚刚庆祝了自己的30岁生日，[4]他也曾是一名U型潜艇艇长，是过去三年里罗伯茨努力击杀的目标之一。这个德国人属于幸运者当中的一员。沃克林成功用鱼雷击沉了盟军的五艘舰船——包括两艘英国舰船、两艘美国舰船和一艘加拿大舰船，此后，他被调到了米尔维克的一所鱼雷学校，在那里教授即将赴U型潜艇服役的海军士兵如
何精准射击。出身于美国联邦调查局的那位审讯官正在罗伯 4
茨的床铺下面放置伪装成手提箱的录音机，这时，沃克林开口问他的新上司，是否为保护自身安全而佩带了枪支。

“没有。”罗伯茨回答道。他在离开伦敦之前拒绝了携带武器的提议。

当天 17 点，罗伯茨进行了第一次审讯，审问的对象是邓尼茨的参谋长，此人负责所有 U 型潜艇的组织安排和行动。两个小时的高强度审讯后，罗伯茨关掉录音机，在沃克林的陪同下，前往军官餐厅用餐。

餐厅里的气氛令人困惑。在场的德国人既有海军军官，也有船坞的工作人员，他们在靠墙的一张张餐桌旁推推搡搡，嬉笑打闹。罗伯茨从他们发自内心的放松大笑中察觉出一丝歇斯底里，他推断，这是突然卸下巨大的心理负担后内心释然的缘故。[5] 与之形成鲜明对比的是那些英国军官，他们围坐在餐厅中间的一张桌子旁，神情阴郁，一言不发，似乎是在沉思作为胜利方接下来面对的清理任务有多么严峻。被征服者的狂喜，征服者的痛苦：这就是战争带来的奇妙悖论。

罗伯茨和其他几人吃着蘸了白菜清汤的黑面包，全程几乎一言未发。随后，并未饱腹的他回到自己的套间休息。明天，他将开始正式审讯 U 型潜艇军官，审讯全程录音。他也迫不及待地想要参观邓尼茨指挥大西洋战役的那个指挥部，这可是将德国的“神经中枢”与英国的“神经中枢”进行比较的绝佳机会，英国的指挥中心位于利物浦，在过去的三年里，罗伯茨把那里当作了自己的家。

罗伯茨即将走进卧室，沃克林开口问，自己能不能睡在套间外面那一间的长沙发上。

“我没有别处去了。”这名曾经的U型潜艇艇长一脸懊悔。

罗伯茨拒绝了他，但帮这个不太靠得住的助手找了一间附近的舱房，并下令让人在舱房门口挂上一块牌子，上面写着“罗伯茨上校的德国助手”。

最后，罗伯茨终于能在自己的床上躺下了。种种事情都令他疲惫不堪，包括已经持续五年之久的战争带来的艰辛：每天都要按需分配口粮，对于罗伯茨这样的城市居民而言，每晚的轰炸也令人饱受煎熬。但除此之外，还有其他原因让 5
他格外疲倦：摇摇欲坠的婚姻一直以来都给他带来很多压力；昨晚，他住在比利时的一家旅馆，美国的轰炸机在布鲁塞尔上空进行了战争结束前的最后一轮空袭，他缩在被子里，局促不安。

精疲力竭的罗伯茨沉沉睡去。他没有听到舱门的门闩咔嗒弹开，也没有看到门缝透出的光亮里闪过一个男人晃动的身影。他更没有看到，那个人的手里拿了一把鲁格手枪。

第一部分

千年来我们供奉着我们的大海，

但她依然饥肠辘辘，召唤着我们。

——鲁德亚德·吉卜林《死者之歌》

第二章　当你与我挥手作别

五年前

船舱吱吱作响，来回摇晃，令人昏昏欲睡。科林·莱 9
德·理查德森打起了瞌睡，身旁摊开着一本漫画书，正在此时，床铺下面很深的某个地方传来一阵沉闷的钝响。[1]他身边的闹钟显示此时为 0 点 03 分。如果是在伦敦的家里，这个 11 岁的男孩一般到这个点儿早就睡着了。但此时在船上，没有父母唠唠叨叨严禁他半夜开灯，也没有人催他早起。四天前第一次见面的时候，科林的室友兼匈牙利籍监护人、名叫拉斯洛·拉斯凯的年轻记者就认定，这个一头金发、眼神机敏的男孩似乎并不需要太多来自成年人的监管。除了有可能从船上掉入水中，在这样一艘跨大西洋的豪华邮轮上，还能发生什么更糟糕的事情呢？

因为彻底摆脱了成年人的监督，这周刚开始的时候，科林就把自己在邮轮甲板缝隙中找到的一颗滚珠放在了他和拉斯凯床铺之间的那张书桌的抽屉里。[2]滚珠从抽屉一头滚到另一头时会发出咔啦咔啦的悦耳声音，况且，拉斯凯也从来没在他身边抱怨过这件事。刚才，沉闷的钝响把他吵醒没多久，滚珠突然来回滚动发出巨响，然后，滚动声戛然而止，因为邮轮开始向一侧倾斜，先是不易察觉，继而格外明显。第一串惊慌的尖叫声传进科林所在的船舱。紧接着，他就嗅到一股浓烈的指甲油的气味。

9月初的某天，在家里位于威尔士的农庄——一个远离空袭频繁、动荡不安的伦敦的临时避难所——吃过晚饭后，科林的父母把他叫到一边坐下，问他愿不愿意去美国旅行一遭。科林脑海中浮现出好莱坞的白色大字招牌，以及牛仔从阳台翻身跃下的画面——这是一个11岁男孩对于那个国度的浪漫幻想。他很激动地答应了父母，却被告知自己不会住在比弗利山庄，而是要到纽约去住。这也许和小男孩心里想的不太一样，但由于英国已经全面实施食物配给制，一日三餐变得单调又无味。对于科林而言，那座被称为“大苹果”的城市象征着应有尽有的美味珍肴。

尽管科林的父母没有透露更多详情，但他的美国之旅的筹备工作已经陆陆续续安排起来了。他要先一个人乘船去蒙特利尔。到了蒙特利尔，小家伙会继续向南走，抵达长岛，在那儿，有很多生活相对富足的纽约夫妇为从英国撤离来的孩童提供庇护。

一开始，要做出把儿子独自送走的决定很难，但后来就没有那么难了。第二次世界大战已经持续一年了。那年夏天，仅仅抵抗了六周，法国就在纳粹的突袭下沦陷，拦在英国和德军之间的最后一道屏障不复存在，从而使英国已设定的战略构想完全作废。与很多英国家庭一样，科林的父母坚信，1940 年 5 月底 6 月初曾迫使英军从敦刻尔克撤离的德国军队随时都会穿越英吉利海峡——毕竟海峡最狭窄的地方只有 30 英里宽，在这场侵略中德方几乎确凿无疑会大获全胜。在最近的几周里，英国新闻部发放的宣传页上已经开始出现这样的话："如果德军入侵，你该做什么及如何做。"

对于其他那些和科林的父母处于类似境地的人而言，更具有说服力的理由是现在停尸房里放着一排又一排的孩童尸体。在伦敦大轰炸期间，德国轰炸机整晚整晚地在伦敦上空投放炸弹，令整座城市摇摇欲坠，受害者都来自在这种"随机抽签"中不幸遭难的家庭。早几个月，这些家庭压根儿不会考虑把自己的孩子送到谁知道是什么人的身边，待上鬼知道要多久的时间，但现在他们都孤注一掷，希望把自己的儿女送到远离伤害的地方，无暇顾及这样的别离会带来多大的情感创伤。

莱德·理查德森一家人想要把孩子送到国外的想法并非独一无二。6 月的时候，英国政府就已经宣布了一个大胆、引发众多争议、令那些符合条件的父母心碎的计划：把孩子们从容易被纳粹德国空军当作轰炸目标的伦敦、利物浦和其他高危城市中撤离出来。这一计划反响巨大：将近25万名儿童对仅有的两万个撤离名额提出申请。

11 计划很简单，也已被证实可行。自从战争打响，就不断有商船把食物、燃料和其他供给通过海运途径输送至英国，作为一个岛国，如果没有这些进口物资，英国早就要闹饥荒了。根据第一次世界大战的经验，这些船只上的水手很清楚，横穿大西洋最安全的方式就是结队航行，以数量求安全。英国皇家海军也专门派出战舰护航。这些为人熟知的“护航舰”上搭载的只有士兵与武器。当一队队满载货物的商船一路劈波斩浪，护航舰就像捍卫羊群不受狼群威胁的牧羊犬一般，抵挡来自敌人的一波波攻击。这种护航模式创建于1917年，最初只是集中在英吉利海峡一带使用，其功效被多次证实，现在，穿越广阔又深邃的大西洋的船只也会受到同样的护卫。科林所搭乘的这艘商船就是船队中的一艘，只不过不像别的船那样装满了木头、煤炭、石油或者生猪排，这艘“贝拿勒斯城”号邮轮上搭载了满满一船的儿童。

这次旨在避开英国本土所受战争冲击的航行，注定也要在海上遭遇各种危难。一整年来，只要发现盟国商船，U艇——德国“U型潜艇”的简称——就会发动袭击。几周前，即8月初，由于希特勒宣布在英国周边采取无限制潜艇战，这种袭击变得越发猛烈。

1940年8月29日，在距离爱尔兰多尼戈尔海岸线70英里远的地方，一枚U艇发射的鱼雷击中了“华伦丹”号邮轮，即第一艘载满了撤离人员的商船。[3]船很快就被弃掉，* 所幸船上搭载的321名孩童全部成功获救。尽管这次遇袭充分说明了撤离计划的危险性，但就算遭遇如此劫难，一艘船看起来也要比伦敦的一张床铺来得安全。

1940年9月12日，周四，科林和他的母亲登上开往利物浦的火车。计划已经制订好了：他和其他89个孩子（其中有两个孩子是两周前“华伦丹”号沉船事件的幸存者）将于本日乘船前往加拿大。

科林的口袋里装着一张十英镑的钞票——这是父亲给他
的临别赠礼。他看着威尔士的绿景掠过车窗。直到有人晃了 12
晃他的肩膀，他才从自己的思绪中缓过神来。母亲正在重复他已经听过不下数十遍的严厉教诲。在给了儿子有关礼仪方面的训导后，莱德·理查德森夫人又一次让他做出承诺，保证无论如何也不会脱掉身上那件大红色的救生衣。那天早上早一点的时候，她把它拿给了儿子。衣服衬里夹满了木棉，一种能漂浮起来的植物纤维，科林的母亲坚信这件救生衣比

---

* 被遗弃的“华伦丹”号后来被皇家海军“萨尔沃尼亚”号打捞起来，停泊在比特岛，经过修整后再次出海。

任何船只统一配发的救生衣都能提供更强大的庇护。科林必须不分昼夜地穿着它。大部分时间里科林都听从母亲的叮嘱，于是很快，别的乘客就根据他这个习惯给他起了个绰号——威尔·斯卡利特*，刚好和罗宾汉的小侄子同名。虽然科林不会穿着救生衣睡觉，但他总是把衣服放在一伸手就能够到的地方。

这对母子抵达利物浦的码头，到处都是上下摇摆的起重机和不停钻孔的钻头，直到这一瞬，那种即将分离的感觉才变得真实起来。科林出示了自己的防毒面具和身份证，他的情绪一直在即将迎来的冒险带来的激动和即将到来的分离导致的悲伤之间来回摇摆。随后，他发现了那艘停泊在码头，即将带他到蒙特利尔去的客轮。

"贝拿勒斯城"号是一艘造型优雅、吨位达 11 000 吨的豪华邮轮，两座浑圆高耸的烟囱被紧紧夹在围成一圈的索具里。船体被漆成了浅棕褐色，倒不是为了进行伪装以避开 U 艇扫描，而是为了反射太阳洒在印度洋上的炙热光芒。这艘邮轮会定期载满乘客航行在印度洋上，穿梭于利物浦和孟买之间。

科林干脆利索地和母亲道了别，她也不想在这个时候过

---

* "威尔·斯卡利特"（Will Scarlet）中的"斯卡利特"和"大红色"在英语里是同一个单词。

于难分难舍。两个人就此分开，男孩站在码头旁，身边只有自己的一个行李箱，行李箱里带了一个上发条的摩托艇模型和他的幸运符——一枚乔治三世铜币。

很多孩子围在码头旁叽叽喳喳聊个不停，他们当中的大多数人的脖子上都挂着用鞋带绑起来的名牌。科林和他们不一样，他不是由政府资助的撤离儿童，而是仅有的十名自费旅客之一。其他那些都是警察、矿工以及其他蓝领工人的子女，是儿童海外接受管理委员会（简称“CORB”）做过经济情况调查之后筛选出来可以送往北美大陆的孩子。儿童海外接受管理委员会是政府匆匆忙忙临时成立的，主要是为了应付媒体上的一片愤慨讨伐之声，大家都说富人家的子女可以 13
安心睡在纽约的摩天大厦里，而工人阶层人家的孩子却只能在深夜里“瑟瑟发抖”，用一名社论作家的话讲，“频受轰炸机那低声轰鸣的威胁”。[4]

科林的父亲是富有的十位家长之一，他是一名出庭律师，这次专门买票确保他的孩子能在这艘船上有一席之地。如此一来，科林就获得了其他上船的孩子大都没有的一些自由待遇，而那些孩子只能遵守固定的时间表，按时上课学习。

登船之后，科林立即获准自由活动，展现在他面前的是各种各样的奢华享受，与一无所有、电力短缺的威尔士农庄形成鲜明对比。在一个巨大的游戏室里，摆着一架装饰华丽的摇摆木马，两边各垂下来一个篮子，每边都坐得下三个孩子。一条走廊上开满了精品商店，出售各种精美珠宝和装饰品。餐厅里铺着柔软的地毯，就好像是伦敦上流住宅区里的一家高级餐厅。最棒的一点是，“贝拿勒斯城”号邮轮上不存在配给制，完全不必担心在这一周的航行中只能靠着几盎司的奶酪和培根果腹。

船上的200多名船员大都是印度裔，也就是为人们所熟知的“印度水手”。其中一些人平时赤脚，戴着浅色的包头巾，大部分人穿着蓝白相间的水手服。对于科林而言，踏上这条船就好像进入英属印度在水上的一处遗址，船上的各种颜色和香味令人心醉神迷，因此邮轮延期起航的消息传来时带来的冲击也就没那么大了。前一天晚上，德国轰炸机在海上投下了数枚水雷，所以所有船只都要等海面被清理过后才能离港。让一些极度迷信的水手恐慌的是，“贝拿勒斯城”号邮轮扬帆起航的时间设定在13日下午，而且这天又刚好是个周五，而水手们的恐慌即将让他们上演一出惊悚怪谈。

18点，一大群孩子唱起《挥手再见，并祝我好运》，邮轮在歌声中缓缓驶离利物浦港口。在北海峡，邮轮与另外17艘组成前往加拿大的OB.213号商船船队的邮轮会合，也与护航舰会合。三艘随行护航的战舰中包括皇家海军“温切尔西”号，它三个月前参加过敦刻尔克部队撤离的任务。

14 和其他付钱上船的自费成人旅客一样，科林可以自由安排时间。船上其他孩子的年龄都在5岁到16岁之间，他们当中的绝大多数人都必须20点上床睡觉，7点30分起床，之后一整个白天都要在育儿室上课，而科林可以随意在甲板上闲逛。天气好的时候——航行的头两天基本都很晴朗——他会坐在甲板上，看那些印度裔厨子把大袋大袋的米和小扁豆堆在后甲板上，再用大铁铲把它们搅在一起，做成食物。

科林和他的几个玩伴发明了一种很简单的游戏，他们先打开一把帆布躺椅，然后任由海风将躺椅从邮轮的左舷一侧吹到右舷一侧，一路沿着舷梯滑过去。迈克尔·伦尼在牛津大学读书，是个很有潜力的橄榄球手，他教孩子们怎样甩出绳套，套住躺椅。鲁比·格里尔森是个36岁的苏格兰纪录片导演，大家总是看到她戴着贝雷帽，懒洋洋地叼着烟卷，拍摄甲板上嬉戏玩耍的孩子们。格里尔森是电影界的一颗新星，她最近的新片《她们也在为国而战》聚焦战时英国女人在家庭中扮演的角色。她是受命来拍摄有关撤离项目的纪录片的，每次摄像，很多孩子都会缠在她身边，众星捧月一般围绕着他们心目中的明星导演。

随着航行继续，天气越来越糟。科林的时间都分给了船上的图书馆和鸡尾酒吧，在小酒吧里，有些好心的成年人会把自己点的威士忌酸酒上面的樱桃舀下来给他吃。和那些大人不一样，科林对目前遇到的这种飓风天气很是满意。他听说过U艇偷袭的事，所以觉得海浪越大，邮轮就越不可能被不断旋转、寻找目标的潜望镜发现。而他那来回滚动、不时发出咔啦咔啦声的滚珠就是他们暂时安全的有力说明。

到9月17日清早，“贝拿勒斯城”号邮轮和船队的其他船只已经离开利物浦港口三天半了，三艘由皇家海军指派来保护船队的护卫舰渐渐脱离船队，带着他们的那些枪炮武器，开始朝着英国海域返航。

当这段历时九天的旅程行至一半，邮轮已经来到了利物浦西北500英里的地方，进入大西洋中部的一片海域，在二战期间，这片海域有很多个名字，比如“裂隙”“黑暗巨坑”，德国人管它叫“Das Todesloch”，也就是“死亡黑洞”。英国人觉得这片海域是安全的，已经超出了U艇的攻击范围。就这样，“贝拿勒斯城”号邮轮和船队的其他船只即将独自横跨这片海域，几天之后就会和另一边武器装备齐全的加拿大护航舰会合。

英国皇家海军用的是过时的信息，他们还不知道，在最近的几周里，德军将他们的U艇行动整个搬到了刚被攻陷的、位于被占领的法国的一处海军基地里。在洛里昂、布雷斯特和拉帕利斯港（后来还有圣纳泽尔和波尔多），U艇可以进行修理维护，补充燃料，随后立刻返回海中，完全不需要再折返回德国港口。这样一来，由于不需要回到波罗的海周围港口进行补给，U艇又多出来十天的时间可以在大西洋海域里肆行。如果是在海面上，按照U艇一贯保持的十节航速，VII-C型U艇能覆盖8 000英里的海域。只要带上足够燃烧六周的燃料，一艘U艇就可以从法国一望无际的广阔沙滩一直驶到北美海岸线附近的悬崖峭壁，轻松巡航整个大西洋。如今，战事已蔓延到整片海面。对于船队而言，再也没有哪个位置是百分百安全的了。裂隙已经被填补。

在海上航行仅仅六天，U艇里就已经一片阴暗潮湿，充满了难闻的臭味。1940年9月8日晚，U-48号潜艇上的38名艇员离开洛里昂，坚信他们已经做好了水下作战的准备。这些男人都是新兵，其中有些人还是十几岁的少年，几乎所有人都还没有结婚。[5]他们先是接受了严酷的体能训练，然后学习了关于怎样当好U艇艇员以及如何操作U艇的专业课程。能走到出海这一步的艇员，都可以承受在这种金属罐里的生活，不会轻易患上幽闭恐惧症；当U艇像一艘超载的汽艇一样在波涛汹涌的海面上劈风斩浪，这些人也能够放下自尊，忍受不得不将自己捆绑在来回摇摆的甲板围栏上的那种屈辱。即便如此，一个人仍然无法对即将到来的U艇生活做好百分百的准备，毕竟在U艇里还有随时都会渗出水的桌子、永远潮湿的毛巾和能把人咬得浑身刺痛的虱子。

自相矛盾的是，只有在水面上，U艇才能发挥最大威力， 16
那些德国制造、不断运转的吸气式柴油引擎在水上才能全速前进。与之形成鲜明对比的是，U艇在水下行动迟缓，自保能力极差，只能使用电动马达勉强推动，顺水流向前行进，而且这电动马达使用没多久就得充电，潜艇也因此不得不频繁浮到海面上。

在U-48号潜艇里，任何艇员都没有自己专属的私人空间。大家轮流睡觉，上床的时候通常还能感受到上一个人遗留在床上的温度，这让人既心生宽慰，又难免厌恶反感。睡眠很浅的人会受到极大干扰，整晚都能听到活塞不停地上下运动，进气阀持续发出呼哧呼哧的粗喘，舱底泵更是咕噜咕噜响个不停。昏昏欲睡的大脑必须经过专业训练，才能够区分什么是日常的机器杂音，什么意味着出现了真正的紧急状况，当发生危险情况时，艇员会发出“全体立正！”的警告。

也有很多如死水一般的无聊日子，只能靠玩玩国际象棋，写写家信来打发时间。有一名艇员带了一条宠物金鱼上艇，大家给它取了个名字叫弗里多林，让它在海浪之下陪伴他们。[6]但不管怎样，这种休闲轻松的气氛一瞬间就可以被打破。如果被护卫舰发现，U艇就会下潜至深度计所允许的极限深度。这是一项很棘手的操作，一旦下潜过深，超高水压就有可能压迫得铆钉直接从槽窝里面蹦出来，就好像从左轮手枪里打出一颗子弹；一旦下潜深度不足，潜艇就将自己暴露在了护卫舰深水炸弹的射程之内，计时炸弹被抛到甲板上，被设定好潜到某个深度就会自行爆炸。只有在安全范围内潜得足够深，U艇才能安度危机。当一艘U艇被英国皇家海军派出的猎犬一般的轻型护卫舰（英军的很多轻型护卫舰都是用英国花卉名称命名的，听起来多少有点违和）或者驱逐舰追捕时，海面上的动静听起来就好像你躺在铁轨上，载满货物的列车从你头顶呼啸而过。在这些舰船上，舰长要想让舰员听到指令，必须顶着狂风大声呼喊才行。相反，一旦引擎关闭，U艇就进入了一个连低声耳语都能听清的世界。

尽管他们还不能确切知晓自己的命运，但事实就摆在那里：在无垠的深海，大部分的U艇艇员都会死掉。二战期间，德军和盟军都算在一起，在陆、海、空军所有的作战单位中，就数服役U艇的官兵死亡率最高。英国的飞机会在德国上空投下传单，警告那些有可能应征U艇艇员的人，现 17
在英国已经扣押了2 000名U艇官兵作为俘虏，而在海上死去的U艇官兵是这个数字的五倍之多。在一些中立国家，人身保险公司估算出来的U艇艇员平均存活天数大概是55天。[7]这可不是在宣传中故意夸大其词。在二战期间，大约有39 000名男子登上U艇服役，其中70%的人在战事中阵亡。与之形成鲜明对比的是，在英军中服役的士兵，只有6%的人在战役中牺牲。[8]20世纪40年代初，在U艇上死亡的概率远远大于在另外任何一种作战交通工具上死亡的概率。

盟军给U艇取的代号是“灵车”。U艇艇员要参与12次巡航之后才能申请重新分配到其他非战斗岗位，能存活到这一天的艇员少得可怜。当这些U艇艇员逐渐意识到自己到底面临着怎样的处境时，那种“不杀人就要被人杀”的心态让他们变得心肠坚硬。不管对方是男人、女人还是小孩，只要同情敌人，就可能给自己带来致命的结局。

U-48号潜艇的艇长海因里希·布莱希罗特不光矮小纤弱，也并非资深艇员。1909年，他出生在德国东部莱比锡附近一个名叫贝尔加的小镇，他还很小的时候父亲就过世了，全靠母亲和姐姐把他抚养长大。他的朋友们喊他“阿贾克斯”*，这个绰号伴随了他整个童年，直到应征加入德国海军还保留着。他大器晚成，直到29岁才第一次登上U艇，但很快，他的领导天赋就让那些与他并肩作战的战友和军队高层对他刮目相看。

1940年9月4日，距布莱希罗特离开法国还有四天时间，此时他才被任命指挥他的第一艘U艇。尽管U-48号潜艇的一些艇员还在质疑他能否胜任艇长，但这个脸色白皙、嗜酒成性的男人很快就会得到所有手下的拥戴。在空间狭小的U艇里，没什么比这更重要。

“在一艘大船上，你可能只是无名之辈，”与布莱希罗特同为艇长的某人写道，“但是，当你成为U艇的艇长，并获

---

* 阿贾克斯（Ajax），又名大埃阿斯，希腊神话人物，忒拉蒙和厄里斯珀之子，阿喀琉斯的堂兄弟。在特洛伊战争中，阿贾克斯是希腊联合远征军的主将之一，作战勇猛。

得了艇员们的信任时，你几乎可以封神了。”[9]

每个神都要有自己的属地，布莱希罗特艇长的属地于1937年在德国的基尔港打造。U-48号潜艇长218英尺，宽20英尺，在海面上的最高航速接近18节，这比它要追击的 18
大多数船只的航速都快。这些VII-B型号的U艇是在大西洋作战的利器，因为它们的下潜速度很快，灵活性也高得令人羡慕。但是，这种潜艇内部也狭促得令人难以想象，全部38名艇员共用一个卫生间——艇上的另一个卫生间里堆满了航行所需的各种罐头和补给。船上没有独立隔间，只有一条长廊，就好像火车车厢一样，不断有人在长廊上来来回回，完全没有隐私可言。更衣室里的难闻气味也只是被各种不同味道的古龙水勉强遮盖起来。

在U-48号潜艇腹部装载了14枚鱼雷，艇员有时称其为“鳗鱼”。这些23英尺长的鱼雷被存放在鱼雷舱，安置在舱底，沿着隔板一线排开，艇员就在鱼雷旁边工作休息。这些男人会在鱼雷外壳上随意涂鸦，涂满艇员签名、重要的纪念日和各种图画。如果不发射出去一两条“鳗鱼”，这些艇员甚至没有足够的空间站着换衣服，因此，一旦发现敌方舰船，他们就又多了一条立刻出击的理由。

到二战结束为止，U-48号潜艇鹤立鸡群，成为希特勒的潜艇战队中最为致命的一艘U艇，一共击沉了不下55条舰船。后来，负责维修它的那些艇员意识到战争即将结束，把它摧毁并自沉。但回到1940年，这个时候的U-48几乎是全新的，还没有下海测试过。在柴油的味道之下，一只机敏的嗅探犬仍然可以分辨出还未彻底散去的新鲜油漆味。截至目前，德国有三名著名的王牌艇长，即奥托·克雷齐默尔、君特·普里恩和约阿希姆·舍普克，正如布莱希罗特艇长不得不活在这三人的阴影中，U-48也需要有所作为才能证明自己。

1940年9月的第二周，“贝拿勒斯城”号邮轮离港之前，布莱希罗特艇长刚刚带着他的艇员们从爱尔兰海岸线附近偷偷驶出。希特勒下达了指令，他们可以自由捕猎盟军目标。这次出海的一共有27艘U艇，U-48号潜艇是其中之一，它们专门沿着英国船只的航海线路潜行，寻找自己的猎物。

莱因哈德·“泰迪”·舒伦在布莱希罗特担任艇长之前就已经在U-48号潜艇上服役好一段时间了，在布莱希罗特之
19 前的两名艇长任职期间，他一直担任潜艇的大副。前任艇长之一是赫伯特·舒尔茨，艇员都亲切地喊他“老爹”，另一个是汉斯·鲁道夫·罗辛。因为曾与经验丰富的优秀艇长共事，舒伦很快就发现了布莱希罗特的弱点，而在一个没有月亮的黑夜，这个弱点也充分显现出来。当时瞭望塔上的瞭望兵还在舰桥闲聊，U-48号潜艇已经不知不觉驶入一支英国船队中，如同一只狐狸进了鸡窝。等到有艇员意识到究竟是怎么

一回事的时候，U 艇离其中的一艘船已经近在咫尺，看起来伸出手就可以触碰到那艘船的船体。本来应该拉开一点距离，做好发射鱼雷的准备，几分钟之前被喊醒的布莱希罗特却做出了拉响警报、急速下潜的决定。[10] 本来轻而易举就可以击中目标，他却犯了新手才会犯的错误。

但是，布莱希罗特所缺乏的经验，会被他手下那些饱经大风大浪的艇员所弥补。除了舒伦，还有奥托·艾特斯，他后来获得了 Ritterkreuz（也就是骑士十字勋章，这是德国海军所能得到的最高荣誉之一），随后也成为一名 U 艇艇长。

总体来说，新任艇长作为潜艇最高指挥官的首次登台亮相还是充满祥兆的。1940 年 9 月 14 日，刚入夜，他就在爱尔兰西北部发现了一支商船船队。U 艇跟在船队后面行进了一段时间，午夜刚过，布莱希罗特就下达指令对商船船队发起攻击。炮火齐发，击沉“国王卫兵”号和“克诺多克”号这两艘中等大小的商船。鱼雷发射管被重新填满，两分钟之后，护卫舰皇家海军“邓迪”号被击中。随后，U-48 号潜艇发现商船船队的护卫舰队中的一艘驱逐舰开向他们所在之处，便迅速下潜以躲避对方的追击，所有还没来得及抓稳扶好的艇员在下潜造成的突如其来的颠簸中跌得七扭八歪，避孕套落满了全身。

当时潜艇里共装载了大约 1 500 个避孕套。[11] 但它们不是给这些艇员用的。一般情况下会将避孕套充满氦气，U 艇下潜的时候拴在潜艇外面，让它们浮出水面，升到空中，用作气象气球；又或者，它们还可以发挥更大的作用，即作为天线的延伸部分，确保 U－48 号潜艇水下使用的无线电发报机能够与总部基地保持联系。一旦发出或收到消息，连接潜艇和气球的拴线就会被切断，避孕套气球就会升到空中，随风飘走。

那天晚上，还在打盹的艇员们完全没有时间为这样的突然下潜做准备。一枚深水炸弹足以在一瞬间撕裂一艘 U 艇的船体，让它直接坠入海底。逃脱成功与否取决于速度。艇员们蹲在潜艇里，浑身直冒冷汗，一言不发。

等到确定危机已过，U－48 号潜艇再次浮出水面，击沉了另外两艘商船。因为成功躲避反击，极度兴奋的布莱希罗特艇长指挥着 U－48 号潜艇沿西—北—西方向行进，驶离这片沉船残骸，计划直接驶入大西洋海域。因此，在浑然不觉的情况下，他的 U 艇已经直直开向那艘载满熟睡孩童的豪华邮轮。

第三章　他们会来的

有句话说得好，除非你能在一场暴风雨中手捧三杯咖啡， 21
从艇长指挥潜艇的大本营——那个像鱼鳍一样伸出的装甲瞭望塔——走到舰桥上，咖啡一滴也洒不出来，不然你就没有资格指挥一艘潜艇。克里斯蒂安·奥尔德姆沿着梯子往下爬，结果脚又绊在了梯阶上，这已经是第五次被绊倒了，她心想：行吧，我穿着一条长及脚踝的晚礼服做出这种挑战，又能获得什么奖励呢？[1]

这条裙子甚至不是她自己的。因为搬到普利茅斯的时候没来得及带太多衣服，在过去的几周里，她一直穿着同样的几条裙子参加停泊在港口的那些潜艇上举办的一场又一场派对。后来，奥尔德姆和她最好的朋友伊芙·林赛决定换着穿对方的衣服。尽管天上随时可能掉下炸弹，每日配给的食物也越来越少，但还是有一种简单的方法能够重新点燃昔日荣光残存的余烬，并打破战争强压给这里的那种暗灰色的气氛。

军官室位于潜艇纵深处，里面充斥着玻璃杯互相碰撞的叮叮声和电唱机转动时发出的噼啪声，空气中有种独特的热气，只有十来个人被困在一小方居室里相互取笑调情时才能感受得到。在一个角落，一名艇员为了取悦他的听众，正在讲述最近执行的一次任务，当时他们行至地中海，他正打着牌，突然收到指令，要求所有人保持静默，艇长解释说他们的潜艇正在遭受希特勒手下的一艘 U 艇的追击，即便是洗牌的声音也有可能暴露他们的行踪。那一瞬间所有人都承受巨大压力，这个艇员的牌友突然站起来放声尖叫。艇员解释说自己已经来不及冲过去捂住牌友的嘴巴，所以，干脆一记右勾拳招呼了过去，直接把自己的战友打晕在地。[2]

22 奥尔德姆和林赛对视了一眼。如果这场战争是一部电影（事实上，不管以怎样的方式，最终大多数的战事都被搬上了银幕），那每条宣传标语都应该写着“男儿本色”。

又过了大约一个小时，女人们已经听够了这些男人的自吹自擂。她们挥手作别，再次沿着梯子爬上去，一边呼吸着德文郡清新的晚风，一边走到本地的一家意大利餐厅，在这里，一名苦恼的厨师将会竭尽所能，用自己大大缩水的食物储备来满足食客们的需求。

“贝拿勒斯城”号邮轮出航的时候，德国的 U 艇部队一共有几十艘潜艇，卡尔·邓尼茨任总指挥。邓尼茨在第一次世界大战期间就已经是一名王牌艇长了，到了 20 世纪 30 年代，希特勒委派他对 U 艇重新设计，并开发新的 U 艇战术。

二战绝大多数时间里，邓尼茨都是在他设立在法国西海岸的基地里通过无线电来指挥下属的。他是一名激进的指挥官，每个没有收到 U 艇成功击沉盟军船只消息的日子对于他而言都是失败的一天。他的计划很简单：1940 年夏天法国被攻陷以后，英国只能靠跨大西洋航行的那些货轮来提供国内所需的全部石油、大部分的原材料以及大量的食物和物资补给。总体而言，一支由 3 000 吨的商船组成的船队每年可以给英国提供 6 800 万吨的进口物资，其中 2 200 万吨都是食物。如果 U 艇能够阻挠这些商船，甚至逐只击沉，那么失去了进口补给的大不列颠岛国就完全没有办法喂饱自己的人民，只能眼看着人们饿死。如此一来，战争最直接也最长效的武器，饥荒，便可以通过这种“移除障碍”的方式施加在德国的敌人头上。

一旦英国的供给线被切断，这个国家很快就会沦陷——不仅仅是德国人有这种想法。第一次世界大战结束之后，海军元帅约翰·杰利科曾说，盟军是浮在一层厚厚的石油上，慢慢靠近了胜利。* 时任首相温斯顿·丘吉尔对商船的定义是，“既是我们最大的弱点，也是我们战略战术的唯一立身之

* 根据同一时期的 U 艇王牌艇长君特·普里恩写的回忆录，德国海军上校们很熟悉杰利科的这段话，他们还用这段话激励自己，正如他们的口号所言，要把“商船船队里的每一只船都击沉到海底”。

23 本”。这一基本事实被做到一张图表上，在英国皇家海军伦敦总部的海军元帅指挥室里铺满了一面墙壁。这张图表上标注着所有已经被击沉的船只，用所能想象出的最严酷的方式表明了目前的风险和赌注。

在图表最上面，有一条很细的红线，胜利和失败只有一线之隔：如果沉船数量在红线之下，避开袭击的商船装载的食物和燃料就足以让英国人民继续撑下去。英国的补给完完全全依赖进口。全国 95% 的燃料来自贸易合作伙伴和海外殖民地，70% 的食物供给依靠进口。一旦图表数据超过那条红线，就代表着德国海军击沉商船的速度远远大于盟军建造新商船的速度，英国便没有办法继续维持战斗状态。

在各家的厨房里，英国人民很快就领略到了德国 U 艇对他们的生活造成的影响。战争刚开始的头四个月，U 艇部队一共击沉了 110 艘商船，海鱼因此变成稀缺资源，价格昂贵。从 1940 年 1 月 8 日开始，黄油、培根和白糖只能凭食物配给券购买，而在战前一直从西班牙、法国和海峡群岛进口的洋葱则彻彻底底从食品杂货店消失了。[3] 柠檬和香蕉也不再出现在货架上。农民扩大种植，提升了粮食产量，将能够自给自足的天数从 120 天增加到了 160 天。*[4] 但还是不够。一旦

---

* 在不断扩大的英国农田上耕作的主要劳动力是妇女土地服务队（Women's Land Army）的 8 000 名“大地女孩”（land girls），她们不屈不挠地完成了令人筋疲力尽的工作，这种毅力难以用价值衡量，但后来被很多人忽视。

U 艇加大袭击力度，彻底斩断所有商船往来，英国就会像宣传标语中说的那样，没有办法无限期地“亡羊补牢”。届时政府不得不将一种 18 世纪佃农独有的素食菜谱强加在英国人民头上。[5]经历了贫困和缺衣少食之后，整个国家很快就会缴械投降。[6]这是战役中发起的次级战役，德军和盟军双方的指挥官都知道这种所谓的“吨位战”。

为了执行自己的计划，1940 年 8 月 1 日，在邓尼茨的催促下，德国海军最高指挥部下令对英国实施全面封锁，并授 24
权 U 艇艇长在没有预先示警或者未经上级许可的情况下也可对商船发动袭击。五年前，德国曾经签署过一份协议，禁止在战争中如此毫无节制地使用潜艇这种武器，但在希特勒看来，第二次世界大战的爆发已经让之前的协议失去法律效力。国际航运法严禁针对商船发动袭击，但邓尼茨下达了直截了当的战斗指示，“并不能仅仅因为不被国际法所允许，就放弃使用某种战术”，这让每个指挥官和他们的下属都明确了自己的立场。

在过去的几天里，布莱希罗特艇长在浑然不觉的情况下一点点靠近了那支英国商船船队。U-48 号潜艇的最高航速将近 18 节，比“贝拿勒斯城”号还要快三节。在这次意义特殊的航行中，“贝拿勒斯城”号的航速实际上放慢了很多，就好像在一场葬礼中，队列行进的速度永远和年纪最大的那位送葬者的步伐一致，一支商船船队中的每一艘船也只能和船队中最慢的那条船保持一致的航速。

英国皇家海军派来的护卫舰返航之后，“贝拿勒斯城”号的一些船员开始变得紧张不安，并提出，考虑到船上装载的“贵重货物”，邮轮应该尽早从整支慢吞吞前进的船队中脱离出来，独自前行，以更高航速快速驶离大西洋“裂隙”。事实上，负责指挥整支船队的海军上将麦金农——如果船队是羊群，那他就是那个牧羊人——已经决定在9月17日中午拆散整个船队。但是，因为海上糟糕的天气，他的计划无法按时执行；于是，麦金农上将重新下达指令，船队将延迟12个小时，到午夜时分再解散。

17日，欧洲中部时间10点02分，离麦金农上将原定的船队解散时间很近了，德军突然发现了这支英国船队中的一艘船。U-48号潜艇以八节左右的航速沿之字形曲线缓缓向前靠近，随后又发现了船队中的其他船只。布莱希罗特很快就瞅准了“贝拿勒斯城”号——这支由18艘船组成的船队中最大的一艘，他还从自己的高倍望远镜中看到了甲板上高高堆起的机枪。U-48号潜艇的艇员们感到十分困惑。很显然，这艘邮轮周围并没有护航舰护卫。

“这没道理啊。”19岁的U艇无线电发报员罗尔夫·希尔泽开口道。[7]

25 对于布莱希罗特而言，“贝拿勒斯城”号是个完美目标，这一点毋庸置疑：它是整支船队的主心骨，能看到前甲板和后甲板上都有一杆杆的机枪。船上没有红十字会的旗子，也没有拉起圣诞树挂灯，来表示船上装载的都是人道主义援助货物。

布莱希罗特不仅觉得“贝拿勒斯城”号是个完美目标，他还认为这个目标具备很高的攻击价值。此前，为了激励U艇艇长们找出那些一旦被摧毁，就能给“吨位战”带来巨大优势的商船船队，邓尼茨答应为所有成功击沉盟军十万吨的商船、拿下“高分”的艇长授予骑士十字勋章。所以，当评判一名U艇艇长成功与否的标准完全取决于这些具体数字的时候，像“贝拿勒斯城”号这样一艘体积可观的大船就意味着至高的奖赏，对于一名才上任两周就急着表现自己并脱颖而出的U艇艇长而言尤其如此。布莱希罗特艇长下令向西南方向航行。U艇抄到了“贝拿勒斯城”号前方，然后进入潜行状态，未来的九个小时都将如影随形般潜伏在其身旁。

暮色低垂，天气状况还在不断恶化。时速30英里的强风开始对船只发起猛击，从各种险峻的角度反复猛烈撞击。海浪越来越大，不断拍打甲板，涌起一层又一层闪烁着磷光的泡沫。麦金农上将下令，船队立马停止之字形的航行路线，慢慢转成直线前行，争取尽可能平静地度过这片风暴。[8]到了18日午夜，乌云分开，有那么一瞬间，月光照亮了整个海面。在离“贝拿勒斯城”号船头半英里远的地方，U-48号潜艇的大副舒伦正在舰桥上用附着刻度尺的望远镜作测距仪，测量对方船只的位置、方向和距离。[9]

舒伦对手下的艇员下了严格的指令，让他们保持绝对静止，随后，他估算出这艘船与潜艇之间的距离、目前的航向以及航速。有了这些信息，他就可以估算出鱼雷应该瞄准的方向，从而一举击中邮轮的外壳。在他的指挥下，海水灌入鱼雷发射管。舒伦等待着，一直等到仪表板上的红灯熄灭，白灯亮起，这就意味着发射系统准备就绪。布莱希罗特艇长下令开火，打破了这片令人不安的沉寂。

26 德国制造的鱼雷射程相当可观，根据了解，一枚错过目标的鱼雷还可以继续向前推进 14 千米，之后才会逐渐失去动力。不过，能够识别船体和螺旋桨发出的声音并据此进行追踪的声自导鱼雷还要过两年才能问世，所以在没有任何导航设备的情况下，U 艇越是贴近它的受害者，鱼雷的效果越是突出。但也不能离得太近，不然，爆炸引发的冲击波也可能对 U 艇造成损伤。官方的操作指南建议 U 艇发射鱼雷的时候至少要与目标保持一千米的距离。

一股空气排出，头两枚鱼雷被发射出去，它们离开 U 艇，在水中径直奔向前方。鱼雷和螺旋桨都是由电动发动机驱动的，这样的设计确保发射过程中不会释放出任何气泡，从而避免暴露 U 艇的位置，第一次世界大战期间，德军曾因此吃了不少亏。[10]

“鱼雷仍在推进。”希尔泽把耳朵贴在水听器上，报告最新的情况。

正当他全神贯注聆听耳边的声响，U 艇的平衡水舱之一也已经灌好了水，准备取代鱼雷发射后缺少的那份重量，以确保潜艇能够一直保持平稳。希尔泽还在等待鱼雷爆炸带来的沉闷撞击声。没有传来任何巨响。两枚鱼雷都错过了目标。

在第二次世界大战的头两年里，德军发射的鱼雷经常遇上哑弹或者爆炸失败的情况。不管怎么说，这种失误的代价很昂贵。每一枚鱼雷造价大约 50 000 马克，* 换算下来大约是 20 000 美元。布莱希罗特知道，每一艘 U 艇返回法国洛里昂港的时候，都要在潜望镜上悬挂三角旗。这些旗帜主要用来表明潜艇有多少次成功的“击杀”，象征着艇员们的战果，会充分展示给在码头围观的人群看。每多一枚没有击中目标的鱼雷，就意味着能挂到潜望镜上的三角旗少了一面，艇员们上岸前可能面临的尴尬也就多了一分。布莱希罗特下令重新装填鱼雷。

“我们再冒这一次险，”他说，“然后就收手。”

0 点 02 分，第三枚鱼雷瞄准目标，在水下发射。艇长在 27
U 艇的指挥塔观察着。一分五十九秒过去了，仿佛是永无止境的等待。随后，希尔泽摘下了耳机。

---

* 50 000 马克是纳粹德国海军标配 G7a 鱼雷的单价，后来制造的 G7e 鱼雷单价 25 000 马克。与之形成对比的是，英国皇家海军使用的深水炸弹 MKVII 单枚造价只有大约 22 英镑。

“击中了！”他朝着艇长大喊。[11]

艇员们聚集在指挥塔上，注视着那艘邮轮缓缓倾斜。

科林在自己的船舱里，被床铺下发出的一阵阵巨响吵醒，他赶紧按照母亲的叮嘱，把红色救生衣套在粉红色睡衣外面。接着，他想把另一件睡袍套在救生衣外面，结果失败了。接着，他又抓起邮轮统一配发的救生衣，试图把它套在乱糟糟的一堆衣服外面。

不，小男孩训斥自己：我刚才没有理顺思绪。随后，他一只胳膊夹着救生衣，另一只胳膊夹着睡袍，匆匆向集合点跑了过去。就在几个小时之前，他和其他乘客才刚在那里进行过救生演习。走廊上，人们交头接耳，有人说，邮轮是被船队里的另一艘船击中了——也许是某个打瞌睡的领航员无心造成的事故。走到一处楼梯井，有人告诉他可以放轻松，回船舱等消息就好。但科林经历过德国对伦敦进行的空中轰炸，认得出那种和指甲油气味类似的无烟火药味，他继续朝着集合点跑过去。

再上一层，来到集合点所在的休息室，这里没有任何慌张的气息。邮轮的船长兰德尔斯·尼科尔在爆炸发生两分钟之后就赶到了舰桥。因为深知在暴风雨中放下救生艇的艰难程度，尼科尔先派自己的大副乔·赫瑟林顿前去评估邮轮的受损程度，根据反馈的情况再做下一步指示。

U-48号潜艇发射出的鱼雷撕裂了邮轮的左舷，贯穿了五号货舱，在儿童休息区的一排盥洗设施的下方直接爆炸了。赫瑟林顿注意到四号货舱也有一定程度的损坏。更为紧要的是，鱼雷带来的冲击波穿透了通向轮机舱的防水密闭门，整条长廊如峡谷一般敞开，冰冷的大西洋海水随时可以沿着长廊涌入轮机舱，淹没里面那些高速运转的炙热钢管。赫瑟林顿知道，这种碰撞造成的蒸汽喷发瞬间就可以威胁到整艘邮轮的命脉。海水已深及脚踝，水位还在迅速上涨。赫瑟林顿还没来得及跑回舰桥汇报自己的发现，邮轮的轮机长就已用 28
无线电联系船长并发出预警，说海水已淹没他的腰部。

“放下那些救生艇，”尼科尔下达指令，“准备弃船。”

当船长的指令通过扬声器在邮轮上传开，满船都是难以置信的窃窃私语，有些聚集在休息室的乘客甚至表示愤慨。对于那些喜欢慢慢品尝咖啡又或漫不经心把玩手里的酒杯的人来说，这种举措听上去实在有些极端。尽管如此，他们还是排着队走到寒风阵阵的甲板上，大部分人很放心，他们认定邮轮周围会有很多友好的船只赶来搭救。

事实恰恰相反。在遇到U艇突袭时，商船船队收到的指示就是继续向前航行，只有在百分百确定偷袭者已经被歼灭或被驱赶时，才可以停下来搭救遭受袭击的船只。由于没有随行的护卫舰对U-48号潜艇发动反击，整支船队惊慌失措，很快就各自散去，生怕自己成为U艇的下一个目标。于是，在“鳗鱼”袭击后仅仅15分钟，“贝拿勒斯城”号就陷入了孤立无援的状态。

科林走到甲板上，仿佛踏入一片旷野，迎接他的只有猛烈的八级大风，他的一只手臂上还搭着邮轮统一配发的救生衣。这一整天海上都是狂风暴雨，当月亮终于钻出层层乌云时，大雨重重地落在了邮轮的甲板上。孩子们拼命眨眼，想要甩掉落进眼眸的雨水，船员们手忙脚乱，用滑轮把一艘艘救生艇从左右舷的吊放设备上取下来，慢慢放入海中，监护人静静地将孩子们引领到救生艇上。一艘艘救生艇在水中来回颠簸，不断敲击着船体一侧，这时，科林听到有人大喊：“女人和孩子先走！”

科林的匈牙利籍监护人拉斯凯听到爆炸声后，立刻离开酒吧，前往邮轮受损最严重的区域帮助幸存下来的人逃出去，然后才回到自己的船舱找科林。等他发现船舱已经空无一人，他又立马跑到给他和科林指定的二号救生艇集合点。拉斯凯和科林轻快地打了个招呼，然后爬进救生艇，为的是等会儿再把小男孩也抱进来。但聚集在此处的其他成年人大喊着表示不满，他们误以为这名记者只顾着自己逃命呢。

29 等科林安全地坐在了厚木板做成的座椅上，拉斯凯又爬了出去，帮助别人登艇，其中就包括邮轮上那名25岁的护士艾格尼斯·哈里斯·华莱士，没过多久，她就在科林身边重重地坐了下来。[12]最后，邮轮上的木匠兼指定给二号救生艇的导航员安格斯·麦克唐纳下令将救生艇完全落入海中。救生艇向一侧歪了一下，重重砸入海水中，很快就有海水灌了进去。

对于一艘救生艇而言，比食物和饮用水更有价值的物资——至少从短期来看更有价值——就是镇定的态度。但这种物资目前正处于短缺状态。在一片混乱中，大家都还没有反应过来，一支船桨就已经随着海浪飘走了。麦克唐纳冲着救生艇上另外 37 名乘客大喊，让他们用手头能找得到的所有工具，或者干脆直接捧起双手，把海水从船里舀出去。科林用双手抓着自己的两件衣服，整个人随着救生艇上下颠簸。

克里斯蒂安·奥尔德姆是某支“鹪鹩”小分队的成员。“鹪鹩”队员们的年龄大多在 17 岁到 25 岁之间，她们参加海军，以补足那些出海作战的男兵留下的空缺。英国皇家海军一向坚决反对为了改变而改变，但在人手严重不足的情况下，也把目光转向了这些年轻女子。海军招募“鹪鹩”队员的海报上有这样的标语：“成为‘鹪鹩’的一员，让更多男人有机会出海作战。”上千人出于一种责任感报名应征。1942 年 12 月，英国议会通过了第二部《兵役法案》，所有 20 岁到 30 岁之间的未婚女子和没孩子的寡妇都要依法应征入伍。[13]

一开始，只给女性安排了诸如行政人员、司机和厨师这样平常的岗位。后来，战事不断推进，尽管现有组织机构的很多成员还是持怀疑态度（公务员总工会就充满恶意，一直反对“鹪鹩”队员的任命），但随着“鹪鹩”逐渐证明了她们的团队价值，女人们也被赋予了更重要、更多元化的职责。有些人当上了焊接工，还有一些人成了木匠。有些人负责在潜艇上装填鱼雷，还有一些人在秘密指挥部里对着悬挂的地图谋划海上作战进程。

“鹪鹩”们的英勇事迹常常和那些因她们而得以“自由”出海作战的男官兵不分上下。比如，1942 年，帕梅拉·麦克
30 乔治受命将一份重要的急件从普利茅斯市的一端送到身处城市另一端的总司令手中。她骑着自己的摩托车，花了一整夜的时间抵达了目的地，在此期间，德国的轰炸机一直在她头顶上不断向这座城市投掷炸弹。有一次，一枚炸弹在离马路很近的地方爆炸，麦克乔治受到巨大的气流冲击，从摩托车上飞了出去，车轮也遭到严重损毁。尽管如此，麦克乔治毫不气馁，她一鼓作气跑到了皇家海军指挥部，手里紧紧握着那封信。到了指挥部之后，她甚至还提议自己拿到回信后就立马原路返回。

没有登陆潜艇的时候，奥尔德姆扮演的角色是皇家海军西部海域反潜司令部的一名战术研究员。战争刚开始的头几个月，反潜司令部就设在了英格兰南部沿海的普利茅斯市。正是这里的这个指挥室监控并指挥着所有载满运往英国的补给物资的商船以及它们的护卫舰。为了能够更好地想象海面

上的实景画面，一张绘制了整个大西洋的巨幅地图覆盖了司令部的一整面墙壁。这张地图可以展示任何船只的位置，既包括商船船队，也包括被发现的 U 艇。位置发生变动的信息来源于各种渠道，但主要来自位于伦敦市中心的皇家海军总部大楼地下的一处综合体，那里有个房间专门负责对 U 艇的动向进行追踪。在那里，任何船只目击到的 U 艇、空中侦察捕捉到的 U 艇，以及通过直接追踪无线电传输讯号定位到的 U 艇，其位置信息都会被绘制下来，经过一番分析，被送到西部海域反潜司令部的“鹪鹩”们手中。如果没有任何新的动态，她们就会通过航位推算，演算出一艘船按照既定时速所能抵达的位置。

对于“鹪鹩”们来说，战术研究员是一个全新的角色。1940 年夏天，多佛首度招募了四名女子战术研究员。[14] 那个时候还没有成形的培训计划，奥尔德姆来的时候一头雾水，完全不知道该如何完成自己的使命。她在工作中不断学习，向另外几名女子提问请教，小心翼翼，尽可能隐藏自己的无知。

位于普利茅斯市韦斯山的这个司令部被分成了两半，一半给了皇家海军，另一半给了皇家空军。在海军这一侧，克里斯蒂安用彩色蜡笔把船只的航线都画到了地图上。根据获得的最新情报，一个个象征船队、舰船、U 艇和飞机的小模型被摆放在相应的位置上，有四名“鹪鹩”队员站在地图两

侧，戴着耳机，专注地听着从耳机另一端发来的情报。“鹪
31 鹩”队员们轮班上岗，每班从 18 点持续到次日 9 点，或者 9 点到当日 18 点。在这漫长的一天里，视乎海上传回的情报，她们要么无聊得要死，要么高度紧张，总之她们的情绪总是在这两个极端来回波动。

随着战事推进，这个系统也在不断改造升级，最终，大家选择使用白色潜艇模型标记估算出来的 U 艇方位，这种模型就好像“涂成绿色的软木塞上长了一个又一个的麻子点”，奥尔德姆的同事玛丽·卡莱尔后来这样形容道。一旦 U 艇所在的位置得到确认，就会用黑色潜艇取代相应的白色潜艇。[15] 深红色的船只模型倾斜着摆放在地图上，代表那些已经被鱼雷击沉的商船。

在指挥室的另一头，有一处夹层，英国皇家海军的资深军官就坐在这里，他们正对着墙上的地图，指挥商船避开已经发现的那些 U 艇。他们坐在这个偏远的角落里，与指挥室的其他部分分隔开来，这儿反倒变成了最有利的位置，可以在这里看着每天都要进行的战斗在大西洋海面上徐徐展开。虽然一切只是在地图上用模型演绎的微型舞台剧，但它们可能导致致命的结果。

9 月 18 日，午夜刚过，普利茅斯的一名战术研究员收到位于苏格兰莱尼斯海岸附近的一处电台发来的加密电报。电报由“贝拿勒斯城”号的一等报务员阿利斯泰尔·费尔韦瑟

直接发出。这个男人身上有种令人称羡的镇定自若，他能在周围一片混乱时，一边掏出一根雪茄，一边打出 SOS 紧急呼救信息。

23 分钟之后，即 0 点 29 分，普利茅斯的一名“鹪鹩”队员把已经破译的信息交到西部海域反潜司令部时任总司令马丁·邓巴尔-纳史密斯上将的手中：

“请速派一艘船来支援‘贝拿勒斯城’号邮轮或其救生艇，并营救乘客。”

一枚象征着 U-48 号潜艇的模型被补充到墙上的大地图中，就放在“贝拿勒斯城”号一侧。这两个模型远离了那一片绿色的软木塞，孤独地漂在海面上。玻璃墙后面的那些军官开始考虑起手头的选项。

二号救生艇上一共有大约 40 个人，有的在艇中，有的抓在艇两侧。科林看着这些大人在船尾来回摆弄杠杆，试图手动将推进器发动起来。由于丢失了一只船桨，现在似乎只有这个办法才能让救生艇逃离这片海域。一直留在这里，等邮
轮彻底沉没的时候，就有被巨大漩涡拉到水下的风险。空气 32
中弥漫着损坏的机箱泄漏出的石油的气味，还有人们不停的呼救声。尽管救生艇吃水很深，但由于安装了紧急浮力装置，它还可以稳稳地浮在水面上。科林看着身边的其他小艇在暴风雨中不断被抛起抛落。

鱼雷击中邮轮之后又过了大约30分钟，暴风雨愈演愈烈，就在此时，一束探照灯光在海面上扫过。灯光在沉船附近来回扫射了片刻，随后再次传来沉闷的轰鸣声。和一些幸存者的希望相反，并不是有其他的盟军舰船返回营救他们这些幸存者，此刻出现的是袭击他们的U-48号潜艇，它回来进行了一番拉网式侦查。在突袭“贝拿勒斯城”号之后，布莱希罗特艇长和他的艇员们看着人们纷纷爬上救生艇，随后就潜入了海里。五分钟之后，U-48号已经驶向另一艘目标船只：5 000吨的货船“玛丽娜”号。击沉“玛丽娜”号之后，整支船队彻底散开，U艇又回到“贝拿勒斯城”号身边，在一片沉船的残骸中穿梭，只为确认是否还需要发射舱内余下的一枚鱼雷来彻底结束这艘邮轮的生命。

任务已经完成，U-48号潜艇满意地向东驶去，离开了作案现场。

这到底算不算犯下了战争罪？两年后，一名被俘虏的U艇艇员索尔姆下士和他的一名狱友关于“贝拿勒斯城”号的谈话被偷偷录了下来，索尔姆声称他当时就在U-48号潜艇上。

“我们击沉了一艘运送孩子的商船。”索尔姆说。

“是你们干的还是普里恩他们干的？”他的狱友问道。

“是我们干的。”

“那些孩子淹死了吗？”

“是的，他们所有人都死了。”[16]

在这个自吹自擂、并不怎么准确且含糊其词的故事里，是邓尼茨本人下达命令，专门瞄准了这艘载满孩童的邮轮。如果此话为真，就没有任何理由能为击沉“贝拿勒斯城”号这一行为辩解，这完全是道德沦丧的兽行。但这种说法后来遭到了质疑。很多年之后，U-48 号潜艇的无线电发报员希尔泽说，那次袭击之后，又过了 18 个月，他和布莱希罗特才知道搭乘那艘邮轮的都是些孩子。[17]那时他们二人已经被调到另一艘 U 艇上了。当希尔泽得知这一消息后，他马上就跟布莱希罗特说了，据他所言，布莱希罗特立马发出惊呼：“那 33
些可怜的孩子啊。”第二年，据说布莱希罗特在海上执行任务的时候突然崩溃了一次。

“这些孩子的死对他的心灵造成了巨大的打击，”希尔泽说，“他是个很正派的人……既是一名正直的军官，也是一位绅士，他从来没时间搞纳粹的那一套。”[18]

在这样互相矛盾的叙事中，没有哪一种能真正占上风。后来，布莱希罗特艇长因为袭击这艘邮轮而被指控犯下战争罪，但他一直没有等到正式的宣判。检方后来放弃了指控，因为他们没有办法证明当时 U-48 号潜艇上的人清楚地知道“贝拿勒斯城”号的乘客大多是孩子。

冰冷刺骨的海水没过科林的膝盖，海浪冲上救生艇的另一侧，退去时留下层层白色泡沫。他发现自己已经很难开口讲话。他所在的这艘救生艇使用了双层木材，造得很结实，设计者的初衷是让其能够承受来自深海的滔天巨浪，然而，大西洋海域正中的可怖暴雨又是另外一回事了。以前人们就听说，这片海域的海浪足以将沿着一艘轮船甲板搭建的铁柱一般的防护杆弯折成一种完全凹陷进去的形状。水手们回到港口，一副孤苦无助的样子，告诉大家甲板上储存鲜肉的货物柜在暴风雨中是如何一下子就被削掉，只留下金属被切割过的痕迹，证明它们曾经被牢牢地焊在那个地方。[19] 如果是晚上在海上遇到暴风雨，天空会变得漆黑一团，用舵手的话讲，你要费很大劲，“就好像要从一个烟囱清洁工黑不溜秋的屁眼里找一枚六便士”。[20] 水手们就那样听着海水撞击在舷窗上，直到正面小窗被冲刷得一尘不染。护航的水兵因为有太多这样令人内心疲惫的经验，所以他们总喜欢说，大西洋的天气是远比纳粹更为可怕的敌人。

“抓紧救生艇！”25 岁的木匠麦克唐纳大喊道。[21]

在黑黢黢的夜色中，谁也不知道下一波海浪究竟会在什么时候打过来，更不知道怎样才能抵御那种疯狂的冲击。

与另外 12 艘已经半没在水中的救生艇相比，二号救生艇的状况算不错的了，根据一名幸存者的回忆，当时可以看到那些人浮在海面上，就好像坐在大浪的浪头上一样。虽然麦克唐纳的本职工作是木匠，但此时他还是商船安排的海军预

备役军人，他知道，要想让救生艇上的这些人在海浪和冰冷海水的双重威胁下继续生存下去，就必须让他们牢牢抓紧， 34
并且不断活动身体。对于有些人而言，他们因为恐惧和悲伤而情不自禁地浑身哆嗦，这种颤抖本身也能够产生一定的热量，维系他们的生存。另外一些人则不停地用力摇晃小艇，试图通过这种方式将灌进小艇的海水晃出去，并以此保持自己的身体状态。

科林只能牢牢握住舷缘，他的手上戴着一副刚从红色救生衣口袋里翻出来的手套。那天晚上，他在心里不止一次地感谢他那迫切而又坚定的母亲。他回想起他们在利物浦作别的前一晚，她给他做过的保证：即便邮轮沉没，皇家海军也会来营救他。他发现自己的拖鞋已经不在脚上了。

夜色渐浓，这个被母亲珍爱的孩子心中的那份信念依然坚不可摧，他在脑海里一遍又一遍重复她的保证，就好像在念祈祷语一样：

“他们会来的，他们会来的。”[22]

第四章　狼　群

35 一切本不该如此。大火，死亡，甚至是那些半露在水面上的救生艇里冻僵的幸存者：这些都令人叹息不已，但也确实都是战争的代价。然而，一艘落单的U艇在大西洋正中这片荒芜的海域来回巡游，突然发现不远处就有一艘轮船，这惊悚的一幕从来都不是U艇统帅卡尔·邓尼茨真正的计划，那个他花了十几年的时间才酝酿成的计划。

邓尼茨在位于柏林郊区的格林瑙长大，在那里，到现在还有狼群在附近的森林里捕猎。邓尼茨三岁那年，他的母亲去世了，他的父亲是光学巨头卡尔·蔡斯公司——后来这家公司负责为U艇使用的潜望镜提供镜片——的一名光学工程师，两个儿子都是由这名工程师独自抚养长大的。[1] 邓尼茨曾经一遍又一遍地阅读那些讲述探险家伟大冒险故事的书籍，其中就包括福瑞德约夫·南森、赫尔曼·冯·魏斯曼和斯文·赫定这些大人物的故事，他从学校毕业的时候，满脑子都是对海上生活浪漫小说一般的幻想，于是，他18岁那年参加了海军。在200多名新兵中间，邓尼茨收获了兄弟情谊，产生了一种归属感。同时，鉴于军队的严格规矩，他也知道自己已经走上了一条按部就班就可以按时被提拔并取得成功的道路。后来，他渐渐和自己的哥哥疏远了，从实际角度也好，心理学角度也好，他逐渐把海军部队当成了自己的另一个家。

1916年9月，只在一艘军舰上短暂工作过一段时间的邓尼茨被调到了U艇部队服役。[2]这次调动来得正是时候，不仅仅因为在U艇服役有更多机会被提拔并实现了不起的战绩，还因为邓尼茨的妻子马上就要生产了，发给U艇艇员的额外津贴——算是对这个兵种随时都要面对的在密闭空间窒息的风险和水下作战带来的心理创伤做出一定弥补——能给这个小家 36
带来多一点的经济支撑。训练结束后，邓尼茨欣然成为U-39号潜艇的一名艇员，在沃尔特·福斯特曼艇长手下服役。一个月前，福斯特曼艇长才刚被授予蓝马克斯勋章，这是普鲁士和德意志帝国军队的最高勋章之一。[3]

在福斯特曼艇长手下，邓尼茨对海军的宽泛之爱逐渐收缩、聚焦，最终变成对U艇部队成员们的热爱。由于彼此在水下靠得很近，危险也总是近在咫尺，这些艇员的凝聚力要比舰船上的水兵们大得多，在海上的那些舰船上，一个岗位上的水兵可能在整段航程结束之后都不知道被分配在另一个岗位上的战友的姓名。在与世隔绝的海洋深处，一艘U艇上的艇员们不可避免地组成了一个家庭。为了生存，你每天都要全身心地信任身边的那些同伴。你熟知他们的姓名，甚至牢记他们女友的姓名。因为需要一直保持高度警惕和绝对自律，这种要求就像黏合剂，让艇员之间产生的战友情谊进化成一种类似于爱的情感。很多年之后，已经成为德国潜艇部队指挥官的邓尼茨会告诉招募来的新兵，如果把德国海军比喻成德国所有武装力量中的精华，那么U艇部队就是这精华中的精华；对于邓尼茨本人而言，没有什么比在潜艇上参与作战更有意义的人生追求了。

邓尼茨就是这样看着福斯特曼艇长击沉了一艘又一艘敌舰。在第一次世界大战中，福斯特曼艇长的命中率在所有U艇艇长中都算数一数二的，这已经是很了不起的战绩了，毕竟那种能够精密计算方位的机器要到多年以后的二战期间才会被发明出来：在他作战的年代，只能通过眼睛来为每一枚鱼雷瞄准定位，打击时间也只能在心里估算。为了缩小误差，福斯特曼艇长会把U艇开到离目标很近的地方，而其他大多数U艇艇长一般更喜欢与敌军的巡洋护航舰保持一定的距离。这种战术在年轻的邓尼茨心中留下深深的烙印。1917年9月，他就有机会指挥属于自己的U艇了。

然而，邓尼茨的这段领导时光转瞬即逝。十个月之后，邓尼茨和他的艇员们在马耳他以南150英里的地方浮出地中海的海平面。到底发生了什么，那就要看你究竟相信哪一方了，是选择相信邓尼茨上交的官方报告、他自己的回忆录，还是相信那些接受英方审讯的幸存者的证词。总之，要么是 37
UB-68 号潜艇发生了某种机械故障，要么就是在一次急速下潜时，机械师鲁曼尔·耶森的操作发生了严重失误。那一次，U 艇几乎是垂直栽入水中，像一支箭一样插在海底。随后，令邓尼茨和他手下那些毫无经验的艇员更沮丧的事发生了，UB-68 号潜艇突然又不受控制地浮出海面。潜艇上浮，刚好停在了一支英国舰队的正中间，如同一条鲑鱼一不小心被一群正耐心等待猎物的灰熊合围。

邓尼茨命令耶森将潜艇自沉，这项操作之前已经演练过无数次了，将 U 艇灌满海水，然后自沉，就可以避免把潜艇和与之相关的技术送到敌军手上。UB-68 号潜艇只花了八秒钟就在水下消失了，艇员们脚踏海水，浮在海面上，身下是潜艇下沉前吐出的最后一串水泡。耶森再也没有回到水面上。只有三名艇员和邓尼茨本人获救。邓尼茨早就把自己的一身厚重的皮衣丢在了海里，他被捞出来的时候身上只穿了一件衬衣和一条内裤，只有一只脚上套了袜子。

经历了漫长的旅程，他们终于抵达英格兰，在此期间邓尼茨一直阴郁低沉，在脑海中反复重温 U 艇发生的事故。接下来的十个月，他被关押在谢菲尔德郡莱德米尔斯附近的一个战俘营里。在这儿，他头一次展示出了一些发疯的迹象。

早餐的时候，他会拿着饼干罐和小狗瓷像，玩一些很幼稚的游戏。据说还有一次，他假装自己就是一艘U艇。[4]后来，在一本没有公开发表的记录这段日子的日记里，邓尼茨说自己因为耶森的死而饱受困扰——耶森会出现在他的梦境中，“咸湿的海水”“从他的发梢和衣角”滑落。后来，邓尼茨说这些都是自己逃脱策略的一部分。[5]不管邓尼茨发疯是真还是假，抑或介于两者之间，在那之后，他就被转到了曼彻斯特精神病院。即便是到了那里，他的头脑也仍然在悄悄进行着某种密谋。

邓尼茨坚信自己掌握了一种秘密战略，能够就此彻底扭转U艇作战的局面。这种战术的灵感源自他童年时期听过的那些和狼群有关的童话故事。邓尼茨知道，狼群通过合作进行捕猎。通过成群结队出动，它们能让独狼难以对付的那些大块头不知所措，轻易被狼群击倒。同时，这种协作可以让狼群有机会照顾受伤的同伴，不必担心因此付出过多的作战精力。邓尼茨认为，U艇不必单打独斗，只把那些落单的敌舰当作自己的目标，而是可以形成有组织的团队在海上巡游，注意力和精力都高度集中，这样就可以拿下更强大的对手。还有什么比这更好的方法吗？

38 “当面对敌军一支船队的所有舰船时，”他后来这样写道，“唯一正确的办法就是拉着所有能够作战的U艇，集体与他们进行战斗。”[6]

作为一名U艇指挥官，邓尼茨一直希望在实际的战争中对这一理论的雏形进行检验。在邓尼茨被捕的前晚，他原本计划与另一艘U艇——U-48号潜艇，即与布莱希罗特艇长掌舵的潜艇同名的初代U艇——会合，在一轮新月之下同时对一支商船船队发起袭击。当然，与其说是成群结队，倒不如说只是找了个搭档，但通过这种初步的组队，邓尼茨想要亲自验证U艇协同作战时到底能对敌军造成多大的损伤。很遗憾，当时U-48号潜艇因为要进行维修而耽搁了航程，错过了本次合作。尽管如此，在后来的回忆录里，邓尼茨还是表明，“最后那一晚（在海上指挥U艇的最后一晚）……教会我一个道理：一艘U艇在夜幕的掩护下在海面上袭击一支船队，成功的概率是非常大的”。[7]

1919年7月，邓尼茨作为第一批被遣返回德国的战俘之一回到了自己的家乡。在随后的数年中，他逐渐痴迷于“狼群”战术。1937年11月，距第二次世界大战爆发还有两年时间，他发表了一篇论文，文中第一次正式描述这种战术该如何具体实施。[8]此时，他只需要说服德国海军的高层，让他们相信自己，提供给他足够多的U艇，好将这一战术付诸实践。针对如何实现这件事，邓尼茨心中也有一个计划。更准确地说，他酝酿了一个游戏。

“贝拿勒斯城”号的那名护士身上的救生衣乱成一团，她开始慢慢滑向救生艇中溢满海水的低洼处。她一整晚都在照顾二号救生艇上的印度水手。由于他们只穿了凉鞋和棉衬衣，这些男人比艇上的其他人更早地感受到了大西洋海水的冰冷刺骨。他们全身湿透，冻得语无伦次，有一个人还在救生艇上绊倒，直接跌入海中。[9]另外三名水手也许感受到了跌落的同伴内心的绝望，在接下来的30分钟里，他们也很快陷入昏迷，不省人事。他们的死让护士瞬间失去了动力。当科林帮着救生艇临时上任的指挥官麦克唐纳把他们的尸体推到海里之后，护士大喊："我也要走！我也要走！"

39 男孩伸出双臂，拥抱这名年轻女子。她挣扎了几下，很快放松下来，任凭他揽着自己的脑袋。每次有海浪打在船边的时候，科林都会帮她抬起脑袋避开浪花。

"很快就会有船来营救我们了，女士，"科林这样向她保证，"我们不会等太久的。"[10]

科林的这种颇为冷静的态度掩盖了他的真实感受，他就像所有那些突然见证成年人世界突发危机的孩子一样：既感到焦虑，觉得自己还可以再帮忙做些什么，又感到困惑不解，觉得自己没有那个责任，也轮不到自己去真正地做点儿什么。

"我想我看到了一束光，女士，"小男孩撒了个充满善意的谎，"也许是有船开过来了。"

清晨的曙光跃出地平线，暴雨先是变成冻雨，随后又变成冰雹。刚刚散落到海面上的时候，救生艇里的人们还在大声唱歌保持士气，可这无情的天气迫使他们陷入死气沉沉的静默。科林还在想着那些落入海中、浑身沾满机油的人是如何努力想要爬到救生艇上，却一次又一次地失败，最终无力地沉入海底。他护住护士的脑袋，不让她被天上砸落的冰雹击中。

艾格尼丝·华莱士的遗言十分直接。

“再见，”她说，“我要死了。”

她顿了顿，接着说：“孩子们都还好吗？”

坐在科林另一侧的是一名59岁的男士，据说在加拿大某所大学教书，他之前从绳梯上直接掉进海里，是后来才游过来并爬到救生艇上来的。在狂风暴雨中，他尽可能心平气和地建议小男孩放开护士的尸体。他说她已经死了。科林拒绝了他的建议。科林有点担心自己松手之后也许会失去重心，无法在救生艇上坐稳。

等到安格斯·麦克唐纳让科林把护士推下海的时候，科林发现自己的胳膊已经僵直得无法动弹，快要痉挛了。他压根没办法推开这具尸体。麦克唐纳费力地走到科林身边，两个人一起把尸体推了下去。海浪打过来，尸体一下子就被冲走了。[11]

在普利茅斯，皇家海军西部海域反潜司令部战术研究室

里的“鹈鹕”们十分清楚，大西洋上的这些幸存者究竟处在
40 怎样的绝境之中。在地图的正中央，就像是在一层石油的表面滴入了一滴鲜血，那个小小的红色轮船模型显示出被击沉的邮轮所在的位置。反潜司令部时任总司令马丁·邓巴尔-纳史密斯上将扫视地图，查看附近是否有适合执行救援任务的候选船只。候选者很少。离沉船现场最近的是皇家海军“温切尔西”号，它是最初护卫“贝拿勒斯城”号所在商船船队的驱逐舰之一。它现在距邮轮大概有200英里，正负责护卫另一支商船船队远航。

第二最佳备选是皇家海军“飓风”号，第二次世界大战刚刚爆发的时候，英国皇家海军从巴西买来这艘驱逐舰并将其重新命名。现在，“飓风”号也正在护卫另一支商船船队从英国行至加拿大。这艘船距离被击沉的“贝拿勒斯城”号大约有300英里，但考虑到它所在的护卫舰队的规模，调动这艘驱逐舰应该比调动“温切尔西”号更容易一点。

邓巴尔-纳史密斯即将做出一个艰难的决定：如果派“温切尔西”号前往“裂隙”救援，就极有可能将它目前所护卫的商船船队和船上的所有人员都置于险境；如果派“飓风”号救援，这艘驱逐舰可能要花费更多时间才能赶到幸存者身边——他心里很清楚这些落在海中的幸存者余下的生命可能不足几个小时了，但调动这艘驱逐舰对它目前所护卫的船队可能不会造成那么大的影响。

最终，务实主义占了上风。凌晨时分，“飓风”号 28 岁的外科医生兼无线电发报员彼得·科林森就收到了讯息。他们很快破译了电报，由于那个时代发报技术还不够发达，电报只能尽量言简意赅：“以最高航速前往北纬 56 度 43 分、西经 21 度 15 分。救生艇里有幸存者。”科林森把电报交到驱逐舰舰长、34 岁的海军少校休·克罗夫顿·西姆斯手中。

“最高航速？”西姆斯自言自语，感受着身下大西洋的汹涌波涛，“我们会尽力的。”[12]

邓尼茨俯身看着在宽大的桌子上展开的一幅皱皱巴巴的地图。此时是 1939 年初，距离科林登上“贝拿勒斯城”号邮轮还有 18 个月的时间。当那些富裕的柏林人带着他们的家人在哈尔茨山间滑雪时，邓尼茨已经下定决心要玩一场游戏，不过不是和他的家人一起，而是和他的海军同僚们一起。在他周围，各种军阶的海军军官也弯着身子，同样聚精会神地 41
紧盯地图。地图显示的是大西洋整片宽广的海域，东至葡萄牙的海角，西至北美洲附近险峻的海岸。地图按照比例精准描绘，但在那一天，它是被当作棋盘来用的，就像是国际象棋黑白相间的方格“战场”，大富翁游戏里纵横交错的街道，或是布满各种梯子和滑梯的蛇梯棋。

德国人被分成了两队。红军扮演英国皇家海军。他们身边堆了一堆象征各种军力的小标志以供布局使用，包括 12 艘战舰、5艘航空母舰、27艘轻型巡洋舰和100艘驱逐舰。[13]蓝军扮演德国海军。他们身边堆着的小模型包括15艘U型鱼雷潜艇、2艘U型大型舰队潜艇、2艘U型大炮潜艇、1艘布雷潜艇、1艘装甲袭击舰和仅有的1艘补给船，可以说是完全被敌方的火力压制了。

游戏时间被设定为四年之后，假想德国届时将再次与英国开战。游戏规则很简单，红军必须使用他们相当可观的兵力护卫五支英国商船船队从不同的出发地经大西洋航行后抵达英国本土，而蓝军必须使用手上规模小得可怜的U艇部队阻止这些商船。

当战争的乌云已经密布在头顶，为什么这些思维严谨审慎的中年男子还会浪费时间来玩一个棋盘游戏呢？邓尼茨今年47岁，几周之前他已经当上祖父了。然而，类似这样的兵棋游戏在过去的一个多世纪里一直是德国军事演练中不可或缺的组成部分，普鲁士军官们手握微缩模型，在沙盘上对战局进行推演，为已经爆发或即将来临的真实世界中的战争进行筹备谋划。所以，兵棋游戏在军事训练中一直扮演着至关重要的角色，它能够让那些高阶军官在一种不需要担心会对实际战局造成影响的环境中体验真正高水平的军事战略。

对于步兵团而言，他们只需要聚集在演练场，分成两支队伍，在机枪和坦克里填装好空包弹，开始向对方射击，就可以毫无风险地体验战场上那种令人失去方向感、不知所措

的狂怒。相比之下，战略家和战术家很难这样去体验战争。兵棋游戏在迎战筹备和回顾反省阶段都会发挥很大作用，军 42
事指挥官因此有机会在虚拟的战争场景中验证自己提出的一些战术理论，同时能够在这样一种战争无法满足的环境中获得一定的经验。

那一天，邓尼茨主持的这场游戏对双方玩家都没有做过多的限制。每一方都可以在大西洋整片海域活动，也可以自由选择他们的舰船所要航行的方向。这种方法也许看起来有点像闹着玩，但对于邓尼茨这样一个狂热的桥牌爱好者而言，这场游戏有至关重要的严肃意义。通过这场游戏，他希望了解，一旦打响战争，英国皇家海军在海上究竟会怎样行动，他要怎样才能最高效地切断敌军的补给线，还有最关键的一点，要想取得压倒性的胜利，他至少需要多少艘 U 艇才能实现目标。

军官们在地图上推动着代表己方的战舰或者 U 艇，事实越来越明显：蓝军的 U 艇部队过于弱小，完全没有办法阻止英国商船船队向前行进。他们经过小心谋划，将手头拥有的 15 艘 U 型鱼雷潜艇分成五支小分队，每一队由三艘潜艇组成。蓝军把他们的主力布置在大西洋海域正中，沿着加拿大—爱尔兰段航线分布，这一段也是红军的舰船分布最密集的区域。另外一队舰船则被摆在通往加那利群岛的航线上。但是，覆盖洋面的军力还是过于薄弱，在接下来的几轮行动中，有三支英国商船船队在一艘船都没有被发现的情况下穿过了U艇的防线。后来，有一艘U艇捕捉到了第四支商船船队的行踪，但蓝军选择保持无线电静默，为的是避免将自己的位置暴露给敌军。随后，英国船队的护卫舰在这艘U艇发动袭击的一瞬间就确定了它的方位，迅速将其干掉了。

游戏结束，地图被重新折起来，小模型也都被收了起来，邓尼茨把这天所发生的一切写进了报告。据他推测，蓝军的失败并不是因为什么具体的战术失误，用他的原话讲，仅仅是因为“大海过于空旷”。德国海军的舰艇分散开之后，每个防御位置的舰艇数量都少得可怜。但这对邓尼茨而言也不是什么值得吃惊的事，自从1935年成为U艇部队的总司令，他就一直在敦促上级领导尽快建造更多——且质量更好——的U艇。这场游戏为他的观点补充了更多的证据。邓尼茨在报告中总结道，要想形成“狼群”，击沉足够数量的英国商船，以切断英国的补给，德军需要增加“至少300艘”可以参与实战的U艇。[14]

43 邓尼茨解释说，一旦在海上有了足够数量的U艇，他就可以让所有这些潜艇组成一道长长的战线，相邻潜艇间隔20英里。如此一来，这道战线可以从任何角度对潜在的商船航线进行扫描，并从中阻截。只要有商船被发现，U艇就会在航线的前方汇集成一群。一旦收到发动袭击的指令，所有U艇会同时发动攻击，让护卫船队的军舰分散注意力，找不准目标。但是，倘若没有足够数量的U艇，邓尼茨的U艇就只能像一只只孤狼一样在海上漂泊，指望着侥幸发现目标，并瞄准发射鱼雷。

又过了几个月，到了1939年5月，邓尼茨重新组织了红蓝军对战演习，只不过这一次，他把演习场从棋盘上搬到了实景中。[15]在与葡萄牙海岸线毗邻的法国比斯开湾，他召集15艘U艇，组成蓝军的战队。扮演英国皇家海军的红军则拥有两艘孤立无援的货物补给商船和两艘装备精良的护卫舰——“萨尔”号和“厄文·瓦萨尔”号。

这场游戏原本是要在整片海域上展开的。不过，才刚过了四个小时，一艘U艇就发现了所谓的“商船船队”。邓尼茨一直在旁边观看，时间一小时一小时地流逝，U艇逐渐汇聚到一起，对船队发起攻击，一开始的时候只有七艘U艇聚在一起，到游戏快要结束的时候，已经有不下13艘U艇聚到一处了。

一切都在邓尼茨的预料中。在他的报告中，他写道，要想在与敌军的作战中获得胜利，就必须要有“大量的U艇能够在同一时间袭击商船船队”。不管是棋盘上的游戏，还是海面上的演习，都证明了他提出的这个战术的有效性。

有这样的证据支撑，邓尼茨很快就找到了一名支持他的位高权重的高级军官，即海军上将鲁尔夫·卡尔斯，后者向最高指挥部递交了这份详细论述“狼群”战术的论文，还附上了一张纸条，卡尔斯写道，应该“摒弃”U艇独自作战的习惯，并“尽力部署成群的U艇进行战斗”。[16]

但是，最高指挥部的军官对“狼群”战术持反对态度。
44 尽管从道理上讲，协同作战远比孤狼战术更加高效，但依照同样的逻辑，他们也有其他顾虑，组织这样的群体战需要用无线电发出指令，一旦英国的情报系统截取了无线电讯号，突袭就失去了出其不意的优势，敌军也很容易探测到所有U艇所处的方位。除此之外，纳粹德国海军元帅雷德尔上将想要出资筹建一支海面上的舰队，以此与英国皇家海军抗衡，所以他把原本可以投入制造U艇的一部分资金挪用到建造水上舰队去了。最后，还有来自希特勒最亲近的同盟和密友、空军总司令赫尔曼·戈林的反对，戈林是第一次世界大战中的王牌飞行员，他更倾向于创建一支优秀的德国空军，不仅仅是出于个人偏好，也是因为造飞机比造U艇要快得多，因而看起来也会有更直接的收益。

所以，邓尼茨打造一支规模可观的U艇部队的计划在多处受到阻碍。邓尼茨原本预计，战争正式爆发的时候他手下会有300艘左右的U艇，但实际上，他手下只有46艘U艇可以参与作战，其中还有一部分总是在转运的路上，不然就是被送进船坞维修或者补给物资。

“贝拿勒斯城”号被击沉的时候，德国海军舰队中可供派遣的U艇只有28艘，完全不足以形成“狼群”发动群体攻击。至少当时他是这样想的。

在铁灰色的曙光中，科林和其他的沉船幸存者可以看清身边海水中大块大块的残骸：邮轮上的帆布躺椅，乘客的鞋子，浮出水面的尸体上沾满了机油，还布满其他猛烈撞击造成的伤痕，这一切尚未被海水吞没。海面灰一片白一片，就像经历昨晚的风暴幸存下来的人一样，大西洋似乎也在一夜之间衰老了许多。

曙光就算没有带来新的希望，也让人暂时舒了一口气。科林能看到更远的地方，因此可以预知下一波海浪什么时候抵达，也能够更好地迎接浪花带来的冲击。救生艇里充满悲伤、疲惫和紧张的情绪。幸存者的人数大幅缩水，从最初的38人下降到现在的十来个人。麦克唐纳想办法打开了一个食物储藏柜，从里面捞出一罐还在滴水的罐头牛肉、一些压缩饼干和朗姆酒，救生艇上的士气因此稍稍恢复了一点。另一个男人用一把折叠刀在罐头上挖开一个口子，科林吃了起来。

这是发生这场灾难之后的第一个吉兆，科林满怀希望，45
期待还会有更多好事情发生。于是在接下来的几个小时里，小男孩很多次看到天边的海市蜃楼，每次都会一下子松一大口气，但很快他就会意识到自己又看错了。

事实上，科林有这样的期待并没有错。英国皇家海军

“飓风”号一直在高速前进。它以15节的航速高速穿越风雨交加的洋面，对于舰员们来说，这段航行让人备受煎熬，而他们之所以能够承受这一切痛苦，是因为有消息传来，他们要赶去救援的幸存者中有许多孩童。清晨刚过，风暴稍缓，在舰长休·克罗夫顿·西姆斯的指挥下，船速提到了27节，这样的航速让“飓风”号很快赶到了发生海难的那片海域。

正午刚过，西姆斯下令在最后发现“贝拿勒斯城”号的海域进行方块式巡查，它先是向西航行了20英里，然后左转，又向南航行了一英里，最后又转头向东航行了20英里。每一名能腾出手来的舰员都站在了甲板上，将双筒或者单筒望远镜紧紧贴在眼窝上，驱逐舰不停向前航行，他们也在视线所及的全部方向搜寻着幸存者的踪迹。皇家海军“飓风”号已经在总长20英里的网格里行进了18英里，突然，瞭望塔上有人高呼：“前面有船！”

尽管驱逐舰已经降至最低航速，但它搅起的水波仍然轻而易举就可以掀翻一艘受困的救生艇。为了不让那些已经不堪一击的幸存者再次掉落海中，西姆斯派出了一艘捕鲸船，这是一艘船体狭长的敞篷船，两头都是尖的，西姆斯命令这艘船先去靠近救生艇了解情况，并尽快报告现场情况。捕鲸船的掌舵手埃尔伯特·戈尔曼飞速前进，靠近了第一艘救生艇，并用艄缆将救生艇和捕鲸船连在一起。戈尔曼登上救生艇，很快，所有乐观的希望都破灭了。他数了数，救生艇上一共有 20 个人，但看起来都死去了。其中一名年轻女子身上只穿了一件被撕裂的连衣裙和长筒袜，她看上去好像是在冲着他点头。但走过去仔细查看，戈尔曼才发现她已经死了，她的脑袋只是在随着海浪来回晃动。

“我们要不要找他们身上的身份证？”他把双手拢在嘴边，冲着“飓风”号的甲板大喊。

“不需要。”那边很快就传来答复声。如果在别的救生艇 46
上还有幸存者，现在就不是遵循这些死板规矩的时候。他们需要马上往前继续查看。

科林的身体全靠那件红色救生衣勉强维持直立状态。18 点，他终于看到了营救者的身影。麦克唐纳挥舞着一支一头拴了一块破布的船桨，他站在船尾高声唱起了海军军歌《不列颠万岁》。作为救生艇上仅有的几名幸存者之一，也许是长期坚持体能训练的缘故，麦克唐纳的身体依然可以自由行动，他唯一的伤口是手上的一道口子，是他在寻找浸泡在水中的储物柜时划出来的。

捕鲸船离救生艇越来越近，舰员雷吉·查尔顿注意到了那个浑身发抖的孩子，他大喊道：“快把那个男孩抱过来。”

科林既不能动作，也无法开口回应。他的双手彻夜和几乎整个白天都泡在冰冷的海水里，已经发白肿胀，完全失去知觉，无力地落在身体两侧。他的腰部以下失去了知觉。这个男孩现在根本没有办法站起来，更别提还要爬到另一艘船上了。只有麦克唐纳能够仅凭自己的力量沿着挂在捕鲸船四周的渔网爬上去；捕鲸船上的舰员在科林和这艘救生艇上的另外几名幸存者腋下绑了绳子，然后将他们连成一串，费了好大劲才一起拉到“飓风”号的甲板上。

一登上船，幸存者们马上被带到引擎室旁边的小厨房里，在这里，引擎转动产生的热量能够烘干他们的衣服，也能把热气送到他们冻僵的骨头里。有人给科林拿来一条高尔夫球裤，是他们在船上能找到的最小号球裤，科林套上球裤，原本穿着的睡裤就可以更快烘干。对于本次获救，他留存最久的记忆就是当时感受到的那种困惑，驱逐舰上的舰员是那么年轻，很多人看起来比他大不了几岁，才 34 岁的舰长已经被所有人认定是经验丰富的老舰长了。

1940 年 9 月 19 日 11 点 52 分，皇家海军“飓风”号还在向英国返航的路上，U-48 号潜艇的无线电发报员希尔泽意外收到来自附近另一艘 U 艇的加密电报。电报来自君特·普里恩，U-47 号潜艇的艇长，也是邓尼茨手下 U 艇界的三名年轻新星之一。普里恩是最受人尊敬的 U 艇艇长之一，在战争爆发的第二天，他就第一次代表德军击沉了盟军的一艘商船“波斯尼亚”号。当时，他看到遥远的地平线上升起一缕轻烟，“就像一只蜻蜓在小溪上飞快掠过”，[17] 普里
47 恩立马下令下潜，让那艘货轮在海上经过自己所在的位置，

然后浮出水面，用U艇甲板上装置的大炮攻击了那艘商船。后来，“波斯尼亚”号放下来的一艘救生艇翻了，普里恩手下的艇员把救生艇上一个被击溃的少年拉到潜艇上，艇员们也因此获得了“被U艇进攻究竟是何种体验”的第一手资料。

“你根本想象不出那是什么样的一种感受。”普里恩还记得那个年轻人有一口浓浓的伦敦腔，“你一眼望过去，海面上什么都没有，只看得到蓝天和大海，但突然间，一个巨大的家伙就跳出水面，停在你身边，像一只海象一样发出怒吼。我还以为自己看到尼斯湖水怪了呢。”

现在，在本趟旅程中，U-47号潜艇在之前的几场作战中已经发射了大量的鱼雷，目前全艇只剩下一枚鱼雷了。在过去的几天里，它扮演了气象船的角色，承担了对于一艘U艇而言沉闷又不值一提的气象预报工作。U艇通过放在空中、充满氦气的避孕套知晓天气，断断续续地把结果发回总部，后方的那些德国气象学者就可以利用这些数据估计英国的天气，为规划空中轰炸做辅助。

希尔泽破译了传来的讯息。在电报中，普里恩表示，他希望这艘更新的、配备了更高级无线电设备的U-48号潜艇能够帮他把一条重要讯息传回给邓尼茨：他发现有一支由40多条舰船组成的商船船队正以英国为目的地一路向东航行。普里恩想知道下一步该如何行动。

邓尼茨收到由布莱希罗特艇长转发的普里恩的电报

时，正坐在自己新建的位于洛里昂附近城镇科尔内瓦尔的U艇指挥总部（“U艇指挥总部”的德语表述是像山峦一样的一长串字母“Operationsabteilung der Befehlshaber der Unterseeboote”，但只要是有事在忙的人，一般都会用BdU这个简称）里。

三周之前的8月29日，邓尼茨刚刚和他养的一条幼年的德国牧羊犬“小狼”一起从巴黎搬到了这座被征用的名为“科利隆”的别墅。[18] 别墅虽然面积不大，但造型精巧，外墙一片雪白，采用的是19世纪晚期的设计风格，它正好面对规模不断扩大的洛里昂潜艇基地。邓尼茨意识到这是个很好的机会，便下令让U-48号潜艇开到普里恩发出的航标讯号附近。随后，他又给其他四艘U艇下达了类似的指令，让它们前往同一地点——其中包括U-99号潜艇和U-100号潜艇，两艘潜艇分别由奥托·克雷齐默尔和约阿希姆·舍普克这两名王牌选手任艇长。

48 U艇在同一处会合，随后在商船船队即将经过的海域彼此间隔五英里依次排成一线。HX.72号商船船队由43艘船组成，船上装满了来自加拿大新斯科舍省哈利法克斯的成千上万吨补给物资和其他原材料。与“贝拿勒斯城”号的航线刚好相反，它们要穿越大西洋，驶向利物浦。所有要素都和邓尼茨在兵棋游戏中设计的一模一样。黄昏时分，普里恩向其他U艇示意英国商船船队的位置、航向和航速。U艇都埋伏起来，根据指挥总部的命令，既没有浮上来投喂海鸥，也没有把吃空了的罐头盒子扔到海面上，以避免在商船船队抵达最理想的伏击地点之前暴露自己的行踪。[19]

击沉“贝拿勒斯城”号三天后，筹备多年的邓尼茨终于成功组建了一支由六艘强大的U艇组成的“狼群”，这也是战争开始以来“狼群”的首次现形。最终，排成一线的U艇围成一群，将整支商船船队包围起来。

时年28岁的奥托·克雷齐默尔酷爱雪茄，战争伊始他就已经是最有名望的U艇艇长之一了。8月初的某天，他曾把U艇开回洛里昂港，艇上插了七面代表胜利的三角旗，每一面都象征着他用鱼雷成功击沉的一艘商船。第二天，在巴黎，邓尼茨告诉克雷齐默尔，他马上就要因为在单次航行中击沉最多数量的商船而被授予骑士十字勋章。通常情况下，克雷齐默尔需要启程前往柏林，接受由希特勒本人亲自颁发的勋章。但当时克雷齐默尔根本腾不出这么多时间，所以第二天，德国海军最资深的高级将领、海军元帅雷德尔上将便飞到洛里昂港，亲自赐予他勋章。授勋仪式结束之后，憔悴得如稻草人一般的克雷齐默尔和他手下的艇员一起在U-99号潜艇的甲板上举起啤酒，干杯庆贺。

克雷齐默尔大获全胜的消息传回位于柏林的德国宣传部以后，宣传部的官员们就开始挖掘素材，在报纸上宣传这名冉冉升起的新星。一个月之后，克雷齐默尔已经像电影明星一样大名远扬，备受尊崇。而他受到这样的褒扬与推崇倒也实至名归。克雷齐默尔堪称潜艇界的一个天才，1936 年初，他是位于基尔的 U 艇培训学院首批也是成绩最优异的学员
49 之一，且当时师从的是邓尼茨本人。邓尼茨培养出来的其他优等生尽管能力也很强，但都有一些明显的缺点。普里恩个性执拗，脾气一点就着；舍普克尽管很有魅力，但总是迫切需要所有人都喜欢、爱慕他，所以成了一个嗜酒如命的花花公子。

克雷齐默尔的缺点包括以下几点：过度痴迷海上作战，以至于再无其他兴趣爱好；无法容忍那些不能和他一样专注的人；本性沉默寡言。而所有这些特质，放到 U 艇的世界里都称得上美德。

有一次，正值两次突袭间隙，大家都在洛里昂港休整。夜里，克雷齐默尔发现他手下的四名海军士官（他们的名字——伯格曼和克拉森、施纳贝尔和卡塞尔——带有一种韵律感，就像一个警诫寓言里的主人公的名字一样）喝得醉醺醺的，试图从他们留宿的美好居酒店休息室的窗户下面四脚着地，偷偷爬回房间。第二天早上，克雷齐默尔把所有艇员召集起来，站在码头上，对他们进行了急风骤雨般的训诫，并警告他们一旦再出现前晚的举动，马上就会受到军纪处分。[20] 这种指责可谓相当严苛。U 艇艇长和艇员在海上航行

数周，随时都在360度全方位无死角地面对死亡威胁，好不容易毫发无损地上了岸，不休不眠的疯狂派对已经成了一种惯例。但这次事件表明克雷齐默尔对软弱的行为毫无容忍度。放在和平年代，他这样的行为会让人们觉得他是个残酷的老板，但是，在U艇的世界，这种严格的要求只会激励他的艇员们为博取他的认可而更加努力高效地工作。

不管这配方到底都有哪些调料，它还是十分有效的。1940年4月，克雷齐默尔被任命为U-99号潜艇的艇长，潜艇离开港口，准备开启它的首次航行，船坞的主管朝这名艇长大喊："好好对它，它能帮你击沉整个皇家海军！"

这样说有些夸张，但和事实倒也相差不远。没有哪个U艇艇长击沉的盟军商船数量能比克雷齐默尔还要多。出发前的一天，有一名艇员发现U艇的锚上挂了一对马蹄铁。克雷齐默尔还安排他的手下在瞭望塔上用油漆涂了一对马蹄铁。从那以后，每次潜艇击沉一个目标，他们就会在潜艇侧翼涂上另一只马蹄铁。但他们的战绩和幸运与否并无太大关系，这个夜晚，"狼群"首次登场作战，克雷齐默尔很快就会证明自己靠的不是运气。

布莱希罗特第一个开火，他一连放出数枚此前尚未用到 50
的鱼雷，击沉了一艘货轮，让另一艘货轮遭受重创。然后，他代替普里恩成为商船船队的"影子"，负责向其他U艇报告船队的方位，并将进展报告给邓尼茨。在这个新的位置上，

U-48号潜艇将一连串无线电讯息传回洛里昂总部。克雷齐默尔的众多绰号里，有一个是“沉默的奥托”，指的就是他极其厌恶使用U艇装备的无线电装置。对于U-48号潜艇的作为，他尤为恼怒，生怕这种不够谨慎的行为会暴露“狼群”的方位。

克雷齐默尔设定了与商船迎面相撞的航线，愤怒地沿着海面开足马力行进，与此同时依然保持无线电静默。在向前航行的过程中，他注意到普里恩的U艇也浮在水面上。克雷齐默尔不想错过这个在竞争对手面前炫耀一把的机会，于是慢慢地、安静地贴近了对方的U艇，直到抵达可以直接撞击对方的距离才停下来，普里恩手下的艇员们吓坏了，有那么一瞬间，他们还以为自己要被敌军攻击了。

邓尼茨鼓励他的U艇部队的这些下属建立一种亲密的兄弟情义，他严禁艇员们在出海期间刮胡子，所以过了一段时间，水下这些人不仅有同样的目标，长相也变得相似起来。所以，一方面是因为邓尼茨有意这样设计，另一方面，这些人共同经历险境，有着共同的创伤，也因此有了紧密的联系，于是这些U艇艇员就成了彼此的兄弟。当然了，这个系统也有竞争，也让大家相互比较到底谁更胜一筹：排行榜上不体现商船与生命有关的一面，而是把它们缩减成代表吨位的一个个数字，艇长们就是通过比较击沉商船的吨位数字来展开竞争的。克雷齐默尔继续向前航行，他嘲讽地对着站在瞭望塔上的普里恩大喊：“你该多安排几个瞭望兵了啊。”

在月光照耀下，克雷齐默尔靠近一艘货轮并发起袭击。尽管鱼雷发射指南和德国军方官方发布的《潜艇艇长备忘录》里都指出，U艇和攻击目标之间的距离不得少于1 000米，克雷齐默尔还是想看看这个发射距离压缩到500米之后会发生什么。U-99号潜艇从护航的驱逐舰之间溜过，停在一排排脆弱、不堪一击的商船之中。当鱼雷击中“英佛香农”号的船头，有那么几秒钟，巨大的爆炸火光照亮了整片辽阔的夜空。

然后，克雷齐默尔朝着船队背侧的几艘商船驶去，刚好遇到了那艘满负荷运载的货轮——吨位达3 700吨的“布莱特斯伍德男爵”号货轮。仅仅过了40秒，它就被击沉了。从沉船留下的这处缺口，克雷齐默尔又观察到了另外一艘体积 51
庞大的货轮。接下来的一枚鱼雷刚好击中船只腹部。在成功发动三轮袭击之后，克雷齐默尔关掉了U-99号潜艇的引擎，让商船船队有机会脱身。他的无线电发报员拦截到了对方的呼救讯号，于是才知道那艘船名为“艾尔班克”号。

这种在商船船队内大胆发起的攻击，虽然在大西洋战场上前所未有，但也不是完全没有先例。邓尼茨以前在福斯特曼手下任职的时候就曾目睹过这种高效的作战方式，他也曾采取这种手段——或许是不想完全被自己手下这些年轻的艇长赶超，所以故意这么说——不止一次在敌人不曾察觉的情况下潜行至护卫舰当中，停在一排排的商船中并对准目标发起攻击。

大部分的U艇艇长都知道，从逻辑上讲，攻击商船最有效的方式就是通过某种方式绕过驱逐舰，在离商船很近的地方开火。而且，VII-C型U艇的表层很薄，为的是在其浮出水面时可以伪装成一艘吃水很深的水面舰船。（这一层外壳有穿孔，水流可以从外壳和潜艇耐压的圆柱形内核中间的缝隙流过，这样能够确保外表的伪装层不会轻易因海底压力挤压而变形。）尽管如此，很少有U艇艇长有足够的魄力来尝试这样的作战方式。因为他们也不确定英军的声呐探测系统到底有多大效用。这种探测系统在当时被称为“潜艇探测器”（ASDIC），受其震慑，很多U艇会在护卫舰探测范围以外很远的地方发射鱼雷，一般都是在距离3 000米左右甚至更远的地方。[21]

而实际上，英国皇家海军的反潜战术在战争爆发初期几乎徒劳无功。英国的舰船都没有配备雷达，只有少部分船上配备了潜艇探测器。这种形式上的反潜装备被放置在护卫舰的拱形船体之下，好似一块巨大的息肉。它不断发出一道道声波，在3 000米的范围之内，只要声波遭遇任何固体，它发出的“乒”的声音就会得到“咚”的一声作为回应。这样一来一往，便能够获取对方准确的方位。但是，众所周知，这种可以反复进行的扫描探测准确性极低，很容易被海水的密度变化扰乱，如果舰船航行速度超过 18 节，甚至还会完全失效。除此之外，几乎没有人知道如何正确操作这个探测系统。某个操作员曾经把操作潜艇探测器比作学习弹奏竖琴， 52
你需要具备高度的灵活性和持久的忍耐力，而那些被分配到此岗位上的舰员都不具备相应的经验。

那天晚上，克雷齐默尔演示了针对商船船队最理想的攻击模式：作为“狼群”的一分子，在巡航的护卫舰队内部发动袭击。在 1940 年 9 月 22 日这天的日记里，邓尼茨掩饰了自己那种“早就告诉过你们了”的不满情绪，非常直接地向那些曾经阻挠他的行动计划的海军高官报告：“过去几天的交战成果表明，和平时期就已经规划出来的作战方针是正确的。”“狼群”战术的效果先是在兵棋游戏中得以检验，随后又在军事演习中得到验证。现在，这一战术在实战中也充分证明了自己的价值。

第五章　菠萝和香槟

53 9月20日，皇家海军“飓风”号已经抵达苏格兰的格凌诺克市，而“狼群”还在不断发起袭击。直到上了岸，科林才有机会查看到底还有哪些孩子获救，又有哪些永远留在了海上。一些伤势更为严重的幸存者被抬上救护车，送到史密斯顿医院救治，科林和其他还能自行走路的幸存者被送至临时当作海关办公室的一处聚集区内。

坐在桌子后面的男人一脸严肃，他要求科林出示自己的护照。科林还没来得及开口嘲笑这个极不合理的要求，这名毫无幽默感也不会灵活处理工作的官员又补充了一句：“哦，还有，你有没有什么需要申报的物品？”

小男孩从救生衣内侧取出贴身存放的钱包，从里面掏出父亲给他的那张已经被海水泡烂了的十英镑纸币。将一切情况告知撤离计划的主任乔佛里·莎士比亚之后，科林被带到一辆开往格拉斯哥的巴士上，然后又被送到格拉斯哥中央大酒店，这是全城最棒的酒店之一，丘吉尔本人也经常光顾这里。小男孩穿着已经干透的睡裤，走进装潢豪华的酒店大厅，他的上身还套着那件红色的木棉夹层救生衣，直到最后都坚守着他对母亲做出的承诺。

有那么一会儿，没有任何人注意到这一行人。然后，突然之间，科林和其他的幸存者就被一大群记者包围了。相机的闪光灯开始不停闪烁，按动快门的声音就好像一群蚱蜢齐声高歌。

克雷齐默尔和他的艇员们几乎清空了 U 艇上配备的所有鱼雷，然后，他决定对本次向 HX.72 号商船船队发起的袭击做收尾。只是被损坏的船只不算沉船，没法当作 U 艇艇长的胜利成果，每一艘船都必须击沉才行。因此，U－99 号潜艇 54
再度返回至“英佛香农”号身侧，克雷齐默尔用潜艇甲板上的机枪对着货轮扫射了一番，希望能就此击穿商船船体。所有的子弹都被反弹回来，克雷齐默尔便命令他手下的中尉克劳斯·巴戈斯登开着一艘载满炸药的小艇靠近货轮。但巴戈斯登很快就翻了船，不得不被人拉回到潜艇上。

克雷齐默尔并不怎么想再发射一枚鱼雷来彻底搞定这艘货轮。他有一条引以为豪的座右铭，“一枚鱼雷负责一艘船”。但黎明将至，潜艇面临被盟军的空中巡逻机发现的风险。对于 U 艇而言，遭遇空中袭击要比护卫舰的袭击更为恐怖，因为优秀的飞行员可以迅速对U艇发动攻击，让它完全没有机会下潜至海面以下80米的地方，而只有在这个深度以下它才有可能躲避开飞机投下来的炸弹。[1]

克雷齐默尔脸色沉郁，他只好下令对这艘船再次发射一枚鱼雷。货轮深处发出一声巨响，整条船拦腰断成两截。船尾那一端高高翘起，几乎垂直于水面，所有的桅杆都被挤向离海面最远的最高处，就像竖起一座巨大的柱廊。一簇簇浓烟呼啸着冲向蓝天，随后，整块残骸就像哥特式的拱门一样，平静地缓缓沉入海底，似乎还保留了几分尊严。

就在克雷齐默尔下令掉头之时，他突然注意到海面上有一艘孤独的充气艇。充气艇上站着一个男人，只穿了内衣内裤。他靠着身后的一支被用来代替桅杆的船桨，船桨上还绑了一件白衬衣，衣角随风飘扬。眼前的场景悲伤中带着几分荒谬，克雷齐默尔后来说，当时他觉得那个场面特别像《笨拙》杂志上刊载的一幅讽刺漫画。克雷齐默尔先是下令用磷弹瞄准货轮甲板上的木材货物，然后把那艘充气艇拉到了U艇旁。因为在埃克塞特大学学习过一段时间，克雷齐默尔用英语和那个男人打了个招呼。当那名幸存者自愿登上U艇后，克雷齐默尔又让他找个地方烘干衣服并找点东西喝。

克雷齐默尔已经不止一次通过这种方式对他的敌人施以援手了。那年夏初，他遇到了一艘满载加拿大汽轮“马格”号落难船员的救生艇。当他手下的一名士官走到瞭望塔上，挥舞起一挺机关枪时，克雷齐默尔严厉斥责了他，并让他滚回甲板下面，再也不要出现在自己面前。克雷齐默尔拿给那群幸存者一瓶白兰地和一堆毯子，并给他们指明了爱尔兰海岸的方向。

克雷齐默尔并不是唯一一个会对敌军施以援手的U艇艇
长，尽管回到法国的船坞进行修整时，年轻的水兵们经常会 55
就什么才是正确的行事方式进行激烈的辩论。很多更年轻一点的士兵认为，可以瞄准一个站在甲板上的人射击，可他一旦落水就要大发慈悲，这种双重标准实在太可笑了；但那些老兵还是会秉承水兵千百年来流传下来的信条：对那些遭遇沉船事故的人怀抱同情是每个水兵的首要职责。*

维尔纳·赫斯曾在U-530号潜艇上服役，他声称邓尼茨曾下令，所有的U艇官兵都要援助幸存者。在战争爆发的第一周，后来击沉“贝拿勒斯城”号的U-48号潜艇发射鱼雷击沉了英国货轮“费尔比”号。后来，U艇艇员把“费尔比”号的船长抓到潜艇上，那个男人泪眼盈盈，他告诉这些德国人，自己不顾妻子的反对，坚持把他们的儿子也带到了船上。

“你们把他带走吧。”他把那个男孩向前推了一把，苦苦

* 1973年，德国记者罗塔·君特·布赫海姆出版著名小说《从海底出击》，在书中，他根据自己曾经偷听到的一场谈话，虚构了这样的一次战时激辩。

哀求道。[2]时任U艇艇长舒尔茨自己家里有一对双胞胎，他在艇员心中也一直是起表率作用的父辈的形象。舒尔茨直接向丘吉尔本人发了一封明文电报：

“致丘吉尔先生。我已经击沉了位于北纬59度40分、西经13度50分的英国汽轮‘费尔比’号。如果您愿意的话，请前来营救落难的船员。德国潜艇敬上。”[3]

汽轮所有的船员，包括那个小孩，都因此获救。但这些善意的举动随着战事的推进变得越来越罕见，而且初衷并不是那么高尚无私。“毕竟我方的舰船说不定也会在某天被击沉。”赫斯这样写道。[4]

那天晚上，U-99号潜艇的水听器操作员负责照顾从充气艇上救下来的男子。这名男子不记得自己的名字，也不记得自己的船叫什么了，不过他能回忆起自己船上运载的货物是铁矿石。事实上，这两个男人，一个是来自德国的约瑟夫·卡塞尔，另一个是来自英国的约瑟夫·伯恩，他们恰好同名。伯恩将自己裹在毯子里，喝了满满一肚子的白兰地，随后就坐在那里一刻不停地自言自语。卡塞尔认为他还处于脑震荡的后遗症中。打了一个小时的盹儿之后，伯恩醒了过来，向卡塞尔讨要食物。卡塞尔递给他一个菠萝罐头，这个罐头是洗劫敦刻尔克时从英国商店获取的战利品之一，根据希特勒的要求，这批物资被发放到U艇官兵手中。

伯恩一边吃，一边听克雷齐默尔用英语和另外一名艇员

交流。事实上，这名艇员是一艘意大利潜艇的艇长，在整段 56
航程中一直如影随形地跟在克雷齐默尔身后，观察并学习德国人怎样指挥U艇。克雷齐默尔不会说意大利语，这个意大利人也不会说德语，所以他们一直用英语交流。后来，卡塞尔又给伯恩端来一杯咖啡，却惊讶地听到这名俘虏说："谢了，哥们儿。刚才有一艘该死的U艇用鱼雷击沉了我们的船，不过那些令人作呕的纳粹蠢猪没能抓到我。"

由于遭受了轻微脑震荡，军官们一直在说英语，又看到了那个英国产的菠萝罐头，伯恩被误导了，还以为自己是被一艘英国潜艇所搭救。卡塞尔并没有纠正这名俘虏的认知，而是把伯恩的脑袋重新包扎好，这样他就可以被转移到克雷齐默尔之前观察到的不远处的另一艘救生艇上。伯恩大声抗议，说自己在潜艇上待着就很好。

卡塞尔恼怒不已，他让伯恩下次再爬到瞭望塔上的时候注意一下克雷齐默尔的艇长军帽上那个醒目的万字符。他最后还是小心谨慎地一个字一个字说道："我们是一艘德国U型潜艇。"伯恩听到这句话竟然大笑起来。直到后来U-99号潜艇在救生艇旁边停下来，伯恩爬上舷梯，站在克雷齐默尔身边，准备表示抗议时，他才发现艇长军帽上的那个徽章，并意识到自己犯下的错误。

"我希望你现在觉得好一点了。"克雷齐默尔开口说道，并伸出了一只手。伯恩脸色苍白，一言不发，握了握他的手，随后便跌跌撞撞地跳进载满“英佛香农”号幸存者的救生艇里。

几个小时之前，克雷齐默尔才刚击沉了这些人所在的货轮，这会儿，他给他们分发了面包和淡水，并给水手长指明了前往爱尔兰海岸的方向。救生艇出发之前，水手长弯下腰，从身下掏出一个装着200根雪茄的纸箱，并把它扔到克雷齐默尔怀里，作为答谢。

与HX.72号商船船队的交战就此告一段落，德军取得了决定性的胜利。短短三天，这群U艇一共击沉了11艘英国商船，重创另外三艘，让英国失去了上万吨的重要物资补给。这次的胜利也为邓尼茨正了名，在过去的两年里，他一直在恳求上级调配给他更多的所需物资，以便尽快普及“狼群”
57 战术。同时，本次交战也证实了克雷齐默尔高风险战术的实效性，就是要渗透商船船队，进入船队内部发起袭击。被击沉的11艘盟军商船中，有10艘毁在了克雷齐默尔和舍普克的手上，他们可谓这一战术的先驱。

第二天，在前往法国的旅途中，U-99号潜艇的艇员调整收音机频率，收听来自德国本土的新闻。可是，令他们感到暴怒的是，柏林的一名新闻播报员竟然把击沉“艾尔班克”号和“英佛香农”号的事迹归功于布莱希罗特艇长，而他此时也正朝着洛里昂港返航。这项工作本来就只凭一堆冰冷、无可反驳的吨位数字来判断一艘潜艇的作战效率，错误归功影响的不仅仅是一艘潜艇的士气，还有它在大家心目中的地位。尽管如此，人如其名，“沉默的奥托”并没有向U艇总部提出纠正错误的请求，只是让他手下的艇员放心，等他们返回港口之后，他会将一切误会解释清楚。

1940年9月25日，当科林和他的家人团聚的时候，*对他们发动袭击的布莱希罗特和克雷齐默尔缓缓驶入洛里昂港，两艘潜艇的艇员们分别站在U-48号潜艇和U-99号潜艇的上层甲板上，他们脸色苍白，眼窝深陷，身上挂满海水结晶后的盐霜，军帽歪斜在脑袋上，满下巴都是厚厚的胡子茬。每一艘U艇的潜望镜上都挂了七面迎风飘扬的三角旗，每一面小旗子都代表被击沉的一艘商船，也代表着对英国食物补给运输线造成的重创，而在“贝拿勒斯城”号这个个例中，则代表了对许多英国家庭的重创。

搭乘“贝拿勒斯城”号的90名儿童，有77名没能安全返回家乡。在人生的最后时刻，他们一定在想，为什么他们要这样被迫死去。而不管是过去还是现在，我们之中有谁能够回答这样的问题？我们成年人的战争无从理解，也许只有

---

* 在这之后没多久，科林就被送去了伯克郡彭伯恩附近的圣安德鲁学院，师从大卫·康威尔——后者还有另外一个更为人所熟知的名字，即小说家约翰·勒卡雷。

上升至平流层，在那样的高度才能看得更清楚些。在那儿，战争对人类造成的各种细枝末节的影响——被闪电战突袭的托儿所，电话另一头母亲歇斯底里的呼喊，装满了连鞋子都没穿的尸体的救生艇——都被抹去，一场战争因此可以被看成是不同理念之间的碰撞冲突。但如果拉近了看，战争真是毫无意义。对于平民百姓而言，生活变成了一系列互相交叠
58 的丑闻和一次又一次的震怒，每一次震怒都是对新发生的悲剧做出的情绪回应。即便已经有些习惯了，一次就令这么多孩子葬身战场，这样的事件也还是在民间引发了广泛的愤怒情绪。“贝拿勒斯城”号沉船事件就是那种罕见的灾难事故，不仅能够改变整个国家的情绪氛围，还能改变国家对这场战争的立场。

在“贝拿勒斯城”号被击沉之前，德国的 U 艇对英国人来说并不是完全陌生的新事物。事实上，大多数人都见识过潜艇的内部构造。早在 1918 年 12 月 2 日，一艘缴获的 U 艇“德国”号在泰晤士河附近被打捞上岸，多少带点挑衅意味的是，英国人将其泊在了伦敦塔附近。它既是战利品，也充满一种病态的魅力，步履蹒跚的老兵和好奇心旺盛的一日游旅客一样，只需要花一个先令，就可以走进潜艇内部，四下打量。“德国”号矮矮胖胖，最早是一艘货船，后来因为是第一艘横跨大西洋的潜艇而闻名于世。1916 年，“德国”号第一次出海时，装载了来自欧洲的价值 150 万美元的宝石原石、

珍贵的染料和各种医疗药物，一路向西航行，目的地是巴尔的摩（惊慌失措的英国人一直在表示抗议，他们恳求美国人不要把 U 艇列入商船范围之内，这么做的依据是，这种可以下潜的船只很难被拦截，也就无法搜查船上是否非法携带了军火）。

第二年 2 月，“德国”号被改造成了一艘军用潜艇，经过整修，船头底部增加了六个鱼雷发射管，又从另外一艘战舰那里借来了两门舰炮。“德国”号被派上战场，战争期间一共击沉了 42 艘盟军商船，货物总价值等同于一个港口所有集装箱的总值。签署休战协议后，“德国”号向英军投降，第一次世界大战结束之后，总计约 100 艘德国 U 艇被拉到英格兰进行报废处理，潜艇里那些性能可靠、德国制造的柴油引擎则被拆卸下来，运用到英国的其他工业生产制造中。

即便是在和平时期，“德国”号也不断引发大大小小的事故。将它从泰晤士河打捞上来的时候，船体和一艘经过的汽轮发生了碰撞。（说起来这已经是涉及这艘 U 艇的第二起撞击事故了；第一次世界大战开始前，在离开美国新伦敦港时，它撞上了一艘拖船，拖船上的五名船员全部遇难。）后来，“德国”号在伦敦退役之后，又在英国全境内进行了巡展，去过的地方包括大雅茅斯、绍森德、伦敦、拉姆斯盖特、曼岛的布莱顿和道格拉斯，使得这艘 U 艇在英国各地的知名度越
来越高。1921 年 9 月，“德国”号潜艇终于被拖到利物浦城 59

外的伯肯黑德，准备开始报废流程。在拆解潜艇的过程中，又发生了一场爆炸，五名年轻的学徒装配工当场死亡，这是这艘潜艇做出的最后一次毁灭性打击，它这短暂的一生也因为这一次又一次的意外事故而变得与众不同。

不仅如此，最近一段时期，英国的平民百姓也开始渐渐发觉U艇带来的威胁。在战争爆发的第一天，正是U艇主导发动了进攻。1939年9月3日11点，英国正式向德国宣战后没过几个小时，U-30号潜艇的艇长弗里茨-朱利叶斯·兰普中尉就在爱尔兰西北方向发现了正从加拿大驶向格拉斯哥的“雅典娜”号客轮。兰普中尉击沉了这艘客轮，共有117名乘客和船员在本次袭击中丧生。这次突袭违背了《海牙公约》，公约明确规定严禁攻击一切毫无战斗能力的客轮。不过，这也使得战争伊始英国举国上下就意识到，有这么一群致命的U艇在海上跟踪追击英国船队。

在战争打响的头几个月里，时任海军大臣温斯顿·丘吉尔试图缓和民众的这种恐惧情绪。（后来，他写过一句著名的话：“唯一让我感到不安与恐惧的就是德国的U型潜艇。”）1940年1月20日，丘吉尔在伦敦市长官邸的一场演讲中声称英军已经击沉了“德军派出作战的所有U艇的一半”，而实际上，那个时候英军只击沉了德军57艘U艇中的9艘。

为了向这个不怎么坦诚的结论靠拢，丘吉尔把另外16艘海军部并不确定，只是觉得**或许**已经被击沉的U艇也加到了那九艘沉船之上。在这个数字的基础上，他又完全凭借自己的幻想额外添加了另外十艘沉船，所以被击沉的 U 艇总数就这样超过了英国情报机关所掌握的 U 艇总数的一半。

这种对胜利成果的夸张，对损失的刻意掩盖，不管是无心之过还是有意为之，用一个战后没多久就对大西洋之战期间的宣传工作进行秘密调查的作者的话来说，“使得英国大众受到极大鼓舞，人心振奋”。显然，通过这一举动在舆论中获得的政治优势使得对真相的扭曲变得合情合理。[5] 但我们也可以辩证地说，如果盟军在大西洋之战中糟糕透顶的真实表现能够被及时、充分地披露，也许当时各方会团结一致，协调所有力量寻找到可行的紧急解决方案。不过，刚刚提到的那份调查报告的作者、海军少将戈弗雷 * 最后总结道，英国“从 60
来没有完全真实地披露过海上战场的真正进展”。[6]

但是，当“贝拿勒斯城”号被击沉的消息传回国内，这件事的存在完全无法被反驳，对于此事的讨论占据了报纸的头条，也成为每个酒吧里的重要话题。科林重返英国时，对他进行提问的那位，也就是撤离计划的主任乔佛里 · 莎士比亚，在下议院的一次讲话中说起自己感受到的“恐惧和愤慨”，他没想到“居然会有德国潜艇艇长在远离陆地 600 英

* 据说，詹姆士 · 邦德（007）系列小说的作者伊恩 · 弗莱明就是以戈弗雷少将为原型创作了“M”这个角色。二战期间，戈弗雷是弗莱明的上司。

里的地方，在狂风暴雨、波涛汹涌的海上，用鱼雷攻击我方船只”。这一行为，他说，“将会令全世界都感到震惊”。

整整一周，英国所有报纸的头条都响应并进一步放大了莎士比亚所表达的这种愤慨情绪。“纳粹鱼雷潜艇，残酷屠杀儿童”——《每日速写》的头版头条如此写道。几年前还在不遗余力地表示全方位支持法西斯主义的《每日邮报》刊登了一篇社论，敦促读者们仔细回顾这个事件中的每一个“惨不忍睹”的细节，由此它也许就会“烙印在我们的脑海里，作为我们誓死要击败的那种人格所犯下恶行的铁证”。此时还不知道未来将会发生大屠杀暴行的《泰晤士报》发表社论，更进一步表示，纳粹犯下的一切残酷恶行“都不会像击沉‘贝拿勒斯城’号一样让人们永久铭记在心”。

当布莱希罗特艇长带着他的艇员们在洛里昂港的船坞进行修整时，英国的各种媒体已经将U艇艇长们渲染成了最狂热的纳粹分子，他们手下的艇员也都是冷酷无情的刽子手。要论后面这一条，这个名号通常需要付诸实践才能挣得。1940年6月至10月这五个月的时间里——正是在这段时间，“贝拿勒斯城”号遭遇袭击——U艇一共击沉了274艘盟军商船，自身只损失了两艘。1940年末，U艇一共击沉了超过1 200艘商船，如果按照和平时期的正常情况来换算，要花五年的时间才能建造好这些船只。U艇击沉船只的数量比其他水面舰船和德国空军击沉的加起来还要多。

这些数字就算不能完全概括大西洋之战的局面——毕竟，丘吉尔也曾凭借独特的天分将一线战况进行了美化——也能说明一个显而易见的事实：英国人在这场战争中一败涂地。

由于过去数周都在海上航行，U 艇艇员刚下潜艇时步子 61
都迈得摇摇晃晃的，这种笨拙的步伐也从侧面反映出水下作战的环境是多么促狭，他们只能慢慢重新适应陆地上的环境。

一名所谓的“海军女子服务兵”（Marine Helferimen）——相当于德国方面的英国皇家海军女子服务队——手捧好大一束鲜花上前迎接克雷齐默尔。德军官兵第一次体验到这种贵宾待遇，在未来的很长一段时间里他们都会享受这种待遇。当科林和其他“贝拿勒斯城”号的幸存者重返英国，迎接他们的依然是极度节俭的生活和食物配给制度，但这些 U 艇官兵回到的是一个拥有鲜花美酒、富饶物产的国度。罗塔-君特·布赫海姆曾经作为战地记者跟随 U 艇出海，他后来形容法国在这些艇员眼中就像是“某处天堂”，因为他们在战争开始的第一年已经习惯了德国物资短缺的糟糕生活。[7]作为占领方，法郎和马克的汇率被固定在了 20∶1[8]——这个汇率比位于柏林的德国证券交易所的官方汇率高了三个点（官方汇率为 17∶1），这种有倾向性的优惠让这些除了领取入伍津贴还能拿到 U 艇工资的艇员可以在上岸休整的这段时间里充分享受奢侈的生活。

这种“常在河边走，哪能不湿鞋”的作风自下而上皆然。

邓尼茨第一次到法国的时候，立马征用了一家酒店，并征收了对方所有的物资，其中就包括其库存的所有香槟，他下令，手下所有的U艇艇员都可以免费享用这些酒水，而他自己只给酒店支付了象征性的费用。于是，很多艇员就这样狂饮香槟，把自己灌醉，神志麻木，对自己的真实处境选择视而不见。

有些艇员选择搭乘U艇艇员专属的火车班列，这些特快列车从法国南特港开出，经过勒曼，进入德国，沿途经停不来梅、汉堡和弗伦斯堡，这样他们在两天之内就可以回到家中。那些选择留在法国的艇员则被送往“U艇庄园”——一般都是被征用的大饭店或者城堡，现在是德军的休整基地。这些安全的避风港远远避开盟军轰炸机有可能袭击的那些目标港口，他们不必像那里的人一样，每天都被迫寻找躲开炸弹或者飞机坠落残骸的避难所，要知道，旋转的机翼看起来好像下落的羽毛一样轻飘飘的，但一旦砸落在地面上，人们就会感受到那份沉重。

在洛里昂港，德军官兵和当地人的关系也在随时发生变化。1940年6月21日，德军刚刚占领巴黎，还未抵达洛里
62 昂，时任洛里昂海军总司令旁芬特尼奥上将准备抵御随时都有可能发生的入侵。他下令让所有停泊在洛里昂港的船只都扬帆远航，其中，“维克多·舍尔歇”号和其他几条船载满了一箱箱的金条和钱财。他们放火烧掉了仓库和油库，砸毁

了那些已经无法出海的船只。两个排的法国海军步枪手负责抵御德军入侵，在防守了两个小时之后，传来一条虚假消息，说旁芬特尼奥上将已经牺牲了，于是，某个上校宣布停火，举起白旗示意投降。

第二天，一条落款为“德国部队总司令维尔克”的通告在当地的《莫尔比昂省作家报》上刊发，呼吁大家“冷静，保持秩序”。维尔克警告民众不要“鲁莽行动”，并让市民放心，市长和警察会继续负责维护本地秩序。酒精售卖被严令禁止，还实施了从 22 点开始的宵禁，在宵禁期间，除医生、牧师和助产士以外的所有居民都不得开车出行或者集会。

“抵抗和蓄意破坏行动……（都是）毫无意义的。”维尔克在通告中这样写道。[9]

自占领后的第一周开始，纳粹的旗帜就在所有的公共建筑物上迎风飘扬，路标也被换成用哥特体书写的黑色德语标志。所有的本地居民都受到警告，抵抗组织每杀害一名德国士兵，就要有十个法国人为其偿命。偷偷收听英国广播最高可以判处死刑。[10]与此同时，这些法国人和占领他们家园的德军之间又建立起一种令人不安的和睦关系，德国官兵被下令要给当地居民留下一个好印象，于是他们给孩子们分发巧克力和曲奇饼干，为成年人举办游行巡演和音乐会。

岸上的生活是舒适的。德国 U 艇部队的艇员们可以到坐落在剧院路的国王电影院里观看电影，那里每隔五天左右就会轮换一次播放的影片。还有一些U艇艇员会光顾当地的妓院，军规允许德国官兵到这种地方消遣，只要在每天22点30分之前离开就可以。[11]当时，德国人在法国建了很多半官方的妓院，但一直没有足够多的“员工”，后来许多处于绝境、急需用钱的法国女人便加入其中。有一部分女人会把在这里得到的情报转达给抵抗组织，再由他们将信息传回伦敦。[12]还有一些艇员在当地交了女友，但这种关系让这些女子付出了昂贵的代价——战争结束后，有189名女子因为所谓的“躺卧通敌罪”而被剥夺了部分公民权利。[13]

63 上岸后的第一晚，克雷齐默尔和他的艇员们在美好居酒店共进晚餐。在举杯庆祝本次作战的大获全胜之后，艇员们得知第二天早上会有人送他们去基伯龙小镇的一处U艇庄园疗养一周。当晚，大部分男人出去寻欢作乐了，只有勤奋好学的克雷齐默尔留下来，和普里恩一起讨论最新的“狼群”战术带来的胜利，普里恩向亦敌亦友的克雷齐默尔保证，他已经给总部发消息，要求修正之前把U-99的战果归功到布莱希罗特身上的失误。此时这两个人都没有意识到还有另外一场击杀毋庸置疑要归在布莱希罗特艇长头上：那就是“贝拿勒斯城”号击沉事件。

就在这个时候，“狼群”的另外一名艇长——战争初期三名王牌艇长中的最后一名——晃晃荡荡地走进休息室，连续两晚在巴黎的俱乐部酗酒狂欢导致他的脸色格外憔悴。克雷齐默尔找了个借口回自己房间去了，一回到房间，他就开始起草给U-99潜艇准备的长期作战命令，这份文件会针对如何高效、成功地指挥一艘U艇作战制定多项规则。他一共提出了12条规矩，囊括了所有需要注意的事项，大到如何建立有效的瞭望制度（克雷齐默尔还清楚地记得几天之前他是如何轻轻松松就绕到普里恩那艘潜艇旁的），小到用餐后要给清洗碗碟留出足够的时间。

克雷齐默尔的大部分指示都属于常识范畴。但是，其中的第九条违背了之前对U艇艇长提出的书面要求。原本要求U艇与目标敌舰之间的距离必须保持在1 000米以上，克雷齐默尔直白地提出了反对意见，认为只要可以发动袭击，鱼雷完全可以在离敌舰很近的地方瞄准发射。

“实现这一目标的唯一方法，”他继续写道，“就是渗透敌方护卫舰的反潜屏障，在必要的时候，甚至可以直接潜入商船的队列中。”

因为在短时间内连续击沉了三条商船，克雷齐默尔知道没有比这更有效的办法，能迅速对英国商船船队造成毁灭性打击，令那些护卫舰的舰长们不知所措。

“这应该是我们每一次进攻的终极目标。”他又补充了一句。

只用了短短两句话，克雷齐默尔勾画出一种新战术，在未来的数月里，正是这种战术导致成千上万名盟军水兵葬身大海，让英国皇家海军伦敦总部悬挂的那张图表上的沉船数值越来越高，马上就要接近那条预示着饥荒的红线。也正是因为这种高效的战术，英国成立了一个专门的部门，由一群有着各种来历的女子组成，带领她们的是一位身患改变他一生的疾病的上校，他们将致力于攻破这种战术。

第六章　永不出海

玛奇·巴恩斯沿着爱丁堡的鹅卵石路一路小跑，体内的 64
肾上腺素突然加速分泌，她把信封投入邮筒，心脏怦怦直跳。这个少女已经不是第一次申请加入英国皇家海军女子服务队了。一年前，在她 17 岁生日前夜，战争还有不到一周就要爆发的时候，她寄了一封类似内容的信到伦敦。最后收到的回复遗憾地表示巴恩斯实在太过年轻，这个结果令她感到受伤，好在这种拒绝只是暂时的。一年后，在“贝拿勒斯城”号驶离利物浦之前一周左右，巴恩斯迅速重新发出申请，她瞅准了时间，希望申请信能够在 1940 年 9 月 5 日，也就是她 18 岁生日当天送到女子服务队位于伦敦的总部。

上万名女子写了类似的申请信投往女子服务队，申请那里最初仅有的 1 500 个空缺岗位，巴恩斯只是诸多申请者之一。克里斯蒂安·奥尔德姆也在申请者之列。此前为了练手，奥尔德姆曾经试着用绷带包扎继父的光头，但很快就发现她并不适合护理工作，继而选择加入女子服务队。奥尔德姆具备两个优势来确保自己获得竞争激烈的岗位之一。首先，她父亲是一名海军上将，其次，她的桥牌牌友是弗兰克上校，即薇拉·劳顿·马修斯的哥哥。劳顿·马修斯——别人通常喊她 VLM——刚好是女子服务队的新任主管。

1917 年，皇家海军女子服务队雏形初现，彼时是为了支持第一次世界大战的后方工作，当时快 30 岁的薇拉·劳顿·马修斯在《泰晤士报》上看到这样的头条,《海军中的女兵：即将成立新的陆地行动部门》，便申请加入其中。和巴恩斯一样，这不是她首次提出类似申请。早在 1914 年，还没
65 有任何人考虑过要让女性加入海军与男性共事的时候，她就大步流星地走进气势逼人的英国皇家海军总部大楼，要求在这里找一份工作。守在前台的那名男子毫不客气地上下打量她，粗鲁地回复道："我们这里不需要穿裙子的人。"

遭到斩钉截铁的拒绝，对劳顿·马修斯打击很大。从 20 岁起，她积极参与妇女选举权运动，为争取女性获得投票选举权而奋战，她也经常自豪地说自己父母亲的身上都流淌着海盗血脉。[1] 坚守原则，怀抱理想主义，在需要时能言善辩——这些都是一个年轻的活跃分子必备的特质，劳顿·马修斯就是这样的人，但随着逐渐迈进成年人的世界，她越发意识到这个社会的偏见有多么严重。当她站在路边，向路人分发最新的《妇女参政报》(她本人也是该报的一名记者),

经过的人竟会朝她脸上吐口水。

劳顿·马修斯一腔热血，在读到《泰晤士报》上刊载的公告当天就出现在皇家海军女子服务队临时办公室的门外。对申请者们进行面试的是三名身着便装的女士，其中就包括刚刚宣布就职的女子服务队主管凯瑟琳·弗斯夫人——一位“身材修长、容貌端庄、体态健美的女士，尽管年纪不大，却有一种宁静、坚毅的威严，具备天生的领导才能”。劳顿·马修斯在面试中主动提及自己是一名妇女参政论者，看到几位面试官的脸色突然沉下来，她匆忙补救，说自己还有个哥哥已经在海军某部门工作。

“啊，”另一名女面试官毫不留情地说，“你是不是想说，你在海军部还有很多男朋友？”

尽管她内心恐慌，但实际上，劳顿·马修斯并没有在这次面试中被淘汰。她接到通知，要去参加女子服务队给服役军士安排在12月底的首次培训。12月，她来到位于水晶宫的一处破旧的海军培训基地——那个时候，只有这一处培训基地愿意接受女子军官。她穿了一件深绿色的外套，戴了一顶浅棕色的帽子（官方统配的制服还要过一段时间才会有，而后来女子服务队配发的如时装般的高级定制制服更是要再等上几十年）。当时，皇家海军女子服务队的座右铭是“永不出海”，这样的誓言也自带了一丝消极意味，明确了海上空间的秩序，像是在说：**我们已经摆正了自己的位置**。还有哪一

个部门像女子服务队一样，对自己的定位取决于成员被严令
66 禁止的行为，而不是希望获得的成就？尽管如此，在第一次世界大战期间，还是有 7 000 名女子加入女子服务队，比预期人数多了一倍以上。除了负责烹饪和办公室文书工作，她们还承担了其他各项事务性工作。在防空作战部队，女子服务队队员从事话务员工作，在空袭发生时连线炮台，传达开火或者密集炮轰的指令。在巴特西试验车间，女子服务队队员从事绘画、描摹与设计新机器和新武器图纸的工作。还有 70 名队员在海军指挥总部当司机。[2]

然后，战争结束了。劳顿·马修斯读到《泰晤士报》上的招募公告之后才过了一年，水晶宫的这处培训基地就变成了军队复员遣返中心。在最后一批士兵复员之前，劳顿·马修斯不幸感染了流感。这场大流行在第一次世界大战期间从法国蔓延开来，当时男人们一直在充斥着污血、老鼠和尿液的壕沟里作战，随后，战争结束，上百万名感染者陆续返回世界各地的家乡。三年后，病毒差不多把所有人感染个遍，多达一亿人因流感而丧命——比在两次世界大战中死亡的人数总和还要多。

这场流行病的病症就像一个残酷又极富想象力的女巫所下的毒咒。最常见的症状是，双手和脸庞会染上一层浅浅的淡紫色，这是“发绀”的表现。再过几天，有些病人的皮肤会变成黑色，随后，他们的头发和牙齿会脱落。还有一些病人身上会

散发一种奇怪的味道，和发霉的稻草一样。有一名医护人员目睹一名男子窒息而死，给出了这样的描述，“肺部涌入大量积血、泡沫和痰液，以至于……每一次绝望的喘息听起来都像是鸭子嘎嘎的叫声”。美国作家凯瑟琳·安·波特患上了流感，她活了下来，但一头乌黑秀发在这场大病后永远变成了白色。

劳顿·马修斯染上的流感没有那么厉害。但她的弟弟休伯特没有这么幸运，由于在法国北部的那场勒卡托战役中受了伤，还吸入了毒气，停战两周后他就过世了。比起家里其他人，劳顿·马修斯和休伯特更亲近些，所以她专程赴爱丁堡吊唁，并留在那里休养了一阵子。等到她恢复健康，皇家海军女子服务队已经正式解散了。既然仗已经打完，也就没有必要再让女性从事这些本应属于男性的工作了。尽管存在时间短暂，但女子服务队的存在还是带来了巨大的影响，不 67
仅对战事有所帮助，对女性权利的解放也起到很重要的作用。用劳顿·马修斯的话讲，女子服务队的首次组建成功击碎了“由来已久的性别偏见凝成的坚冰”。

在两次世界大战的中间，劳顿·马修斯嫁了人，还一度搬去了日本。她在女子服务队短暂服役期间建立起的友谊保持了下来，她们还组建了正式的联谊会。劳顿·马修斯负责编辑联谊会的月刊《鹪鹩》。然而，弗斯夫人，也就是曾经面试劳顿·马修斯的女性考官之一，对这种怀旧持有一种怀疑态度，认为这是在放纵自己陷进过去的美好回忆里。但是，她并没有背弃由自己开创的这项运动，而是成立了一支海军主题的女童子军，最终，这支女童子军以一个“男孩专属”风格的名字“海上游侠”为人们所熟知。

“海上游侠”吸引了很多海军的超级粉丝，这些小女孩梦想着学会系复杂的水兵结、打旗语，甚至梦想着有一天能够出海远航。一切都使用航海术语表达，演习也是用水兵长的口哨进行指挥。第一支女童子军小队，和它后来的那些追随者一样，用一艘著名的船只给自己命名，也就是“金鹿”。劳顿·马修斯负责管理第二支女童子军小队，她给她们取名为“鸊鹈”，致敬刚刚建造好的驱逐舰皇家海军“鸊鹈”号。她会带着女孩们去露营、划船或者游泳，教她们如何打旗语，如何进行急救护理。在当地政府短暂工作过一段时间后，劳顿·马修斯接任“金鹿”的队长，这支小队的成员大多是在伦敦工作的年轻女孩，其中有一名很聪明的保险公司职员，叫吉恩·莱德劳。

莱德劳身材矮小，相貌迷人，一头黑发，发型就跟彼得·潘的故事里那个名叫小叮当的小仙女一样。她生于苏格兰并在那里长大，父亲是电车系统的一名电气工程师。家里后来遇到一些财务困难，她从格拉斯哥学费高昂的私立高中退学，搬到了伦敦以南400英里处的梅达谷。[3]莱德劳，一个独自生活在一座陌生城市里的年轻女孩，在那个同性恋依然被政府视为违法、被教会视为触犯戒律的年代，突然发现自己会无可救药地被其他女性所吸引，就是在这个时候，“海上游侠”为她提供了结交新朋友的机会，后来，她与其中的一些人成为终生挚友。每个工作日开始之前昏暗、雾气弥漫 68
的几个小时里，劳顿·马修斯会带着莱德劳和其他女孩在摄政公园的湖面上划船，并教她们如何开船，而在公园外面一圈又一圈的马路上，渐渐人声鼎沸、车水马龙。

随着年龄增长，阅历增加，以及经常旅行以致视野越来越开阔，劳顿·马修斯更加坚信自己心中的指导思想——这个世界大多数问题的根源在于女性缺少平等的地位和公平的机会。她在上议院的诸多议员面前提交证据，支持通过法案将女孩的法定结婚年龄提高到 16 岁，以防止年轻女孩被人利用。后来，她又参与了关于女性是否具备申请外交官职务的资格这一议题讨论。尽管如此，大战在即，海军部似乎毫无重新组建女子服务队的意图。直到 1938 年，整个海军面临大范围的人员短缺，英国政府才给家家户户发放手册，说明普通民众中的男性和女性该如何申请为国效力。针对女性招募，除了提供空袭警报员、救护车司机和急救员这一类岗位，这份《兵役指南》还说明，大约还需要招募 1 500 名女性去海军各个部门从事秘书、会计、厨师和服务员的工作。有 15 000 名女性应征，但还需要一个人来筛选这些申请。

1939 年 2 月 22 日，劳顿·马修斯从特拉法加广场地铁站穿过长长的隧道前往海军总部，心跳如同擂鼓一般。她朝着总部大门走了过去，22 年前，就是在这个地方，她因为“穿着裙子”而被拒之门外。

这一次，她的体验截然不同。劳顿·马修斯被领到海军大臣秘书阿齐博尔德·卡特爵士宽敞明亮的办公室，房间里坐满了身居要职的男人和上一届女子服务队的队员。大家围坐在一张大大的圆桌前，突然，房间的两扇巨门再度打开，讨论暂时中止，劳顿·马修斯看到第二海务大臣查尔斯·利特尔“像一尊神一样”站在门口。利特尔平静地坐到座位上，
69 听大家继续讨论，此时的重点话题是该给新的女子服务队取什么名字才好。全体与会成员一致认为，过去的那个名字“皇家海军女子服务队”不仅无可挑剔，现在还象征了第一次世界大战的优良传统和光辉荣耀。A. S. 勒迈特——时任文官大臣，用劳顿·马修斯后来的话说，他是一个拥有“闪闪发光的大脑”的男人——他建议把一直用在口语化表述中的简称“鹪鹩”作为官方名称。

房间里一片沉默。随后，众人不约而同地对这种绝妙的命名方式表示认可。当时劳顿·马修斯并没有察觉，在整场会议期间，那些觉得她适合成为“鹪鹩”领队候选人的参会者一直在暗中观察她。又过了几天，她接到一通电话，邀她再度前往海军总部。于是，她又一次走回那个有强烈压迫感的房间，坐回那张圆桌前，这次阿齐博尔德爵士就在她对面

坐着，并直接向她提供了这份主管工作。一直以来，这都是20世纪最有趣的史实之一，英国皇家海军——世界上最保守的机构之一——的一个分部，竟然是由一个既是斗争经验丰富的激进分子，又是充分自我认同的女权主义者的人领导的，并且取得了如此惊人的成就。

1940年12月末的一天晚上，劳顿·马修斯准备下班回家，她走过一个个已空无一人的办公室，突然看到其中一扇门的门缝中透出灯光。她走进房间，发现此前的“海上游侠”成员，今年已经21岁并成为“鹪鹩”主力队员之一的莱德劳正埋头于书桌上的一堆文件里。莱德劳是个充满激情的数据统计员，也是英国最早一批获得注册会计师资质的女性之一，她一直在实时统计海军军队里“鹪鹩”的总人数。1939年9月，战争爆发的时候，共招募了1 600名成员，比劳顿·马修斯预计所需人数的一半稍微多出来一点。[4]莱德劳的手指划过一列列数字，落在最后一列的总数上，如今，才过了一年多一点，这里的总数居然达到了整整一万人，真是令人有些难以置信。*

玛吉·巴恩斯过完18岁生日之后没多久就收到了面试通知书，克里斯蒂安·奥尔德姆也是最先被招募进队的队员

---

* 1944年6月，皇家海军女子服务队的巅峰时刻，共有74 620名队员活跃在一线，人数是第一次世界大战中队员人数的十倍以上。

70 之一。这两名女子按要求去伦敦做了体检，接着，她们参加了面试，面试官南希·奥斯本身高只有1.52米，个头十分矮小，但经验丰富，就是由她对两人能否胜任海军部的空缺岗位进行评估。

奥斯本是来自澳大利亚的博学之才，1932年，悉尼的一家顶尖报社拒绝为她提供工作（“一个女人？”报社编辑惊呼，“给我的报纸写文章？绝不！永远不可能！”），[5] 于是她来到英国。奥斯本口袋里揣着一封推荐信正在找工作的时候，遇见了一位刚退休不久的剑桥某学院院长，他建议她去报名参加一个速记打字培训班，然后在某个办公室找一份打字员的工作，最后再“摆脱打字机”。（“哦，背信弃义的英国佬。”奥斯本还记得当时自己是如何低声叹息。）尽管如此，奥斯本还是听从了他的建议，加入英国全国社会公益事业理事会，在短暂从事了一段时间打字员的工作后，争取到升职机会，负责监督一个艺术项目的进展——建造一个乡村礼堂，然后再用高质量的音乐和戏剧演出来充实这里的艺术会演。奥斯本是加入劳顿·马修斯手下的最早一批队员之一，总部的队员数量先扩充到100人，随后开始把像奥尔德姆和巴恩斯这样的年轻队员派遣到全国各地。

奥尔德姆能说一口流利的法语，拉丁语也能写个七七八八，她被派到坎普顿小丘广场附近一座曾被当作伦敦大学教学楼的建筑里，在那里心怀疑虑地开始学习如何在打字机上盲打。为了打破每天千篇一律的生活，到了晚上，她会骑摩托车绕着海德公园兜圈子，车后座上载着一起参加培训的一名中学同学。另一边，巴恩斯被派到了格林威治，要在那里接受培训，成为一名负责破译密码的译电员，她负责的情报中，有一部分会揭晓U艇在大西洋上的位置，而在未来的数个月里，奥尔德姆将根据这些情报来制定最新的战术。

在位于格林威治的女子服务队训练学院，玛吉·巴恩斯加入另外一群年轻的新女兵中，她们要学的不仅仅是航海术语和海军传统，还要以那种令人窒息的“尊贵”的英国人的方式学习文明礼仪。每天，在皇家海军学院彩绘厅——由克里斯托弗·雷恩爵士和尼古拉斯·霍克斯莫尔设计，本想打造成查理二世复辟后与其继承人居住的宫殿，装潢得光彩夺目、摄人心魄——的一张长长的、摆满银烛台的桌子前，巴恩斯享用她的早餐、午餐和晚餐。海军部的雇员负责女子服务队的后勤保障，巴恩斯有些羞愧地意识到，她已经来到一 71
个更高级的崭新世界，在这里，可以毫不夸张地说，即便是豆子的吃法也有正确和错误之分。

在为期十天的培训中，巴恩斯和数十名同她一样聪慧的年轻女子一起接受培训，学习如何破译海军密码——这项秘密工作要求参与人员头脑灵活、嘴巴严实（下发的一份讲义上写着："像爸爸一样，保持沉默！"这句话如今看来，倒是走在了时代前沿），她们要牢记各种汇报英国舰船位置的密码，也要记住英国舰船周围发现U艇后代表U艇位置的密码。学成后，巴恩斯被派到斯卡布罗，随着战事推进，会有越来越多的"鹪鹩"聚集到位于斯卡布罗市埃尔顿旷野的某个秘密地堡——如今已成为英国政府通信总部——拦截并破译U艇发出的无线电讯息。*

尽管"狼群"力量壮大、极具威胁，但它有一个关键的致命弱点。为了更好地组织一群U艇发动袭击，艇长们需要按照一定的频率进行交流，一开始是为了报告自己已发现商船船队，接着就是邀请其他的U艇加入群体袭击。即便是在与敌军交战时，总部也会经常要求U艇汇报某次袭击的具体结果、燃料和鱼雷库存，以及海上天气状况——多亏有那些避孕套制成的氦气球，才能做到这一点。这些密报一旦被盟军的岸上情报站截获，就会被当作确定U艇行踪的线索。用已知的两个无线电讯号进行三角定位，就能基本确定U艇的准确位置，再将这个估算出来的U艇坐标钉在海军总部各大办公室的战术地图上。

很多U艇艇长因为担忧自己发出的无线电讯号会暴露潜艇所在位置，所以经常拒绝回答纳粹指挥总部提出的一些普

* 英国政府通信总部（GCHQ）现为最大的通信情报连续服务站点。

通要求，最多的时候可以坚持三天不予回复，如果超过三天，总部就会通知U艇艇员的家人该艘U艇已失联，大概率是被敌军击沉了。但是，这一规矩有个很有名的例外。偶尔，在法国港口休假时连续寻欢作乐两周之后，U艇的无线电发报机会收到消息，某个艇员搞大了某个女孩的肚子。这时候这名艇员应该按惯例向那个女孩求婚，但U艇的巡航周期并不 72
能因此中断或者缩短，所以双方只能通过无线电远程交换结婚誓言。整个过程由一名神父主持，在适当的时间，双方会说出“我愿意”。[6]通常，截获的密报会从斯卡布罗送往代号“X电台”的布莱切利公园，在那里，任何负责破译这种讯息的“鷦鷯”都会对这样的内容感到迷惑不解。

塞西尔酒店成为巴恩斯在斯卡布罗的家，也变成了所谓的“鷦鷯之家”，所有的女子服务队队员都住在这儿。这家酒店是一座高大、舒适的建筑，从高处可以眺望不远处的公园以及远方的大海。只有少部分年轻女孩几人同住一个房间，大部分人都能独享单人间，拥有自己的专属空间。在夏日暖洋洋的夜晚，她们还会聚在公园里的一个小山头上，或是一起读书，或是在黄昏落日的余晖中低语。年轻的“鷦鷯”队员们来自全国各地，大部分出身中产家庭。密码破译工作令人身心俱疲，“鷦鷯”们的睡眠时间都不固定，所以她们只能根据不同的轮班时间随时结交不同的新朋友。

尽管战争给人带来巨大恐惧，但在皇家海军女子服务队的工作让这些女子获得意想不到的自由，她们得以摆脱之前的生活的各种束缚，不必成为依然遵循维多利亚时代严苛陋习的父亲手中任凭摆布的羔羊。对于许多年轻男子来说，第二次世界大战抹杀了他们本应拥有的更丰富多彩的机会。但对于许多年轻女子来说，战争消除了之前一直无法打破的一些障碍。因为要在战争中为抵御敌军做出积极贡献，“鹪鹩”们躲开了从前女人似乎理所应当接受的那种早早嫁人、天天在家、婚后立马要生养小孩的命运。加入女子服务队的意义近乎启程去上大学，几百年来限制女性发展的条条框框终于松动了。对于这些女孩来说——队员当中的大部分还是小姑娘——战争的刺激效应与自由解放、令人兴奋的新事物和新机会息息相关。

“这让我第一次尝到自由的味道。”女子服务队的一名队员在战后这样写道，“在加入女子服务队之前，我要报备自己的一切行动——我要去哪里、和谁去、几点钟回家，这些都要说。之前也没有真正想过这有什么不对，直到真的有机会过上更自由的生活。”[7] 即便是在战争中，当一个年轻人对这个世界的感知范围变大了，那些关于死亡的念头也就缩到后面去了。在漫长的工作时间、无休无止的军事演习和繁重的重要任务之外，年轻人有年轻人自己的自由。女孩们合唱歌
73 曲，女人们试着陷入浪漫恋情。当有消息传来，女子服务队正在招募志愿者组建一支译电员代表团，准备走海路外派，

前往阳光明媚的直布罗陀时，巴恩斯和其他女伴争先恐后地报了名。

这次派出的代表团对薇拉·劳顿·马修斯而言有着重要意义，因为这是英国皇家海军女子服务队派往海外的第一批代表团之一（第一支代表团几个月之前就前往新加坡了）。还有，直布罗陀的通信官并不想要女性援兵。他恳求英国海军部派男性前来支援，但当他被告知要么接受女军官，要么什么支援都得不到的时候，他不得不勉强接受了女子服务队。[8]这次外派事件就像一个缩影，反映出在这个世界，特别是在那些被男人占据的领域，人们对于女性的到来是多么抗拒。正因为如此，劳顿·马修斯亲自在一长串毛遂自荐的志愿者名单中挑选出了10名“鹪鹩”小队长和12名译电员。在劳顿·马修斯的心目中，这些女子都是女子服务队最具发展潜力的年轻军官。

1941年6月12日，“贝拿勒斯城”号被击沉9个月之后，21岁的菲利斯·培根（巴恩斯的密友，也是她在塞西尔酒店的同事之一）给另外一位朋友写信，以难以置信的口吻告知对方，她被劳顿·马修斯亲自选中，要作为代表团成员之一前往直布罗陀。[9]

“我完全**想象不出**我们是怎么做到的，”菲利斯在信中写道，“也许他们认同我穿裙子的风格，我为了随团出行特意把裙子裁剪成四英尺的长度，还有就是我的厚丝袜，非常厚。”

海军部给被选中的女队员发了一些配给券，让她们去买适合地中海气候的材质轻薄的棉布衣料以及“活泼亮眼”的凉鞋。但这次旅程必须对外保密。女子服务队的队员们接到通知，就连她们要启程前往海外这样笼统的消息都不能对外讲，这让菲利斯感到相当沮丧，她很怕她的朋友和家人以为“除了退伍离开，女子服务队就不会发生什么像样的大事”。

在出发前去直布罗陀之前，一批“鹪鹩”队员参加了一个相对小型的代表团，前往利物浦。6 月初，她们抵达德比之家，即西部海域反潜司令部的新址。司令部建在河岸边交换旗帜商务大楼的地下室，花了好大一笔经费，还引起了不小的争议。她们来此是要给女子服务队利物浦分部的那些译电员提供一些专业指导。罗克珊·休斯顿是女子服务队新招募来的队员，几周前才刚刚抵达利物浦。当她看清楚这些即将奔赴直布罗陀的“鹪鹩”是如何“轻松自如”地飞速处理传回来的那些堆得像小山一样高的密码电文时，大大为之惊
74 讶。她们共处的短短几天里，休斯顿和 23 岁的伊莎贝尔·米尔恩·霍姆建立了深厚友谊。休班的时候，她们两个人会一起聊起伊莎贝尔想象中的直布罗陀，以及她对于这次未知之旅的担忧和焦虑。

启航的日子越来越近了，大家也渐渐开始公开表达一些之前私下讨论过的顾虑。经历过“贝拿勒斯城”号和后来那些商船沉没事件后，“鹪鹩”们明白这次旅途的风险，特别是

船队的航行路线必然要经过法国海岸。

8月初，离开利物浦的前一天，巴恩斯又写了一封信，这次是写给“海上游侠”位于苏格兰利思的小分队队长的。“一旦我遭遇不幸，”她写道，“我希望你知道我这辈子最快乐的时光就是和海上游侠的成员们一起度过的……我为能在大海上航行而痴狂，大海让我第一次感受到我和它之间的紧密联系。”

巴恩斯的书信文风如同散文，让人觉得写信的人想要把生活中的一切错误纠正过来，想要付出应有的感激。那天晚上，12名“鹪鹩”队员当中的10人，加上要与代表团一同前行的一名年轻护士，一起站在塞西尔酒店大门前的台阶上合影留念。* 这群年轻姑娘的身影凝固在此刻，她们满怀简单的快乐，并不像通常的摆拍集体照一样故意挤出假笑。尽管身着统一的制服，各自心怀不安，但年轻人那种坚定的、对未来充满期待的朝气成了整个团队的核心气质。

由于英国皇家海军严令禁止女人登上他们的舰船，直布罗陀代表团的“鹪鹩”队员们被分到了船队的一艘商船上。“阿吉拉”号是一艘有年岁的老商船了，自19世纪90年代

* 另外两位当时没在现场的“鹪鹩”小队长到了利物浦才和其余队员会合，后来通过技术处理把她们的头像也添加到了照片上。

以来，它就负责从利物浦运送西红柿、香蕉、土豆和押货的客户（cruise-goers）至加那利群岛，中间会在西班牙和葡萄
75 牙停留。这艘商船是约沃德兄弟手下运营的五艘商船之一，这五艘船都是根据不同的鸟类名称命名的（“阿吉拉”在西班牙语中是“老鹰”的意思）。约沃德兄弟开在利物浦的办事处在空袭中被炸毁，所以他们不得不换了一处临时住所。“阿吉拉”号上载满了甲板火炮，之前，在具备丰富领航经验的船长亚瑟·费斯的指挥下，它已经避开了一次与U艇的正面冲突。尽管如此，这艘商船还是颇为陈旧，武器装备匮乏，与军舰相去甚远。

对女子服务队依然维持这样的禁令，部分是因为海军部并没有把女子服务队当成自己手下的一部分，而是把她们当成了文官系统下的一个部门。这样的分类迫使劳顿·马修斯陷入无穷无尽的行政系统扯皮，大到难以争取来合适的培训基地，小到要为了一些具体表述争论不休，比如，女子服务队下榻的地方究竟是应该按照军人的习惯称为“营房”，还是按照文职人员的习惯称为“招待所”。有些海军军官以高人一等的姿态声称，把女子服务队队员归类为文职人员是为了保护她们，比如可以避免她们被军事法庭起诉，也可以避免看到年轻女子“在码头吓得浑身颤抖”这样的凄惨画面。

女子服务队制服的设计和生产都被耽误了不少时间，也要归咎于这种分类方式。事实上，在战争伊始的头几个月里，

她们压根没有统一的制服。那些有意贬低她们的人坚持说，如果女子服务队严格说来属于文职人员，即平民，那凭什么要发给她们统一的制服呢？让劳顿·马修斯感到沮丧的是，后勤主管手下一名负责分配制服衣料的代表告诉她，他完全看不出让这些女人穿制服的必要性，但如果她们坚持要穿，那为什么不试一下卡其面料的衣服呢？后来，20 世纪 40 年代初，当劳顿·马修斯好不容易获得许可，可以签合同设计和定做女子服务队的统一制服时，海军位于德特福德市的存储仓库在德军的空袭中遭遇轰炸，所有的衣料都被炸毁，负责管理衣料的军官也牺牲了。

第一次世界大战期间，女子服务队的主管弗斯夫人刻意弱化了制服的重要性，因为“焦虑不安于……那种不应该有的刻板印象，觉得女人只想穿漂亮裙子”。[10] 但和邓尼茨一样，劳顿·马修斯深知制服能给队员们带来的心理动力。裁剪得恰到好处的制服可以创造一种共同的使命感、自豪感和身份认同感。正如邓尼茨会鼓励自己手下的艇员相互之间建立兄弟一般的情义，命令艇长竖起自己的军帽，解开皮夹克最上面的扣子，劳顿·马修斯也希望通过穿戴统一的制服， 76
让女子服务队的这些队员相互之间建立起一种深厚的姐妹情谊（确实，看看她们平时严苛的装扮要求：队员值班的时候严禁佩戴各种首饰，头发也必须收到衣领之上[11]）。她委托时装设计师爱德华·莫林诺克斯设计一种极具时装感的制服，即便在巴黎的T台上都不会逊色的那种。莫林诺克斯在第一次世界大战中参军并获得上校头衔，后来进入时装界，成为克里斯汀·迪奥的导师。他不仅为欧洲的皇室成员设计时装，也为葛丽泰·嘉宝、玛琳·黛德丽、格特鲁德·劳伦斯和费雯丽等好莱坞知名女星设计礼服。

“衣服必须让我们呈现出最好的自己。”莫林诺克斯有一次这样讲道，“要比真实的我们还要好。你的裁缝必须能裁剪出一件可以提升你的衣服。一位女士的裙子也应该发挥更大的作用。”[12]

加入皇家海军女子服务队，意味着这些年轻女子有机会让时装设计师为她们设计造型，而对于她们当中的大多数人而言，曾经的生活离时装界简直遥不可及。1974年，《纽约时报》刊载了莫林诺克斯的讣告，作者称，莫林诺克斯设计的时装或是在提醒女人她们的出身有多么高贵，或是为那些出身平凡的人创造出一种高贵气质。在战争中，职责是第一位的。即便如此，还是有很多年轻女子觉得，如果职责所在，她们必须从军效力，那为何不申请加入那个能穿得最漂亮的部门呢？“鹪鹩”军帽的式样甚至在普通大众中变成了流行的款式，高街的很多商店都在出售各种颜色的同款帽子。在白金汉宫的一次会议上，女王还向劳顿·马修斯坦白，为了让两个孩子——伊丽莎白公主和玛格丽特公主——开心，就连她本人也试着戴了一顶“鹪鹩”军帽。（1942年，女子服务队主管被授予大英帝国司令勋章时，国王乔治六世还特意俯身询问："军帽戴着感觉如何？"）

就这样，1941 年 8 月 13 日 14 点，21 名皇家海军女子服务队的队员站在"阿吉拉"号的甲板上，人人穿着扣了一排纽扣的制服，戴着三角军帽。轮船鸣响汽笛，缓缓驶离利物浦。

爱尔兰西部的风景渐渐远去，船队行至比斯开湾水域，眼前这种晴朗天气对于船上 161 名乘客当中的大多数人来说，自战争开始以来还是第一次看到。阳光普照，万里无云。海面平静，微波荡漾，船队可以在海中轻松沿着之字形向前航行。船队前往直布罗陀的航线经过精心设计，走的是一条巨 77
大的弧线，自阴沉沉的利物浦出发，远远绕开法国的海岸线，以避免被德国的空中侦察机发现。在出发前最后一刻，路线再次改变并向内收紧，这样船队就不会涉足大西洋深处。尽管如此，这一路上，他们与各地的海岸线都保持了较远距离，以至于乘客们靠在后甲板的护栏上，就可以看到海里的鲸鱼、浮上来晒太阳的鲨鱼、跃出海面的鱼，还有一只让围观者都兴奋不已的有胆有识的独行龟，它正孤独地向着 4 000 英里以外的佛罗里达游去。

在舒适的微风中，掌舵的水手们轮流晒起了太阳，阳光洒在他们的刺青上，把他们的小腿晒成了古铜色。他们或者昏昏欲睡，或者突然被汽船的司炉工吵醒，心情烦躁。引擎室的司炉工休息的时候，总是喜欢吹上几段口琴。

小说家尼古拉斯·蒙萨拉特是皇家海军“风铃草”号上的一名瞭望兵，这艘船也是被派来护送“阿吉拉”号的“鲜花类”轻型护卫舰之一。战争期间一共建造了135艘这种厚重又结实的军舰，每一艘都是根据种类不同但同样美丽的英国花卉（比如野风信子、百日菊、风信子、南庭花、金鸡菊）命名的，后来，其中的35艘都被击毁。[13]这种舰船因为格外令人不舒服而“臭名昭著”，却又非常顽强，经得起严酷航海环境的考验（这种船上的水兵很少会在风浪中跌入海中[14]），特别管用的一点是，这种船在U艇眼里只是微不足道的小目标。蒙萨拉特后来在他的书中讲，在“风铃草”号上当水兵是一件很痛苦的事。不过，直布罗陀之旅更像是在明媚的阳光下游船度假，类似于在高档杂志封底打广告的那种旅游项目。在这样的日子里出海是让人欣喜的调剂，但也带来了另一种风险。对于出海航行的舰船，一帆风顺和按部就班一样，都很容易让水兵们放松警惕。

战争刚刚开始的时候，蒙萨拉特是一名自由撰稿人，经常为《新闻纪事》供稿。正如女子服务队是由学生、记者和厨师等各色人等构成，参加皇家海军志愿部队的这些男人——蒙萨拉特是其中一员——也都是临时抛下了之前从事的与航海生涯没有半点关系的日常工作，他们对出海毫无经验，海上作战更是闻所未闻。男人需要有可以仰望的偶像，也要有可以蔑视的对象，在军中尤为如此。每当“正规海军”和“波浪海军”*——皇家海军预备役（RNR）的那些前 78
商船船员——看到某人的袖口上绣着“RNVR”（“皇家海军志愿预备役”的缩写）这几个字母，就会感到一丝不爽。用当时的一名观察人士的话来说，这些志愿者被人认为是“在玩扮演水兵的角色扮演游戏”。蒙萨拉特所在小队的上校是一名在皇家海军预备役服役多年的老兵，他对蒙萨拉特这个来自皇家海军志愿预备役的家伙的评价是“这就是个小脸粉红的门外汉”。

这样的嘲讽倒也并非毫无根据。和劳顿·马修斯一样，蒙萨拉特也是冲着《泰晤士报》上的一则招募启事应征加入海军部队的，那则启事很有意思，说是要邀请“具备游艇驾驶经验的绅士”加入。过了几个月，他在皇家海军志愿预备役被提拔为海军中尉（进入试用期），这时每月能领到 20 英镑的薪水（在和平年代，这笔钱足以让他登上“阿吉拉”号享受一次游船之旅），再后来，没多久他又被提拔为海军上尉，月薪相应涨到了 26 英镑。

像蒙萨拉特这样从记者变成瞭望兵的职业轨迹相当典型。他的一名军官同伴从前是汽车销售经理，另一名从前是煤气

* 该名源于皇家海军预备役制服袖口上的波浪条纹。

公司的出纳员，还有一名当过出庭律师。战争不仅仅扭转了许多年轻男子的职业轨迹，还让他们彻底地从年轻人闲散的生活中抽离出来。关于服役的那五年，蒙萨拉特后来这样写道，“让我变成了一个男人，让我的哥哥变成了一具尸体”。[15]

同时，颇为出人意料的是，服役时光让这名记者变成了医生。蒙萨拉特的父亲是一位很有名望的外科医生，所以，管蒙萨拉特的那位上校觉得，即便只是和这种职业沾了这么一点边儿，也足以让这个年轻男人具备足够的资质，能够照料那些被拖回船上的伤病患者和濒死伤员。如果有人提前告诉蒙萨拉特他即将面对的那些恐怖场面——比如不得不在没有任何麻醉药物的情况下直接用针线缝合伤员的喉咙，或者直接用手把掉出来的眼球塞回眼窝里——“我也许就会让我的游艇驾驶经验成为无人知晓的秘密”，他这样写道，“并做好因拒绝服役而被投入监牢的准备”。[16]不管到底具不具备这项技能，蒙萨拉特都希望在这次旅程中没人要求自己使用它。

因为前一天被一架德国远程侦察机发现了，8 月 18 日周一这天，两架容克-88 轰炸机突然出现在船队头顶正上方，
79 并向船队投掷炸弹。八枚炸弹都没有击中目标，随后，这两架轰炸机遭到了舰船猛烈的炮火反击，迅速撤走。就在一瞬间，这段旅程给人的那种慵懒、游船一般的气氛消失了。“阿吉拉”号的索具受损，可能是船上某个过度激动的炮手

弄坏的，不然就是被另一艘船发射的流弹击中了。后来，18点51分，伦敦的海军总部发来电报警告船队，女子服务队斯卡布罗分部的队员截获了U艇的无线电讯号，经过三角定位，确认在船队附近有一支由四到五艘U艇组成的“狼群”。船队队长，也就是负责指挥船队全部舰船的那位海军准将，命令所有的船只熄掉锅炉，防止锅炉喷出的白烟泄露行踪。当天色渐渐转暗，他又命令所有的船只灭掉船上点亮的灯火。

天气依然温暖，海上风平浪静，但在船员之间弥漫的那种焦虑不安的情绪逐渐加深。在“阿吉拉”号上，船队队长的侍卫发现有一名女子服务队队员正靠在护栏上，身子倾向船外。

“快把烟掐灭。”他大声喊道，生怕一丁点的火星也会向尾随而来的U艇暴露船只的方位。

在“风铃草”号上，由于船上没有女人，也就不需要太讲究礼节和规矩，那些想要找点刺激或者想通过侃大山来打发时间的水兵和蒙萨拉特一起执行瞭望工作。其中一个男人拿出小小的锡盒，声称里面装的是能让人在这样黑暗又孤寂的夜晚振作精神的“纪念品”。其他男人围到一起，看着这名水兵打开盒子，露出里面盛放的一根阴毛，据他说，这根阴毛来自他身在远方的爱人。于是，一群男人像未成年的男学生一样哄然大笑。又过了一会儿，另一个人也拿出了自己的小盒子，心照不宣地红了脸，他打开盒盖，盒子里面竟装了不止一根，而是足足三根阴毛。

蒙萨拉特转身离开，临走前听到另一个男人嘲讽地说：“这些阴毛说不定颜色都不一样呢。”

在“阿吉拉”号上，亚瑟·费斯船长离开舰桥去吃晚饭。走到半路，他在船上的小酒吧里驻足，和那里的侍应生聊起天来。他们正说着话，费斯船长又邀请了一名从他们身边经过的“鹪鹩”队员一起喝一杯。她喝完一杯酒，对着船长伸出了手。

“我只想跟你说一声永别。”她说。

“永别？”费斯重复了一遍。

“这对我而言就是永别了。”她这样答复。仿佛提前知晓他们即将面对的悲惨命运，她继续说：“我祝你们拥有这个世界上所有的好运气，但你们并不需要我的祝福。你们会活下来的。”

费斯也喝完了他手中的酒，独自一人前往餐厅用晚餐。

80 如此好的天气，再加上之前没怎么费力就赶走了两架德国轰炸机，一些人在沙龙组织了一场即兴表演。一名水手坐在钢琴旁，其他那些用餐的乘客因为喝了红酒身心放松，便一起放声高歌起来。最后还剩一首曲子的时候，船上的二副克莉丝汀把同行的“鹪鹩”队员全部召集起来。这些年轻女子穿着为直布罗陀之行专门购置的白色衬衣，脸庞干净得如同下凡的天使，她们合唱起当时最热门的歌曲《全世界等待日出》。

之后，大家准备回房休息，耳边却还回响着那句歌词，“当全世界都在等待日出……我的心却在呼唤着你”——这句歌词完美表达了分离后对彼此的渴望，以及对重聚的期盼。[17]

凌晨3点，阿达尔伯特·舒尼艇长——他之前一直在克雷齐默尔艇长手下服役，完成五次巡航作战任务后被提拔为艇长，于是拥有了由自己指挥的潜艇，即U-201号潜艇——下令瞄准“阿吉拉”号，并发射了两枚鱼雷。

两枚鱼雷都击中了目标，只过了90秒，“阿吉拉”号就沉入海底。

在西部海域反潜司令部，罗克珊·休斯顿刚刚破译了直布罗陀船队发回来的第一封密报。在接下来的两个小时里，她和其他队友——“坐在我们温暖的作战室里，四壁环绕，环境相对而言十分安全”——继续在二线奋力抗敌。她们最先得知船队那些自身处境也很窘迫的护卫舰高速前行，支援因为被鱼雷击中而落在后面的商船。船队频频发报，告知总部他们是如何绝望地一次又一次试图躲避“狼群”的围攻。目前这支“狼群”已经壮大到共12艘U艇，它们按照克雷齐默尔之前部署的战斗计划，在船队内部对着一排排商船炮火大开。

休斯顿旁边那张办公桌上传来一声压抑的惊呼，她知道，自己一直害怕的事情终于发生了。所有21名女子服务队队员——包括曾两次申请加入女子服务队的玛吉·巴恩斯、在参加代表团选拔面试之前还不忘细心整理仪表的菲利斯·培根，以及曾在德比之家大力协助破译密电的伊莎贝尔·米尔恩·霍姆——都在这晚葬身大海了。第22名女性，即“阿吉拉”号上的护士艾格尼斯·哈里斯·华莱士，也在同一时间牺牲了。休斯顿松开手，一直握着的铅笔掉在了地上。她在日记中写道，那一瞬间自己仿佛移形至“那片炮火轰鸣的海面”，她的朋友伊莎贝尔就在这片海面下的某个地方。

81 劳顿·马修斯亲手挑选了本次代表团的成员，有一些人还是小女孩的时候她就认识了（其中就包括她指挥的“海上游侠”“金鹿”的前队员米尔德丽德·诺曼）。沉船事件发生时，她正待在普利茅斯。劳顿·马修斯后来写道，当她收到这一消息，德文郡夏日空气中弥漫的那股金银花的香味便再也挥散不尽，在她心中永远和这场悲剧紧紧相伴。第二次世界大战中牺牲的女子服务队队员中，有将近四分之一是在这一晚的沉船事件中遇难的。*

---

* 每一名在实战中牺牲的女子服务队队员的名字都被记录在一本纪念册里，存放在英国皇家海军女子服务队的官方祭奠教堂，即位于伦敦中心的河岸街圣母教堂。

正如之前那名“鹪鹩”队员预测的一样，“阿吉拉”号的船长亚瑟·费斯在鱼雷轰炸中幸存下来，并被人救上了另一艘船（很不幸的是，在返回英格兰的途中，他所搭乘的船只再次遭到鱼雷轰炸，又一次被击沉，所幸他又一次幸存下来）。等到终于抵达伦敦，费斯已经是个残缺不堪的人了，他和劳顿·马修斯见了一面。

“我永远也忘不了我和他的那场谈话，”她说，“也不会忘记他带给我的那种紧张感和压迫感，让我真正意识到被深海吞噬，头顶是整艘船的巨大残骸，那究竟是怎样的感受。”

正如“贝拿勒斯城”号的沉没让儿童海外接受管理委员会把英国儿童撤离到海外的计划被迫中止，“阿吉拉”号被击沉之后，有关政策也迅速发生了变化。在那之后，参加海外作战任务的女子服务队队员可以登上皇家海军的军舰了。

这一悲剧事件不仅没能阻挠，反而更加坚定了年轻女子加入女子服务队的决心。大量的年轻女子自愿报名奔赴直布罗陀，代替那些牺牲的“鹪鹩”完成那里的任务。很快，一支新的代表团就重新组建起来。这些女队员抵达直布罗陀几周之后，之前那名半信半疑，一度恳求劳顿·马修斯派遣男队员来的通信官给海军部写了一封信。“从各个角度而言，我都是最幸运的人了，我对目前手下的这支团队感到无比自豪，”讲到新来的“鹪鹩”队员，他这样说，“谁也不能把她们当中的任何一个换走。”这封信给了劳顿·马修斯底气，从某种角度而言，有那么一瞬间也稍稍缓和了悲剧带来的沉重哀伤。

蒙萨拉特后来说，这场战役远比他经历过的其他任何战
82 役都要恐怖，他常常在噩梦中重温当时的惨状。对于每个从战争中幸存下来的作家而言，死亡是个永恒的主题，只不过有的时候显而易见，更多的时候则是隐藏在字里行间。蒙萨拉特是为数不多的选择在小说中深挖在大海上牺牲的女性角色的作家。《沧海无情》一书是他为了成为作家所做的“孤注一掷”的努力，也正是这本书造就了他，让他成了百万富翁，他让书中的一个男子爱上了一名“鹪鹩”，但后来她乘坐渡轮出海，不幸在风暴中遇难，这对恋人的婚姻誓言就此破碎，为男子留下一段至暗至痛的海战回忆。

战争结束后，蒙萨拉特乘坐令他深恶痛绝的“大西洋”号前往南非就职。和平时期的和煦阳光并没能抚平他心中的伤痛。当他站在甲板上向远方眺望，他幻想着水面上横七竖八地浮着死去的水手的尸体，有些人是被炸飞的，还有一些人直接被大火烧成了焦炭，他们的身体“支离破碎”，最终“被大海吞没”。任何人只要看过就没有办法忘记那些随着海浪漂流到岸边的碎尸。又过了整整七年，蒙萨拉特才收拾好心情，再度踏上海滩——他看到孩子们蹲在岩池旁，手中的小铲子像刺刀一样在空中挥舞。他终于敢用自己的脚趾触碰海水。饶是如此，他毕竟还是一个受到过严重心理创伤的人，

觉得不断拍打海岸的浪花“已经沾上了永久的毒”。[18]

整支船队的23艘舰船中，八艘商船沉没，此外还有英国和挪威的各一艘护卫舰被击沉。“阿吉拉”号以及其他四艘商船是被施内艇长击沉的，邓尼茨一直觉得他是一名“出类拔萃的优秀艇长”，[19]他目前的战绩已经超过9 000吨。[20]这种用数字来统计沉船的方式是战争狂热分子惯用的一种令手下丧失人性的战略。不再用沉船的死亡人数来统计，而是改用轮船吨位来统计交战成绩，这大大减轻了这些人的心理负担。

“如果单纯按一个个人来统计，你会想象有一天这个人也许就是你自己。”罗塔·君特·布赫海姆所著小说《从海底出击》中的一个角色这样解释道——作者借角色之口讲述了自己1941年担任战地记者时和U艇艇员们共处的那段时光。“但没有人能和一艘轮船产生共情。没人会被一艘船击中心灵。”[21]

对于德国的U艇艇长们而言，通过用吨位进行统计，他们的注意力都牢牢集中在眼前的任务上：击沉商船的速度一 83
定要比英国再造商船的速度快。如此一来，战争就变成了一张计分表，在这个游戏里得分高的，而不是更有实力的人，才是胜者。同样，这种统计方式缓和甚至完全中和了大多数人近距离接触死亡，特别是由自己亲手造成的死亡事件而产生的焦虑与痛苦。

U-48号潜艇的大副“泰迪”·舒伦，也就是瞄准“贝拿勒斯城”号发射鱼雷的那个人，后来写道，他尽量让自己关注的焦点集中在船上满载的“英国人为了不被饿死或者流血过多致死而全面依赖”的那些货物，而不是船上的那些船员与乘客。[22]每次击中一艘船，舒伦就会在《第123号海军手册》里查找到对应的船只信息。这本手册里不仅有每艘商船的名称和型号等信息，还画出了每艘船的轮廓，这样一来主要在夜晚发动袭击的U艇就更容易辨认自己的目标船只。除此之外，舒伦还写道，“商船的名称没有任何意义，于我们而言只有它们的吨位数才有意义”。说到底，它们“仅仅是一些商船罢了”，他补充道，“不过是一路在海面上留下一片尾波的商船而已”。

邓尼茨积极鼓励自己的手下就这样狭隘地只关心吨位数。每个完成四万吨目标的艇长都会为自己赢得一篇战地报道。尽管如此，这种竞赛带来的红色恐怖偶尔还是会格外刺目地呈现出来。1941年7月末，在“阿吉拉”号被击沉前几周，“曼彻斯特”号邮轮缓缓驶入直布罗陀港，船上载着38名船员的尸体，之前邮轮被一架意大利轰炸机投掷的鱼雷击中时，这38个人都被困在了甲板下面。船长被迫抛弃了这些葬身灌满海水、密不透风的水下坟墓的船员，而直到一周之后，邮轮才缓缓入港。年轻水手戴上保护口鼻的防护面具，到船上把那些尸体抬出来，然后把他们放在手推车上，清理干净尸体上覆盖的石油，最后才能把他们转移到另一艘船上，完成海葬。这项工作花了将近八个小时才做完，在直布罗陀烈日的炙烤下，码头弥漫着屠宰场一般的臭味，很多在大西洋上奋战过的人到后来已经熟悉了这种给人造成强烈感官冲击的恐怖场面。

一切都很糟。但是，有那么一会儿，人们可以站在码头上，看着一辆辆手推车安静地从身边经过。来了一辆。又来了一辆。又来了一辆。尽管在我们当代人的想象中，战争就是丘吉尔在灯光昏暗的下议院办公室里，对着自己的公文箱笔耕不辍地进行批阅，就是长着刀削斧凿般的下巴的飞行员驾驶着喷火式战斗机冲破云层，身后冒起一团团火焰，但码 84
头上的画面同样也是战争的本质。

不断发展的作战技术在不断拉远敌我双方的距离。拳头变成了利剑，利剑变成了弓箭，弓箭变成了抛石机，抛石机变成了鱼雷，鱼雷变成了核弹。洲际弹道导弹（ICBM）或许最终会变成一种秘密的宣传武器，通过在社交媒体上不断宣传，颠覆甚至推翻民主政权。随着技术的每一次变革，发起攻击的一方离自己的攻击目标和对方遭受的物理伤害越来越远。远距离作战时，很难精准计算受攻击一方的损失。当然，计算损失是我们责无旁贷的事。

“我会回想起，当我们成功击沉德国一艘载有将近 2 000 人的战列舰时，大家如何欢呼雀跃，”德比之家的译电员休斯顿（她曾为搭乘“阿吉拉”号的朋友伊莎贝尔而深深哀伤）

在德国的“俾斯麦”号战列舰被击沉时，在日记中这样写道，“我们为我方获得的巨大胜利欢呼雀跃。我们怎么可以这样？这场战争究竟对我们做了些什么？”

“阿吉拉”号被击沉三周之后，上一年刚刚接替内维尔·张伯伦成为英国首相的丘吉尔在议会发表演讲，宣布英国政府从此再也不会按照德国所谓的“吨位赛”规则进行作战。此前每月官方发布的U艇袭击所造成的船舶损失数据将不再公开。为了将这种信息封锁合理化，丘吉尔解释说，“不能（让敌人）轻而易举就知道太准确的或太及时的关于他们历次发动的袭击成功与否的信息”。为了让人心安，他补充道，“英国乃至全世界的公众都有种印象，觉得局势已经比之前好很多了……我不能否认情况确实如此”。[23]

但私下里，丘吉尔掌握全部真实情况。1941年上半年，短短六个月时间里，英国损失了将近300万吨货物。首相之所以命令新闻部部长达夫·库珀（和科林的父母一样，他也将自己的儿子撤离到了美国）不再公开发布每个月的损失数据，不仅仅是有意要向德军隐瞒这些信息，也是为了不让英国大众知道这些损失。

85 那年秋天，英国进口的物资总量下滑到战前的三分之二左右，这大部分是U艇的“功劳”。尽管食物配给制度已经越发严格（到1940年3月，肉类的配给已经降到了一周一先令，即每个人每周能领到一磅左右的生肉），粮食部还是在不断质疑，自己该如何才能保证每天为英国人民提供足够的卡路里。英国人的饮食已经远离了战前那种富含脂肪的食物，当时有 38% 的营养都是通过摄入高脂肪食物来吸取的，[24] 如今，人们的饮食只能转向全麦面包和土豆这一类高碳水的食物。这种转变不仅让英国人日常进食的食物种类和口味变得单一，还带来了其他很实际的负面影响。一名体力劳动者要想仅仅通过摄入碳水化合物来获取工作一天所需要的 4 000 卡路里的能量，那他这一整天都得不间断地进食。工人群体因此普遍感到疲乏。

在备忘录里，丘吉尔警告过库珀，媒体可能会谴责政府试图“掩盖最近这段时间遇袭货轮的损失程度”。当面对记者时，首相建议库珀这样回答：“行吧，我们总归是要这么做的。”[25] 毕竟，丘吉尔补充说：“在不久的将来，我们可能还要承受远比这糟得多的局面。”

海军总部那边也是疑虑重重。“贝拿勒斯城”号被击沉的这个月，乔治·克里西舰长刚刚被任命为反潜部门的新任主管。克里西花了好几个月的时间钻研 U 艇袭击商船相关的战事报告，通过这些报告所展示的进攻模式，他觉得 U 艇的作战战略已经初见雏形。他知道德国的潜艇部队更喜欢在夜晚发动袭击，利用白天的时间跟踪它们的猎物。他知道 U 艇的艇长更喜欢在商船船队的尾部发动袭击，然后向后撤退，瞄准船梁发射鱼雷，最后撤离到护卫舰射程以外的地方，重新填装鱼雷管。但此时此刻他还不了解由克雷齐默尔开创的新战术，即直接在商船船队内部发起近距离袭击。

所以，克里西和他在海军部的所有同事一直百思不得其解的是，U 艇到底采取了什么样的作战战术，能够持续不断地碾压英国皇家海军，取得如此压倒性的胜利？面对这种局面，到底能做点什么呢？还有，到底有谁能够想出应对之策？

第二部分

以游戏而专注。

——阿纳卡尔西（约公元前 600 年），

转引自亚里士多德《尼各马可伦理学》

第七章　罗伯茨

1940 年 9 月 12 日 22 点 10 分，“贝拿勒斯城”号自利物浦启航的前一天晚上，吉尔伯特·罗伯茨正在他于伦敦西区租住的房子的地下室里打盹儿，突然听到从他床铺上方很远的地方传来一声沉闷的轰鸣声。[1] 89

纳粹德国空军发起的针对英国主要城市进行的连续性轰炸（即“闪电战”）才刚刚开始五天，但当那些一直在伦敦街头小心翼翼前行的人发现街上新添了很多商店橱窗玻璃碎片、会反光的子弹碎片和如月球陨石坑一般的土坑时，他们知道按部就班的城市生活瞬间被改变了。对于罗伯茨而言，这意味着他以后要在地下室睡觉了。

罗伯茨住在位于南肯辛顿庭院花园的一处外墙漆成白色的宅邸里，这里离伦敦的各个博物馆都很近。自 4 月以来，他和另外 11 名租客一直住在顶楼上，如今，他们又被一起转移到了这个地下室，一个个铺位像一片海浪一样连在一起，床垫都是从楼上的卧室里取下来的。到了晚上，他会指示这群人中的两个小孩躺到装扫帚的壁橱里，这样，万一房屋倒塌，他们还能躲在那个碎石堆中的洞穴里等待救援。最后，在其他租客的帮助下，罗伯茨又用木头搭起了一个小棚子，也算是针对外面德军的围攻带来的令人窒息的粉尘和搅得人无法安眠的噪声所搭建的又一道防线。

如今，罗伯茨一边听着外面房屋残骸落地的巨响，一边打量着木棚。这并不是那天晚上他察觉到的第一枚炸弹，但算得上是距离他们最近的一枚。[2] 三年前，罗伯茨染上了肺结核，发病之后差点要了他的命，从此以后他整个人变得骨瘦如柴，也留下了气短的后遗症。因此他被迫从海军退役——
90 “病退”，这是当时给出的术语，充满了各种残忍的暗示。尽管已经离开军队，但毕竟已官至海军中校，在军中也已经服役超过 20 年，他可以凭借直觉估算出自己与掉落炸弹之间的距离，以及一旦发生危急情况，自己应该采取什么样的行动。此时，当其他的大人都躲在地下室里安抚孩子们的情绪时，罗伯茨却啪嗒一声打开木棚的门闩，爬上地下室的台阶，走到走廊上。

此刻还是深夜，走廊里却亮得出奇。在过去的一周里，市民们接到指示，要尽可能消灭一切光源，从而增加德国轰炸机飞行员瞄准目标的难度，让他们无法准确投掷炸弹。那些违背这一规则的人将会受到严厉的惩罚。然而就在那一晚，德国轰炸机上投掷下来的照明弹就好像轻盈的彗星划过天空，点亮了伦敦伤痕累累的街道。罗伯茨透过客厅的窗户向外望去。外面，有一枚哑弹半埋在街上，是一枚还在滴油的250磅炸弹。罗伯茨走到房外，发现从炸弹上流淌下来的石油已经覆盖了他家门口大部分的地盘和半条街道。所幸当时并没有起火。

罗伯茨又走近仔细看了看人行道上的哑弹，发现炸弹最上方以一种可笑角度冒出来的，是一根已经熄灭了的导火索。[3]

27年之前，在离这里还有几英里的地方，12岁的罗伯茨穿着自己的校服，顶着一个肿胀的黑眼圈，坐在英国皇家海军部一个有着高高的天花板和被擦得锃亮的红木书桌的房间里，直勾勾地盯着面前六个男人严肃的面庞。窗外是晴朗的夏日，会议室里却一片暗黑，给人强烈的压迫感。桌子上摆了一堆材料，都是罗伯茨申请加入英国皇家海军学院时按要求进行的书面测试。

这群男人盯着这个小男孩，小男孩也直勾勾地盯了回去。终于，一名蓄了须的海军上将，也就是这群人当中军衔最高的一位，身体向前探了出来。

“罗伯茨，”他说，“你是怎么弄出这个该死的黑眼圈的？”

上将听到了一个解释，罗伯茨说在最近的一场板球比赛中，他本来要弯下身子防守对方的一名击球手，结果脸上直接挨了重重一板子。

91 “我甚至还没来得及摆好防守姿势。”他补充道，小脸羞愧地红了起来。

此时是1913年，申请加入海军学院是罗伯茨对家人的一种反抗：他的父亲是伦敦皇家爱尔兰步枪团的一名荣誉上校，哥哥是一名陆军骑兵枪手。无论如何，申请加入海军学院对他而言是一种挑战。因为在学校的时候，罗伯茨放弃了拉丁文，选择学习德语，但当时懂拉丁文依然是加入海军的先决条件之一。

接下来，面试官们要求小男孩在爱尔兰地图上找到丁格尔小镇的位置。罗伯茨很自信地把他的手指点在地图上，却被告知他找错位置了。并非如此，罗伯茨反驳道，最近一次出门钓鱼时，他的父亲曾提议去丁格尔旅行，指的就是他刚才指的那片区域附近。小男孩一边保持镇定，一边要求面试官们拿来一张更详细的地图。他恨不能把鼻子都凑到地图上，找了一分钟，然后得意扬扬地把手指戳在一个小小的“丁格尔”标志上，原来，除了爱尔兰西南海岸那个更有名的小镇，还有这么一个不为人所知的同名小镇。罗伯茨的胆识和决心给全体面试官留下了深刻的印象。于是，他和一群同样有潜力的青少年一起通过了海军学院的考试，而这时他还有两个月才满 13 岁。

在海军学院，罗伯茨不但学业上出类拔萃，还成了实力最强的游泳健将——1924 年夏天，他的这项特长恰好派上了用场。作为见习少尉在舰队见习了一段时间后，罗伯茨返回达特茅斯，接受成为海军中尉的相关培训。这时罗伯茨已经 20 岁出头了，在一次短假中，他和一名友人前往康沃尔的波尔齐斯小镇旅行，当时这个小镇不过是在基督教青年会驻地前搭建的一排房屋。[4]后来，在讲到他们这群人夏日的主要活动安排时，罗伯茨总结道，就是“闲逛，游泳，攀岩，冲浪，再闲逛”，而他在此间隙学习了《军规大全手册》，虽然这是一本“无聊的书”，但他为了通过期终考试还是得认真钻研。

在彭泰尔角和伦普角两个海角之间的百英尺有余的悬崖上有一座圆形小丘，这里离诗人劳伦斯·宾尼恩创作《致阵亡者》的地点很近，这首诗当中有一段非常有名，讲的就是那些不会伴随我们一同老去的阵亡将士。罗伯茨坐在这片葱葱郁郁的草地上，后背倚靠着一块岩石，一遍又一遍地研读那本手册。1924 年 8 月 5 日那天，罗伯茨抬起头，视线越过
书本，看到五名年轻的度假者正沿着海湾东边一段“崎岖又 92
不平整”的石阶往悬崖下面走。[5]他以为他们是想参观下面的一处洞穴，据说海豹经常在那里潜游。

“他们看起来很明智地将彼此用绳子拴在一起，”罗伯茨

回忆道，“但这在我看来也是一种非常不明智的做法。”[6]强劲的西风渐渐平息，大海上“只有些许波澜”，罗伯茨又写道，“不过，悬崖西侧还是不断涌起高高的浪头，拍打在崖壁上又落回海中，荡起一层层厚厚的白沫”。

20分钟后，他听到有人说话，看到只有四个人迈着疲惫不堪的步伐走回山顶。罗伯茨冲他们大喊，询问第五个人的下落。那些人喊了回来，说那个人不是和他们一起的，他们也不知道他到底去了哪里。罗伯茨走下山，顺着悬崖靠近波涛汹涌的大海一侧爬了下去。在一处低悬的岩架，罗伯茨脱掉所有衣物，只留下一条内裤和一双运动鞋。[7]因为担心自己跳下去之后会“被逆流的海浪打回来，撞在崖壁上”，罗伯茨瞅准时机，纵身一跃，跳入翻滚的海水中，为了躲开岸边的暗礁，他又在水下多潜游了几码。

水流比他预想的还要湍急，但现在罗伯茨可以更清晰地看到那个海豹洞穴，他推断那个男人一定是进了洞里面，想要更仔细地观赏一番。罗伯茨朝着洞穴游了过去，又下潜了几米以避开洞口处的峭壁，随后，一个大浪冲来，正好将他托起到洞口。罗伯茨抓住一块突起的岩石，在下一波海浪袭来之前的几秒钟里，快速环顾四周，寻找那个男人的身影。他待得有点久，下一波海浪裹挟着他围着岩壁乱撞，让他像是洗衣机里滚动的一只鞋子。罗伯茨在水中痛得龇牙咧嘴，就在这时他注意到了一具尸体。等他游到那个男人身边，“绝对不会错了，已经没有必要试着把他拖出去了”。

罗伯茨瞬间感到极度疲惫，他意识到现在自己也要为了活命而努力挣扎。在悬崖顶部，一群围观者正探着脑袋往下看。罗伯茨已经不记得到底又过去了多久，只是身边的天色渐渐变暗。他开始试着游出洞穴，回到清澈的海水中，把这具尸体留在身后。他可以看到彭泰尔角的最尖端，心中觉得那个地方的海水应该会更平静，便保持稳定的速度向外游去。

“但游了一会儿之后，我发现自己压根就是在原地踏步。”罗伯茨继续写道，“真是个蠢货：我忘记了潮水一直在往洞里流。”

天色越来越暗，罗伯茨意识到自己已经“在水中停滞，93
身体也异常疲惫”。他脚踏海水，身上流着血，筋疲力尽，可就在这时，他听到一阵喧哗，感觉到自己被人从海中捞了起来。原来是一群法国渔民看到了他，把他捞上了船。没过几分钟，他们给他喝了瓶子里的一大口烧酒，让他恢复了元气。这伙法国渔民的目的地是彭赞斯，所以，罗伯茨恢复体力之后便请求他们在离海岸还有半英里的地方把他再次投入水中，他可以游过这段距离，回到波尔齐斯海边的沙滩上。

罗伯茨在海中遗落了他的帆布鞋，只能赤着失去知觉、布满划痕的双脚爬回悬崖上，一路上还要担心自己会不会在黑暗中把脑袋撞在岩石上，或者一脚踩空摔下去。

“是那种焦虑感让我扫清一切麻烦，活了下来。”他总结道。

罗伯茨爬上悬崖顶，一路摸索着回到自己刚才坐着的地方，手册和毛衣都还留在原处。

“周围一个人都没有，”他这样回忆，“他们都已经回家了。”

罗伯茨走回自己住的房子。第二天早上起床的时候，他发现自己的床单浸满了鲜血，在当地的一份报纸上，有一篇报道说他失踪了，大概率已经溺水身亡。又过了几天，海岸警卫队用皮划艇拉着罗伯茨和他的友人桑迪·麦克基洛普，一起回到了那个洞穴旁。他们把那个男人的尸体拖了回来，又把尸体送到圣艾夫斯进行调查，罗伯茨也参与其中。

罗伯茨被授予由威尔士亲王颁发的英国溺水者营救会铜质奖章，以鼓励他努力营救那名遇难者的行为。后来，那个男人的身份得以确认，是来自亨利镇的詹姆斯·L. 温赖特。[8] 罗伯茨叙述这件事时文风朴素务实，就像是一名航海多年、饱经风霜的水兵，波光粼粼的海面对他而言绝不意味着平和，而是一头尚在沉睡的怪兽。

罗伯茨的海军生涯继续朝着前景大好——虽然多少有点不同寻常——的轨迹一路前行，他先是成为澳大利亚第一艘航空母舰上的别动队队员，随后沿着多瑙河一路航行，最后，他成为英国皇家海军的战术游戏设计师。1935 年 7 月，刚刚

被提拔为海军中校没几天，罗伯茨加入了朴茨茅斯的战术学校。在这里，海军上校和他们手下的高级军官一起投身于兵 94
棋游戏——一种精密设计的军事主题棋盘游戏，整个棋盘被摆在喷涂过的地板上，看起来就像是巨大的象棋棋盘。这种兵棋游戏类似于《超级战舰》《大战役》等现代商业桌游的远亲，在近乎真实的作战环境中钻研和演习，在这个熔炉里，各种战略战术被不断检验、分析，并得以更新、完善。罗伯茨一下子就喜欢上了这份工作。

在历史记录中，以这种通过风格鲜明的棋盘游戏来代表将士作战的例子屡见不鲜。考古学家已挖掘出一些代表闪族和埃及军队的迷你士兵雕塑。很多早早兴起的棋盘游戏——比如国际象棋和围棋——直到今天还广受欢迎，它们或是以军事为主题，或是在探索军事上的战略与战术。这些游戏建立起一种不需要考虑后果的虚拟现实，我们由此可以探索并体验那些寻常而言非常危险、罕见或者带来巨大灾祸的场景。这就让棋盘变成了体验战争最理想的环境。

1913 年，H. G. 威尔斯写了《微型战争》一书，谈及他在还是一个小男孩的时候如何受到兵棋游戏的诱惑，并将这种爱好带入了成年生活：

> 在这里我们可以预谋，感受一连串不断积累的胜利或者惨败带给我们的刺激感——不会出现支离破碎或者

> 血流成河的尸体堆，精致的建筑不会被炸毁，村庄不会被洗劫一空，不会发生各种微小却残忍的事件，也不会有那种糟糕透顶的无聊和愤懑，所有优雅、勇敢、美好并充满魅力的人和事都不会无限期地延迟到来，也不会突然消失，令人难堪。我们这些年纪足够大、还能记起上一场真正的现代战争所带来的劫难的人所了解的苦难与浩劫都不会上演。[9]

出于类似的原因，兵棋游戏对于那些专业的军事人员而言也具备极高的价值。他们能将一块块棋盘变成一个个类似于占卜池的地方，而他们就在这片虚拟的前线对各种战略战术进行测试。H. G. 威尔斯察觉到了游戏的这种好处，他在《微型战争》一书中指出：“大英帝国终将从托儿所的地板上获得新的力量。”* 人类历史上已知最早的棋盘游戏之一是“围
95 黑”（意为“围城”），这个游戏是中国古代军事家孙子为了模拟战场而设计的。

到了 17 世纪，人们逐渐意识到，如果想要指导真正的军队作战，象棋这种抽象的战争游戏有很大的局限性，于是出现了一些更为复杂的游戏变种，例如“国王游戏”。1644 年，

---

* 这句话只出现在英国版《微型战争》中。美国版里的写法是，“明日之子必将获得新的力量”。

德国的克里斯托弗·魏克曼发明了这个游戏，除了传统国际象棋应该有的国王和骑士，“国王游戏”中还增加了上校、上尉、通信兵、侍卫、列兵等角色。魏克曼称自己的游戏“是关于最有用的军事和政治规则的纲要”。随后，兵棋游戏的复杂程度、规模和真实度都在不断提高，到19世纪50年代，“国王游戏”已经在德国军队中广为使用。

大约同一时期，从来没有出过海的苏格兰人约翰·克拉克设计了一种能代表海上舰船交战的游戏，旨在研究出更有效的战术。[10]克拉克将自己的发现和建议写进了《论海军作战战术》这本书中。在此书序言中，他解释了自己这样一个既没有作战经验也没有航海经验的人，何以能够纠正那些毕生在大海上奋战的海军军官和司令官犯下的错误。

> 因为我自己从来没有出过海，所以曾有人问起，我是怎样获得这些关于海军作战战术的知识的，我又是如何敢下妄言，居然敢在这样的事情上提出自己的建议的……我依靠的是各种各样的海战展示，除了作战规划和图纸，也利用了一小部分舰船模型，一旦有了合理的布局，就能最为精准地代表敌军舰船的动向……因为移动起来非常方便，也可以根据要求摆放到各种相应的位置上，所以我们总是能够提前看到战场上的布兵排阵，并且对其进行充分考虑，海军御敌系统的每种可能性都

可以被充分讨论，而不用担心引起任何争议。[11]

克拉克断言，即使海军上将坐在舒服的躺椅里，也有机会成为海战专家，尽管这个观点最初引发了争议，但最终还是被接受了。德国人最先接受，甚至是展开双臂欢迎这种虽不完美，但对现实具有指导意义的兵棋游戏。后来，到了19
96 世纪末20世纪初，由于军队规模不断扩大，完全按照实战规模进行演习已经变得很不现实，有的时候也很愚蠢，像是在挑衅他人。于是，其他国家也逐渐开始采用兵棋游戏的形式来模拟排兵布阵的过程。[12]

像罗伯茨于1935年进入的朴茨茅斯战术学校这样的地方逐渐成为每支军队不可或缺的组成部分。这样一来，军官们就可以对之前交战中做出的决定再一次进行评估，并留意未来交战中可能出现的陷阱。游戏总是需要运用逻辑和规则来创造各式各样的场景，在这样的环境中，玩家可以不断完善自己的战略，也可以完美地模拟海军上校在交战中可能遇到的困境和问题。从具体操作层面来看，兵棋棋盘和指挥官所使用的地图并没有太大区别。兵棋游戏玩家和战术研究员一样，能够鸟瞰整个战场，在这里将一枚棋子推向前方，在那里安排另一枚棋子撤退。

兵棋游戏在民间的流行也向军方证明了它的价值。它不仅能让H. G. 威尔斯这样的业余爱好者间接体验实际作战中指挥官所面对的挑战的难度，也能吸引更多的年轻人加入军中。丘吉尔在 1930 年写的一本自传里承认，自己之所以决定到桑德赫斯特读军校，并在此后终生追求自己所选择的这个职业，很大程度上是因为自己孩童时代就酷爱用玩具士兵在想象的战场上挥斥方遒，这个爱好彻底改变了他人生的“航向”。[13]

最著名的航海类兵棋游戏毫无疑问就是《超级战舰》了，很多公司发布了与之类似但名称不同的游戏，而最初这个游戏是在 20 世纪 30 年代用铅笔和白纸玩起来的。著名的桌游厂商米尔顿 · 布莱德利公司（简称 MB 公司）在 1943 年发布了第一款战舰类的游戏《战舰世界：海军战术游戏》，该游戏在 1967 年更名为《超级战舰》。MB 公司表示，他们没有记录留存下来，不知道究竟是谁设计，又是谁命名的这个游戏，[14] 但很明显，在此之前已有同类商业游戏的先例。

“西洋陆军棋”是法国的一种兵棋游戏，由艾赫芒斯 · 伊丹小姐设计发明，1908 年 11 月 26 日，她申请了专利，称这是一种“棋子可以在棋盘上移动的作战游戏”。到了 20 世纪 20 年代，H. P. 吉布森父子公司开始在英国生产这种兵棋游戏，玩家可以在一张长九英寸、宽十英寸的棋盘上移动军衔不同的士兵们。每一枚棋子都有一个具体的数量值，但对手看不到这个数字，只有在一方的一枚棋子进攻并吃掉对手的 97
一枚棋子之后，才能公开出来。大多数情况下，两枚棋子当中数字比较大的那一方获胜，输掉的那枚棋子就要从棋盘上拿下去。游戏将一直进行下去，直到一名玩家发现并拔掉对手的旗舰为止。

之后，H. P. 吉布森父子公司生产出一系列类似于“西洋陆军棋”的兵棋游戏，其中包括海军主题游戏《多佛迷航》（“很容易上手，”1932 年 9 月期的《游戏与玩具》上这样介绍，“但游戏难度可与国际象棋媲美。”），以及空军主题游戏《飞行棋》。1932 年，他们发布广告，广告语是：“不会流泪的战争！”[15]

这家公司还生产了游戏《日德兰》，规则和现代版的《超级战舰》很类似。在一张 10 行 ×10 列的方格纸上，两名玩家各自标出自己的战舰所在的位置，但都不知道对方把战舰放在了哪里。一旦战舰各就各位，两人轮流向对方所在的半边各自发射导弹，一次可以发射六枚，目标就是击中敌方战舰，而不是让导弹落入海中。

“在发现对手战舰位置的过程中，可以运用一系列技能。”游戏说明书这样写道，从而向玩家保证这并不仅仅是一个靠运气获胜的游戏。身在朴茨茅斯的罗伯茨设计的兵棋游戏最早可以追溯到失败的小说家弗莱德·简那里，1898 年，简在期刊《工程》上发表了一种桌游风格的海军兵棋游戏的规则。[16] 年末，他的另外两本书，即《简的海军兵棋游戏》《作战战舰》，提供了一套正式的游戏规则、计分卡和航海图标，后来海军部对相应的素材进行了改造。这种游戏采用的是按比例缩小的战舰模型，一张正方形的棋盘，棋盘上甚至还装备了一些像乒乓球拍一样的板面，可以向外投掷迷你炮弹，因此这种兵棋以它的灵活性和真实度而闻名。为了测试这个游戏，简还曾专门登上停靠在朴茨茅斯港的战舰。四年后，一个经过改良的新版本的游戏被分发到英国皇家海军的各艘舰船上，供那些官兵演练。30 多年之后，罗伯茨驻扎朴茨茅斯时采用的兵棋也正是《简的海军兵棋游戏》的一个翻新版本。

在罗伯茨于朴茨茅斯开展的兵棋游戏中，运气还是扮演了重要角色。一整个房间的地板被涂成了一个大型的棋盘，上面摆放着各种规格的战舰，这个游戏和《超级战舰》有些类似，但目标不一样，主要是为了通过不断完善海战战术来减少运气在海战中的分量。

游戏的技巧或许很精妙，但罗伯茨的兵棋游戏把重点搞 98
错了。尽管事实表明，在第一次世界大战中，德军已经开始大规模运用潜艇来骚扰那些往英国运送食物和补给的商船船队，但在 1935 年的兵棋游戏中，U 艇和商船船队都没有被体现出来。

“任何人只要想去了解，所有关于第一次世界大战的信息以及从中吸取的经验教训都是触手可及的，”彼得 · 格雷顿这样点评道（作为一名司令官，战时护送商船船队往返期间，他曾多次击退无数艘U艇），“但恐怕没有人愿意费这力气。”[17] 英国人民曾因德军的海上封锁而忍饥挨饿，但第一次世界大战留下的这个最深刻的教训已经被人们遗忘了。

“潜艇并没有在游戏当中体现出来，”罗伯茨后来提及这些他被命令设计的游戏时这样写道，“那些商船船队以及它们遭受的攻击也没有在游戏里体现。没有人把希特勒的崛起……和发动另一场大西洋之战的可能性联系在一起。说句绝对的公道话，我也没能把两者联系在一起。”[18*]

（事实上，1938年1月，格林威治的海军学院已经设计出一种能检验商船护卫力度的兵棋游戏，罗伯茨似乎并没有留意到它。这个游戏精准地预测了战争爆发的时间。不过，在这个游戏的设定里，对商船船队造成威胁的不是德国的U艇部队，而是伪装成商船的德军战舰。[19]）

尽管存在这种对未来造成严重影响的疏忽，但罗伯茨依然和他的同事们奋战了两年，通过这些兵棋游戏研究出更多新的海战战术。罗伯茨对这种战术上的调兵遣将有着浓厚的兴趣，而他丰富的想象力也让他为这种兵棋游戏编织了一层引人入胜的虚构背景。所以，他简直是这门课程最合适不过的领导。

---

* 英国皇家海军的这些玩家也没有预料到法国的沦陷以及由此带来的影响，即德军的攻击范围因此扩大了很多。

“多么不可思议的两年啊，”他这样写道，“我热爱那两年的时光，全心全意。”[20]

尽管如此，罗伯茨在战术分析桌前所展现的才华还是为他在一艘服役中的战舰上赢得了一个职位。1937 年秋天，他被委任为轻巧的驱逐舰“无畏”号的舰长，然后被派遣至直布罗陀海峡附近。这开启了罗伯茨人生中最幸福的一段时光，身为指挥官，他可以指挥着属于自己的这艘驱逐舰——用他自己的话讲，一艘“可爱的小船”——沿着西班牙海岸一路巡游。

在休息的时候，罗伯茨和手下的舰员会参加陆地上举行 99
的体育比赛，其中包括温莎接力赛——英国特有的一种接力赛，比赛规则复杂，但激动人心。比赛一开始，要沿着西班牙国界线进行套袋赛跑，有一段慢跑区和一段步行区；然后是一段自行车赛，每艘船上的邮递员都要扛着满满一袋子的信件骑行；在这之后，要爬上港口的起重机，艰难地翻过停泊在码头上的船只，接着还要游泳横穿港口；直到最后，要以百米冲刺的速度冲向终点。

在这段如田园生活一般的美好时日里，罗伯茨开始偶尔气喘，后来又发展成声音尖锐的咳嗽，他最终变成了一个整日流汗的失眠患者。医生给他开了润喉止咳糖浆，这种糖浆黏稠甜腻，可以敷在喉咙上，为的就是减轻咳嗽的剧烈程度，但并不能缓解其他症状。接下来一段时间的活动，罗伯茨都努力坚持了下来，包括在波特兰进行的体能训练，以及对苏格兰的一次访问。在苏格兰，时任海军元帅查尔斯·福布斯爵士带着罗伯茨——后者勇敢地掩盖住了自己的病情——参观了战列巡洋舰“威尔士亲王”号，彼时该战列舰还在建造中。

二人一起查看这艘新的战列舰，福布斯突然转向罗伯茨，开口问道：“这艘船可以在你手下充分发光发热，你说是不是呢？”

但事实上，他们并没有等到这一天。罗伯茨的“无畏”号驶离格拉斯哥，在英国南部海岸的德文波特停靠。此时他浑身剧痛，刚一靠岸就被护送着抬到了“决心”号，去请首席外科医生诊治。医生立刻给出了诊断：肺结核。

“这就是大结局了。”罗伯茨在日记里这样写道。

罗伯茨的指挥权很快被收回，这样一个要求所有成员都必须以健康体魄作战的组织在这种情况下效率高得可怕，当天还没结束，罗伯茨就从皇家海军退役了。

在斯通豪斯医院住了两晚之后，罗伯茨收到一张由高级军官签署的便条，可凭此入住萨里郡坎伯利的一家私人疗养院。但海军部只会为他支付 90 天的住院费用，同时，罗伯茨在这 90 天里依然领得到薪水。他即便能扛过这场大病，再往后也只能靠自己了。同样令罗伯茨感到困扰的是，他并不能领到养老金，他那位继承了家产的妻子自然是相当富有，但他觉得自己理应担负起抚养家中两个小孩的责任。接下来，他应该去往何方，又应该做点什么？

时年38岁的罗伯茨把自己的整个青春年华和成年时代都 100
奉献给了海军。“为海军服役是他的全部生活。”罗伯茨手下的一名军官曾这样评价。更早一点的童年时代隔得太远，记忆都很模糊了，他唯一懂得的就是如何为海军效力。罗伯茨后来写了一本没有公开出版的回忆录，手稿一共180页，只有一页是关于他加入海军之前的童年时光的。另外，此前他花数月时间研究适合战术演练的兵棋游戏，为大战做准备，而这场大战毫无疑问已近在咫尺。

焦虑有其柔韧性，可随我们生活状态的变化而不断形变。几周之前，罗伯茨的主要担忧和大家一样，担心人到中年职业生涯的变化：上头会不会跳过自己提拔了别人，他会不会在工作上耗时太久以至于疏远了家人。现在，和止咳糖浆一样，他的恐惧充分适应了新的环境，随境而变。重大的历史时刻已到来，他却无法参与其中，这对他造成了根本性的打击。一个男人，一旦他的制服被收走，这个人还能剩下些什么？

虽然没有旅行许可，但罗伯茨还是独自一人前往疗养院。疗养院都是平房，在看不到太阳的那一侧，一名医生给罗伯茨做了X光检查。他的整个左肺都被感染了，感染还有继续向右肺蔓延的趋势。医生说很难判断病人是否能够痊愈。肺结核，医生继续解释道，是“一种诅咒”，通常会导致病人走向死亡。受到这样的双重打击，罗伯茨心烦意乱，他问医生要了一台收音机、一个板球记分簿和一支钢笔。国际板球锦标赛明天就要开始了，假如真的会死，那他要在死之前记下所有的分数。

但他没有死。免疫细胞与病毒之战在他的肺部激烈打响，罗伯茨不得不盖着毯子，坐在轮椅上，在接下来的整整一年里都在这条第二前线上奋战：这是一场为了守住自己的身份和人生目标而进行的战斗。那些有关他强壮体魄的回忆——年少时代的板球比赛、尝试潜入洞穴救援、了不起的接力赛——都成了宝贵的纪念，提醒着他：过去那样的生活已经一去不复返，但未来的生活充满新的希望。

在这悲伤的数月里，罗伯茨倒也并非无依无靠。他的外科医生、海军上校英格尔比·麦肯齐向他保证，在海军部，还有很多人依然牵挂着他。后来，一位很关心他的海军少将专门来看望他，少将走后罗伯茨收到通知，他还是可以领取
101 养老金的，财政部认可他的疾病是在服役期间感染上的。金钱方面的好消息也远比不上他从海军部感受到的温暖，罗伯茨觉得自己并没有被那个自己奉献了人生最好年华的海军大家庭抛弃。在位于萨塞克斯郡米德赫斯特的爱德华七世疗养院短暂停留后，1939 年 7 月，一个更阳光、更健康的罗伯茨转院到了德文郡耶尔弗顿，所有人都希望那片平原清新的空气能够治愈他身体更深处的那些病痛。

罗伯茨迫切地想要再次为自己的祖国效力，他在报纸上看到一则广告，招募那些对枪支、探照灯和弹药有经验的男人，于是他提出申请。可是，他的申请被拒绝了。后来，罗伯茨希望动用自己的一些人际关系，又给第二海务大臣写了一封信，希望获得一个职位。对方的回复令人沮丧：等一年以后再来写一封信。等罗伯茨好不容易通过“花言巧语”混进康沃尔公爵的轻步兵团下属劳动营，他很快就发现自己站在威利·巴克利上校面前，而这位上校刚好是他的表亲。巴克利充分了解罗伯茨现在糟糕的健康状况，命令他离开现有职位。

这场把他从原定职业轨迹上重重击倒的疾病就算不会私下里让罗伯茨为自己感到羞愧，至少也让他一直都很自知自觉。战争爆发后，有一次接受《利物浦每日邮报》记者的采访，他直接撒谎说自己退役并不是因为生病，而是因为1938年“出了一场意外事故”。

慢性疾病和战争一样，不请自来，势不可当。和战争一样，它所到之处，人们的生活都会受到干扰，人生轨迹也会发生重大变化。由于人生发生突如其来、令人手足无措的变故，罗伯茨内心十分困惑，人生的另一个重要组成部分也开始动摇。他和艾丽斯·布鲁克斯的婚姻关系出现巨大裂痕。艾丽斯·布鲁克斯更为人所熟知的名字是玛格特，她是一个专门经营自行车车座生意的富有家族的继承人，因为丈夫经常不在身边，所以她开始在自己养的赛马身上投入更多时间。尽管现在这段婚姻还可以维持，但具体的婚姻关系已经开始慢慢分崩离析。

1939 年 11 月，罗伯茨收到海军部的一封信。等他读到信中的内容，内心所有的希望都破灭了。信中写道：“我受海军部第一海务大臣的指示，特此通知您，英国皇家海军的各个部门均不会接受您归队服役。考虑到您所患疾病的本质……以后不太可能为您找到任何合适的职务。”[21]

102 这件事就这样了结了。罗伯茨虽然很聪明，但不算是知识分子，他一直以来在学业方面所做出的努力也全都是为未来的海军生涯做准备。他最终找到了可以接收他的地方，加入地方警局，成为一名特殊的警官，在战争爆发的头几个月里主要为本地的农民群体服务，后来他又成为当地的一名保卫军志愿者，也就是所谓的“地方志愿军”成员，这个反侵略组织后来因为聚集了乌合之众和游手好闲之人而名声渐坏（倒也不失公允），情景喜剧《老爹上战场》讲的就是他们的故事。

1940 年 3 月，距法国沦陷还有几个月，罗伯茨的电话响了。电话是从海军部打来的。在一连串坚定的拒绝后，罗伯茨受命以已退役指挥官的身份重返岗位，可以穿海军制服，也可以领全额薪资。海军部命令他在重返海军部并向值班上校报到之前就要离开德文郡，并在伦敦找个住的地方。他的新办公地点离薇拉·劳顿·马修斯召集和组织皇家海军女子服务队的地方很近。

报纸上的租房信息一栏满满的都是房主已经撤走、急需出租的房屋和公寓。罗伯茨选中了庭院花园，因为它离格罗斯特路地铁站很近。他去海军部报到那天，穿着自己过去的制服——因为身体受到病痛摧残，现在这件衣服已经大了起码一号。他手里拿着一个民用的防毒面具，肩膀上还扛着一个锡制头盔，上面用白漆喷着“警察”的字样。他的工作很无聊，但至关重要：他需要确保在大西洋上与U艇交战的那些护卫舰能够快速获得弹药补给。预估每艘舰船回到港口时需要补充多少弹药这件事也许只能算是办公室里的文书工作，但借着这些数字计算的事务，罗伯茨还是间接回到了海军的阵营中，重新过上了曾经的生活。

然后，和家人一起搬到伦敦五个月之后，罗伯茨发现自己和一枚货真价实的德国炸弹面对面了。

第八章　橡树叶和圣诞树

103 德国U艇部队的王牌艇长、为人谦逊的奥托·克雷齐默尔开始对每次U艇回到洛里昂港都要面对的那些隆重的欢迎仪式感到厌烦。手捧花束、咧嘴微笑的女孩子，高声奏乐的军乐队，手中不停涂画的记者——在克雷齐默尔看来，这些都会让人沉溺其中，麻痹自我。但这一次，他知道自己绝对不可能避开这种不必要的喧嚣了。向HX.72号商船船队发动了自内向外的“狼群”式袭击后，在接下来的几周里，克雷齐默尔又执行了两次巡洋任务，加起来击沉了不少于11艘盟军舰船。

克雷齐默尔还在继续完善由他首创的这种战术，即在超近距离向目标开火。他在距目标仅250米的地方开火，击沉了英国一艘改装装甲巡洋舰，即皇家海军“劳伦蒂克”号。在寒冬中大获全胜的消息实在令人振奋，纳粹德国宣传部部长约瑟夫·戈培尔在一次广播演讲中直接将这些战绩描述为

"战争中最了不起的冒险故事"。后来，1940 年 11 月 4 日，克雷齐默尔还在海上航行时，希特勒授予他一枚橡树叶骑士铁十字勋章，这是德国军人所能获得的最高级别的勋章。

四天后，U-99 号潜艇缓缓驶入洛里昂港。卡塞尔——就是几周之前给了那个头部受到重击的英国人约瑟夫·伯恩一盒菠萝罐头的海军士官——记下邓尼茨发来的一封电报，电报通知克雷齐默尔获得勋章一事，并命令他前往柏林，参加希特勒亲自授勋的仪式。前一次返回港口的时候，很多艇员都感到惊惶，当时克雷齐默尔看到岸上等着迎接他们的一群人，居然指挥着 U-99 号潜艇前往洛里昂港另一处几乎废
弃的码头。U 艇艇员格外不喜欢这个码头，因为从这里到镇 104
中心还要走很远的路。把 U 艇停靠好后，克雷齐默尔已经准备上岸了，一艘汽艇快速驶了过来，停在与潜艇齐平的地方。

"克雷齐默尔艇长，刚才的信息有一处错误，"汽艇上的军官大喊，"邓尼茨将军和海军总司令来这儿欢迎您返港了。您得带着您的潜艇到主泊位去。"既然被抓到了，那么克雷齐默尔决定给岸上的观众秀一场，他指挥潜艇掉头，潜艇划出一个大大的弧形，全速向主泊位行进，身后溅起层层白沫。随后，潜艇又快速后退，在距离码头仅仅几英尺的地方突然熄火，整个艇身颤颤巍巍。

这一天，因为害怕克雷齐默尔还会有更多的自谦行为，邓尼茨干脆派人把这名王牌艇长从 U-99 号潜艇一路护送到

一架等着他们的飞机上，然后直接带着他飞到巴黎，听他面对面做战况汇报。在历数 U-99 号潜艇最近一次突袭中击沉的所有舰船之后，邓尼茨让克雷齐默尔挑选出手下另外五名艇员，一起接受荣誉勋章。克雷齐默尔以其特有的慷慨大度争辩道，这是一个极不公平的要求，他说他手下所有的艇员所付出的努力都应该被认可。最后，在逼问下，克雷齐默尔承认，自己手下的海军士官卡塞尔应当第一个被授予铁十字勋章。

那天晚上，克雷齐默尔坐在巴黎“她家”（Chez Elle）俱乐部角落里的桌子前。过去的一周他睡得很少，从大西洋最激烈的前线匆匆赶到巴黎舒适的俱乐部，这种转变对他的精神造成很大的冲击，况且他知道自己明天就要面对元首本人了。一边是深邃的大海，另一边是至高的政治权力，夹在两者中间的克雷齐默尔精神高度紧张，他大口大口地喝着香槟，试图舒缓自己的情绪。

第二天（1940 年 11 月 12 日）早上，克雷齐默尔抵达柏林，走下那架五座专机，他是机上唯一一名乘客。这是 28 岁的艇长在搬去法国后第一次重返德国的土地，但所有关于回家的温暖感觉，在他见到飞机旁等着护送他到高档奢华的凯瑟霍夫酒店的汽车时，一下子灰飞烟灭，瞬间让他冷静下来。来到酒店，他先沐浴了一番，然后和帝国海军元帅雷德尔短
105 暂会面，接着又被汽车送到仅仅 200 码以外的帝国总理府。

考虑到法国那边石油和汽油的短缺，这种奢侈的作风令这名U艇艇长颇为愤愤。

希特勒的海军副官普特卡莫少将负责指导克雷齐默尔在这样的仪式中该如何表现，他领着克雷齐默尔走进总理府，经过一座巨大的老鹰雕塑，穿过长廊，走到天花板高耸的会客室。四年半之后，就是在这个房间里，柏林的士兵们进行最后的防守，但到了那个时候，这个地方到处都是断壁残垣，伤痕累累的墙壁上布满了弹壳碎片。那时的场景惨不忍睹，以至于苏联外交人民委员在最后一战结束后不久访问此地时，把它比作但丁《神曲》中炼狱里的一幅场景。但是，此刻，在授勋这一天，这座建筑物崭新到一尘不染，如宫殿一般宏伟，墙上挂满了绣着田园风光的流苏挂毯，几英里长的地面上铺着厚厚的波斯地毯。

中午时分，克雷齐默尔的监督人普特卡莫离开了房间。在接下来的几分钟里，克雷齐默尔一直紧张地注视着门口，直到那道高耸的双开门轰然打开。希特勒走进房间，普特卡莫站在他身后，双手捧着一个镶着金边的小盒子。克雷齐默尔站起身，向元首敬礼致敬，元首先讲了几句，鼓励了一番这名出类拔萃的U艇王牌艇长，随后把盒子递给他，盒子里盛着那枚带有橡树叶的铁十字骑士勋章。

短暂的授勋仪式已完成，元首邀请克雷齐默尔到旁边的长沙发一同就座。有那么一会儿，这名U艇艇长听希特勒讲起了这场大战，听他自吹自擂，说拿下这么多的法国港口并非运气，他从一开始就是这样谋划的。克雷齐默尔不动声色，但私下里觉得有些疲惫。几个月后，这名艇长和手下一名艇员之间的对话被英国人秘密录了下来，克雷齐默尔承认，“很长一段时间，我对这场大战毫无热情”。[1]

也许是因为这种疲惫在作祟，当希特勒询问 U 艇作战的进展时，克雷齐默尔鼓起勇气，直截了当地做了回复。克雷齐默尔尖锐地说，目前 U 艇总数实在是太少了。自从战争爆发，邓尼茨和海军元帅埃里希·雷德尔都没能说服希特勒全力支持这场由海军主导的旨在令敌方经济崩溃的掠夺战。同样，基尔的船坞既没有足够的钢铁，也没有足够的劳动力来建造邓尼茨的 U 艇部队——据他估算，至少需要建造 300 艘
106 U 艇才能对英国的进口造成毁灭性的持续打击。很显然，克雷齐默尔注意到了邓尼茨感受到的沮丧，于是利用这个机会在元首面前重申自己的上级的诉求。

“他们造 U 艇造得越快，”克雷齐默尔说，“我们就越有可能在夜间发动水面袭击，并形成更壮大的‘狼群’，一举歼灭敌方的整支商船船队。”

勇敢者才能获得应有的回报。克雷齐默尔越发投入，继续表示，在大西洋之战中，U 艇还需要大量的空中侦察机做辅助。他说，如果能有一队侦察机在空中搜寻商船船队的位置，再加上大量的 U 艇在大海中安静地等待，德军在大西洋

之战中的既有优势将会进一步扩大。希特勒点了点头，站起身来。

“谢谢你，指挥官，”希特勒说，“你的坦诚令人钦佩，我会尽我所能帮助你和你的同僚。”

在离开房间之前，希特勒告诉克雷齐默尔，他们还要共进午餐。一名卫兵护送克雷齐默尔来到餐厅。在一张很大的圆桌前，十来名副官已经站在他们各自的座椅后面，静候希特勒的到来。克雷齐默尔被领到属于自己的那把椅子前。他被安排在了上座，也就是希特勒的右手边。克雷齐默尔对这种国宴毫无经验，他突然意识到，餐桌上是不会送来希特勒所厌恶的肉类和各种酒的。更糟糕的是，他环视房间，观察了一下其他的客人，突然意识到抽烟也是不被允许的。由于在大海上长期抽方头雪茄，这个发现让他的尼古丁戒断反应更严重了。

服侍他们用午餐的是党卫军那些身材魁梧的小伙子，克雷齐默尔一边吃一边听，餐桌上的话题转移到了刚刚抵达德国的苏联人民委员会主席维亚切斯拉夫·莫洛托夫身上。一名副官说，莫洛托夫和他的代表团从莫斯科乘火车出发，抵达德国边境之后又换了一辆火车。可是一换到开往柏林的火车上，他们所有人都拒绝食用德国食物，并且都准备了自己的食物篮子。

“很明智，”希特勒点评道，“虽然也有点夸张。”

最后，副官提及莫洛托夫一行当中女性的数量。之前有传言说，代表团很担心来到这里之后，一旦让德国的女人上了他们的床，这些女人就会拿刀刺死他们。但这些苏联人又不想一个人睡觉，所以就从国内带了女伴来。

107 “她们长得漂亮吗？”希特勒问。

副官没听清他的问题，于是希特勒重复了一遍，这一次声音变得更加尖锐：“她们长得漂亮吗？”

用戈培尔的话来说，在纳粹军官心目中，女人应扮演的角色就是“负责貌美如花，把新生儿带到这个世界上”。当时的一张手绘传单上面就画了一名穿着蓝色连衣裙的雅利安女人站在黄色的烈日下，用母乳哺育一个胖娃娃。他们还出版了给德国女人的行为指南，指导她们如何生活，敦促她们永远不能穿裤子，不能化妆，不能穿高跟鞋，更不能染发或者烫发。

希特勒认为女人的一生应当围绕三个“K”展开：“kinder”（孩子）、“küche”（厨房）和“kirche”（教堂）。纳粹党将这一信仰在社会上以各种方式制度化。纳粹当局出台了《鼓励婚姻法令》，新婚夫妇可以获得一笔1 000马克的贷款，妻子每生下一个孩子，就可以留下其中的250马克。这些妻子还会受到进一步的激励，生下一大堆雅利安孩子的母亲会被授予日耳曼母亲十字勋章，其价值堪比军人可获得的橡树叶铁十字骑士勋章。单身未婚女性也可以在不结婚的情况下为党卫军成员生一个孩子。

那些选择放弃工作的女人会获得更多的金钱奖励。尽管数十年以来德国军队里一直有女性从事辅助性的工作，但直到 1940 年夏天法国沦陷之后，才开始正式招募和雇用女性加入军中为国效力，战事的拖延以及对劳动力的需求让希特勒对于女性的态度难以继续维持。即便在这个时候，女性的地位也十分卑微，局限于一些仆从性的岗位。

比如说，“家政辅助服务”的成员主要是清洁工和厨房里的帮厨。“参谋辅助服务”的成员一般是年龄在 18 岁至 40 岁之间的女性，她们会在军队的一些行政岗位上从事书记员之类的工作。* 尽管德国海军长期以来一直有雇用女性从事辅
助性工作的传统，“海军辅助服务”，也就是德军这边类似于 108
英国皇家海军女子服务队的部门，直到 1942 年 7 月才宣布成立。[2] 不像“鹪鹩”队员那样，一开始就有人鼓励她们通过统一的着装获得一种归属感和姐妹情谊，“海军辅助服务”部门专属的制服直到 1943 年 9 月才分发到岗，而在此之前这些女兵穿的是德国空军的同款制服。

尽管此刻回顾历史，英国的军队对女性敞开了大门，英国人也许会为自己的进步感到自豪，但德国人对女性的这种

---

* 到了 1944 年，德军司令部终于允许“参谋辅助服务”的成员参与战术分析工作。事实证明，女性可以非常熟练地完成这项任务，不过因为她们来得太晚，并没能在战争中发挥太大作用。

态度在英国也有体现，在战争爆发初期，整个军队都反对将女子服务队的成员安排到高层岗位去承担更重要的职责。一名海军上校后来一针见血地总结了这种态度：“女子服务队不能做这个，不能做那个，不能去这里，不能去那里；什么——要把她们送出国？不行！”[3]尽管英国比德国更早开始招募女性入伍，但当时很多人都是持反对意见的，他们激烈地争辩道，这种做法会毁掉女性在家庭生活中的角色。

“打仗不是女人该做的事，”工党的艾格尼丝·哈迪这样说，“女人要承担生育和抚养孩子的职责，所以应该将她们从战争中排除出去。”[4]（需要在这里多提一句，哈迪一直支持男女平等运动，还提议如果在战争中受伤，男女应该获得同等抚恤金，而此前负伤的男人要比女人多七先令。[5]）

但在德国，反对的声音来自一种更为严酷的、意识形态上的厌女症，这种思想植根于纳粹主义的腐朽思想中。而且，德国没有像薇拉·劳顿·马修斯这样的领军人物，冷静而坚定地呼吁女性加入抗敌战斗事业的方方面面。

“我没有亲眼见过她们，”那名副官听到希特勒关于女人相貌的问题后回复道，“但我今天下午会把这件事搞清楚的。”

“在莫洛托夫来见我之前就要搞清楚，”希特勒说，“这样我就可以用我们的美女来嘲讽他了。”

午餐用毕，希特勒站起身，最后一次和克雷齐默尔握了握手，并祝这名艇长在接下来的海战中大获全胜。克雷齐默尔返回自己住的酒店，又过了几个小时，有人开车接他到国家歌剧院看瓦格纳的歌剧《唐豪瑟》。他被领到了国宾包厢，通常只有希特勒和来德国访问的外国使节才能坐在这里。在他下方，观众窃窃私语：这真的就是传说中的U艇王牌艇 109
长吗？

克雷齐默尔坐在那儿，身边繁花锦簇，他探身看向楼下的舞台。从这个人人羡慕的位置，他可以自由地神游，他想到这一周和上一周的生活之间有着多么大的反差，以及另外一个很重要的事实，那就是，在这儿也好，在大海上也好，他都是每个人关注的焦点，但他又是如此孑然一身。

那枚炸弹就落在罗伯茨家大门外水泥地的缝隙里，熄灭的导火索还在冒烟。这种炸弹是德国空军最新的一种弹药，但也是最不可靠的一种。德国人管这种汽油炸弹叫“Flam”或“Flammenbombe”，意即火焰弹。它圆鼓鼓的，十分易燃，里面灌满了石油混合物和猛炸药。闪电战期间，投掷在肯辛顿-切尔西区——也就是罗伯茨住的地方——的42枚火焰弹很多都没能成功引爆，而是摔裂在地面上，流淌出数加仑的燃料。[6]就这样，1941年1月，引入这种火焰弹没多久，德军就不再大规模地使用它进行空中轰炸。

闪电战空袭期间，肯辛顿有244人死亡，770座房屋被炸毁，但伦敦人受到的更大威胁来自英国自己用来反击的远程高射炮；高射炮的炮弹一旦错失目标，就会像钱包里掉落的硬币一样，以致命的速度砸在城里的地面上。

不过，眼下这种状况，罗伯茨很清楚自己和附近的所有人都暴露在巨大的危险中：导火索的火星一旦碰到弹壳，淌出来的燃油就会着火，从而炸翻整条街道。

战争必然激发人们最大的勇气，一次次考验不给人留下任何深思熟虑的余地，它强迫每个个体依据性格和本能行动。罗伯茨伸出手握住导火索，用力向外拉扯。导火索脱落下来，罗伯茨的掌心传来一阵钻心的剧痛，他把导火索扔到马路上，一脚踢进下水沟里，旁边另一名围观者赶紧跑过去把它踩灭。

天空中仍然有飞机呼啸而过的声音，罗伯茨的鞋子上覆盖了厚厚一层油污，他的三根手指头被烧伤了。他回到房子
110 里，爬回之前当卧室住的顶楼的房间。他把手上的油渍清洗掉，用布条包扎好被烧伤的手指，返回地下室。

他闩好木头棚子的门没多久，距第一枚炸弹落地仅十分钟左右的时间，就又传来了轰然一声巨响，罗伯茨和其他人屏住呼吸，听见地下室前半部分的天花板掉了下来。在黑暗中，他一直凝神留意是否有漏了气的煤气管道发出吱吱的声响。罗伯茨发现自己不仅出乎意料地冷静，而且有一种意想不到的兴奋。在过去的几年里，他一直觉得自己就像是一个被遗弃的小齿轮，他的国家正在为赢得战争而奋力拼杀，他

却无法在这样一个战争机器中找到自己的一席之地。现在，在这样的战事中，他又回到了关键位置，即便这意味着他要整晚守在这个一半被掩埋在废墟里的地下室中。

在伦敦的另一头，泰晤士河对岸，克里斯蒂安·奥尔德姆抵达格林威治，开始参加军官培训。她之前在坎普敦小丘路那边参加集训的时候没能成功学会盲打，大部分时间都在接受希尔达·巴克马斯的指导，后者十分严厉，总是对奥尔德姆的表现不满意，所以奥尔德姆因为自己的各种疏漏而受到惩罚，不停地清洗地板。在这些藏污纳垢的房间里，她需要低头穿过一间煤库才能抵达餐厅，在这里，她要和其他女子服务队队员竞相吞食一盘少得可怜的食物，只有吃得够快才有可能要到为数不多的第二份加餐。她和另外三名队员共享一个房间，其中至少有一个人从来不换内衣，所以房间里一直弥漫着一种挥之不去的又酸又甜的体味。[7]后来，奥尔德姆偶遇南希·奥斯本——英国皇家海军女子服务队总部主管，就是当初面试她的人——便请求她将自己调至别处。

奥斯本对奥尔德姆深表同情，于是邀请她加入女子服务队总部。奥尔德姆的新办公室就在黛安娜·丘吉尔的办公室隔壁。黛安娜·丘吉尔是温斯顿·丘吉尔的长女，今年三十出头的她在这群二十几岁的女子眼中难以想象地陈腐。在成功将泰晤士河沿岸的所有轮船进行消磁之后——这些船上安装了能够阻挡磁性水雷攻击的金属线圈——奥尔德姆便被推荐晋升为女子服务队的一名军官。

奥尔德姆乘坐渡轮抵达格林威治，和数百年来的国王、
111 王后以及英国最负盛名的海军元帅一样，在同一处码头下
船。和蒙萨拉特一样，南希·斯班战前是一名崭露头角的自由记者（战争结束后，她成为一位很有名的报纸专栏作家），她抵达格林威治的时候，写下了自己心中那种震惊的感受。她觉得自己在更高的层面和自己国家的历史融合在了一起，“仿佛开启了上帝视角……英格兰的所有历史都在眼前一一闪现”。

至于皇家海军彩绘厅这个地方，用南希·斯班的话来说，“现代的任何溢美之词，包括19世纪所有那些雕塑艺术都没能让我做好心理准备目睹眼前的宏伟景象”。在这里，奥尔德姆和其他几十名“鹪鹩”队员每天都在千百支蜡烛闪烁不定的烛光中用餐，餐桌是用当年特拉法尔加海战中作战舰船的同款木材打造的。餐具碰撞发出的叮当声与伦敦高射炮发出的隆隆低响交错。在闪电战期间，皇家海军女子服务队格林威治总部的队员们睡在深埋于地下的石头地窖里。当这种就寝安排变得过于令人不适，在风险与对舒适环境的需求之间进行了一番衡量后，她们又搬到了战术研究室，这些女子就睡在那些台球桌下面。

奥尔德姆很快凭自己的努力升至三副，随后她接到指令，

她将被调到普利茅斯去当一名战术研究员。在战争爆发之初的这几个月里，她觉得这已经是女子服务队队员可选的工作当中最理想的一种了，尤其因为战术研究员这份工作让她们有机会接触所谓的“粉色名单”——一份列出皇家海军每艘舰船所在位置的文件。用奥尔德姆的话来讲，这个消息来源对于任何想要掌握自己“新任男友”动向的女子服务队队员而言都是无价之宝。[8]

在普利茅斯，奥尔德姆通过暗中观察其他同僚，逐渐掌握了战术策划的艺术，很快就开始参与轮岗值班，在战术研究室里不断推置象征商船船队和U艇的棋子。工作时间漫长，对工作人员的要求也很高。连续好几晚，奥尔德姆睡在战术研究室的床垫上，都会被一名狂乱的海军上将摇醒，他要求她去文件柜里取这张或那张航海图表，所以到后来，奥尔德姆干脆在房间的一张椅子上打盹或者读小说。有时她一次要连续工作两天，几乎没有睡觉的时间。在连续值班之后，这些女子服务队的战术研究员可以有两天的假期，她们可以在停泊在附近的舰船和潜艇上参加各种派对。

对于奥尔德姆而言，潜艇艇员是海军中的精英分子，对 112
她也有一种特殊的罗曼蒂克吸引力。技术为各种形式的战争所创造出的距离感——包括海上作战时的距离感——将这些本应战斗在一线的水兵从战争中心的旋涡中抽离出来。位列战时三名最著名也最成功的U艇猎手之一的唐纳德·麦金泰尔曾经惋惜地说，海上的战争已经变了味儿，“大部分战果取决于一系列复杂的数学计算，取决于如何将枪炮精准地瞄准数十英里外一个几乎无法用肉眼辨别的目标”。[9]

潜艇之战也是类似的道理，大部分战果取决于各种测量仪器读取的数据，但某种直接的、本能的东西还是留在了战争艺术中，也因此吸引了一些具备某种无畏气质的男人入伍。一次，布雷潜艇皇家海军“须鲸”号在巡航地中海的间隙停泊在了普利茅斯港，在狭小拥挤的军官室里举办了一场派对，就是在这里，奥尔德姆遇到了这样一个无畏的男人，“须鲸”号的艇长伦诺克斯·纳皮尔。

纳皮尔是个很阳光的人，浑身上下活力四射，人生经历充满奇闻趣事，他指挥的这艘潜艇也生机勃勃。战争期间，“须鲸”号主要负责为被围困的马耳他岛输送补给燃料和食物，同时给那些在周围来回航行的意大利和德国舰船水下布雷。有一次，他试图做一种开创性的尝试，想要把一笼子的信鸽从潜艇的瞭望塔上放飞出去，可惜那些小鸟拒绝离开潜艇。奥尔德姆和纳皮尔越来越亲近，他们在偶尔暂停手中工作的时候，会一起沿着狂风怒号的达特穆尔荒原长时间地散步。

他们一边散步一边聊天，年轻的“鹪鹩”队员有一种浑身战栗的感觉。后来，她写道，她觉得纳皮尔是“那种充满罗曼蒂克气质的人，就是那种如果不确定自己的行动能否顺利进行，就压根不会展开任何行动的人”。不管出于何种缘由，就算纳皮尔也为奥尔德姆所吸引，他始终没有承认这份感情。尽管如此，在离开普利茅斯之后，他还是定期给奥尔德姆写信。他文笔生动，同时精于绘画，会在信件的边缘处涂画一些潦草却很有趣味的插画。纳皮尔给奥尔德姆的每封信在落款处都附带了一句“谨记我的爱”。这些信件让奥尔德姆对他的感情不仅没有消散，还加深了。

在每个值班的漫漫长夜里，奥尔德姆一边思考纳皮尔究竟会不会回来找她，一边思考自己到底应不应该等他。结果，113
还没等到把这件事弄个水落石出，奥尔德姆又接到指示，自己又要被调到别的岗位。她在爱丁堡和纽卡斯尔短暂驻扎过一段时间，然后接到命令，自己要第三次转移。她是愿意回普利茅斯呢，还是到别的地方去呢？到目前为止，奥尔德姆的所有朋友都被派遣出去了，纳皮尔也回到海上执行任务了，所以她决定开启新的冒险。奥尔德姆启程前往贝尔法斯特，开始在那里的战术研究室工作，负责在全景地图上来回推移小小的舰船模型，几乎即时重现海上真实的作战局面。

在位于贝尔法斯特城堡的新基地，奥尔德姆可以通过四壁观察在爱尔兰海上往返利物浦的舰船。

火焰弹落下的第二天，罗伯茨从庭院花园搬了出来，重新在海豚广场找了个地方住下。他的新家在弗罗比舍，这是广场上13栋大楼中的一栋，和其他楼一样是用著名航海家或者海军元帅的名字命名的，而这片区域后来遭受了不少于12次空袭。在1940年11月5日的一次轰炸中，一枚2 500磅的炸弹落在这附近，一块木头碎片飞进罗伯茨的脖子里，最后通过手术才把碎片取了出来。尽管不断出现这样那样的危机，但在这一年余下的时光里，他还是把这里当成了自己的避难所。

三个月之后，也就是1940年12月，伦敦人开始筹备自闪电战开始以来遇上的第一个不得不藏起来庆祝的圣诞节。为了不让德国空军轰炸机飞行员看到地上闪闪发光的目标，摄政街今年将不再悬挂彩灯。在伦敦城外的田野，那些挪威松树被修整得小巧玲珑——毕竟没有办法在躲避空袭的地下室和防空洞里摆放六英尺高的大松树。用一名美国评论员的话来讲，在这个圣诞节，到处都是鲜明的对比，"冬青枝和带刺铁丝网同在"，"枪炮和金丝彩箔同时拉响"。[10]

在伦敦市中心，那些曾经挂满五彩装饰的商店橱窗多数已被震碎，库存被炸毁，很多顾客不是已死亡，就是逃离了这座城市。地面上覆盖着厚厚一层战争留下的残渣，在行人脚下嘎吱作响。湿漉漉的飘带挂在已经被熏黑了的商店门口。市面上出售的玩具反映出了英国人真实的战争生活中出现的新变化：有喷火式战斗机和梅塞施密特战斗机的模型，还有小号的锡制军帽和迷你版的军装，孩子们可以买回去穿上，将自己打扮成在军中服役的哥哥、姐姐或者父亲的样子。

那一年的圣诞节，英国所有教堂都没有敲响钟声。战争 114
期间，教堂钟声所代表的意义也发生了变化：钟声不再意味着是时候发起祷告，而是变成了对即将到来的危险的警告，响起的钟声不再号召大家前往教堂礼拜，而是催着大家赶往地下避难。同样，没有任何伦敦居民还会祈祷夜晚看到明亮的星空，他们只希望圣诞夜浓云密布，天气能够站在盟军这一边，让敌军的轰炸机无法来袭。

有一天晚上，罗伯茨的好友伯纳德·斯塔布斯问他，他们两个能不能去南肯辛顿地铁站走走。斯塔布斯之前是英国广播电台（BBC）的记者，和蒙萨拉特一样，也在为一本与战争有关的书搜集素材。地铁站都已经停止运营，被改成了巨大的地下防空洞，那天晚上，他很想去看看那些在没有通电的铁轨上盖着毯子、翻来覆去的人。

“他想捕捉那一刻的寂静。”罗伯茨在日记中写道。[11]

当他们来到车站月台时，罗伯茨数了数，现场共有 12 棵小圣诞树。这两个男人站在一棵圣诞树旁，看着那些“坐在自己的铺位上、目光惊诧”的孩子，他们的母亲在一边平静地织毛衣；留着八字须的男人靠在砖墙上，头上还戴着帽子就睡着了，身上盖着一层层的毯子。

过了一会儿，罗伯茨在圣诞树之间看到一张熟悉的面庞，他一下子脸色煞白。那个男人穿着一身便衣，戴着帽子，拄着一根拐杖，正绕着圣诞树走来走去。三人沉默地站在原地，直到那个男人平静地开口，问穿着制服的罗伯茨和斯塔布斯是否愿意陪着自己回到地面上。在已经断电罢工的扶梯底部，又有一些人认出了那个男人。“没有人发出欢呼，”罗伯茨写道，“但当他爬上中间那一排台阶时，大家都弯腰鞠躬，嘴里说着‘圣诞快乐，尊敬的陛下’。”

走到台阶最顶层，国王陛下转过身，看着身下的人群，喃喃自语道：“他们难道不是很棒的一群人吗？”

走到地铁站外，乔治六世和罗伯茨、斯塔布斯分别握了手，然后钻进一辆灰色的希尔曼老爷车，扬尘而去。两个男人怔在地铁站入口，“没怎么缓过神来”，直到一名警察走过来，赶他们离开这个地方。后来，二人没在伦敦待多久就相继离开了。斯塔布斯前往战列巡洋舰皇家海军“胡德”号任职。五个月后，在与命中的劫难、德国战舰“俾斯麦”号决
115 战时，“胡德”号被“俾斯麦”号一炮击沉，包括斯塔布斯在内的总计 1 400 名舰员中只有三人幸存，其余全部遇难。他再也没有机会完成自己的著作。

1940 年的最后一天，第二海务大臣派人找到罗伯茨，通知他去朴茨茅斯就任，那里缺乏舰船，有太多的士兵无所事事，罗伯茨需要把这些男人训练成合格的反侵略武装力量。离开伦敦的时候，罗伯茨这样在日记里写道：“我永远也不会忘记伦敦遭受的轰炸袭击，以及强加在那些手无寸铁的平民、

孩童和老人身上的恶意。”

在接下来的12个月里，罗伯茨一直在朴茨茅斯训练新兵，除了训练他们近距离作战的本领（比如，教他们如何在漆黑的深夜用一条15英寸长的消磁电线勒死一个敌人），还教他们如何跟踪、潜伏，以及在野外生存的技巧。

“从已退役人员名单回归到军中，”罗伯茨写道，“一切比我预想的还要好。”

当罗伯茨还在忙于将一群乌合之众培训成类似地方军的武装力量时，皇家海军伦敦总部的气氛日益凝重起来。显示大西洋战场上我方损失的巨幅图表就好像一张标注着英国各艘商船和舰艇接受死刑的日期的日历。整个1941年，盟军的舰船损失一直在稳定地扩大，1月损失了250万吨物资，到了秋天，平均每个月有超过400万吨的食物、燃料和建筑材料蒙受损失。相应地，肉类、茶叶、果酱、饼干、早餐燕麦片、奶酪、鸡蛋、猪油、牛奶、罐头水果和水果干都开始实行供给制。粮食部的科学与工业研发部门还发明了一种冻干鸡蛋粉，就是把鸡蛋干燥成粉状，这样它们在船上占用的存储空间就只是新鲜鸡蛋的20%。他们还发明了很多粉状物和糊状物，以尽可能地替代诸如香蕉和奶酪这些稀缺食材。酒店和餐厅供应的餐点价格每顿被限制在五先令以内，也就是说一顿饭总共不会超过三道菜，其中只能有一道菜里含有肉或鱼。[12]

1939 年 12 月，剑桥大学的学者们展开测试，想看看如果 U 艇拦截了所有的进口货物，英国人能否仅凭国内生产的食物生存下来。他们经历一番艰辛，将自己的食量降到最低，
116 最后，这些学者和志愿者发现，他们可以存活下来，但他们也注意到，肠胃胀气发作的频率“显著”增加，排便量也有 250% 的增长。[13]

如果说这个肚子里胀满了气的国家在一段时间内可以仅靠国内生产的粮食生存下来，那么布料和燃料则是另一回事。1941 年 6 月 1 日，布匹也开始实行配给制，到了第二年夏天，由于盟军船队不断损失，满足百姓最基本需要的汽油站也都关停了。在这之后，燃料只能供一些官方渠道使用，比如说供紧急服务机构、公共汽车和农民耕作使用。

1941 年被击沉的 1 300 多艘商船[14]中的大部分都丧命于 U 艇手中，在双方的交战中，盟军的战绩差得可怜：当年上半年，只有 12 艘 U 艇被击沉，而 1 月、2 月和 7 月里，一艘都没有击沉。因此，海军的指挥官们一直在思考，面对大西洋战场上如此惨重的损失，他们该怎样加强培训，才能提高护卫舰舰员的作战水平。因为缺少具有连贯性的一整套有效战术，这些船队在大海上直面 U 艇时可以说是毫无准备。

1941 年秋天，在贸易保护委员会的一次会议上，一名参会人员建议发明一种游戏，在军事演习中，官兵们可以在

船上玩这个游戏，由此来模拟发现U艇和后续猫鼠游戏的进程。于是，会场展开讨论，商讨如何才能改进这个游戏，用它来专门加强舰桥指挥人员的团队合作，毕竟舰长、瞭望兵、哨兵和舵手就是在舰桥上共同发出指令，如果能加强合作，“指挥官和他手下负责反潜的军官就可以对潜艇自由发动攻击，不再需要过度关注诸如旗语是否正确等细节”。[15]

在伦敦德里郡的一处培训基地，有人正在以此为目标开发相应的游戏。这个团队的领头人是I. M. 卡尔斯上尉，一名反潜部队指挥官。1941年9月初，“阿吉拉”号和那批年轻的女子服务队队员牺牲没多久，他完成了游戏的一个初始脚本。

和罗伯茨在战前设计的那些游戏不一样，卡尔斯设计的游戏不是在地板上玩的，而是在一艘出海的船上进行。模拟发现U艇以及后续攻击环节的时候，这些舰员已经在船上守着自己的岗位了。他们做出的反应必须和真正面对U艇攻
击时的反应一模一样。唯一的区别在于，这艘船处于静止状 117
态，所有的玩家只需要想象舰船正在海上航行，我方舰船的位置和U艇的疑似位置都在地图上用模型标注出来。如此一来，舰长和舰员们就可以在船上发挥自己的想象力，想象具体的捕猎行动，他们手中还会使用一种类似于回转罗盘的小装置，让大家更有身临其境的感觉，更容易想象出海面上的作战场景。

游戏开始的时候，会下发一个装满了事先写好的指令的盒子（船上的指挥官必须按照指令行动），一个上面刻满了时间刻度和各种方位圆圈的赛璐珞测距仪，最后，还有一张透明纸，上面用线条和符号做了标注，这就是所谓的“核心战术”了，也就是在理想状态下这场捕猎行动应该如何展开。在正常游戏结束后，这张纸会覆盖在舰船实际规划的战术之上，让那些玩家可以审视自己做出的决定和行动是否与结果最优的战术相近。这种演习方式的设计目的主要是考验指挥官的战术布局能力，同时也可以检验在战争的高压环境中，舰员们能否作为一个集体有效作战，会否暴露出某些致命弱点。

和之前的军事演习不同，这个游戏所需要的道具会像桌游所需的卡牌一样装在盒子里，在批量生产后送至海军的每一艘护卫舰上。卡尔斯手下的一名指挥官后来在一封信中对海军总部反潜部门主管解释道，这个游戏的改进需要各个反潜部门的合作。在信里，这名指挥官希望把年轻的战术游戏设计师 M. E. 英庇上尉借调过来一个月，后者此刻正在罗伯茨所在的朴茨茅斯工作。最后，这名上校在信中写道，“A/S 战略部主管还希望能获得后勤部批准，获得六张留声机唱片”。看起来，卡尔斯和英庇设计的游戏还需要一些额外的音效。

一个月之后，1941 年 10 月 15 日，英庇从伦敦德里郡飞

到利物浦，再转机至伦敦，第二天就赶到了海军部，胳膊底
下还夹着一个初始版本的游戏盒子。他首先介绍了游戏的简
单原理，然后解释说那些留声机唱片会在游戏期间播放，这
样做对于增强舰员身临其境般的真实感很有必要。这倒不是
说要给他们播放一些格外扰动心弦的曲子，而是应该播放类
似于潜艇探测器发出的“乒”和“咚”的声音，最早的时候 118
就是用这种声呐探测系统来探测潜艇的方位的。声呐探测系
统收到的潜艇反射回来的声波将会根据游戏的进展同步播放，
这样参与者就能够准确地知道模拟的 U 艇方位参数。对于那
些在海军战术研究室里研究舰船游戏的工作人员而言，因为
远离了轮船舷窗，所以游戏与现实中捕猎 U 艇的行动之间并
没有一眼即可分辨的区别。

英庇介绍完他的游戏之后又等了六天，这个名为“便携式反潜训练仪”的游戏才获准可以大批量生产。这个游戏还会开发出另外三个衍生版本，一个是给驱逐舰舰员用的，一个是给轻型巡洋舰舰员用的，还有一个是给拖船船员用的，每一套游戏价值五英镑（造价不包括后期因为需要复盘游戏而花费的那些纸卷和其他耗材）。成本极高，以至于只有少部分被挑选出来的人员收到了这个游戏。一共给驱逐舰发放了 52 套，给轻型巡洋舰发放了 38 套，给拖船发放了 60 套，总成本 750 英镑。

正如同邓尼茨也会使用游戏为 U 艇在大西洋之战中可能

遇到的战术和操作层面的挑战进行预演，现在盟军海军官兵为了捕猎这些U艇，也开始接触同类型的兵棋游戏。事实证明，卡尔斯和英庇的游戏是一种很好的资源，在一种不会造成任何恶劣后果的环境中，人们能够发现一些障碍和陷阱，如此一来，到了实战现场，就可以避免任何可能带来灾难性后果的疏漏。尽管“便携式反潜训练仪”能让护卫舰上的舰员不断改进和完善自己的作战行动，但它没能揭开更令人百思不得其解的谜团，那就是U艇的艇长们到底采取了什么样的战术才保持了这么高的作战效率。这个游戏也没能教会这些护卫舰怎样才能更好地协同作战。经过良好训练的舰员只能作为一个个体进行战斗。真正的高效率作战，正如“狼群”曾经明明白白展示出来的那样，需要精准的团队合作。为了钻研这些，就需要设计一种新的游戏。

关于战争时期是否应该使用兵棋游戏演绎战术这件事，一直存在着怀疑的声音，即便是在卡尔斯和英庇设计的游戏被证实有效之后也不例外，不过，没有什么质疑的声音抵得过海洋战场上盟军感受到的那种绝望。事实上，任何事也好，任何人也好，只要能给英军带来少许胜利的希望，就值得被郑重考虑。

119 1942年的第一天，罗伯茨接到通知，带着一只可以过夜的睡袋去海军部报到。他一到海军部，就见到了海军两位最高层的将领，第二海务大臣查尔斯·利特尔爵士和海军上将塞西尔·厄斯本，后者曾担任海军情报部门主管，现在是温斯顿·丘吉尔身边的副官。厄斯本主要负责监督反潜武器的开发。令罗伯茨感到震惊的是，这二人开始“极为清晰”地讲述英国在大西洋上所蒙受的损失的真实情况，以及盟军与U 艇交战时惨不忍睹的表现。

证据都摆在那里，每一块吃光的猪油和每一个被遗弃的储藏室都是证据。

“我们并没有挨饿，”1941 年，自由记者玛吉·乔伊·布朗特这样写道，“但我们曾经库存充裕的食品商店开始变得空荡荡的，空气中弥漫着一股焦虑的气息。奶酪、鸡蛋、洋葱、橘子以及其他各式各样的水果蔬菜基本上都买不到了……家庭主妇购买日常必需的食物都要排长队……价格一直在上涨……未来确实堪忧。”[16]

但事实上，掌握当时真实状况的只有一小撮海军高级军官和能够接触沉船损失图表的工作人员，图表上用一条细细的红线表明了英国所能承受的食物和补给损失的上限。即便是内阁的一些高层人员，也对英国在大局势上所面临的这种绝境一无所知。

查尔斯·利特尔告诉罗伯茨，真相是德国U 艇的损失被夸大了太多，盟军商船船队的损失也相应往下压了很多。接着，利特尔又给出了一丝希望。他说，英国在大西洋之战中的局面也有可能时来运转。1941年5月，英国幸运地缴获了一台恩尼格玛密码机，也就是纳粹用来给电报加密的一种特制的密码机，因此加快了破译密电的速度，而深海中的U艇和邓尼茨所在的指挥部之间全靠这些密电交流。

斯卡布罗分部的女子服务队队员截获密电后，将它们转
到布莱切利公园。在这里，天才密码破译师艾伦·图灵正带
着一群女子服务队队员破译U艇艇长们发出的讯息。一旦完
成破译，密电内容就会传到皇家海军西部海域反潜司令部，
120 那里的海军将领便能够更机敏地指挥护卫舰队在大西洋上的
行动。如果舰队在护卫商船船队，就尽量避开U艇；如果正
单独行动，就前去捕猎U艇。在破译恩尼格玛的密码之前，
只有在大海中发现U艇，才能把它们的位置添加到战术图
上；现在，地图上密密麻麻地布满了U艇的标志，这都有赖
于盟军截获的邓尼茨和自己的艇长之间的往来密电。

皇家海军西部海域反潜司令部的工作流程也改善了许多，司令部搬到了利物浦，珀西·诺贝尔爵士被拔擢为总司令。诺贝尔曾经是一艘战列舰的舰长，第一次世界大战期间在皇家海军组建的大舰队服役。在1941年2月他到这里之前，像驱逐舰皇家海军“沃尔克”号舰长唐纳德·麦金泰尔这样的高级军官一直为服从反潜司令部的一些在他们看来“十分错误的战术”而感到沮丧，采取这些战术常使他们面对“令人绝望、徒劳无果的一天又一天”。[17]和邓尼茨一样，诺贝

尔也是个聪明绝顶、经验丰富的老舰长，备受下属和同僚爱戴。尽管他已身居高位，但从不吝啬听取下属对战局的观察和建议。

诺贝尔上任之后做的第一件事就是搭乘护卫舰皇家海军“老兵”号巡航大西洋，他要亲眼看看从岸上下达的指令到了海上是如何被那些舰长执行的。诺贝尔亲眼看到，岸上的指挥官发出自相矛盾或者令人困惑不解的指令，禁止舰船上的高层军官自行判断并做出决定，结果就是舰船经常进行一些徒劳无益的追逐，将整个舰队拆得四分五裂，直到诺贝尔搭乘的护卫舰一度成了守护商船船队的唯一一艘军舰。他回到反潜司令部，下定决心“要终结这种愚蠢行径”。他守住了自己的承诺。

“这里的氛围发生了变化，出现了一种新的富有意义的使命感，”麦金泰尔这样写道，“我们朝向深海的突进不再是毫无目标，我们每一次回到港口，都能明显感觉到总部那边越来越脚踏实地了。”

尽管有了这些改进和利好，但英国国民还是要面对营养不良的巨大风险。在很多人家里，饥饿已经成为长久以来对战争最切身的感觉。尽管英国海军从不断截获的无线电密报中发现，越来越多的 U 艇开始聚到一起进行群体作战，这样在数量上能够为彼此的安全提供多一点保障，但他们这种高 121
效的战术究竟是如何操作的，只能大概猜猜。海军部的图表显示，每个月被 U 艇击沉的商船总数就快要超过那条象征着失败的红线了。战前的英国每年进口 6 800 万吨货物，但厄斯本向罗伯茨透露，这个数字缩水了一半都不止，现在每年只有 2 600 万吨了。[18]

内阁的经济学家们急于找到压缩非基本物资的进口量的方法，好在商船上腾出更多的空间。他们心急火燎地指出，动物们都能上船，这“占用了船舱巨大的空间……它们对商船空间的浪费，快赶得上潜艇摧毁的物资总量了”。[19]

“除非在大西洋之战中能有所作为，”罗伯茨听别人这样讲，“不然的话，仅仅是因为关键的食物和战备物资无法到位，我们就会输（掉这场战争）。”

更重要的是，U 艇击沉商船的速度已经大大超过了英国建造商船的速度，* 而且现在 U 艇原则上都是在夜间作战。丘吉尔心事重重，为眼下的糟糕局面感到担忧。几个月之前，他还成立了专门的大西洋战役委员会，委员会的主要精力都用在解决码头运转效率低的问题上，因为码头工人组织松散又体乏虚弱，即便有一些货物成功到港，也一堆堆地积压在了码头上。军队调出四万人去船坞，帮助那里的工人维修一些积压已久的被恶劣天气或鱼雷损坏的船只。尽管在后勤调动方面有了这些改善，但丘吉尔又开始质疑盟军所使用的

---

* 20 世纪 30 年代以后，英国的造船业陷入萧条，直到二战爆发都没有恢复过来。

武器和技术，以及商船船队受到袭击时采取的战术是否真的有效。

厄斯本示意罗伯茨走出办公室，二人一起到食堂用餐。在这儿，厄斯本花了两个小时的时间解释，罗伯茨需要做些什么。首先，罗伯茨要搭乘火车前往利物浦，到皇家海军西部海域反潜司令部利物浦总部向诺贝尔报到，新搬迁过去的司令部位于一座叫作德比之家的房子里，人们还给它起了个绰号叫“大堡垒”。他会启用顶层的一间超大号办公室，有一 122
批年轻的下属。在这之后，他和他的下属要竭尽所能地解决眼下的这个 U 艇难题。

丘吉尔身边的这名副官坚信，因为罗伯茨在朴茨茅斯的时候就已证明自己是一位极富才华的战略家，且一直热情倡导通过兵棋游戏来进行战前演习，所以他是改善反 U 艇战术最理想的候选人。还有，作为一名天生的沟通专家，他也具备足够的资质，能够对护卫舰的指挥官们进行相应的战术培训。

但厄斯本也警告罗伯茨，他的新上司珀西·诺贝尔目前承受着巨大压力，所以当罗伯茨这样一名低阶军官——雪上加霜的是，他一度退役——要去诺贝尔的地盘上指挥德比之家的一个部门时，诺贝尔对他也许并不会太友善。此前，诺贝尔已经同意组建这个部门，但他也告诉厄斯本：“别拿它来烦我。”厄斯本告诉罗伯茨，你在那里“并不怎么受欢迎”。

“尽可能低调地谋划，”厄斯本这样建议他，“事后再修正失误的地方。”[20]

罗伯茨将负责指挥这个新成立的部门，但他本人还要留在“退役人员名单”里，这让他和那些正在服役的军官之间出现了差别。所以，罗伯茨觉得，一旦战争结束，自己所扮演的角色就会告一段落，毕竟这只是临时任命。在罗伯茨即将赶赴火车站前往利物浦时，他被带到附近的一个办公室里，在那儿，他见到了丘吉尔。丘吉尔正坐在桌子后面沉思，嘴里还发出哼哼的声音。首相抬起头，看了罗伯茨一眼。

“一定要查清楚到底是怎么一回事，然后击沉那些U艇。”他说。

罗伯茨离开了海军部大楼，脑子里乱成一团，差一点就错过了开往利物浦的午夜班列。[21]

第九章　王牌和小纸条

1940 年 11 月，距罗伯茨搭乘前往利物浦的火车还有一 123
年多的时间，在洛里昂城区外一个很小的村庄里，德国 U 艇的三名王牌艇长聚在一家干净的小餐馆里，庆祝克雷齐默尔荣获希特勒授勋这件大事。德国军官经常光顾这家餐馆，据说这里的美食在大西洋沿岸数一数二。这里当然也有足够的香槟，军官可以享受优惠，只需要花软饮的价钱就可以买到一瓶和平年代里远超他们预算的香槟。等到侍应生把咖啡和白兰地端上桌，酒精已经开始发挥效力，成功地将每个男人的个性放大了数倍。

普里恩 32 岁，比另外两个人大了四岁，他手下的艇员很不喜欢他。即便是上岸休假，他也总是要对他们进行连续数小时的操练，而且他非常虔诚，严禁他们出口咒骂，除非“遇到了极为特殊的情况”。[1]

“当一个男人加入军中……个人的自由度就被压缩到了至

低点，”战争初期，普里恩写过一本自传，在德国出版，他当时在书里这样写道，“取代自由的是命令，是手持武器就要遵守的铁一般的军纪。水兵永远在站岗。”[2]

战争让普里恩更加坚定地支持希特勒宣扬的意识形态，他也因此格外蔑视其他的 U 艇艇长，觉得他们在对英国的商船船队发动袭击时还有所保留。“沉默的奥托”，即克雷齐默尔，时年 28 岁，比其他人的受教育程度都要高，他手下的官兵也很敬畏他。他手下的一名艇员有一次接受一家德国报社采访，说克雷齐默尔的那种“冷静”让手下的艇员都有一种“绝对安全”的感觉。[3] 尽管如此，战争的严酷还是让克雷齐默尔陷入忧思。

124 与其他两人截然不同，战争带来的生理与心理上的双重压力反而让舍普克比以往还要活泼喧闹。酒精推波助澜，让这个体态优雅、相貌英俊的花花公子的情绪更加高涨。邓尼茨有一次称他是“真正的助推器”，[4] 他的表现说是戏剧化也不为过。当然，这种浮夸的虚张声势只是他的一层保护壳。德国的媒体总是语带敬仰地报道这三名王牌艇长（克雷齐默尔曾不得不躲着一名格外热情的柏林出版商，因为后者在战争期间一次又一次强硬地要求这名 U 艇艇长写一本回忆录[5]），所以，在战争重压之上，又多了出名后的各种压力。U 艇艇员之间还流传着一些小道消息，据说舍普克一直在报告里夸大自己的战果，声称他击沉的每艘舰船吨位都在一万吨以上，但他从未提供这些舰船的名字以供总部核实。

那天晚上，舍普克邀请另外两人一起打一个赌，根据胜负决定三个人的排行。

“让我们打个赌，看谁最先完成25万吨的目标。”舍普克这样提议，完全不考虑这个数字背后那些受到重创的家庭和被摧毁的人生。[6]他继续说，如果自己输了，就给另外两个人买香槟，他们能喝多少，他就买多少。但是，如果他赢了，另外两个人就要为他吃下的所有食物和喝光的所有红酒买单。三人握了握手。作为邓尼茨的第一批门徒，将这几个男人紧紧团结在一起的并非友谊，而是无处不在的竞争。他们在一起的时光可以用这种竞争关系总结，而他们每个人的命运却是由各自的性格决定的。

三名艇长离开小餐馆，回到了美好居酒店。在大堂的酒吧里，他们又点了咖啡。克雷齐默尔选中这个时机，又一次试图说服他的两个竞争对手采用他的战术：悄悄绕过护卫舰，在商船船队内部的纵横船列中发动袭击。[7]

克雷齐默尔的U-99号潜艇需要整修，所以这名艇长获得了三周的假期，在此期间，邓尼茨一直劝他放弃一线的指挥权，前去担任U艇培训学院的首席教员。邓尼茨生怕稍有不测就失去他最爱的这名王牌艇长，而且他很想让克雷齐默尔把他的专业知识和经验传授给下一批U艇艇员。克雷齐默

尔坚决拒绝了这个提议，对于岸上的工作，他既没有足够的
125 政治敏感度，也没有左右逢源的社交天分去应付，只有在大海上，在政治统治的世界之外，他才能获得安宁。

“没有哪个人能像你这样一直拼命，不肯休息——哪怕是为了手下艇员的安全也要考虑一下，”二人一起驾车从洛里昂前往巴黎时，邓尼茨这样告诫他，“一个疲惫的艇长出海，对U 艇的存活是种威胁。”[8]

但克雷齐默尔不为所动，1941 年 2 月 22 日，也就是普里恩驶离港口三天后，U－99 号潜艇也离开了洛里昂港。在整修过并重新填满鱼雷的 U－99 号潜艇身后，跟着一艘内河蒸汽轮船。甲板上，一支军乐队正在演奏一首新的乐曲——《克雷齐默尔进行曲》。

2 月 25 日，普里恩在北大西洋海域发现了一支共有 39 条商船的船队，周围环绕着七艘护卫舰。在被盟军的空中巡逻机驱赶后，普里恩给身在洛里昂的邓尼茨发了密电，告知其商船船队的位置。

在之前的那顿午餐上，克雷齐默尔说服了希特勒，现在，邓尼茨已经获得了纳粹空军第四十飞行大队的指挥权。此刻，他派出了三架秃鹰轰炸机。轰炸机一共击沉了七艘商船。后来，在夜幕的遮掩下，一如既往好斗的普里恩又击沉了另外三艘。两天后，克雷齐默尔也赶到了现场。

海上起了大雾，普里恩和克雷齐默尔利用这层天然屏障的掩护，继续追踪那支受到重创，正跌跌撞撞地驶向哈利法克斯港的商船船队。大雾和来时一样，毫无征兆地突然散去，他们眼前突然出现了两艘驱逐舰，其中一艘已经掉过头来，飞速冲他们驶来，在海面激起层层白沫。普里恩和克雷齐默尔迅速下潜，两名艇长和艇员们听到头顶上不断传来深水炸弹沉闷的轰鸣声。

深水炸弹采用的还是最原始的技术。自 1917 年问世以来，这种炸弹的制造技术就没有升级过：弹壳里面装满炸药，靠近敌人舰船的时候把炸弹投入水中，炸弹上安了一个定时器，可以预先设置具体的爆炸深度。这种武器在小规模近战中能发挥的作用很小，因为这时需要在立体空间内保持最高的精准度：要想重创目标，爆炸必须发生在一艘 U 艇身侧 20 英尺的范围之内。*

有经验的 U 艇艇员能听到深水炸弹落入水面那一刻的冲 126
击声，并通过假设炸弹以每秒四米的速度下沉，使用秒表测算出炸弹的实时深度。皇家海军即便走了大运，也很难确认到底有没有完成“击杀”，不过，空气中弥漫的柴油味和耳机中传来的冒泡声倒是可以暗示他们获得了胜利。如果有足够的可调配力量，两艘护卫舰会在疑似击中目标的海面位置逗

---

* 这种炸弹也给英国海军带来很多麻烦，深水炸弹爆炸时会让船上负责操控潜艇探测器的军官暂时“失明”。

留 48 个小时，如果一艘 U 艇只是假装中弹沉没，这段时间足以让艇内的氧气耗尽，逼得潜艇不得不浮出水面。

那一天，这两名王牌艇长都躲过了深水炸弹，待护卫舰和商船船队驶离后，他们继续在大西洋的这片海域上巡游捕猎。

3 月 6 日，普里恩又发现了一支规模庞大的商船船队，正向西远航的 OB.293 号运输船队。跟踪了这 41 艘船一整晚之后，第二天清晨时分，普里恩带领由四艘 U 艇组成的小型“狼群”发动了袭击。克雷齐默尔还是采用了他最喜欢的战术，想尽办法潜入商船船队的中心区域。刚一抵达目标位置，他就击沉了两艘舰船。正当克雷齐默尔发动袭击时，英国护卫舰皇家海军“山茶花”号和皇家海军“爱彼特”号发现了另一艘由约阿希姆·麦茨担任艇长的 U－70 号潜艇。在接下来的四个小时里，这两艘轻型巡洋舰对麦茨艇长和他的艇员们穷追不舍，逼得他们不得不急速下潜。巡洋舰一共投掷了 51 枚深水炸弹，最后一枚击中了这艘 U 艇，让它直接沉到了 650 英尺以下的深海中。

麦茨意识到自己的 U 艇受到了致命打击，于是立马下令清空压舱物，直接浮到海面上。舱内的压力大到刚一打开舱门门闩，他和数名艇员就直接被喷到了甲板上。总共有 26 名艇员成功离艇，等待救援。另一半艇员则被困在艇内，随着潜艇一同沉入海底。

那天晚上的对战中，U－70号潜艇并不是唯一的遇难者。克雷齐默尔的U－99号潜艇遭受巨大打击，被齐齐投掷的深水炸弹冲出去老远，所幸潜艇本身未遭重击。但显然，普里恩的U－47号潜艇没有这么幸运。那天晚上的某个瞬间，普里恩的无线电讯号突然静默下来。邓尼茨感受到了“巨大的焦虑”，他用无线电发出指令，要求U－47号潜艇报告自己的方位。没有回音。

在接下来的数天、数周里，邓尼茨很不情愿放弃希望， 127
他选择幻想普里恩幸存了下来，这名王牌艇长没有发报不过是因为无线电发报机出现了故障，他随时都会重返洛里昂港。据说，因为很清楚这样的新闻会对公众的士气造成怎样的影响，希特勒一直禁止对外公开普里恩的死讯。直到1941年4月26日，也就是两个月之后，在U艇部队的日志里，U－47号潜艇旁边才出现了代表潜艇已被击沉的三颗星星。后来，5月23日，普里恩的死讯才正式对全国宣布。纳粹德国国防军最高统帅部是这样宣布这条消息的：

“由君特·普里恩艇长指挥的U艇出海巡航后没能成功返航。因此，我们假设这艘U艇已经沉没……他和他手下那些英勇的艇员将永远活在德国人的心中。”[9]三名王牌艇长中的首位就这样离开了战场。

普里恩死时，唐纳德·麦金泰尔舰长还在利物浦。自战争爆发以来，麦金泰尔——他的脸颊胖鼓鼓的，把眼睛都挤成了两道小缝，也因此获得了“斗牛犬”的绰号——一直渴望追捕U艇，他觉得与U艇的决战“才能完美展示水上战士作战的艺术”。[10]

作为一名初级指挥官，麦金泰尔此前被派去指挥舰队中的驱逐舰，“要用枪炮瞄准几十英里以外一个几乎无法辨识的目标”。但到了1941年初，麦金泰尔被调到大西洋战场，担任皇家海军“金星”号驱逐舰的舰长。从前接受西部海域反潜司令部的指挥，像无头苍蝇一样进行徒劳无功的追捕带来的沮丧在珀西·诺贝尔爵士进驻德比之家后得到了缓解。在麦金泰尔看来，诺贝尔对商船船队护卫舰的组织安排带来了一种之前十分缺乏的“明确目标”。

1941年3月初，麦金泰尔得到消息，自己要被调到一艘新的舰船，即皇家海军“沃尔克”号驱逐舰上。这个决定“过于粗暴、令人震惊”，让他深恶痛绝。这不仅仅是因为他不得不离开手下那些已经具备丰富作战经验的舰员（“一支已经能够高效作战的团队”），还因为他被分到的这艘新船其实是“第一次世界大战残留下来的一名饱经风霜的老兵”。[11]1939年9月，在爱尔兰海岸西南方向200英里的海面上，“沃尔克”号与另一艘舰船相撞，遭受重创，14名舰员
128 因此殉难。（船上的海军中尉开枪打死了几个被困在残骸中动弹不得的重伤舰员。[12]）“沃尔克”号刚刚配备了新的船头，

麦金泰尔对此也深感不安。

“在这里，我没办法拥有同样的信心。”他后来这样写道。

尽管如此，3月的第一周，麦金泰尔还是指挥着皇家海军“沃尔克”号，作为新组建的第五护航队队长，带领着商船船队离开了利物浦的格拉德斯通港。他很高兴地发现这艘船上的大部分军官都“经验丰富、作战老道”，“习惯了在漆黑的海平面上搜寻潜伏在水中的U艇低矮的轮廓”。“沃尔克”号抵达大西洋深处，U艇的另外两名王牌艇长就蛰伏于此。

1941年3月15日，午夜将至，在战争爆发第一天就击沉了“雅典娜”号的U艇艇长弗里茨-朱利叶斯·兰普中尉在麦金泰尔的手下还没有发现自己的时候就注意到了这支船队。兰普艇长当前指挥的是新型号的IXB型潜艇，该型号比之前的VII型潜艇射程更远，速度也更快。他向身处洛里昂港的邓尼茨汇报了自己的发现，然后对着6 200吨的油轮“艾罗多纳”号发射鱼雷。麦金泰尔眼睁睁看着油轮爆炸，陷入“沉默的震惊”，这是他第一次目睹此类“惨绝人寰的夜间袭击”。他召集手下的一群护卫舰，包括皇家海军“瓦诺克”号、“志愿者”号、“缠丝玛瑙”号和“弯刀”号这几艘驱逐舰，还有“风信子”号和“绣球花”号这两艘轻型巡洋舰，展开对U艇的追捕，但最终徒劳无功。

麦金泰尔又沮丧又恐慌，他下令紧急调整航线。一开始，这种躲避战术很有效。但到了22点，克雷齐默尔和舍普克再次发现了商船船队。克雷齐默尔又一次潜入商船队列中，近距离发动袭击，他一共射出八枚鱼雷，其中七枚直接击中目标，总计击沉五艘舰船，重创一艘。这是战争中最具打击性的一次袭击。[13]燃烧的油轮上冒出一股股浓密的黑烟，在烟雾掩盖下，克雷齐默尔隐藏起来，开始规划返回洛里昂港的航线。

整个海面被袭击造成的大火点燃，麦金泰尔“几近崩溃”，努力想要找到一种能够“阻止这场浩劫”的战术。[14]护卫舰不停地来回穿梭，朝着U艇疑似下潜的位置投掷了无数枚深水炸弹，以至于潜艇探测器的操作员已经没有办法区分探测到的到底是炸弹还是潜艇了。

海面200英尺以下，舍普克和他的艇员耐心等待着。这些人一共数出了34枚炸弹，每一枚都比上一枚离他们更近一些，倒计时的嗒嗒声令他们越发紧张。第35枚炸弹命中目
129 标。潜艇受到剧烈冲击，猛烈摇摆，所有灯光瞬间熄灭，潜艇周身出现一道道裂隙。U-100号潜艇开始下沉，急速下降至750英尺的深度——比此前任何幸存下来的潜艇坠落得都要深。

舍普克不仅仅担心潜艇发出的爆裂声会被驱逐舰察觉，他更担心U艇的整个船体会在水下像被长筒靴踩到的罐头一样炸裂，他连忙喊他的艇员操作潜艇上浮，希望能在一片混

乱中侥幸逃脱。U-100号潜艇冲出水面，舍普克打开舱门门闩，提起甲板上的甲板炮。

此刻刚过凌晨3点，皇家海军“瓦诺克”号——该驱逐舰上配备的是第一批船用雷达——的海面搜潜雷达操作员报告，在距右舷1 000码的地方探测到不明物体。“瓦诺克”号的舰长吉姆·德尼斯判断自己的驱逐舰目前的航行速度足以对已经遭受炸弹重创的U艇实施又一次猛烈撞击。他命令驱逐舰掉头，朝着目标猛冲过去，在即将相撞前五秒才关闭引擎。

舍普克在瞭望塔上发现了冲过来的驱逐舰，他命令手下艇员开足马力闪躲，但U-100号潜艇的柴油发动机和电动发动机都无法启动。那一瞬间艇上的气氛降至冰点，他对着手下的艇员喊道：“没关系，驱逐舰肯定会从我们的艇尾擦肩而过。”[15]

这是严重的计算失误。3点18分，驱逐舰重重撞击在U-100号潜艇的艇身正中。舍普克被碾压在U艇和“瓦诺克”号的船头中间，活活挤死。在接下来的几年里，这名王牌艇长的死亡被加诸各种恐怖、怪异的细节：被劈开的双腿，朝着天空方向拱起的躯干，诸如此类。毫无疑问的是，舍普克的尸体就此沉入大海，再也没有浮出水面。潜艇上只有六名艇员幸存，其中包括一名战前经常和英国友人一起驾驶游艇出游的鱼雷发射官，即齐格弗里德·利斯特上尉，后来就是他记录下了艇长的临终之言。

“瓦诺克”号开始从海中打捞幸存者，“沃尔克”号在周围巡航护卫。克雷齐默尔还是留在附近的水面上，尝试趁乱溜走。在舰桥上，克雷齐默尔手下的一名上尉海因里希·彼得森发现了几码以外的“沃尔克”号。彼得森坚信U艇已经被对方发现，下令急速下潜。而事实上，“沃尔克”号上没有一个人发现这艘德国潜艇，如果他们一直停留在水面上，反而有可能直接逃脱。

130 所以，与希望相反，没过多久，麦金泰尔的潜艇探测器操作员就大喊：“探测到异物！探测到异物！”他的机器发出了“乒”的一声。“沃尔克”号在克雷齐默尔的U-99号潜艇上方投掷了六枚深水炸弹，其中至少有一枚距离很近，足以击中潜艇，让潜艇最关键的深度计失效，U艇全靠它来判断自己在水下的位置。这下，灯光熄灭了，深度计也失效了，克雷齐默尔在黑暗中失去头绪，潜艇不断下沉。大约在水下700英尺的深度，U艇中混着油污的海水不断上涨，克雷齐默尔只好放空了所有未受损的压载舱。伴随着能够震破耳膜的尖锐声响，U-99号潜艇高速弹出水面。

3点52分，“瓦诺克”号上的一束探照灯打在跃出水面的U-99号潜艇上，两艘舰船上的炮手同时发射曳光弹，点亮了整片夜空，后来，麦金泰尔讲起这场交战，说当时的

“演出”场面令人眼花缭乱，但双方的命中率都不太高。这时，克雷齐默尔意识到 U－99 号潜艇的引擎已损坏，舵机也严重损毁。他给邓尼茨发送了最后一份没有加密的电报。“两艘驱逐舰。深水炸弹。53 000 吨。被俘，克雷齐默尔。”

接着，克雷齐默尔打开舱门。U－99 号潜艇慢慢向一侧倾翻，他坐在瞭望塔上避难，同时还点燃了一根雪茄。他手下的那些艇员仿佛一只只忠心耿耿的小鸭子，在他面前排成一列。终于，克雷齐默尔下令启动自毁装置，确保英国人登上 U 艇后无法获取有用的文件和密电信息。但存放自毁炸药的那间船舱的舱门被卡住了，无法打开。

克雷齐默尔站在原地，艇员们看着他们的艇长将身子探出围栏，向他们道歉，说自己没有办法带领他们安全返回家乡了。然后，他警告这些艇员，在被英军搭救之前，恐怕要在大西洋冰冷的海水里多忍耐一阵子了。最后，他派艇员们回到甲板下层取出自己最保暖的衣物，并随时听令，准备弃船。

克雷齐默尔知道放弃一艘 U 艇是什么滋味。战争开始之前的两年里，他一直在波罗的海接受培训。当时，他正在甲板上摆弄一个往甲板炮炮口里漏水的塞子，突然听到压载舱剧烈的抽气声，水下的引擎也猛然发动起来。克雷齐默尔冲回瞭望塔，想要回到甲板下，却发现舱门门闩已经紧紧闭合。他用力跺地，希望下面的人能听到他的动静。没有人给予回应，几秒 131
钟之后，U 艇便开始下潜，克雷齐默尔直接被扯入水中。他迅速抓紧潜望镜，让身体两侧不断涌起的海水把自己送到镜头前。那一刻，他屏住呼吸，把整张脸贴在潜望镜的镜头前，好让潜艇里自己的同僚们知道他们把他给丢下了。

此刻潜艇已潜入水下35英尺，克雷齐默尔的整个肺部都燃烧起来。他松开手，浮出水面，身上的衣服已被海水浸透，他浑身冰冷，努力挣扎着不让自己沉下去。等潜艇终于浮出水面，克雷齐默尔已经虚弱到只能靠别人把他拖回到甲板上了。

所以，当U-99号潜艇末端一阵摇晃，开始扎入水中时，他眼前马上浮现出那段记忆。潜艇自动沉入海中，留下一半的艇员浮在海面上。

克雷齐默尔把他的大副彼得森从舱门处拉了过来，并让他随身带好一把手电筒，这样就可以向驱逐舰的舰员示意求救。在U艇向上倾斜的一侧，克雷齐默尔示意发送这样的信息："一名船长向另一名船长致意……请搭救水里那些向贵船漂过去的我的手下。我正伴随潜艇一道下沉。"[16]

"沃尔克"号将捕捞网缓缓放低，心怀戒备地慢慢接近U-99号潜艇，完全没有意识到克雷齐默尔早就清空了U艇上所有的鱼雷。据麦金泰尔事后回忆，被打捞上船的好些男人已经"精疲力竭到就剩最后一口气了"，[17]非常需要即刻予以援救。去年曾经给脑震荡的英国人约瑟夫·伯恩菠萝罐头和咖啡的海军士官卡塞尔看起来像是已经死了，但在"沃尔克"号温暖的厨房里躺了一会儿之后，他奇迹般地苏醒了过来。U-99 号潜艇所有的艇员都获救了，只有三人死亡（他们是克雷齐默尔指挥 U 艇期间手下唯一一批死在 U 艇上的艇员）。

克雷齐默尔还戴着自己那顶包了黄铜边的白色帽子，整个人悬挂在捕捞网上，挨个清点爬上来的手下，他的脖子上还挂着邓尼茨送给他的奖品——那副蔡司牌望远镜。他也尝试沿着捕捞网向上爬，但靴子里面浸满了水，再加上“沃尔克”号已经开始加速，水的阻力也让他的身体难以支撑，有那么一瞬间，他觉得自己可能不得不放手了。

U-99 号潜艇的水兵长目睹这一切，马上爬下捕捞网，给艇长搭把手。克雷齐默尔登上甲板，双腿还摇摇晃晃，他发现自己的脸上很不光彩地顶着一支柯尔特点四十五手枪。
他移到围栏边，把望远镜扔下船，更希望它遗失在大海里， 132
而不是被敌方的水兵缴获，但“沃尔克”号上的一名副官彼得·斯特迪一把抓住了望远镜，并把它递给了麦金泰尔。麦金泰尔仔细检查了镜片，发现比他自己用的英国产的望远镜要好很多，便把这副望远镜挂在了自己的脖子上。一直到战争结束，他都随身携带着这副望远镜。*

英军对搭救上来的德国水兵进行了搜身，任何看起来有

---

* 14 年后，麦金泰尔把这副望远镜还给了克雷齐默尔，不过，在望远镜银色的镶边上，铭刻了一行纪念战争的小字：“归还给奥托·克雷齐默尔——英勇的敌人。”

点价值的文件都被扣留了下来。麦金泰尔手下的舰员搜出很多新闻剪报，这些报道为U艇的扫荡劫掠庆祝欢呼，还有一篇文章称他们是“海狼”。从另一个男人的身上搜出了一份素描图纸，这份文件和那些新闻剪报的性质可就完全不同了。图上粗粗地画出了一艘U艇在商船船队的队列**内部**发动袭击的作战图，通过这样的手绘，展现了一种让那么多人和成千上万吨食物补给都葬身大海的战术。在这几笔简单的线条里，隐藏的就是U艇获得压倒性胜利的秘密。

克雷齐默尔被送到舰长专用的接待舱，他刚一坐到椅子上，就陷入了无梦的深睡。外面，一名哨兵把守着舱门。

1941年3月21日早晨，皇家海军“沃尔克”号在利物浦港停靠，战时最为臭名昭著的U艇艇长和他手下的大部分艇员在船上排成一列，岸上所有的人都能看到他们。

克雷齐默尔被俘这件事已经不是秘密。还在往利物浦港口返航的时候，麦金泰尔就收到海军部的电报，要求他正式核查那些被击沉和被俘获的U艇上的艇员的身份，电报里解释说，之所以要这么做，是因为丘吉尔想要在下议院的会议上进行正式的通告。麦金泰尔慢慢驶进利物浦港的王子码头，通常情况下这个码头“是预留给那些乘客身份更尊贵的邮轮的”，[18] 他看到珀西·诺贝尔爵士和西部海域反潜司令部的一些高层将领站在岸边。克雷齐默尔穿着自己那一身皮夹克，

戴着尖帽檐的艇长帽，慢慢走下舷梯。迎接他的是两名荷枪 133
实弹的士兵。这名王牌艇长被押送到一辆军旅车上，启程前往监狱，在那里他会被单独羁押。他手下的艇员还被扣留在“沃尔克”号的甲板上供众人围观，他们朝着他离开的方向立正敬礼。

对于U-99号潜艇余下的艇员而言，就没有这种乘坐小轿车的待遇了。他们被押送着走过利物浦被轰炸得千疮百孔的街道，直到抵达莱姆街火车站，在这里会有专门的火车将他们送至伦敦。他们来到利物浦的消息很快就传开了，这一路上，大量的人员——主要是妇女——挤在街道两侧，冲他们吐口水并发出嘲笑。[19]几乎每个人的生活中都有在闪电战或者其他战役中受伤和牺牲的熟人，此时此刻，这42名U艇艇员所代表的就是过去两年所有伤痛和侮辱的来源。这是大众所承受的集体伤痛，在U艇艇员看来，即便是警察拉起的警戒线，在某些时刻也无法阻拦这些愤怒的人。

约瑟夫·卡塞尔后来说，虽然几天前在海上的时候，他不得不在深水炸弹的猛烈轰击之下，在摇摇晃晃的U艇中努力站稳身子，但相比之下，反而是此刻他们经过的这些大叫大嚷的女人更让他担心自己的生命安全。[20]人群的反应格外激烈，场面一度混乱失控，以至于这一队疲惫的俘虏错过了前往伦敦的火车，更令他们气馁的是，他们不得不返回利物浦，前往沃尔顿监狱。六个月前，一枚德国炸弹炸毁了监狱的一个侧翼，22 名囚犯当场死亡。

也是在这一天，“瓦诺克”号上的一名军官提交了正式的战事报告，汇报了海上交战的详情。报告简明扼要，按照清晰的时间点罗列了 3 月 17 日当晚所发生的所有关键事件，同时点明了舰长们认为值得获得官方嘉奖的那些英勇舰员。

报告中还有一条不怎么引人注意的要点，提到对 U-99 号潜艇所有被俘艇员进行了搜身，在缴获的个人物品中，发现了一份克雷齐默尔开创的近距离袭击战术的手绘示意图。那些读了这份报告的人显然没有注意到这张图纸的重要性。这种战术的发现既没有被记录下来，也没有传达给护卫舰的指挥官们。三名王牌艇长虽然已经退场，但由他们开创的战术依然在战场上延续。一切只能等罗伯茨抵达利物浦后亲自发现了。

第十章　大堡垒

九个半月之后，也就是1942年1月2日清晨，罗伯茨搭乘的火车抵达利物浦车站。白天，一束束强光还能割开充满雾气的空气，穿过哥特式的拱窗洒进房间。但到了晚上，罗伯茨就不得不眯着眼睛小心翼翼地穿过漆黑一片的走廊，沿途经过雀巢巧克力饮料机以及旁边一台充满责备意味的体重秤。他睡不着。丘吉尔委派的任务令人振奋，罗伯茨终于从被众人忽略的角落里走了出来，比他生病之前还要接近这场战争的核心指挥区。但对于一个刚满41岁就要把给后世留下怎样的遗产视为当务之急的男人而言，这项任务还是具有极大风险的。 134

罗伯茨的任务有三重：一是要发现U艇如此高效作战的秘诀，二是要研发出有效的应对战术，三是要将这些新的战术传授给所有即将前往大西洋作战的指挥官。肺结核也许剥夺了罗伯茨重返大海的权利，但通过这种不寻常的方式，他获得了新的机会，能够让每一艘在大海上航行的驱逐舰和护卫舰上都有自己的影子。

罗伯茨来到的是一个被重重围困的城市。利物浦的所有建筑物都摇摇欲坠，每个屋顶都只剩下一堆支离破碎的房梁，被震碎的窗户就像一对对空洞无神的眼睛和一张张受惊张大的嘴巴，各种受损的建筑物都表达出了一种深深的沮丧与无力感。就连这座城市的大教堂也没能在这场闪电战中幸免：几个月前的一个晚上，德国轰炸机投下的一枚炸弹穿透教堂十字形翼部东南角的一处屋顶，从教堂内的一处砖墙上弹开，在半空中爆炸，震碎了所有的彩绘玻璃窗，一时之间如同下了一场彩色的倾盆大雨。

135 自从战争一开始，德国空军轰炸机就把利物浦当作袭击目标，但在罗伯茨到岗之前的 12 个月里，对这座城市的轰炸在不断升级，部分是因为纳粹总部怀疑这座城市里设置了一个秘密的司令部，正是由其部署大西洋之战的作战战术。他们的怀疑是正确的。1941 年 2 月 7 日，西部海域反潜司令部——负责对北部海域和西南部海域前往不列颠群岛的商船船队进行护卫部署——从普利茅斯搬到了利物浦。因为可以充分利用克莱德河和默西河航道，这座城市更适合安置作战总指挥部。截至战争结束，有超过 90% 的战备物资都是经由利物浦长达 11 英里的码头运送到英国各地的。

利物浦港务局的官员，用一名海军上尉的话说，“十分善良、格外包容”，毕竟，这个海军基地是在民用码头上强行增设的。[1]等罗伯茨抵达这座城市时，利物浦不仅饱受敌军轰炸，整个城市还陷入一种前所未有的忙碌状态。平均每周会有四支商船船队——有的时候一支船队就有多达60艘商船——抵达利物浦。有的船队在与U艇的交锋中受到损毁，其他船队也会遭遇大西洋上的极端天气。这些商船所需的补给以及船体维修工作给利物浦的工厂和工人带来了巨大的压力。仅仅在默西河两岸，就有超过两万名男女投入轮船维修的工作中，他们一般是24小时轮班倒，既要修复商船，也要修复军舰，以确保这些舰船能够尽快重返海面。

午夜时分，罗伯茨穿过露天广场，走向西部海域反潜司令部新的总部大楼。这几幢连在一起的11层办公楼毫不起眼，它们位于利物浦市政厅后面，此前是利物浦证券交易所。过去的几百年里，利物浦的商人们就是在这几幢围成U形的大楼角落里完成各种交易的。奴隶贩子们在这里交换名片，名片上画着各自船只的旗帜，这种交易又被称为“船旗交易”。[2]后来，交易区域变得泥泞不可收拾，最后便被铺上了一层水泥。

德比之家是这个建筑群里的主楼。自从被选为西部海域
反潜司令部的总部大楼之后，这里又进行了整修，在军事指 136
挥部的屋顶增加了两米厚的水泥天花板。罗伯茨抬起头，在朦胧的月光里望着这座大楼，往后的战争岁月里，这座大楼

将成为他的新家。西翼的一部分之前就被拆除了，原本是想建造大西洋大饭店，但这项工程一直没能完成。东翼的德比之家之前被德国轰炸机的燃烧弹击中，外墙坑坑洼洼，被熏得漆黑一片。入口处围上了铁篱，堆放着沙袋，由海军哨兵把守。[3]罗伯茨向全副武装的士兵出示了自己的证件，走进大楼地下室，穿过弯弯曲曲的迂回走廊，终于来到了宏伟的指挥室，也就是大西洋之战的中枢系统。

德比之家的代号是皇家海军“幼鹰”号（所有的海军岸上指挥部都取了舰船的名称，目的是让这些指挥部的官兵也遵循海上的各项军纪），它还有个非官方的称号“大堡垒”。但是，在这里工作的几十名女子服务队队员把这儿戏称为“地牢”，指的就是那些像牢狱一样狭小拥挤的走廊和房间——5 000 平方米的空间内共有超过 100 个房间，这里的气氛令人情绪低落，光线昏暗，让每个待久了的人都变得肤色苍白。

罗伯茨此刻所在的这个指挥室是个例外：这里像大教堂一样宽敞，是这座大楼的核心区域。这个地方极为隐秘，以至于每次清洁工来打扫德比之家的时候，窗户上都挂起了窗帘，防止好奇的人向房间里窥视。[4]

就是在这间指挥室里，西部海域反潜司令部的总司令珀西·诺贝尔爵士有条不紊的部署着。他的办公室位于大楼中层，正对着主战术研究室，一张 20 英尺高的大西洋作战图铺满墙面。大海被涂成了深绿色，陆地是一块块饼干一般的棕色区域。* 有人称，这张地图的表面已被磁化过。[5] 在这张背面衬有软木板的地图上，[6] 一名站在装着滑轮的伸缩梯上的女子服务队队员负责把盟军商船船队、德国 U 艇“狼群”、护卫舰队和空中巡逻战机的已知位置、疑似位置或者预计将抵达的位置用记号标注出来。（在附近的诺恩斯利大厦里还存放了作战图的副本，以防德比之家突然遭遇轰炸袭击。[7] 德比之家的这幅作战图在所有作战地图里是最大且最完整的，但在其他沿不列颠群岛海岸线分布的海军基地，从波特兰到贝尔法斯特，也可以找到类似的作战图，只不过大多数都聚焦于小范围的海域。） 137

作战图上，有七条关键的信息始终保持一致。最重要的一条是，把当前在大西洋海面上航行的所有盟军舰船和商船船队的位置，以及规划好的航线都标注出来，** 根据船队不同的航速和最终的目标位置，每一条航线用不同颜色的橡皮筋圈标明。一个塑料夹代表一支商船船队，夹子上写明船只的名称和编号，夹着记录各艘护卫舰名称的硬纸板卡片：黄色代表驱逐舰，深红色代表巡洋舰和轻型巡洋舰，绿色代表拖

---

* 在 1944 年的彩色纪录片《西部海域反潜司令部》里，能短暂地瞥到德比之家的战术图。

** 如果一支商船船队的航线格外敏感，那么，只有在所有船只驶离之后，该航线才会在图表中标注出来。

船，浅灰色代表其他各种型号的小型舰艇。如果有空中掩护，就会用一个小小的飞机模型来代表这些护航的战斗机。每隔四个小时，舰船模型就会沿着橡皮筋圈定的航线移动——假设没有U艇突然发动袭击，扰乱既定的航线。

接下来就是海军部对已知在外巡航的U艇所处位置的“最合理的猜测”。那些在斯卡布罗赛马场地下工作的女子服务队队员首先要截获含有此类信息的加密电报（U艇发送的密报有标志性的“嗒、嘀、嘀、嘀、嗒”声，所以总是很快就被识别出来），然后再由她们在布莱切利公园工作的同事进行破译。破译好的信息传回反潜司令部之后，女子服务队的传信兵负责把信息带到指挥室，最后，女子服务队的战术研究员把该信息添加到作战图上——这些事关生死的军事情报就这样通过一名接一名坚强能干的年轻女子在整个英国传递开来。

一开始，作战图上的每艘U艇都用一个白色的菱形记号表示，一旦确认了某艘U艇的具体位置——一般情况下都是盟军的舰船确认在海上某处看到了U艇——就会把记号换成黑色的菱形。遭遇U艇袭击时，盟军舰船和商船的位置也会
138 被补充到作战图上，红色的船形记号用来表示那些被击沉船只的最终位置。除了上述信息，风速和风向会用白色箭头表示，箭头“尾巴”的数量用来表示风力的强度。舰船和U艇的位置大多数时候都不怎么精确。一般来说，能把位置误差

控制在40英里至50英里之间就已经算是很不错的定位了，甚至有一些误差范围为200英里的数据也都被记录了下来。

每天晚上，诺贝尔爵士站在办公室的落地窗前，详细研读对面墙上的大西洋作战图，看着用大头针、橡皮筋圈和各种记号演绎出的一幕幕战事。仅仅瞥一眼，他仿佛就能看到受他指挥的数以千计的官兵和上百万吨的船运物资。通过墙上的信息，他才能做出决定，选择部署军舰的位置和时机。尽管在官方层面，西部海域反潜司令部对于商船船队的航线没有任何发言权，但海军部通常都会同意他们提出的规避袭击的转移路线。[8] 这些航线方面的变化都是在商船指挥室里计算出来的，那个房间里堆满了各种球心投影图和日晷画图用地图，用来计算如何才能实现完美的弧形航线。

“每当危急时刻到来，所有成员会进行大量讨论，”德比之家的战术研究员玛丽·霍尔回忆道，“我们拿到商讨出的新航线，立马就要标注到作战图上。”

最后，诺贝尔爵士会通过一根黄铜管下达指令，这种传达命令的方式也和船上的交流方式十分类似。

“在地下半英里深的地方工作给人带来一种奇异的感觉，”德比之家的另一名战术研究员帕特里夏·安妮·帕金后来回忆自己的这份工作时给出了这样的评价，“我很喜欢沿着长长的梯子爬上爬下，在地图上扎满大头针，希望它们都落在了正确的位置上。我们就像动物园里的猴子一样，被玻璃墙另一边无数的贵宾和高级官员注视着。”[9]

女子服务队的普通队员一般是两班倒，可以从 8 点工作到 18 点（共 10 小时），也可以从 18 点工作到次日 8 点（共 14 小时）。海军军官工作时段相同，只不过交班时间要比她们晚一个小时。

“值班期间，我们有时间吃饭，晚上如果足够幸运，还能抽空打个盹儿。”卡莱尔这样回忆道。因为值班时间很长，德比之家最终还是造了一个紫外线光照疗养房，帮助那些每周要在地下工作 50 小时的员工休养身心。但对于卡莱尔而言，
139 与其在“太阳房”里疗养，她宁可选择中午吃饭的时候到利物浦城里去，这样她还有机会感受到真正的阳光。

“中午的时候，我带上三明治，乘渡船到默西河对岸，再原路返回。”她写道，“能够亲眼看到那些作战图上用记号标注的舰船，真让人心醉神迷，尽管有些船看起来经历了一些风霜。有一天赶上暴风雨，我是甲板上层的唯一一名乘客，好心的船夫特意从他的驾驶室里跑出来和我聊天。‘“真正的水手”才能赶上的坏天气，小姐，您说是不是这么一回事呢？’我真喜欢这样的聊天。”[10]

丘吉尔——他在第一次世界大战期间曾经担任海军大臣，第二次世界大战爆发的头九个月里，在就任首相之前也是担任海军大臣一职——对海军事务有着浓厚的兴趣。他经常造访德比之家，并借此机会频繁地巡游利物浦。一次访问中，

德比之家总司令的司机诺曼·罗伯森接到命令，要在阿德菲酒店接上丘吉尔，然后把他送到格拉德斯通码头，他要去那里检查护卫舰官兵的备战情况。罗伯森在酒店外面等候，车子上飘着一面白底红十字的圣乔治旗。丘吉尔从酒店里出来，拒绝走下台阶踏进车里，而是坚持要求换一辆敞篷汽车，好让他能够对周围的人群挥手致意。好不容易找到了警方拥有的一辆沃尔斯利轿车，丘吉尔终于上了车，罗伯森猛踩油门向前驶去，希望能追回一点耽误的时间，因为他知道那些舰员已经在冰冷的码头上等了很久。[11]

即便首相没有亲自到访，德比之家也随时能感受到他的存在。在主战术研究室的旁边，有一个完全隔音的工作间，里面配备了一部专线电话，专门连接西部海域反潜司令部和丘吉尔本人。门外有专门的守卫站岗，这部黑色的拨号电话有一个十分鲜艳的红色手柄，人们管它叫“MATE”，即“多线电话设备”的简称。这部电话在把德比之家和丘吉尔的陆军部连接起来的同时，还另外连接了九条热线，它的地位格外重要，甚至自带备用的电池。德比之家本身也有备用的应急发电机，但说来无比讽刺，这台发电机的柴油引擎还是从第一次世界大战时缴获的一艘 U 艇上扒下来的。

一旦有什么事情不对，指挥室的“鹪鹩”们能够第一时间知道，消息也会迅速在德比之家或者她们位于利物浦城郊的宿舍区雅克莱之家传播开。雅克莱之家离塞夫顿公园只 140

有一站电车的距离，是以利物浦女子服务队首任队长凯瑟琳·雅克莱命名的。凯瑟琳·雅克莱在1940年9月的一场交通事故中去世。

“我们睡在‘船舱’里，睡的是上下铺，所有被褥都是海军蓝的颜色配白色船锚的图案——非常好看，就像在船上一样。”卡莱尔回忆起自己在雅克莱之家的时光时如是说，“我还是第一次和这么一些怪人一起住在这样一个又大又闹哄哄的房间里。”

正如德比之家的译电员、“鹪鹩”队员罗克珊·休斯顿曾无比哀痛地悼念牺牲在“阿吉拉”号上的好友伊莎贝尔·米尔恩·霍姆，每当作战图上那些用彩色绳线和图钉呈现的战事背后一个个活生生个体的故事讲出来，在雅克莱之家执行任务的“鹪鹩”们都会深受震动。一天深夜，多萝西·卡罗尔——年仅18岁的女子服务队小队长，在珀西·诺贝尔爵士的办公室担任打字员——被叫到参谋长的办公室。一名海军上校通知她，一支苏联商船船队的34艘舰船全部被击沉。

“他超乎寻常地悲伤，他说他觉得我们已经输掉了这场战争。”后来，多萝西如此回忆道。[12]那名上校名叫内维尔·莱克，在第一次世界大战中一次与U艇交战时，他勉强逃过一劫。[13]他递给多萝西一份报告，上面讲述了船队被击沉的过程，她需要把这份报告打出来。报告的最后一句话是，“这一切都是邓尼茨干的”。

她返回诺贝尔的办公室，“沮丧至极”。随后，多萝西来到德比之家的地下餐厅，买了她人生中的第一包香烟。

对于那些在岗的工作人员而言，即便是收到了跟自己有关的坏消息，也几乎没有心理缓冲的时间。一天凌晨，大约2点，德比之家的战术研究员帕特里夏·安妮·帕金收到一份电报，电报里说她的哥哥米顿在一场战役中牺牲了。但帕金还要再值十个小时的班，完全没有因此而暂停工作。

筹建德比之家——除了要把这里当作大西洋之战的指挥中心，还要把这里打造成能够容纳1 000多名工作人员工作甚至休息的地方——也引发了很多不同意见。在施工阶段，就有女子服务队队员要求把德比之家的休息区建成一个个的小隔间，而不是很多人住在一起的宿舍。这个简单的要求是 141
由女子服务队队员安杰拉·古迪纳夫提出的，她坚持在预算允许的范围内实现住宿和福利标准的最高水平。劳顿·马修斯称她“意志非常坚定”，总能够“很轻松地在男同事那里争取到自己想要的，且不会引发对方的任何敌意”。

但在德比之家，既然给那些需要通宵留守的人提供了就寝之处，那么势必会让一些人生出不满。在1941年3月的一份报告里，珀西·诺贝尔爵士手下的参谋长E. 布什上校这样写道：“女子服务队的人，特别是那些担任高层职务的人，她们对住宿标准的要求也太高了。”布什还建议给女子服务队的队员们准备一场讲座，让她们意识到“在战争期间，海军军官在海上和在陆地上总是很愉快地接受了怎样恶劣的生活环境”。

布什上校的这份报告让他获得了一次表彰，内政部全力发声以表支持。一份标着“秘密”的备忘录被附在了报告首页，称女子服务队队员对此事的态度“糟糕透顶、令人扼腕”，还表示“对任何能够纠正这些女士目前这种不端正态度的行为都深表感激之情”。[14]

安杰拉·古迪纳夫完全不接受这样的说辞。她写了一份报告，干脆利落地回应：“不能理解他人做出的这种评论。开支庞大……并不是因为建造了多么高标准的住宿区，而是因为这些卧室隔间都是防弹的。”她又解释说，从来没有人给女子服务队队员“看过设计图纸”，“在基本完成施工之前也不曾允许她们参观德比之家”。古迪纳夫补充道，假如事先征求过她们的意见，她绝对不会同意给“本来就要在人工通风、人工照明的地下办公室工作的女子服务队队长和队员们”提供这样的住宿环境。

针对古迪纳夫的上述说法，内政部冷静回复：“还需要进一步研究这份报告。”事实上，“鹪鹩”们的住宿环境确实要比男军官的好上那么一点，人均住宿面积要比男人们的多一点，存放个人物品的地方也大一点，但用劳顿·马修斯的话讲，“还绝不至奢侈的程度”。

142 “在我看来，我们的诉求只是体面生活的最低要求。”她这样写道。后来，某个海军军官在劳顿·马修斯面前直言不讳："为什么女子服务队队员的住宿条件就要比男人的好？"她回复说："我也想不出是为什么。男人们住得差又不是我的问题。"

罗伯茨刚到任的时候，对幕后的这些纷争一无所知，但他也承担着别人所没有的压力。那天晚上，他收到了一份通知，通知除了告诉他以后要住在哪里，还发出了邀请，请他第二天早上与珀西·诺贝尔爵士会面。罗伯茨离开德比之家，他走在大街上，毫无睡意，心里盘算着当前局势的严重性。

第二天早上，罗伯茨回到德比之家，按照约定与珀西·诺贝尔爵士会面。他完全不需要有任何不安与担忧，战地记者特伦斯·罗伯特森后来说过一句话，德比之家这个地方"汇聚了海军系统里所有与集体格格不入的个人"。[15] 数百名曾经错过晋升机会或者像罗伯茨一样因为生病而被迫退役的海军军官最后都来到了这里。在这里，和这群曾经迷失的男人一起，罗伯茨找到了自己的归宿。他们在这场战争中找到了新的人生使命，而这种锅炉房一般的高压环境，有时还能激发这些男人身上的潜能。

罗伯茨在有一整面玻璃墙的总司令办公室见到了珀西·诺贝尔爵士，总司令办公室对面就是值班室，里面坐满了辛勤工作的女子服务队队员。这位海军上将的头发已经花白，但整个人看起来还很年轻，身上有一种——用外人的观察来讲——“浑然天成”的权威气质。[16]但见面的这一天，正如厄斯本之前警告过他的那样，诺贝尔爵士的态度极其不友好。

“我还以为海军部会派给我一名海军上校呢。”他的语气令人心寒。（后来，诺贝尔爵士读了一封罗伯茨的推荐信，知道了他在朴茨茅斯战术学校取得的成绩，便就自己之前的言论向罗伯茨表示了歉意。[17]）诺贝尔解释说，按照厄斯本的指示，会给罗伯茨安排德比之家顶层一整层的办公空间——此前这里曾是塔特和莱尔糖业公司的办公地点，公司最近刚
143 刚搬走。顶层一共有八个房间。* 诺贝尔爵士——时年 52 岁，头发浓密，腰身修长——很受下属拥戴，他也从不在意下属的级别和工作年限，总是会听取所有人提出的意见。尽管如此，他还是无法掩饰自己对罗伯茨即将从事的这项工作的疑虑。罗伯茨到底想在战术学校里实现怎样的目标？他是为了学术研究、战术演示，还是另有意图？

罗伯茨解释说，他的目标是发明一种战术游戏，好让英国人明白德国的 U 艇在海战中为什么总能获胜，然后协助英军研究出应对之策。最后，罗伯茨说，这种战术游戏将成为

---

* 曾在德比之家工作，战后幸存下来的一些女子服务队队员回忆说，除了顶层的办公室，战术小组还会在证券交易广场的一座临时建筑里进行兵棋游戏的排演。

一所战术学校的立校之本，那些参加海上作战的军官将在这里学习这些战略战术。他继续解释说，只需要进行简单的调整，他的战术游戏既可以用来进行战术分析，也可以用来进行为实战做准备的模拟演练。

诺贝尔爵士还是不明白在所有的方法里，为什么只有游戏才有可能实现所有的目标，但尽管半信半疑，他还是批准了罗伯茨的计划。

“好吧，”罗伯茨记得他的新任上司是这样说的，“你可以继续执行你的计划，只要别拿它来烦我就行了。”接着，仿佛是为了进一步强调自己心中的不屑，他补充道，“也许你偶尔可以给我们这里的十几名预备军官上上课？”[18] 诺贝尔爵士的这番话深深刺痛了罗伯茨，让他感受到类似于之前被迫从海军部退役时的那种沮丧，他费力地一步步走到德比之家的顶楼。

罗伯茨的计划很简单。就像在朴茨茅斯战术学校教授战略战术时一样，在这儿，他也会继续把地面当作巨大的棋盘，并设计出一种游戏，尽可能模拟大西洋上“狼群”对商船船队展开攻击的战斗状态。一支队伍扮演护卫舰船的舰长，另一支队伍扮演 U 艇的艇长。他们会轮流行动，发射鱼雷，投掷深水炸弹，在相互追击的时候，U 艇会下潜并再度上浮发动袭击，护卫舰则会沿着宽大的弧形来回巡游。

因为不知道战争究竟会持续多久，也不知道随着战事的深入，U 艇的作战战术会发生怎样的调整，罗伯茨迫切希望他所设计的游戏能够不断适应各种情况的变化。这些兵棋游戏不仅仅是在罗伯茨想象出来的作战情境中展开，也会根据真实海战的战况来进行布局，这样一来，所有参与其中的军官就可以看出当时护卫舰舰长之所以做出某种决定的原因，以及如果他们做出不同决策的话，是不是能够减少商船的损失，或者击沉更多的 U 艇。

144 这就是罗伯茨使出的一记妙招。通过反复模拟最近的海上交战，这个游戏能让他全方位理解当时的战局，也更清楚地看出英军的指挥官究竟是在哪一步理解错了 U 艇的意图和行动。这个反复演练的过程终于让他研发出第一套全海军通用的防御 U 艇战术——这套战术鼓励护卫舰结队而战，更像合作的队友，而非孤兵作战。

但在计划开始实施之前，罗伯茨需要筹备大量物资：绳线、粉笔、巨幅帆布，以及能够让地板变成棋盘的油毡等。他还需要一个积极主动、帮得上忙的下属。但最重要的是，他需要掌握大量的情报信息。罗伯茨是一天前才刚知道截至目前海军在海上的损失到底有多么惨重的，他也才刚刚意识到截至目前 U 艇到底占据了怎样的压倒性优势。现在，他需要那些与 U 艇交战后幸存下来的舰员本人对当时战况的描述，好从这些一手资料当中寻找线索，发现到底是什么地方出现了问题。

那天晚些时候，罗伯茨见到分配到他手下的第一批军官：杰拉尔德·卡曾斯博士，这名身高六英尺五英寸的代理指挥官一定是激怒了罗伯茨，或者是让他感受到了某种威胁，总之，在日记里，罗伯茨是这样形容这名男子的，“比我年长 15 岁，看起来就比我老很多”，接着又更残酷地评价道，“智力水平相当平庸”。还有一名海军少校，即海厄姆，他原本在潜艇上执行任务，战争刚开始的时候，那艘潜艇被击沉，他是被人用绳子从海里拉出来的。“这样的经历并没给他带来什么好处。”罗伯茨这样写道，语气和描述卡曾斯时差不多尖酸。事实上，罗伯茨直接说他“粗俗、令人厌恶”。

面对如此无能的一群下属，罗伯茨申请将老朋友、通信兵军士长伯纳德·雷纳调到这个新成立的小组，此前他曾在朴茨茅斯战术学校与雷纳共事过。至少雷纳懂得如何进行兵棋游戏。罗伯茨只能寄希望于那些即将被派来的女子服务队队员，希望她们能够弥补这个团队目前存在的明显缺陷。

在女子服务队总部，南希·奥斯本，那位聪慧过人、一丝不苟的澳大利亚籍主管，也就是被薇拉·劳顿·马修斯一手提拔起来的英国皇家海军女子服务队总部主管，正用手指在面前的一份名单上来回划动。

1921 年，奥斯本自悉尼大学毕业，拿到一等学位；1924 145

年获得学士学位，也是第一个——男生女生全部包括在内——被授予毕业生奖章的英语专业毕业生。[19]她有一种独特的技能，总能选择最合适的“鷦鷯”从事最适合的工作。自从开始负责指派女子服务队队员，她就像懂得渗透作用一样，从劳顿·马修斯那里，凭借自己超强的记忆力，逐渐掌握了上百名年轻“鷦鷯”各自的特长和技能。[20]

但是，这一次的项目和以往有那么一点点不同。有人告诉她，德比之家需要女子服务队队员参加在利物浦设立的一个新项目，这个项目旨在研发出一种能够揭秘U艇作战战术的兵棋游戏。这些女队员必须机敏聪慧——对于这一点奥斯本很有信心——但到底还有什么其他的特质，能让她们胜任这份不同寻常的工作呢？

奥斯本这样盘算，如果女子服务队的队员们需要计算这些虚拟舰船和U艇在海上的方位，那她们必须特别有数字天赋才行。如果她们需要记录全新的信息，比如这些虚拟的袭击到底将会如何上演，谁没能击中哪个目标，误差到底有多少——她们还得特别擅长做记录。如此一来，还有谁比吉恩·莱德劳——那个刻苦勤勉的21岁的前“海上游侠”队员，和她共用一间办公室的注册会计师，几周前的一天深夜，也正是这个姑娘第一个注意到女子服务队的队员总数已经超过了一万名——更合适呢？

接下来，奥斯本选中了劳拉·珍妮特·豪斯，后者四年前才刚刚从安提瓜岛来到英国。豪斯是个时髦的完美主义者，因为和当时的一名电影小演员很像，后来大家都管她叫“小波比”，她在算术方面算是个神童。还在学校的时候，每次老师们请病假，豪斯都会替他们教课。[21]战争刚刚爆发的时候，她给在蒙特塞拉特岛的父亲写信，问他自己是否能够重返家乡。

“回家这事你连想都别想，”她的父亲这样回信，“你应该为你的祖国效力。”

豪斯坚信女子服务队的制服是所有女兵制服中最好看的，所以立刻报名应征了。

接下来被选中的是伊丽莎白·德雷克。这时德雷克已经在德比之家工作了，她是一名战术研究员，负责在珀西·诺贝尔爵士的玻璃墙办公室对面的巨幅地图上做标记，[22]通常在这种情况下，很难对她进行调动，因为在同一个岸上基地， 146
女子服务队的队员极少从一个岗位换到另一个岗位。但是，查看了德雷克的档案后，奥斯本发现德雷克的父亲曾在英国保诚保险公司担任精算师。正如当初选择尼古拉斯·蒙萨拉特担任随船外科医生是因为他父亲就从事这一职业，选择德雷克加入罗伯茨的队伍同样是考虑到她或许也有数字方面的天赋，仿佛这些都像暴脾气一样，是能够遗传下来的特质。此前，德雷克曾在巴黎的女子精修学校进修过一年，她现在也已经是一名很专业的战术研究员了。

最后，奥斯本选了女运动员南希·威尔士。* 南希·威尔士的朋友都直接喊她“南”，这一年她已经27岁，比其他队员都要大。她出生于赫尔，后来战争爆发，她跟随家人一起搬到附近的安勒比镇，在祖父的印刷厂工作，同时也为父亲开的自助洗衣店记账。[23]1941年，她加入女子服务队，首先在皇家海军“海狸”号所属的岸上基地工作了一段时间，后来前往格林威治参加众所周知的军官培训课程，结业时获得了最好的成绩。威尔士是一名令人望而生畏的网球运动员，还曾参加过郡级的羽毛球比赛。但她真正热爱的是曲棍球。两年后，她代表兰开夏郡参加了比赛，并成为唯一一名转到原球队主要竞争对手约克郡球队继续参赛的球员，她在约克郡球队担任了很多年的队长。奥斯本认为，女子服务队的所有队员中，没有谁能比南·威尔士更懂得团队战术的奥义。

这样就挑选出了所有的候选人，这六名女子服务队队员被称为“水兵”，主要负责战术演练中偏向管理方面的工作。两个人担任秘书，两个人负责编码，还有两个人负责传信。随后，奥斯本下达命令，就此改变了这几名女队员在战争中

* 奥斯本挑选出来的这些队员并非个个都很理想。罗伯茨立刻就对这群队员中最资深的一位表示了不满，他在日记里写道，这个人的名字，他“宁可直接忘掉”，所以也就没有在日记当中记录下来。她在这个团队里只待了很短一段时间，很快就因为罗伯茨所谓的“社交礼仪不当”而被撤出团队，取而代之的就是南希·威尔士。

的工作轨迹，甚至在某种层面而言，改变了她们此后的人生轨迹。

因为在之前的就职会面中遭到对他不屑一顾的珀西·诺 147
贝尔爵士的羞辱，后来接收的下属又都是他觉得“智力水平相当平庸”和“粗俗、令人厌恶”的男人，此刻的罗伯茨也许感到格外孤立无援。当然了，之前送到他这里来的两个人都没在这儿坚持太久。用罗伯茨的话讲，他们“思想极为陈旧过时，爱发牢骚，难以相处”。此刻的他并没有意识到一支由年轻女子组成的精英小队已经整装待发，在往后的日子里他会逐渐习惯并依赖她们的智慧与支持。

西部海域反潜司令部战术小组（缩写为 WATU）终于有了自己的队伍。

第十一章　树　莓

148 1942 年初，一个凛冽的清晨，珍妮特·奥凯尔慌慌张张地赶到西部海域反潜司令部总部，这是她到这里工作的第一天，这个 19 岁[1]的利物浦姑娘这一辈子都住在离德比之家不到十英里的地方，也就是地处赫斯沃尔的伦敦西园、迪河沿岸一带。她不知道，这时她本该穿着领到的女子服务队制服来报到的。

她经过一片发出刺耳刮擦声、能够阻隔空气的网格铁帘，走到头顶是水泥天花板的地堡里，另外一群穿着崭新衬衣和熨烫平整的裙子的“鹪鹩”上下打量着她。奥凯尔不仅穿错了衣服，她还迷失在这座建筑物交叉密布、地上铺满电缆的走廊里，而她那一头短短的卷发也让她看上去像个女学生。她在走廊里游荡，内心越发沮丧，直到后来一名路过的海军下士注意到了她的不安，并对她生出怜悯之心。

等到罗伯茨过来接她的时候，奥凯尔已经满脸是泪了。

她抬起头，看着自己新任领导那张憔悴但充满善意的脸。他递给她自己的手绢。她谢了他，用手绢擤了擤鼻涕。

罗伯茨引领着奥凯尔——四名来协助他的团队组建战术学校的“水兵”中的一名——走到一扇厚重的木门前，门上刻着“WATU”几个字母。在“A”和“T”两个字母之间有一个圆形的徽章，上面刻着“战术家”这个词。徽章的正中间刻了一个迷你国际象棋棋盘，白方的国王正遭到黑方的双马、双车、双象的围攻，棋盘下方用大写字母写出了“将军”一词。

这个徽章一度归英国皇家海军“战术家”号拥有，这艘建造于第一次世界大战时的驱逐舰在20世纪30年代的时候被拆解售卖了，这个徽章算是抢救出来的纪念品。它每时每刻都在提醒经过这扇门的所有女子服务队队员和海军军官，
这个战术小组的终极目标就是要夺取胜利，通过一系列更先 149
进的战术和更完美的手腕，在大西洋之战中获胜。

罗伯茨替这名新加入团队中的女子服务队队员打开门，让她跟着自己穿过新装修好的一间间办公室——其中还有一个能容纳50人的演讲厅——走到位于战术学校中心的巨大房间。所有在炸弹轰炸中遭受的损坏都已经被修复，现在，这个房间更像是学校里的体育馆，而地面上四处散落的粉笔和一团团的线绳，又让它看上去像是给孩子准备的游戏室。在房间的中心区域，地面上铺着棕色的油毡，上面用白漆涂出

了一道道网格线，还点缀着一个个很小的木头模型——其中一部分木头取材于皇家海军“尼尔森”号，这艘装甲巡洋舰建造于19世纪70年代，1910年被拆解售卖。[2]

奥凯尔细细观察地面上的摆设，罗伯茨跟她解释，相邻白线相隔十英寸，代表一海里，各个棋子分别代表英国舰船和浮出水面的德国U艇。

“把它想象成一个巨大的棋盘就可以了。”他说。[3]

如《爱丽丝镜中奇遇记》一般，奥凯尔一步迈进了兵棋游戏的世界。罗伯茨又解释说，这幅地图代表的就是整片大西洋海域。奥凯尔负责协助重建最近几场海战的战况模拟图。“棋盘”足够大，一次可以容纳24名玩家一起进行游戏。女子服务队的队员们穿着长裤和白色衬衣，袖子高高卷起，她们会跪在地上，根据玩家的指示小心翼翼地移动各个棋子。

奥凯尔还注意到，在屋子的边缘处有一张张巨大的白色帆布，它们围成一个个类似于投票站的四方形格子间，特别之处在于，每个格子间在与人的视线平行的地方都有一个割出来的窥视孔。罗伯茨解释说，军舰舰桥的平均能见度在五英里左右，之所以这样布置这些帆布，是为了让每个玩家透过窥视孔往外看的时候，就相当于在五英里之外的地方观察地板上那些微小的舰船模型。窥视孔周围的一圈圈亚麻线还可以用来调整可见度，这样就可以根据不同的游戏场景调整窥视孔的大小。

“就像这样。”丽兹·德雷克 * 开口说道。这名身高仅有五英尺二英寸的女子服务队队员需要一个特制的六英寸高的脚 150
凳才够得到那些窥视孔。[4] 德雷克消失在帆布后，过了几秒钟，奥凯尔看到覆盖在窥视孔上的布帘被掀开，这名同事的眼睛从里面露了出来。她透过窥视孔向外看过来，眼睛还一眨一眨的。奥凯尔曾是桥牌玩家，她从秘书学校毕业之后报名应征女子服务队，一直以为自己会从事打字员的工作，所以对她而言，当下的这个场景格外有趣。罗伯茨倒是很有当老师的天赋，他马上开始解释这个兵棋游戏的规则，这些规则都是最近才制定好的，可以说还没有经过检验。

他说，其中一支队伍将坐在帆布后面的桌子旁，扮演护卫舰的舰长们。另一支队伍，通常由罗伯茨或者他最得力的副手吉恩·莱德劳率领，扮演 U 艇的艇长们。和大西洋海面上真正发生的交战一样，每一方的目标都是商船船队：护卫舰要保护商船船队，而 U 艇则要对它们发动袭击。每一方还有一个次要目标。对于护卫舰来说，就是尽可能多地击沉 U 艇；而 U 艇的目标则是避开敌人的探测，尽可能毫发无伤地撤离战场。

游戏每进行一步，双方共同的目标商船船队都会自动向目的地航行一段距离，就像在大西洋上一样，它们周围也展

* 丽兹·德雷克，伊丽莎白·德雷克的昵称。

开了激烈的交锋。接着，罗伯茨解释了兵棋游戏的规则。双方玩家每一轮都有两分钟的思考时间，随后便需要提交他们下一轮的行动指令，增加这个时限是为了还原真实战场上的那种紧迫感。U 艇的运动轨迹用绿色[5]的粉笔在棋盘上标注，之所以选择这种颜色，是因为从某些角度观察时，受到地板颜色的影响，无法马上找到这些 U 艇。如此一来，可以保证当玩家透过窥视孔观察棋盘的时候，他们无从得知 U 艇的位置。随后，护卫舰的行动轨迹也会用白色粉笔添加到棋盘上，与绿色标记相反，透过窥视孔一眼就可以看到这些护卫舰的位置。游戏一轮轮展开，棋子在棋盘上到处移动，护卫舰总是会冲到发生爆炸的地点投掷深水炸弹，U 艇则时而佯攻时而退避，想要在避开护卫舰追击的同时除去一艘艘商船。

罗伯茨继续解释道，奥凯尔要扮演的角色类似于裁判员，她要负责用粉笔测量距离，标注各方的移动，尽可能确保游戏的准确性。最后，游戏结束之后，所有的玩家会聚到一起，
151 围坐在已经布满横横竖竖各种粉笔记号的棋盘旁，罗伯茨会分别揭示各个玩家的表现情况。罗伯茨最后补充道，游戏的更多细节还需要进一步的推敲，出于现实考虑，这个兵棋游戏只是真实的 U 艇袭击的简化版本，但目前小组已经掌握足够多的信息，可以模拟最近发生过的海战。游戏目标在于从 U 艇的视角感受战场上发生的一切，通过这种换位思考来判断护卫舰的舰长们今后要做出什么样的与此前不同的决策，

才有可能拯救更多的商船、补给物资和船员。

参观结束，罗伯茨叫奥凯尔去领取她的制服，然后像加入战术小组的每个女子服务队队员一样，到地下基地报到。在那里，她将接受战术研究员的相关培训，[6]毕竟在德比之家地下基地的巨幅地图上测量距离并进行标注所需的技能和需要模拟带兵作战的兵棋游戏所需的技能基本一致。奥凯尔离开德比之家，走向附近皇家利弗大厦里的制服成衣店，[7]如今她已经充分理解了压在自己肩头的重担。

兵棋游戏的雏形已经有了，接下来，罗伯茨花了大量的时间研究与U艇交战并幸存下来的海军军官所写的战后报告，从中寻找展示双方战术思路的线索。身处西部海域反潜司令部总部的一个优势，就是他可以随时与经过这里的每一个海军军官碰面并询问一番，所以，罗伯茨所掌握的不仅仅是舰员们写下的相对呆板的书面证词，这些人从海上重返岸上，他还可以直接与他们交谈，掌握一手资料。

在几次会谈之后，他眼前浮现出一幅凌乱的画面，不仅海上作战的场景一片混乱，整个海军训练课程也很混乱。在出海之前，每个舰员——截至战争结束时共有大约20万人[8]——都要在马尔岛的托泊莫里港接受为期两周的速成班培训，负责指导他们的是魔鬼教练吉尔伯特·史蒂芬森爵士（他有很多绰号，比如“哈巴狗”、“猴子”和“大魔头”）。

史蒂芬森设计的课程的主要目的是加强一艘舰船上所有舰员的凝聚力，由此提高作战效率，但他并没有强调如何才能让舰船联合起来高效作战。他的课程中没有包含针对U艇的统一战术，更没有专门的培训，能够让这些护卫舰协同作战。
152 在罗伯茨看来，这些驱逐舰和轻型巡洋舰基本上都是根据舰长个人的灵感或者作战思路进行自由作战。

弗莱德·奥斯本是南希·奥斯本的兄弟，也是轻型巡洋舰皇家海军“龙胆”号上的一名海军中尉。和南希一样，他从澳大利亚来到英国，加入抗敌事业，由于缺少舰船之间的协同，用他的话讲，商船船队的防御工作“举步维艰、危机四伏”。[9]“当商船船队遇到袭击，我们压根没有形成明确的作战方针，也没有人教我们该怎么做”，他后来这样写道，因此，“遭受损失的严重程度骇人听闻”。

对于自己访谈的每一位护卫舰队的舰长，罗伯茨都提出了同样一个问题：“当你的船被鱼雷袭击时，你会怎么做？”有人回答说会“立刻进入战斗位置”，还有人说会提高船速。可一旦再给他们施加一点压力，大多数人只能耸耸肩，表示自己无能为力。在伸手不见五指的深夜，周围都是震耳欲聋的爆炸声，你手下的潜艇探测器操作员完全分辨不出，传来的噪声是U艇划开水面的声音，还是汹涌的海浪声，抑或是鱼群游过的水流声，在这样的时刻，你真正能做的到底是什么呢？[10]

但是，有一个人给出了不同的答案。弗莱德里克·约翰·沃尔克舰长头发花白，为人干练，因为名字和一款威士忌品牌尊尼获加很像，* 他的手下都喊他“尊尼”，在某些时候这些舰员对他比对自己的祖国还要忠诚。1942 年时的沃尔克才在大西洋上当了三个月的舰长，就已经是海军队伍里为数不多能成功捕猎 U 艇的舰长之一了。

1941 年 12 月，沃尔克第一次以舰长身份出海——彼时距罗伯茨与沃尔克相遇还有几周的时间——就击沉了两艘 U 艇，随后又带领护卫舰队击沉了另外三艘 U 艇。尽管在此一役中盟军的 HG.76 号商船船队也损失了一艘护卫舰和两艘商船，但还是有很多人认为本次交战是护卫舰与 U 艇对战史上获得的第一次重大胜利。罗伯茨在心中发问，他到底是怎么做到的？

沃尔克认为，胜利归功于他研究出的一种新型战术，他将其命名为“金凤花”战术，以此来纪念自己的妻子艾琳。海战结束后，沃尔克在返回港口的路上收到了一封电报，珀西·诺贝尔爵士要求和他见面。见面后，爵士要求他解释一下大获全胜的秘诀。诺贝尔爵士和沃尔克的上级领导在绝望中孤注一掷，牢牢抓住“金凤花”战术，把它作为战术制胜的希望。按照命令，沃尔克需要书面汇报自己在交战时采用

---

* 约翰·沃尔克（John Walker）和尊尼获加（Johnnie Walker）的英文拼写近似。

153 的战术，这份报告会发放给护卫舰队的舰长们，让他们马上在海战中对照执行。

但这样做只有一个问题："金凤花"完全没有作用。沃尔克不知道的是，罗伯茨接到秘密指令，也要这样对外进行声明。

沃尔克舰长早在战争开始之前就对反U艇战术产生了浓厚的兴趣。20世纪20年代，距离他成为舰长还有十几年的时候，这位"金凤花"战术的发明者自愿报名加入了波特兰海军基地成立的反潜学校——皇家海军"鱼鹰"号的培训班。只要觉得收到的指示有任何不合理的地方，他从不犹豫，总是会出声反驳，沃尔克的直言不讳让他赢得了同龄人的敬重，却让他的上级感到疑虑，认为这种不加掩饰的坦率是性格缺陷。

后来，沃尔克被任命为"勇士"号战舰的执行副官，他那时经常与舰长发生冲突；一份海军部的机密报告称沃尔克"缺乏领导能力"。因为坚信自己不可能被提拔为舰长，1937年，沃尔克重返"鱼鹰"号任指挥官。在海军系统，每个军官都有一段短暂的窗口期，有机会被提拔为更高级别的军官。那些没能在限定的时间范围内获得晋升机会的人会被说成是"过气"了。在和平年代，一名过气军官要么选择继续留在军中，保持现有职务直到退休；要么选择拿一小笔养老金提前退休，以平民身份寻找新的职业发展机会。考虑到以自己的年龄转行还有机会，沃尔克盘算着离开海军。但随着战争的到来，沃尔克和其他几十名过气军官又被指派到重要岗位任职。

一直以来，沃尔克坚信U艇是英国存亡面临的最大威胁。在新岗位就职后，沃尔克被分到了多佛城堡的一个办公室，负责监督英吉利海峡反潜防御的部署，主要工作是在水下布置大量的地雷，阻止德军从法国方向攻击英国。对于极度渴望当一名舰长的沃尔克而言，这份工作令人失望。在接 154
下来的几个月里，沃尔克用无数份申请轰炸海军部，强烈要求把自己调到战舰上。每一封申请信都遭到了拒绝。终于，1941年3月，沃尔克来到伦敦，与反潜部总指挥、他的老友克里希舰长会面，当面提出调动申请。克里希是为数不多知道盟军在大西洋之战中真实损失情况的高级军官之一，他也知道官方报告里被击沉的U艇数量被严重夸大了。在这样的情况下，他很清楚在利物浦新成立的西部海域反潜司令部是多么需要有丰富的与U艇交战经验的军官加入他们的团队。

沃尔克也许不具备完全符合这种要求的实战经验，但他掌握了丰富的战术理论。克里希听着他的朋友为自己争辩，证明为什么自己应该拿到一艘护卫舰的指挥权。在会面即将结束时，克里希向沃尔克保证，自己会为他提出相关的调动申请。六个月后，从海军部发出的命令传到多佛，要求沃尔克前往利物浦报到。他即将担任皇家海军“鹳鸟”号的舰长，在大西洋上执行任务。刚到这里，用沃尔克在自传里的话说，他就发现自己身边都是些“稀奇古怪、鱼龙混杂的家伙”。[11]就这样，沃尔克和罗伯茨，海军队伍里两个最超前又格外执拗的离群者终于相遇了。

这两个男人马上就发现他们彼此厌恶。沃尔克比罗伯茨大四岁，但看起来还要老很多，总是一副沉默寡言的样子。罗伯茨和他相反，总是滔滔不绝。沃尔克会主动回避聚光灯（还是个小孩子的时候，有一次，他在皇家阿尔伯特音乐厅参加一场芭蕾舞演出，结果直接在舞台上大哭起来。后来他姐姐说，正是当时受到的那种屈辱，让他从此拒绝成为人们关注的焦点），[12]至于罗伯茨，由于一直记得被迫从海军退役的痛苦，他坚定不移地想要博得众人的认可。

“他们两个人的性格截然相反。”弗莱德·奥斯本这样写道，他后来在罗伯茨身边工作了八个月。[13]况且，他们两个人接到的任务也带有一定的竞争性质。像罗伯茨一样，多年以来，沃尔克对U艇的理解一直停留在理论层面。但从利物浦出海作战三个月之后，沃尔克与U艇展开了面对面的交战，这也成为他在经验方面的一个优势。用弗莱德·奥斯本的话说，这两个男人之间“臭名昭著的分歧”在德比之家已
155 是众所周知，尽管多次接到上级的命令，但沃尔克坚决拒绝造访西部海域反潜司令部战术小组，宁可用这段时间在花园

里摆弄园艺，或者带着妻儿外出购物。[14]

尽管如此，这两个男人之间的第一次会面还是很友好融洽的，对罗伯茨来说也受益颇丰。1942 年 1 月，在动身前往利物浦之前，丘吉尔身边的副官、海军上将厄斯本跟罗伯茨讲过，私底下，他也很怀疑沃尔克备受追捧的“金凤花”战术其实并没有那么有效。厄斯本怀疑，去年 12 月沃尔克之所以能够击沉那些 U 艇，并非得益于精心设计的战术，在厄斯本看来，只是“因为走运”，把胜利归功于“金凤花”战术其实是错误的。[15]

当厄斯本向克里希舰长提出自己的疑惑时，对方告诉他，“管好自己的事就行了”。这种粗暴敷衍的回应令厄斯本感到恼怒，他对罗伯茨提出要求，西部海域反潜司令部战术小组的首批任务之一就是要分析 HG.76 号商船船队经历的那场战役，看看沃尔克到底是凭借什么获得了如此巨大的胜利，从而一劳永逸地解决这个谜题。

此时的沃尔克并不知道罗伯茨隐藏起来的真实动机，他将自己的战术大致解释了一番。接到发动“金凤花”战术的命令后，所有的护卫舰都会背朝商船船队，面朝外侧全速前进，并向海中投掷照明弹——这种炸弹就像蒲公英外面的一圈绒毛，炸开后会在空中释放出散成伞状的发光物质，一般可以持续 60 秒，从而照亮整片海域。如果在这段时间里观察到 U 艇，沃尔克就会发动一场穷追不舍的追捕，通常会命令舰队中六至九艘战舰围追目标U艇，直到对方被击沉方才罢休。

沃尔克对自己的这套战术深信不疑，这一点在他写给舰队各个舰长的行动指南里体现得明明白白。

“我怎么强调都不为过，一旦观察到，或者用其他方式探测到U艇，就得立即开展持续的追击……直到那艘U艇被击沉，或者收到其他行动命令。”他这样说道。[16]

沃尔克解释说，统筹协调与相互合作是获胜的关键。他把护卫舰队看作体育比赛中的运动队，而他作为指挥官，就好比运动队的主帅。

“这一类海战的与众不同之处在于并没有哪个人能成为其中的主角。”后来有一次在利物浦开庆功宴，庆祝沃尔克在与U艇的交战中大获全胜，当时，主持庆功宴的市长称赞沃尔克是海军的“头号U艇杀手”，但沃尔克在致辞中说了如上
156 一句话，立刻甩掉了这个称号。“与U艇作战其实很像踢足球，或者其他类似的体育赛事，”他继续说道，“你的球队里有一千名队员，任何一个人没有做好分内工作都会搞砸整场比赛。每个人都有自己应尽的职责，我只不过刚好处在头部的位置罢了。”[17]

会面结束时，罗伯茨已经掌握了所有需要了解的信息，他现在可以在兵棋游戏中重新上演HG.76号商船船队一战，以此来检验“金风花”战术的效果了。尽管对于沃尔克的战

术心存疑虑，他却无法否认他的这位竞争对手的判断是正确的，护卫舰的确不应各自为战，而要作为一支舰队协同作战。不管“金凤花”战术是否有效，沃尔克对于护卫舰之间团队合作的这种推崇确实很关键。

在顶楼的房间里，罗伯茨和女子服务队的队员们在地板上摆出 HG.76 号商船船队的作战图，其中不仅有沃尔克所属的第 36 号护卫舰队，还有“布兰克尼”号、“斯坦利”号和“埃克斯穆尔”号这三艘驱逐舰，以及为船队配备的航空母舰皇家海军“胆识”号 *，这几艘舰船是在商船船队自直布罗陀海峡返航时赶来支援的。这两个男人把 48 艘舰船排成 12 列，[18] 随后，又在作战图上添加了已知参与本次战役的三艘 U 艇：U－434 号、U－574 号和 U－131 号潜艇。

船队沿着地板上的六条白线摆开，相邻两条白线的间距代表海上的六英里。大致的布局搭好后，罗伯茨开始以两分钟为间隔，以十节的船速在棋盘上移动商船船队。每一次移动都严格遵照几周之前沃尔克手下护卫舰队的运动轨迹向前推进。

一步又一步，罗伯茨根据官方的总结报告模拟当时作战

---

* “胆识”号原本是德国的一艘商船，1941 年被缴获之后经过改装变成了后来的航空母舰。

的场景。他重演了“胆识”号上一架战斗机发现尾随身后的U艇的瞬间。他把沃尔克手下的皇家海军“鹳鸟”号从护卫舰队中抽出来，让这艘护卫舰积极追击那艘U艇，并不断瞄准水中的U-131号潜艇投掷一连串幻想出来的深水炸弹，然后，又过了“两个小时”，当U艇再度浮出水面，“鹳鸟”号的一阵炮火将它击沉。（邓尼茨也在自己的作战图上重演了这场海战，但模拟海战的耗时几乎与现实时间一致。他很快
157 就意识到U-131号潜艇之所以覆灭，完全是因为被“胆识”号上的侦察机发现，于是，他下达指令，只要在商船船队里发现航空母舰，每支“狼群”都要把这艘舰船当成首要的攻击目标。[19]）

通过在棋盘上方鸟瞰这场战事，罗伯茨很清楚地看到，这场战役之所以早早就大获全胜，直接原因在于沃尔克能够调动数量如此庞大的一支护卫舰队。拥有这么多艘护卫舰的舰队实属罕见，这让他能够毫无后顾之忧地追击U艇，留在身后的商船船队仍然有足够多的护卫舰在周围巡航守护。

罗伯茨还没有搞清楚的是接下来到底发生了什么。三天后，另一艘U艇也被成功击沉，但在当天夜里，也就是12月21日晚，“安纳瓦勒”号成为第一艘被鱼雷击中的商船，接着，当天23点左右，皇家海军“胆识”号也遭到袭击，因为舰长无视沃尔克的命令，将船停在了商船船队毫无防备的右舷一侧。

罗伯茨在两艘舰船的模型上各插了一枚小小的旗帜，表示它们已经被游戏淘汰了。[20]随后，他一边审视棋盘，一边思考一个问题。如果U艇是在船队外围向内发动袭击，那为什么处于船队正中心的“安纳瓦勒”号会被击中继而沉没呢？他在想，会不会存在另一种可能，U艇是从商船船队队列内部发动的袭击？他盘算了半天，觉得有一种很简单的方法能够证明自己的推论是否正确。

“把所有的棋子都留在原位。”罗伯茨跟下属吩咐了一句，就冲回办公室去打电话。

罗伯茨拿起话筒，要求接线员给他转接位于伦敦的潜艇指挥总部，希望能和参谋长、老朋友伊恩·麦金泰尔*上校通话。令罗伯茨感到震惊的是，潜艇部队司令、海军上将马克斯·霍顿本人亲自接了电话。

罗伯茨之前就听说过大名鼎鼎的霍顿，他是一个战绩非凡的著名人物。第一次世界大战期间，霍顿是一名年轻的潜艇艇长，那时他就已经是独一无二的能让德国舰船闻风丧胆的魔鬼人物了，他也是在第一次世界大战中首个击沉敌军舰 158
船的舰长。每次返回港口的时候，霍顿总是会挂起一面海盗旗，表示自己成功击沉了一艘敌军舰船，这个习惯一直维持

* 伊恩·麦金泰尔是“斗牛犬”唐纳德·麦金泰尔——活捉奥托·克雷齐默尔的那位——的父亲的大表哥。

到马岛战争结束。霍顿在指挥潜艇方面有着与生俱来的天赋，这种天赋成为他一步一步往上爬的动力；很多年以后，给他写传记的作家称这位将军是“最权威的潜艇作战专家”。

罗伯茨在电话里表明了自己的身份，他请示霍顿，自己是否可以提一个问题。罗伯茨问，在上一场世界大战中，您是否曾潜行至敌军船队内部，在船队里向敌军发射鱼雷？

“当然了，”霍顿回复道，“这是唯一一种能保证袭击命中率的方法。”

出于好奇，罗伯茨继续问，U 艇配备的电动鱼雷的射程范围大约是多少呢？

“5 400 码。”霍顿毫不犹豫地回答道。

“谢谢您，将军。”罗伯茨在挂电话之前这样表示道。

随后，他在日记里写道：“对我来说，这些信息足以说明问题了。”

时间不早了，但罗伯茨还是喊住了莱德劳和奥凯尔，问她们愿不愿意陪自己留下来，重新布置棋盘，在巨大的棋盘上再来模拟一局兵棋游戏。这两个女人也受罗伯茨激动情绪的感染，欣然答应，马上开始摆放棋子。这一次，罗伯茨把一个 U 艇模型放在列成数队的商船船队中心，反过来倒推沃尔克这一战的种种变化。假设鱼雷的射程在 2.5 英里左右，为了保证命中率最大化，可以合理猜测 U 艇的艇长一定会在这个距离的一半以内发动袭击。

罗伯茨和两名女子服务队队员马上开始规划不同的作战场景，并研究在哪些情况下 U 艇能够在不被探测到的前提下偷偷潜入商船船队内部。只有一种情况实现了这个目标：U 艇从商船队列的后侧偷偷潜入。而且，潜艇一定是从海面上驶进来的，因为只有在水面上航行，U 艇的航速才会大于船队的航行速度。由于是从船队背后靠近，瞭望兵又很少往身后看，U 艇不知不觉就潜入船队，近距离发射鱼雷，随后迅速下潜，随时可以撤离。

如果这一切假设成立，考虑到沃尔克都是朝着船队以外的方向而非船队内部投掷深水炸弹，罗伯茨推测，中弹的 U
艇一定不是发动袭击的那一艘，而是在外围伺机而动的其 159
他“狼群”成员。要是真的如此，厄斯本的判断就是正确的：“金凤花”战术的成功纯属侥幸，并非有多么高明。

罗伯茨和“鹪鹩”们一起去厨房煮咖啡，又做了一些咸牛肉三明治。这几个人接着围绕留在战术研究室大棋盘上的那场战事继续聊起天来。他们开始讨论，如果自己是那些刚刚近距离发动了偷袭的 U 艇艇长，也许也会试着毫发无伤地逃离包围圈。刚才的兵棋游戏让这些初出茅庐的战术研究员像 U 艇艇长一样思考起来，而在一番换位思考之后，答案突然变得显而易见：你已经成功袭击敌人，下一步当然就是下潜了，之后你只需要在水下一直等着海上的商船船队翻船便好。

“最后，”罗伯茨总结道，“我会从商船船队尾端的那片深海中缓缓浮上来。”[21]

U 艇所采用的战术突然被揭晓，罗伯茨想要验证一些可能实施的对战策略能否有效地挫败敌军的阴谋。四个人又回到“游戏室”。罗伯茨扮演 U 艇艇长，莱德劳和奥凯尔扮演沃尔克手下的护卫舰队。应对袭击的新对策很快有了雏形。莱德劳和奥凯尔并没有让护卫舰队全速驶离商船船队并随机投掷深水炸弹，而是令护卫舰队围着船队列队散开。船队继续前行，与此同时，护卫舰队进行三角定位扫描，每一艘船都通过潜艇探测器搜寻 U 艇的踪迹。

这几个人越来越兴奋，他们把整个过程模拟了两遍。每一次，罗伯茨的 U 艇都被探测到并立刻被击沉。此刻已是清晨时分，不知不觉，一个夜晚就在紧张兴奋中度过了。罗伯茨安排了一辆指挥车送两名女士返回雅克莱之家。

第二天早上，罗伯茨和女子服务队的队员们重新聚集在战术小组的“游戏室”，再度模拟这场战事，以及他们新研究出的对战策略，他们演练了一遍又一遍。*

160 “我在这个战术里找不出任何毛病。”罗伯茨在日记里

* 罗伯茨本人的日记里对这件事的描述与他的传记里不一样，传记里写的是，他们研究出新战术后的第二天早上，战术小组就去找诺贝尔爵士报告了。而在罗伯茨的日记里，战术小组又花了两天的时间检验这个战术，然后才请总司令来“游戏室”现场观摩。

这样写道。[22] 他将这种反击战术整理成一系列命令指示，等自己感觉一切准备就绪，便给执勤的军官留了一个口信，说他希望尽早见到珀西·诺贝尔爵士，他有东西要给诺贝尔爵士看。

第二天，诺贝尔爵士被前呼后拥着走进“游戏室”。总司令谨慎地打量着地板上的粉笔画，以及四周布置的像舷窗一样的帆布隔间。这些假模假式的道具到底是怎么一回事？罗伯茨并没有因此怯场，他开始解释战术小组的发现——U 艇如何利用夜色从水面上潜入商船船队内部，在极不容易被察觉的情况下发动袭击，然后潜入深海，一直等着危险的反击阶段告一段落。

现场的气氛降至冰点。诺贝尔爵士居高临下，丝毫不掩饰自己对整个战术小组的研究成果抱有的疑虑。罗伯茨从诺贝尔爵士的举止中也感受到了那种——用他自己的话说——“高人一等”的腔调，和他们两个人初次会面时的感受一模一样。这个曾经的海军军官，仅凭几个粉笔头、几团杂乱的绳线，能给在海上真正展开的激战做出什么贡献呢？罗伯茨自己也很清楚，游戏通常被看成一种微不足道的娱乐方式，人进入少年时代就应该逐渐放弃游戏，直到退休以后再把它当作消遣。在成年人的世界里本就没有游戏的容身之处，更不用说是在战争这样残酷的舞台上了。

后来，罗伯茨解释说，他和马克斯·霍顿上将，也就是潜艇部队的那位王牌将军通过话，而与此同时，兵棋棋盘上的护卫舰队采取的反击模式也逐渐显示出成效，诺贝尔爵士的言行开始出现变化。罗伯茨感受到了气氛的变化，连忙让莱德劳扮演U艇艇长的角色，奥凯尔扮演沃尔克舰长的角色。两个女人开始重演之前的那场海战，同时，罗伯茨开始展示战术小组的具体发现。莱德劳从商船船队内部发射了一枚鱼雷，然后迅速下潜，这时，罗伯茨命令奥凯尔实施战术小组新发明的反击战术，即安排所有的护卫舰开启三角定位的扫描探测模式，以此探寻下潜的U艇。很快，奥凯尔手下的一艘护卫舰就在自己的雷达上发现了德国U艇的踪迹。

当游戏一步步展开，诺贝尔爵士和他带来的高级军官似
161 乎“身子都快要从椅子上跳了起来”。一旦知道了U艇的位置，奥凯尔便在水面上相应的位置向下投掷一连串如暴雨雨点般猛烈的深水炸弹。莱德劳根本没有时间指挥她的U艇进行躲避。于是，奥凯尔一举击中目标，U艇“口吐白沫”，浮上水面。游戏演示结束，莱德劳站起身，奥凯尔从帆布围成的窥视孔后面走出来，之前她一直在那里指挥手下的护卫舰。罗伯茨看了看坐在裁判席上的诺贝尔爵士。

“祝贺你们。”西部海域反潜司令部总司令说完，转身面对自己的一名手下，命令他将自己的口信记下来，然后加急送到首相手中。

在口信里，他说：“初步调查显示此前的反潜战术有一个

致命的错误。24 小时之内，一种全新、即刻有效，并且能够发挥协同一致性的反击战术将会派发到各个舰队。”[23]

罗伯茨注意到，房间里生出一种友睦的气氛。此时，诺贝尔爵士要求这位战术发明家给自己新研究出来的战术取个名字。罗伯茨解释道，吉恩·莱德劳，那位“完成了所有无聊的数据统计工作”的女士，已经将其命名为“树莓”战术。她之所以取这个名字，是想表达对希特勒和他手下 U 艇部队的轻蔑。

诺贝尔爵士咯咯笑起来，他站起身准备离开，但走到门口又顿了一下。他转过身来，大步走到罗伯茨身边。

“你可以再给自己多加一条绣花边了。”他这样说道。退役的前海军军官罗伯茨就此晋升为海军上校。

在这之后的数日里，很多访客到访战术小组，观看兵棋游戏排演出来的作战场面。战术小组首先展示沃尔克采用的“金凤花”战术，目的是揭示罗伯茨所谓的“其中的谬误”。在伸出双指向自己最负盛名的竞争对手致敬后，罗伯茨才展示出自己技高一筹的“树莓”战术。

后来，他在日记中写道：“这件事让我在沃尔克上校面前成了一个极其不受欢迎的人。”

第十二章　皇家认定的关键

162　时间一点儿都没有被浪费。1942 年 2 月 2 日，周一，第一批刚从海上返航的海军军官立马赶到被浓烟熏黑了外墙的德比之家的顶楼。[1] 他们穿过厚重的橡木门，即将开始为期一周、后来广为人知的“兵棋游戏”培训课。女子服务队的队员们负责进行整场排演。有一些队员和奥凯尔一样，负责在地板上移动兵棋的各个棋子。其他一些人负责移动 U 艇，其中最出色的队员，比如之前曾经隆重介绍过的波比・豪斯，则负责在整个游戏过程中指导那些男军官，通常，她会温柔却一针见血地提出建议，告诉他们究竟该在什么时候做出什么样的决策。

对于那些在帆布窥视孔后方扮演护卫舰指挥官的军官来说，这场游戏格外紧张。在帆布后面的海军少校需要仔细搜寻整片海面，然后向自己的上级指挥官报告；指挥官就坐在帆布后的一张绘图桌前，仿佛置身于舰船舰桥处的海图室。

除了要听手下的少校汇报关于敌军所在位置的情况，这些高阶军官还会从被分配到手下的“鹧鸪”那里不断获得新的信息——主要是在模仿潜艇探测器操作员可能抓取到的一波又一波数据信息。

“在这里曾经发射过闪光弹，”“鹧鸪”会这样告诉指挥官，“那里能听到爆炸声。”

她也许还会做出更多解释，比如另一艘舰船曾试着用无
线电联系本舰，另外一艘驱逐舰开火攻击，但并没有看到交
战激起的水花，诸如此类。基于这些信息，指挥官必须快速
做出决策，根据他对其他护卫舰的行动的理解，部署本舰
下一步的行动。随后，这些海军军官会在一张正方形小纸
片——也就是所谓的便条——上写下自己给出的指示。他们
也许会选择调整自己舰船的航速或者航行方向，投掷闪光弹 163
或者深水炸弹——所有在海上实战中能够实现的决策任凭他
们挑选。写着指示的便条被放进一个小盒子里，会有年轻的
“鹧鸪”按时前来收取，将这些指示转达给她的队友，那些
队友再根据指示将相应的兵棋棋子在假想的大西洋海面上移
动。她们跪在地板上，用铅笔小心翼翼地划掉每一个已完成
的指令。

在旁边的一个房间里，伯纳德·雷纳和其他女子服务队队员负责收集信息，破解密码，破译电报，然后再将这些信息在帆布后的海军军官之间来回传递。所有的信息会被转达

给每一位海军军官，所以他们面对的是如潮水一般涌入的海量信息，而他们必须立马做出决策。为了充分模拟海战现场的混乱状况，罗伯茨和女子服务队队员还会在游戏过程中插入一些始料不及的插曲：比如，一架飞机在海平线附近发现一艘独自航行的货轮突然着起火来。[2]在这种情况下，一名“鹪鹩”会小心翼翼地穿过地板，在那艘舰船模型周围摆上一些灰色的棉絮，用来表示船上冒出的浓烟。与此同时，另一名“鹪鹩”可能会建议她的舰长派一艘护卫舰赶赴现场调查，并打捞可能存在的幸存者。

两次行动之间那两分钟的时间间隔所带来的压力就好比在海上与U艇交战时感受到的压力，所有海军军官不知不觉间都会沉浸其中，不再把满地的粉笔线和木头模型仅仅当作游戏中的棋子，而是把它们当作那些真正的舰船、夜巡和爆炸。可以说，这种游戏十分奇异，刚好介于现实与虚幻中间。在这片“油毡海”上，不会真的有人缺胳膊断腿或者丢掉性命；但这个游戏也并不完全抽象，并不像《大富翁》那样，基于房地产业设计但又与房地产的行业规则完全不同。那些参与战术小组设计的兵棋游戏的海军军官，大部分都是几天前才刚刚从海上返回基地，再过几天马上又要重返大海执行任务，对于他们来说，这个游戏有种令人不安的特质。在这块棋盘上做出的决策反映的是一名指挥官当下的战术思路，如果他的舰船在游戏中覆灭，他需要意识到，在海上作战时遇到同样的情况，他会做出同样的决策，而这个决策很有可能会让他葬身大海。

“你在这里犯下错误，就不会在海上重蹈覆辙。”罗伯茨 164
很喜欢说这句话，他也是在委婉地暗示这些军官，这个兵棋游戏是在努力保护玩家，让他们避免真的在海上遇到此种规模的危机。因为罗伯茨的这种设计令人身临其境，那些在游戏中没能成功驱逐U艇，甚至直接被击沉的舰船的指挥官离开战术小组指挥中心的时候，也会觉得自己经历了一场残酷的试炼。如此一来，德比之家和大西洋战场之间的精神纽带变得坚不可摧。

“我们在海上击毁那些U艇，”某场兵棋游戏的一名观摩人员这样写道，“但真正的死刑是在数千英里以外的这个‘巡回法庭’，在默西河畔这个曾经被奴隶主用来当地牢、装满冤魂的老建筑里宣判的。”[3]

每一期培训都是周一开始，周六结束，* 自1942年2月的第一周，到1945年7月的最后一周，中间一次都没有中断过。每一期培训最多可以安排50名军官参加，培训包括四种游戏场景，其中天气状况、能见度、具体时间、船只大小、航行速度和商船船队的出发点等细节各不相同。

---

* 根据罗伯茨的记录，每周日，战术小组都会接到命令，给来访的美国军官进行游戏演示。每局游戏耗时长，也消磨人的精力，至少有一名“鹪鹩”琼·邓肯因为劳累过度引发的疾病而辞去这份工作。

最后，游戏结束时，所有的海军军官会从帆布后面走出来，和“鹪鹩”们一起围坐在房间里。接着，罗伯茨会拿起一根十英尺长的木棍，对刚刚结束的这场海战做点评，就像专业的体育评论员做赛后点评一样，他会将海战中的每一步依次拆解、分析。他会让大家留意那些急中生智的精彩瞬间、发生灾难的瞬间和每一场兵棋游戏的关键转折点。对于罗伯茨而言，赛后总结是这项工作中最令人愉悦的时刻。他格外珍惜这个机会，想要创造出一幅幅比从海战中返回的军官所写的报告更加生动、引人入胜的战斗画面。

“我们听着他的讲解，他每次都能让最困难的局面变得易
165 于理解。”海军中将吉尔伯特·斯蒂芬森爵士如此评价罗伯茨在这方面的天分，“罗伯茨非常理解数以百计的海军军官在面对海战中经常出现的突发状况时必须快速做出决策时的困难程度，他教他们如何应对这些始料不及的情况，直到这些指挥官做好面对任何局面的准备。”

尽管“非常缺乏军人体魄”，但罗伯茨“取长补短”，用斯蒂芬森爵士的话讲，“用自己的激情和对这份工作的痴迷弥补了先天的劣势”。[4]这些海军军官初到战术小组指挥室的时候满心疑虑，并不确定接下来的一周里自己能否有所收获，但一周之后，他们离开的时候，每个人都变成了热情高涨的信徒。罗伯茨认为，他自己，还有那些“鹪鹩”，扮演着至关重要的角色。他们不仅要在这些军官再次出海之前教会他们这些新的

战术，还要让这些男人重新变得自信满满、英勇无畏。

“至关重要的是……这里的工作人员必须一直满怀热情，这样才能将那种激情和活力，以及满满的自信传递给那些即将出海的将士。”他在战术小组的年度总结报告中这样写道。[5]关于战术小组的美言迅速散播开来，这在当时算得上是一个令人振奋的好消息了，毕竟用时任第一海务大臣海军上将达德利·庞德爵士的话说，英国在海上战场面临严峻的危机，极有可能输掉海战，甚至整场大战。*

1942 年 4 月 18 日，舰队总司令、海军最资深的上将达德利·庞德爵士给珀西·诺贝尔爵士写了一封信，询问罗伯茨和女子服务队的进展。一周之后，几周前还深深怀疑罗伯茨及其游戏理念的诺贝尔爵士写了一封鼓舞人心的回信。

“这个小组成立两个半月了，”他写道，“目前是极具价值的存在。”[6]

仅仅又过了十周，诺贝尔就通知庞德，已经有数以百计的护卫舰舰长参加了罗伯茨的培训课。其中包括两名活动在印度洋战场上的皇家海军军官（他们在完成培训之后就重返印度洋海域，指挥自己手下的班戈级护卫舰实践培训课程中学到的经验），以及两名挪威海军军官和一名美国海军军官。

---

* “如果我们输掉海战，我们就输掉了整场战争。”1942 年 2 月 10 日，在大西洋战役委员会第三十次会议的开场致辞中，庞德爵士如是说。

诺贝尔爵士在信中还写道："我希望能够制定一条规矩，让尽可能多的……隶属西部海域反潜司令部指挥的护卫舰指挥
166 官来德比之家接受为期一周的培训，然后返回他们的舰船。"

西部海域反潜司令部总司令对从旁协助罗伯茨的十名女子服务队队员，包括德雷克、豪斯、莱德劳和威尔士四名军官和另外六名水兵（奥凯尔就在其中），表示尤为赞赏。诺贝尔爵士是这样向庞德描述她们的："她们的行为令人惊艳，非常擅长针对不同的舰船开展研究，在处理手头的任务时，也能够遵循常规行事。"

尽管如此，那些需要接受女子服务队队员提出的建议的海军军官实战经验丰富，他们并不太欢迎这种专业的服务。通常情况下，这些男人很讨厌由别人告诉他们该怎么做，特别是由一群刚从学校走出来的黄毛丫头，不管这些女孩多么温柔，她们大多数人在和平年代都没有坐船出过海，更别提眼下的战争年代了。1942 年，某次兵棋游戏中，鲍勃·惠尼——曾担任皇家海军驱逐舰"流浪者"号舰长，在任期间击沉了三艘 U 艇——把写好指令的便条递给女子服务队队员朱迪·杜·维维耶，一个被指派到他手下的"格外机灵的女孩"。

"不，长官，"看到惠尼选择做出的决策，她说，"我觉得您不应该这么做。"[7]

"我的天啊，"后来，惠尼回忆自己当时面对她"礼貌却坚定"的要求时内心的真实想法，"关于战争决策，这个小女

孩又能知道些什么呢？”

由于杜·维维耶当时的语气格外自信老练，惠尼还是选择听她好好给自己解释了一番。他满脸震惊，因为这名“鹪鹩”做出了令人信服的详细解释。他从没想到，自己这个身经百战的舰长竟然会被一个涉世未深的小姑娘指导，自己竟要跟她学习与U艇作战的种种细节。对于罗伯茨而言，这种交流也证明了他长久以来坚持的一个观点：只要经过精心设计，兵棋游戏足以让业余爱好者变成专业人士，为“游戏玩家”灌输一些重要的，甚至可以救人一命的作战经验。

厄斯本上将也给第一海务大臣写信汇报过“树莓”战术（针对夜间U艇在商船船队内部发动的袭击进行的防守与反攻）和“醋栗”战术（针对日间袭击进行的防守与反攻）。[8] 在同一封信里，厄斯本也明确表达了自己对沃尔克的“金凤花”战术的态度。

“西部海域反潜司令部面对的首要问题之一……就是研究出能够取代‘金凤花’战术的新战术。”他这样写道，随后简要总结了罗伯茨设计出的两种能替代沃尔克充满缺陷的战术的新策略。

厄斯本解释说，战术小组研究出的两种崭新的应对战术 167
已经被纳入最新一版的《西部海域商船船队行动指南》，这本书算得上是护卫舰军官的“圣经”，书中描述了出海护卫商船船队期间可能遇到的各种场景，并提出了最佳的行动建议。

随后，厄斯本强烈表态，希望尽快找到合适的方式，让这些护卫舰的军官都能接受相关战术培训。他给出的一条建议是让罗伯茨和他手下的女子服务队队员带着所有必需的设备乘船前往伦敦德里郡，在那里停留一个月，这样就能更好地指导那些正在操练手下士兵，准备前往大西洋北部海域作战的海军军官。厄斯本在信中写道，这个计划的“优势在于，美国护卫舰队的将士也可以亲临现场，观摩游戏演练，如此一来，只要他们想，就可以直接采用相同的战术”。厄斯本希望在这样的执行过程中，美国军方“也会受到鼓舞，成立一个类似的战术小组”。

“树莓”战术的实用性又一次得到了证实，罗伯茨收到命令，要前往伦敦，向厄斯本报告有关情况。在伦敦，厄斯本给他放了一段两名德国战俘聊天的录音，这两个人在牢里等候审讯时悄悄低语，被英方偷偷拿录音机录了下来。其中一名战俘是U艇上的艇员，另外一名则是在埃及担任坦克指挥官的时候被捕的。当时，U艇艇员正在向狱友描述一次针对盟军商船船队发动的袭击，他用德语讲了一句话，“随后任何人都不能乱动，不能动也不能发出任何声响”。

罗伯茨一遍又一遍地回放着这句话。

“这句话到底是什么意思？”他在日记里这样写道。这些艇员总不可能在逃离海面战场的时候还需要保持如此静默吧。

“哦，不会吧！”罗伯茨又写道，此时任何感叹号都无法充分体现他心中的喜悦，“这应该是在U艇刚刚发射完鱼雷，潜入深水之后的事，接下来U艇就会从商船船队的尾端偷偷浮出水面。U艇下沉到很深的地方，又一直保持静默，这样就不会被我们的潜艇探测器发现：正好证明了‘树莓’战术的正确性！”

在返回利物浦之前，罗伯茨去见了广播员理查德·迪布拜，后者正在为一部迪士尼出品的电影录制评论节目。* 罗伯茨和迪布拜对战术小组研究出来的战术进行了讨论，迪布拜
提出了一个画龙点睛的好点子，他建议罗伯茨把“树莓”战 168
术画出来，把演示图制作成一本活页册子，这样一来，那些接受培训的军官就能提前对所要学习的战术有大概的了解了。

等罗伯茨回到利物浦，他马上下令设计并印发这样的手册。手册里不仅演示了“树莓”战术，还展示了战术小组研究出来的所有搜寻和行动指南。** 那些参加过培训的海军军官

---

* 理查德·迪布拜的儿子、同为广播员的乔纳森完全不晓得有这样一档节目，不过罗伯茨在日记中记录了这件事。“乔纳森告诉我：‘也许他当时有制作这档节目的意向并与他人进行了讨论，但据我所知，最后并没有做出这样一档节目。’”

** 在弗雷德·厄斯本的回忆录里，他提到，“树莓”战术和战术小组的其他行动指南都是由约翰·“杰克”·布鲁姆上尉绘制的，他此前担任一艘潜艇的艇长。布鲁姆在战后很快成为一名知名的卡通画家，但在战时一直在德比之家担任珀西·诺贝尔爵士手下的参谋，确实有可能是他给活页册子配的图。早些年，在罗伯茨还是皇家海军“无畏”号的舰长时，罗伯茨就给他画过画像，所以这两个人很早就认识了。但据布鲁姆的孙子安德鲁所言，布鲁姆留下来的老宅里没有任何与战术小组工作相关的插画。

经常会偷偷带走这些指示性很强的小册子，把它们随身带到海上。

（战术小组丢失的不仅仅是这些小册子，他们不得不在这些接受培训的军官宿舍门口贴上纸条抗议。纸条上写着：“我们这里很难搞到那些软芯的铅笔，软橡皮比红宝石还要稀缺。请不要让我们的这些宝贝插翅飞走。”[9]）

战术小组研究出来的战术，一旦在兵棋游戏中被证实有效，马上就会被记录并添加到《西部海域商船船队行动指南》里。

没过多久，那些从培训学校结业后重返海上战场的毕业军官开始将作战报告源源不断地反馈给战术小组。这些报告证实，如同罗伯茨和女子服务队队员们期望的那样，“树莓”战术和其他新研究出来的战术都十分有效。比如，培训课程开始六个月后，关于 1942 年 8 月 22 日发生的 NS.122 号商船船队护卫战，护卫舰上的高级军官是这样评价的：“‘树莓’战术如同行云流水一般运作，晚上不管什么时候，只要听到‘呔嚯’的声响，我只需要检查一下坐标方位，就能知道在哪个地方又开始了对 U 艇的围捕。”[10]

与此同时，罗伯茨身上的担子也越来越重，几乎令他无法承受。除了需要教课，为兵棋游戏设计新的场景，在游戏
169 版图上测试新战术是否有效，罗伯茨还要和来到这里的一波

又一波护卫舰军官会面，听取他们的作战报告。在无数个夜晚，他还要在德比之家的指挥室连轴工作，现在，作战图上的标记代表的不再是理论上应该存在的舰船，而是由有血有肉的舰员组成、真实存在的舰船。

尽管如此，这项工作还是令人亢奋，特别是在1942年夏天，战术小组的努力初见成效，护卫舰队击沉U艇的数量是前一个月的四倍，[11]并且这种不断增长的趋势基本持续到了当年年底。

当时在伦敦，海军和空军之间发生了内部纷争，海军落败，所以这种战术上的改进来得很及时，某种程度上也弥补了海军的损失。海军部和空军部的争论焦点在于到底该怎样部署远程轰炸机。1941年12月，在沃尔克舰长领导的HG.76号商船船队自卫战中，一架远程轰炸机在驱散U艇组成的“狼群”时扮演了关键角色。因此，沃尔克正式提出，飞机在护卫商船船队的任务中“绝对是无价的资产”。在收到沃尔克的报告后，海军部多次提出要求，希望得到轰炸机，对商船船队进行空中支持（第一海务大臣达德利·庞德爵士一度请求获得2 000架轰炸机[12]）。空军部对此要求多次拒绝。

空军部这样做的部分原因在于丘吉尔，他很早就表示自己坚信通向胜利的唯一“确定路径”就是“发动大批量的轰炸机……对纳粹本土进行一场绝对惨绝人寰、令一切都灰飞烟灭的攻击”。[13]因为知道自己就算拒绝了海军部的要求，也会得到首相本人的支持，时任空军总参谋长查尔斯·波特尔写道：“任何时候都没有充分理由把它们（英国皇家空军轰炸机）调配到投入与产出不成正比的防御岗位上。特别是在我们马上就要发动轰炸机反击战的时候……我们即将用这些轰炸机对德国本土发动猛烈的精准打击。”[14]

此时，庞德爵士脑部已经长了一个恶性肿瘤，这是导致他在 1943 年离开人世的罪魁祸首。他身体疲惫，总是开着开着会就睡着了，因此，面对空军部这种似是而非的说辞和令人怒火中烧的自大态度，他没有办法进行有力的反驳。1942 年 5 月，庞德又一次提出要求——这一次“万分火急”，还获
170 得了资深上将福布斯、坎宁安和托维的支持——希望增加飞机数量，“确保对我方而言至关重要的海上交通能够得到应有的护卫”。庞德在信里写道，大西洋海域的 U 艇攻势“十分严峻”，他必须做出相应的姿态，哪怕“不得不采取最极端的方式——辞职——来表态”。[15]但是，他提出的这些诉求又一次被回绝了。尽管丘吉尔本人与海军有很深的渊源，也坚信事关英国存亡的关键就在于商船船队能否平安通航，但在当时，这位首相完全为轰炸机部队总司令、空军上将亚瑟·哈里斯所倾倒。哈里斯在公关方面极有天赋，用更时髦一点的话说，他懂得如何吸引聚光灯。1942 年 5 月 30 日，他派出一队轰炸机前去袭击科隆，而之所以出动 1 000 架轰炸机，

并不是出于什么战略上的考虑，仅仅是为了用这个数字在报纸的头版头条吸引大众，充分满足他们的想象力。

哈里斯用一种庞德难以企及的方式抓住了丘吉尔的注意力，他还经常绕开繁杂的协议规定，私底下为轰炸机部队提出一些与海军意愿相悖的诉求。1942年秋天发生的一件事，让空军的政治优势很明显地摆在了桌面上。当时海军的首席作战研究专家帕特里克·布莱克特教授是一位著名的科学家，后来还获得了诺贝尔物理学奖，他提交了一份关于当前局势的数据对比分析报告。分析报告结果力排一切争议，证明只需要200架远程轰炸机，就可以对大西洋战场做出足以扭转战局的贡献。除此之外，从宏观上来看，在海战中使用飞机要比像现在这样用飞机轰炸德国城市具有更深远的意义和影响。

尽管有如此详尽的数据分析，但布莱克特后来回忆，他当时还是费尽九牛二虎之力，“才让对方相信自己的这些数据没错”。截至1943年1月，空军部只调来了一支轰炸机中队，即12架轰炸机，来支援商船船队的护航任务。后来，丘吉尔身边的军事总参谋总结说，首相本人“对于轰炸德国本土这件事的痴迷”导致“海军方面极度缺少远程轰炸机的支援”，这是“可以对战争总指挥部提出的唯一有理有据的批评”。[16]所有要在海上战场上奋战的人都没有忘记这些事。商船船队的指挥官彼得·格雷顿（后来成为战术小组最优秀的学员之一）说过："海军和空军在实战战场上的配合实在是糟得要命，而这一切的根源就在于白厅那些高级军官之间愚蠢的争吵。"

171 尽管轰炸机没有到位，但战术小组的工作还是获得了其他方面的支援。有人发明了一种专供舰船使用的高频测向仪（HF/DF），水兵们给这种设备取了个绰号"哈夫-达夫"。两艘装备了这种测向仪的舰船协同工作，可以探测到U艇给其他U艇或者U艇总部发送的无线电高频讯号，从而对该艘U艇的位置进行三角定位。* 另外还有一件事，在1942年9月之后，《西部海域商船船队行动指南》这本分发给所有英国护卫舰军官的、写满了战术小组研发的各种战术和作战讯号的"圣经"，也开始在加拿大和美国的舰队中传播开来，此时这本书有了一个新的名字——《大西洋商船船队行动指南》。这本书的普及保证了盟军不同的商船船队之间能够使用相同的反潜作战讯号，而在此之前，英军总是对美军发出的"僵尸来袭"讯号感到迷惑不解，正如美军也搞不清楚英军发出的"菠萝"讯号到底代表什么。[17]

最后，还有新发明的"刺猬弹"，这种反潜炸弹通常安装在舰艏的甲板上，可以朝着舰船正前方发射出一连串迫击炮，直接射向疑似U艇潜伏的位置。"刺猬弹"这个名字源于这

* "哈夫-达夫"在战争中最先被应用于一些沿海的海军基地。

种炸弹的外观：20 枚迫击炮被紧紧绑在一起，几乎与甲板垂直，看起来就好像刺猬的一簇尖刺。“刺猬弹”抛射出去后不需要等导火索引爆，一旦接触目标物，它就会爆炸。引入这种炸弹的时机刚好，彼时 U 艇的艇长们才刚刚适应并学会如何躲避定时爆炸的深水炸弹。由于 U 艇船体厚度有所增加，能够承受水下 600 英尺的压力，U 艇艇长已经习惯了用听音器监听头顶上方舰船的动静和深水炸弹的落水声，在那之后他会下令立马开足马力，在下潜过程中突然大幅转向。这样，在深水炸弹还在下落的过程中，U 艇已消失在远处。“刺猬弹”保证炸弹能够抛射到舰船前方，此时 U 艇还在潜艇探测器可以探测到的范围内行动，也还无法转向下潜，这样就保证了更高的命中率。[18]

在研发出“树莓”战术之后的几个月里，罗伯茨和女子服务队的队员们根据从作战报告里搜集到的信息，研究出了更多其他的战术部署，以此来应对同样变化无穷的“狼群” 172
战术。这些战术主要是安排这些护卫舰分成不同的组别和队形，协同搜寻并追捕潜伏的 U 艇。人们用水果和蔬菜给它们取了很多令人印象深刻的名称，有“菠萝”战术、“醋栗”战术、“草莓”战术、“洋蓟”战术等，还有将最早的“树莓”战术改进之后形成的“半树莓”战术。这些新的战术让护卫舰化被动为主动，能够在 U 艇发动袭击之前率先对它们发动追捕，而不是像“树莓”战术那样，只能在遭受袭击后进行反击。还有些战术，比如“雨伞”战术，针对的是需要与德国海上突击舰作战——这种突击舰由商船改造而成，船上装备了火力强大的枪炮——而非与U艇作战的情况。

繁重的工作很快就让罗伯茨不堪重负。唐纳德·麦金泰尔，即活捉克雷齐默尔的那位，回忆起当时的罗伯茨，只记得他“身体一直不好”，而且“一直忍受着身体上的痛楚”。[19]这位上校的体重跌到了112磅。1942年秋末，本就已经沉重不堪的工作负荷进一步加大，罗伯茨和“鹪鹩”们得知，他们那位坚定的支持者珀西·诺贝尔爵士即将离开德比之家。这位西部海域反潜司令部总司令即将被调到华盛顿，与美国海军部共事，去帮助美国的商船船队抵御U艇的袭击。这对他们而言是个沉重打击：德比之家的所有人都爱戴诺贝尔爵士，他的离开意味着战术小组失去了一个强大的盟友。罗伯茨和他手下的团队听到继任者的名字之后更加沮丧了：接替诺贝尔爵士的是大名鼎鼎的马克斯·霍顿，一名因在第一次世界大战中表现突出而声名显赫的王牌潜艇指挥官，而让他出名的同时还有他那直来直去的性格和暴躁易怒的脾气。

为了送别诺贝尔爵士，也为了迎接他的继任者霍顿上将，国王和王后计划访问德比之家。1942年11月17日，这对皇家夫妇抵达德比之家。陪同他们造访的是女子服务队的主管薇拉·劳顿·马修斯，这也是她第一次来到这个地方。

刚刚抵达目的地，马修斯就向一名海军军官发问，想要知道她的“鹧鸪”们有没有很好地完成这里的工作任务。

“怎么说呢，”他回复道，“考虑到大部分的工作都是由她们完成的，我想应该是完成得很好吧。”[20]

出乎罗伯茨的意料，他得知国王和王后在访问德比之家期间居然会来探访他们的战术小组。不仅如此，他们还要求观摩一次兵棋游戏演示。国王视察那天早上，女子服务队的队员们，用罗伯茨的话说，“像小鸟一样叽叽喳喳说个不停”。[21]

尽管压力很大，但女子服务队的队员们还是在棋盘上完 173
美地演示了采用“树莓”战术的交战过程，罗伯茨则和往常一样，通过戏剧化的演说将一个个作战画面描绘得栩栩如生。

演示结束之后，国王认出罗伯茨就是两年前那个圣诞夜他在伦敦地铁站月台上遇到的军官之一，便主动走过来问话。他询问了罗伯茨的健康状况，警告罗伯茨现在的样子已经过于消瘦。[22]最后，乔治六世指了指摆满了各种游戏模型的地面，这块潦草的纸上战场。

他身子微微前倾，说道：“这里，就是大西洋战场的制胜关键。”

第三部分

正是要靠着这些小小的舰船和孤独无援的战斗机，去抵抗两个最为狡猾的敌人，一个是U艇，另一个是莫测无常的大海。

——吉尔伯特·罗伯茨上校

第十三章　大象已经登陆

晚春一个暖风和煦的夜晚，约翰·兰姆和十来名英国 177
海军军官跌跌撞撞地走进纽约一栋条件还不错的公寓楼。

他们避开门卫犀利的目光，你推我搡地挤进电梯，摇摇晃晃地升向这座位于公园大道上的公寓楼的顶层。兰姆之前是英国皇家海军“瓦诺克”号——沃尔克舰长手下的一艘驱逐舰，此前一直在参加群体围剿 U 艇的搜捕行动，这艘船已经服役很多年了，船上甚至还有短剑一类的兵器[1]——上的一名上尉，1942 年 5 月初，他抵达曼哈顿。3 000 英里以外，战术小组进入了成立以后第四个月的工作。

这名 25 岁的军官热情高涨。此前数个月他都在海上漂泊，每天唯一能确定的事只有残酷的战争暴行。由于他现在服役的那艘英国皇家海军“格拉斯哥”号正在布鲁克林的船坞接受修整，过去的几周里，他参加了数不清的舞会和宴席，还有机会和纽约上流社会的内行人士们结交。[*]因为谁也不知道舰船修整到底要多久，这些舰员就这样投身于这座急于迎接他们、对他们做出的贡献表示由衷感激的大都市，并毫不吝啬地花光了身上的每一分钱。

在纽约期间，兰姆住在巴比松广场酒店——这家装饰派艺术酒店位于第六大道和第59街交叉口的西南角，数十年后摇身一变，成为特朗普公园所有的一栋独立公寓。最开始的时候，这座颇为时髦的建筑的屋顶是用小小的玻璃砖搭起来
178 的，白天在阳光的照射下闪闪发光，到了晚上，玻璃屋顶又像棱镜一样将灯光反射到夜空。等到美国在第二次世界大战中的表现逐渐吸引德国轰炸机的注意，这些玻璃砖就被取了下来，以配合整座城市实施的伦敦式的全城灯火管制。尽管可以住在这样奢华的酒店里，兰姆的津贴却很有限，也就是说，他付不起在酒店餐厅吃饭的费用，也没法付小费给酒店的服务生，他和其他的军官伙伴只能在楼下的便利店里买东西吃。不过这些都没什么关系。身处异国他乡的那种新鲜感还没有消退，即便是最普通的日常也充满了新奇的发现，他们的眼睛还顾不上去细细分辨这些代表不同阶级的细节。况且，从来就不缺少愿意和英国人一起共进晚餐的美国人。

---

* 英国皇家海军“格拉斯哥”号在地中海被两枚鱼雷击中后，到新加坡做了整修，但很快人们就发现，它需要进一步整修。

“我们所到的每一处，都洋溢着奇妙无比的友好气氛。”兰姆在日记中这样回忆这段往事，“我们去的所有酒吧和咖啡店，几乎都不给我们自行买单的机会。”[2]

对于那些身处内陆的美国人而言，战争不过是离他们很遥远、令人毫无兴趣的地区冲突。但对纽约人来说，并不是这么一回事。战争刚刚爆发的时候，就有超过95 000名德国人和奥地利裔犹太人移民到美国，其中大部分人留在了纽约，也向这里的人们讲述了自己的经历，讲述纳粹是如何威胁到人们的自由与生命安全的。[3]1940年夏天，法国被攻陷，落入德国人的魔爪，U艇的巡航范围扩展到整个大西洋。接下来的数月，越来越多的美国商船因为不够在意，没有采用英国商船船队的防御体系，葬身在德国潜艇的鱼雷袭击中。尽管如此，罗斯福总统还是对参战一事保持缄默。1941年12月7日，珍珠港遭到偷袭，3 500名美国军人伤亡，18艘舰船被击沉或击毁搁浅，美国这才对日本正式宣战。随后，1941年12月11日，希特勒正式向美国宣战。

1942年1月14日，距兰姆抵达纽约还有四个月，大西洋之战的战火蔓延到了纽约的海岸线。由莱因哈德·哈德根艇长指挥的U–123号潜艇，仅凭一幅航海图和一本标注了曼哈顿岛周边水湾和港口的地图册，就驶入了纽约商船最常用的安布罗斯海峡，成为第一批抵达此岸的U艇。刚过凌晨1点，U–123号潜艇上的瞭望兵就发现，在离码头大约2.5

英里的地方，出现移动的光点。当U艇发射鱼雷，击中那艘插着巴拿马国旗的油轮“诺尼斯”号时，一股火苗腾空而起，如同摩天大楼一般直冲云霄。

179 “诺尼斯”号几乎全军覆没，只有两个幸存者赶在第二枚鱼雷将油轮彻底葬入大海前逃了出来，其中一个是一条小狗。这条狗的主人保罗·约格森成功把它送到一条在旁边等待接应的救生船上，但这只可怜的小动物颤抖得太厉害，约格森觉得它应该没办法活下去了。“所以，我对它说了声‘再见’，”他后来这样回忆道，“然后在甲板上敲碎了它的后脑壳。”[4]

第二天，U艇潜行至离纽约城更近的地方，发射鱼雷袭击了一艘英国油轮“科英布拉”号。这次交战离海岸特别近，以至于住在汉普顿的居民纷纷向当局报告地平线上出现的团团烟火。两天后，《纽约时报》头版头条确认了这次袭击事件，并引用了美国海军部的警告，表示“U艇给东部沿海地区造成的威胁”已经“越来越严峻”。[5]在接下来的四个月里，U-123号潜艇和其他几艘U艇令美国东海岸笼罩在恐怖的阴影中，而它们一路横行，几乎没有遭遇任何反击。美国海军还没有做好准备抵御邓尼茨所谓的“鼓点行动”。等到1942年5月6日，兰姆所属的军舰抵达纽约港的自由女神像脚下时，纽约人已经坚定不移地投身到这场曾经以为很遥远的欧陆战事中了。

在出发前往纽约之前，兰姆和其他舰员一直在中国南海一带奔忙，没有时间返回战术小组参加培训课程。对他们来说，“树莓”战术只是一套写在纸上的行动指南。因为没有亲自参加过兵棋游戏演习，也没有接受过培训，不知道在护卫商船船队时该如何与其他护卫舰高效合作，此时，这些舰员还不能立马运用利物浦方面研究出来的最新战术。他们所属的皇家海军“格拉斯哥”号上一道又一道的伤痕也证明了这群舰员的稚嫩与青涩。因此，能够无限期延长在异国大陆的逗留时间，暂时从反击 U 艇这种混乱又危险的事务中脱离出来，对他们来说是种莫大的解脱。

后来，兰姆是这样回忆的：“（我们）受到了来自各方的欢迎，首先是美国海军部，然后是码头工作人员，最后，岸上的各种组织机构和那些不知名的热心市民都热烈欢迎我们，这让我们抵达这座传奇般的城市后一直激动不已。”“格拉斯哥”号在船坞进行修整，他和其他舰员有充足的自由活动时间来体验这座与饱受轰炸的利物浦和伦敦隔了大半个地球的城市。同一个月，留守菲律宾的美军投降了，日军占领 180
了缅甸，而对兰姆和他的伙伴来说，他们仿佛还置身在和平时代。

英国海军出现在纽约，这对英美双方都大有裨益。U 艇一直在长岛附近徘徊，这些军人的出现让美国人民感到安心。对于城市里很多单身的年轻女士而言，突然到来的这些年轻男子也拓宽了她们的约会范围，带来了几分异域风情。在纽约的白船旗俱乐部、英语联合会和其他类似组织里，这些男子被介绍给各类人群，很多人都被一些热情的家庭收留了下来。

兰姆收到了来自各个家庭、未婚少女、教会成员和许多纽约人的邀请，约他共进午餐、下午茶或者晚餐。他去拜访的第一个女主人请他吃下午茶，特意拿出银质茶具招待。在递给兰姆一块当作茶点的甜饼之后，她请他来为大家泡茶，因为在英国男人面前，她觉得自己“能力不足”，无法胜任这份工作。只在船上泡过大杯浓可可的兰姆只得连蒙带骗地混过整个泡茶仪式。这名年轻的海军上尉参加第二场聚会时带了一名同事。两名上了年纪的女士穿着丝绸睡衣在家门口迎接他们，在招呼两人进屋后，她们说自己的丈夫都在太平洋海域服役，用兰姆的话说，“她们给人的感觉就好像已经做好准备，愿意做出任何牺牲”。兰姆在日记里写到，他和他的朋友赶紧找了个借口，飞快地“逃走了”。

还有一次，在白船旗俱乐部，兰姆和一名年轻美丽的纽约女子攀谈。这名女子告诉他自己叫珍妮特，并邀请他去她的父母家共进晚餐。她还建议吃完晚饭之后可以一起去参加舞会。收到突如其来的邀请，加上不必像在英国一样担心参加舞会需要注意的各种道德约束，兰姆欣然答应。

“你家住几楼？”两个人站在纽约东区第69街的一栋高

楼前，兰姆开口发问。珍妮特指了指他们面前的整座大楼，微笑起来。原来，兰姆今晚的约会对象的全名为珍妮特·沃森，她是国际商用机器公司（IBM）创始人、百万富翁托马斯·沃森的千金。

“爸爸通常不允许我们在家喝酒，”珍妮特一边说着，一边递给兰姆一杯雪利酒，“但他觉得英国皇家海军的军官需要来上一杯。”

在接下来的六周里，沃森一家将兰姆带进自己的生活圈子里，把他介绍给纽约社交圈里的名流。兰姆把珍妮特当作 181
自己的女朋友，但因为他不知道自己能在这座城市待多久，也不知道走了以后还能不能回来，所以他们一直保持距离，仅仅维持着一种社交关系。

但其他一些英国人在美国期间建立起了更为亲密的关系。根据兰姆的回忆，潜艇部队的一名上尉和他上岸后第一晚在夜总会认识的女子同居了。他白天工作，她晚上工作，二人的工作时间一直凑不到一起，兰姆记得每天早上举行升旗仪式的时候，那名上尉站在皇家海军护卫兵面前，总是一副睡眼惺忪的样子。

对于兰姆而言，那年春天，他被一场又一场宴会席卷，迷失在那份快活里。他发现纽约的许多管家和酒保都是英国侨民，他们经常给他调制一些“特饮”，比如双份甚至三份的马天尼、得其利和其他老式特调。每当珍妮特向她的朋友或者其他客人介绍自己的新任男友时，她都会说：“接下来，上尉先生，也许你可以与我们分享一下英国人是怎么看待这件事的……”这时，不管有多么酩酊大醉，兰姆都会重新振作，高度集中注意力，小心挑选词汇，来为他的女王和国家代言。

那年春天，在兰姆有机会造访公园大道的那座公寓楼之前，他在纽约的一个单身朋友让他召集一群英国海军军官一起出来喝酒。当兰姆和他的同僚们乘电梯来到顶层套房，按响门铃时，他以为这个夜晚不会有多特别。

房门打开，房间里的温暖气息和明亮灯光倾泻到走廊里，兰姆好像进入了梦中才会有的场景，这里给人的感觉既像天堂般圣洁，又充满了恶魔的气息。站在男主人身后的是排成一个方阵的高挑清秀的女子，他后来回忆时说，眼前仿佛是一幅“美女群像”。[6]他当时并不知道，这些女孩都是“鲍尔斯女孩”，由约翰·罗伯特·鲍尔斯创办的世界第一家模特经纪公司选派的模特。在女子身后的一张宽大沙发上，坐着她们的监护人，《时尚》杂志的主编康泰·纳仕。*这两群人的家庭背景和人生阅历可以说是跨山隔海，但此时此刻，他们互相打了招呼，接下来的整晚都在和彼此闲聊。最后，军官们跟男主人告别，离开了这座大楼。

“我们当中没有人再和她们约会过，”兰姆后来回忆道，

---

* 四个月后，康泰·纳仕因心脏病突发去世。

“我们完全不在同一个档次上，我们是这样想的——至少从财 182
力上说就不在同一个水平。”

就像梦里又做了一个美梦，那天晚上的奇妙经历，和世界上最知名杂志的总编以及他手下的模特共度的时光在回忆中渐渐变得模糊。夏天刚刚开始的时候，兰姆收到布鲁克林海军基地传来的消息，他所属的“格拉斯哥”号还要好几周甚至数月才能修好。没工夫让这些舰员一直干等着了，下一次有舰船出海的时候，他们必须随船一起出发。

“所有美好的事物必将终结。”他在日记中这样写道。[7]此时的兰姆不得不放弃家境富有的千金女友、毫无节制的畅饮和上流社会的宴会，迎接天气喜怒无常的大西洋和潜伏在海面下的那些“杀手”。

1942 年 11 月，罗伯茨还在德比之家的顶楼享受国王陛下给予他的肯定（用他自己的话说，“仿佛眼冒金星”[8]），刚刚上任西部海域反潜司令部总司令的马克斯·霍顿上将已然悄悄走到这位上校身旁，唇边还挂着一抹谜一样的微笑。

几个月前才刚刚在电话中针对德国鱼雷的射程给过罗伯茨解答的霍顿上将和开朗友好的珀西·诺贝尔爵士完全不是同一种人。诺贝尔爵士早年间曾经担任过巡洋舰的舰长，他为人随和，温文尔雅，备受下属爱戴，而且把每个手下的名字记在心里，用他的一名副官的话讲，处理一切事务时都不卑不亢、有条不紊。[9]尽管他们刚开始共事时彼此误会，造成了很多不愉快，但罗伯茨后来说起诺贝尔爵士时，称他为“一位伟大的外交家”，充满“巨大的个人魅力”。[10]

与诺贝尔爵士相反，霍顿身材矮小粗壮，具备一名优秀的潜艇部队作战人员应有的脾气和顽固的性格。西部海域反潜司令部的工作人员给他取了个绰号“大象”，意思是他有一种强大却生硬且毫无魅力的力量。霍顿每次喊德比之家的女兵时，都不喊名字，而是语气粗鲁地直接喊“鹪鹩”。他脸上的那种微笑——用罗伯茨的话说，“捉摸不定”——在德比之家的各个办公室里已是臭名昭著，没有人知道什么时候这丝笑意就会瞬间变成咆哮或埋怨。

根据他的一名手下的说法，他“冷酷无情”，不仅对待下属如此，而且他与德国人作战的思路攻击性极强。1942 年，
183 对犹太人进行的大屠杀还没有彻底铺开，也没有充分展现在世人面前，但霍顿已掌握了足够多的信息，知道纳粹是如何对待犹太人的了。因为他母亲一族就有犹太人的血脉，所以他不光是凭借头脑作战，还在为自己的血亲而战。霍顿给自己设立了一套古怪的工作日程，他早上很晚才起床，整个下午都在玩高尔夫球，吃完晚饭之后就去打桥牌，直到 23 点 30 分左右才抵达办公室，而这也刚好是 U 艇艇长们最喜欢发动夜袭的时间。他总是穿着破破烂烂的睡衣来上班，手里还端着一大杯大麦茶，随时准备在巨幅的作战图前指挥商船船

队战斗。

但不管怎样，他和他那位文质彬彬的前任有一点是相同的，就是对蹲在他新接手的这个司令部顶楼的那群杂牌“兵棋游戏玩家”的能力表示质疑。

“你觉得你对我的这些手下应该尽到怎样的责任？”国王和王后离开房间之后，霍顿质问罗伯茨，语气中充满嘲讽，显然已经忘了几个月前他们还在电话里交流过。这个时候，战术小组对海军军官的培训已经开展了九个多月了，但很显然，他们的工作所取得的成效并没有传到新任司令官的耳朵里。听到这个问题，罗伯茨不禁怒目圆瞪。

“我是战术小组的组长，”他回复道，“如果您还想了解更多情况，我建议您抽空来亲眼看看我们都做了些什么。”[11]

“当然，我会来的。”霍顿答道，语气很不客气。

下周一，霍顿出现在战术小组指挥室门口，准备好要参加培训，不过不是以“监考人”的身份，而是作为培训班的一名普通学生。随着培训的开展，这两个男人之间的那层寒冰渐渐消弭。正如罗伯茨之前保证过的那样，通过一场场兵棋游戏，霍顿既能亲眼看到，也能亲身体验到战术小组的工作具有多么大的价值。罗伯茨手下这群女子服务队队员的操作越来越专业，而罗伯茨本人作为整场兵棋游戏的指导员，也越来越自信。

“虽然只是一场兵棋游戏，”霍顿后来记录下自己内心发生的转变，“但随着游戏展开的培训一针见血。”那些游戏玩家在棋盘上犯下的“骇人失误”得以让他们预先做好准备，“让他们可以保持警惕，日后回到舰船进行指挥时也能更有自信”。在让霍顿刮目相看这方面，罗伯茨做得很好，毕竟这位司令官在德比之家开除或者调走了不少他觉得呆头呆脑、毫无作为的军官。

184 霍顿来德比之家的时候，已经有超过 30 名女子服务队队员在战术小组工作，她们具备的作战经验越来越丰富了。一周接着一周，她们通过数十个小时的虚拟作战，不断积累经验，在战术研究的最前线不断测试并完善各种反潜战术。

“这些女孩在商船船队作战方面积累了大量的战术经验，她们完全可以挽救那些饱经风霜的老水兵，让他们不要犯下足以摧毁整个商船船队模型的致命战术错误。”唐纳德·麦金泰尔曾这样写道。[12] 去年，他俘获了克雷齐默尔，现在，他已经是战术小组的常客，有时作为玩家参赛，有时待在一边当观察员。

通过在替代海上实战的兵棋游戏中积攒经验，最聪明也最勤奋的一批女子服务队队员——其中包括莱德劳和奥凯尔——不知不觉间跻身于整个大英帝国最令人生畏的 U 艇捕手的行列，尽管她们捕猎的 U 艇只是在油毡地板象征的海面上航行的小小木头模型。

霍顿刚来没多久，罗伯茨便忙于揭露沃尔克舰长在另一种战术中犯下的错误。沃尔克舰长将这种战术命名为“阿尔法”，要求舰船按“之”字形开展搜寻，目的是击沉所谓的“前哨U艇”，他猜测这艘U艇一方面负责跟踪商船船队，另一方面负责引导“狼群”中的其他U艇迅速就位。罗伯茨已经用兵棋游戏测试过沃尔克舰长这种战术的有效性，“它看起来不是很有逻辑性”。[13] 罗伯茨向霍顿上将报告了自己的疑虑。

“行啊，”霍顿说，“你会做得比他好，对吧？”

在接下来的数日里，罗伯茨和莱德劳开始研究一种可以用来替代的战术，其中一项策略是充分利用U艇艇长天生的那种谨慎心理，诱使其为了躲避有可能朝自己所在方位驶来的护卫舰而下令让潜艇快速下潜。听到护卫舰从头顶经过，只要确信对方没有发现自己，U艇就会潜行至一个被认为更为安全的位置。兵棋游戏和实战经历都表明，这一次的转向速度很慢，目的是在尽可能保留电动发动机能量的同时，行至与商船船队平行的地方。而此前经过它们的英国护卫舰已经在尽快赶往这个预测出的目标位置，并用商船螺旋桨发出的巨大轰鸣声来掩盖自己的行踪。这样做主要是考虑到，那些U艇一旦意识到自己没有成为攻击目标，就会把注意力放回对商船船队发动偷袭这件事上，而不会特别留意它们的敌人到底转向何方。

经过一次又一次的微调、重演、再微调，这两个人对最 185

终的成果非常满意，他们给这种战术取名为“贝塔搜寻”，主要是因为U艇发出的电报总是以摩尔斯电码中的“B”（即希腊字母贝塔）打头。罗伯茨邀请霍顿来战术小组，不仅是为了让他听取最新的战术计划，更想让他作为第一批外来者体验并测试这套战术的有效性。

霍顿到访之前，罗伯茨喊来珍妮特·奥凯尔和吉恩·莱德劳，告诉她们一件令她们感到沮丧的事，她们这次要扮演总司令的对手。莱德劳将在旁边的一个小房间里工作，把自己的建议转达给奥凯尔；奥凯尔将在指挥室扮演护卫舰舰长，在霍顿看不到的地方，也就是帆布隔间里进行指挥。罗伯茨让一名阅历尚浅的女子服务队初级队员来担任如此重要的角色，这引发了一些争议，但他这样做也是因为奥凯尔曾多次表现出对U艇战术的通透解读。[14]他很确信，对于霍顿上将而言，她将会是一个不容小觑的对手。两名“鹪鹩”围坐在莱德劳的办公室里，桌子上摆满了写着“贝塔搜寻”战术行动指南的纸片，她们会根据这些指示不断调整自己的作战计划。[15]

珍妮特·奥凯尔透过帆布上的窥视孔向外张望，此刻的她比平时更像女学生了，就好像是负责在教室窗口望风的那个学生，提醒还在互相抛粉笔打闹的同学们，愤怒的老师已经在路上了。站在房间的另一边，仔细研究油毡地板上排成一队队的小木船的，正是时年59岁的霍顿上将，现今最负盛名的英国潜艇司令。与他截然相反，20 岁的奥凯尔从来没有登上过真正的潜艇。事实上，她甚至从来没有出过海。

霍顿来到战术小组，罗伯茨问他是否愿意扮演 U 艇艇长，而非盟军护卫舰的舰长。这个建议非常聪明。如此一来，“贝塔搜寻”战术——以及战术小组和兵棋游戏——的有效性就可以得到不容置喙的证明，毕竟它击败的是整个英国声望最高、战果最显赫的潜艇司令。尽管德比之家的工作人员都畏惧霍顿，但没人质疑他在指挥潜艇作战方面的非凡能力。一次又一次，他在真正的实战作战图上预测出 U 艇下一步将要采取的行动，展示了能够挽救船队于水火的预知能力。

奥凯尔看着这位将军，眼神坚定不移。她的目标很简单： 186
击沉霍顿手下的 U 艇——尽管她看不到随时对着她手下的护卫舰射击的 U 艇的位置。奥凯尔站在帆布隔间里，在莱德劳的帮助下，指挥着她的护卫舰进行了一轮又一轮的操作，完美地执行了“贝塔搜寻”战术。霍顿一共尝试了五次，试图避开奥凯尔的护卫舰队，但每一次，奥凯尔和莱德劳都成功击沉了他的 U 艇。* 在 U 艇第五次被击沉后，每次失败后都更加躁动不安的霍顿上将终于爆发了。

“你们什么都能看见，我不能，”他大吼道，“你们能操

---

* 霍顿在自传中简短地提及了这场兵棋游戏，根据他的说法，他们这两组人一共玩了三轮游戏，而非五轮。

控这场游戏，对不对？”[16]

罗伯茨愤愤不平地解释，不，这场游戏并没有被人为操控。但霍顿还是哼哼唧唧，坚持问究竟是谁站在帆布后面，让他的U艇一次又一次葬身大海。让他难以置信的是，一名年轻女子从帆布后面走了出来。这位王牌潜艇司令居然被一名刚刚迈出校门，从来没有踏足护卫舰，更没有见识过真实战场的女子击败了！更惊人的是，这名女子甚至不是正式军官。

最后，罗伯茨带着痛苦万分的霍顿走进女子服务队队员办公室，三等军官莱德劳正坐在一张桌子后面，面前摆着一堆她本人手写出来的“贝塔搜寻”战术行动指南。莱德劳和奥凯尔交换了一个心领神会的微笑，那一刻，霍顿上将沮丧的心情瞬间被对“鹪鹩”的仰慕之情取代了。

在接下来的几个月里，利物浦的培训基地越做越大，而战术小组始终处于核心地位。由于女子服务队在战术小组进行的兵棋游戏中表现极为高效出色，后来需要新增培训基地并扩充游戏模拟场景时，海军部指派了一名年轻女子前去监督并指挥所有前期筹备工作。

1942 年夏末，玛丽·夏洛特·普尔来到利物浦，她被上级选中，要在这里的反潜学校成立一个新的战术小组分部。普尔生于 1921 年圣诞节，她是个聪慧异常的年轻女子，由于战争爆发，不得不拒绝了一份来自剑桥大学的聘书。她 20 岁就加入了女子服务队，1941 年 12 月，她被分配到多佛城堡的地下工事，在那里担任讯号接收员。有一次，丘吉尔到访海军部的值班室，他问普尔，当德国的跨海峡大炮轰炸多佛时，她是否感到害怕。 187

“我简直不敢相信居然是这个男人在问我问题，”她后来回忆道，“我站在他面前，忍不住大笑着说：‘天哪，先生，当然不会了！’因为在首相先生本人面前放声大笑，我给自己惹了不小的麻烦，但那确实是我发自内心的笑声。我们的脑袋里从来就没想过恐惧这件事，一切都只是工作的一部分。我们没有任何畏惧，可以说对此没有任何情绪反应。”[17]

结束军官培训之后，普尔动身前往利物浦。刚来到这里，她就被带到了距德比之家几百米远的格拉德斯通码头上一座空荡荡的巨大仓库里。有人告诉普尔，这个飞机棚就是她的新学校所在地。罗伯茨上校邀请普尔来自己的学校，这时的普尔对反潜战争一无所知，之所以接下这个职务纯粹是因为她觉得“能在这么多轮船中间工作是件很有趣的事”。[18] 她将成为参加战术培训课程的第一位女士——不是担任助教，而是真真正正作为学生进行学习。

一个周一的早上，普尔来到战术小组总部，她比别的学生来得迟了一些。当她走进主战术研究室，首先映入眼帘的就是 49 名海军军官，其中有海军中尉、上尉，几名少校和一些从护卫舰上撤下来的伤病员——军方要求他们在疗养期间参加培训课程，他们围坐在兵棋棋盘周围，罗伯茨站在由椅子围成的圆圈的正中央。仿佛是收到什么暗号，所有的男人都礼貌地站起身来。

“我不知道自己在哪里，也不知道自己应该干些什么，”普尔后来回忆道，“但我确实学到了很多。他们教授课程的方式简直非同寻常。”

等完成了培训课，普尔才知道她要接手的那所分校也要负责教授护卫舰的指挥官如何有效躲避德国潜艇的鱼雷袭击。盟军方面曾经捞到过一枚未爆炸的鱼雷并进行了拆解。*通过
188 这个过程，盟军发现，德国鱼雷在发射的时候必须维持在一定的角度范围内，不然就会偏离目标。所以，理论上来说是有可能躲开一枚已经发射出来的鱼雷的，只要被瞄准的目标能够完成一个复杂的“之”字形路线。

为了教会这些男人如何执行这些退避行动，普尔获得了一个巨大的模拟器，在格拉德斯通码头的这个仓库里，建起了一个几乎一比一还原的舰桥。它被安置在一个类似于跷跷板的结构上，因此可以模拟海上波涛翻涌的场景。普尔会和护卫舰上的指挥官、掌旗的副官以及领航员一起进行游戏，

---

* 普尔并没有记录这枚鱼雷的型号，但考虑到她抵达利物浦的时间，这应该是一枚线导鱼雷。

毕竟这些人本身就一同在海上作战。

“这些人（玩家们）一开始到处闲逛，无所事事，但紧接着，潜艇探测器就会探测到鱼雷，”普尔回忆当时的场景，“大家立马各就各位，激烈的战事即将开始。”

警报信号会通过一对大喇叭放出来，事先录好的潜艇探测器“发现目标”的播报声也会在这个时候播出，暗示来袭鱼雷的发射角度。军官们将会利用这个巨大的模拟器来执行一系列的退避操作。如果他们没能成功逃离或者避开鱼雷，普尔手下的15名工作人员之一就会拉响一种能发出刺耳巨响的烟火装置。* 他们还会打开一种烟雾胶囊，来模拟鱼雷直接击中船体后那种令人头晕目眩的感觉。当警报响起，地板倾斜，在极端的情况下，甚至用肉眼就能看出地板向下陷了几英尺。

“现场的情景就是那么真实。”后来，普尔这样点评道。

和罗伯茨一样，普尔也设计出一系列不同的模拟作战场景——总共设计了八种，每一种都持续45分钟，船上的这些军官通常会反复演习这些场景。和战术小组当初一样，普尔开展兵棋游戏培训这件事也很快传播开来。没过多久，大部分通过利物浦返航的护卫舰军官都会来她这里参加培训，包括那些航空母舰上的军官，到了1944年2月末，皇

---

* 普尔手下的助教中至少有十人是来自女子服务队的“水兵”。

家海军乔治五世国王级战列舰上的高级军官也来参加了三期培训课。但和战术小组那边不一样，普尔的这个分校一直没有得到一个正式的身份。把一名女士分配到如此重要的岗位是史无前例的事，对于劳顿·马修斯而言，这是她在争取让军队放开一点，给女性更多机会的过程中取得的一场重要胜利。后来，用劳顿·马修斯的话说，普尔和很
189 多女子服务队队员一样，“从很基础的岗位做起，但逐渐培养起连她们自己都不曾察觉的实力和领导能力”。[19]普尔扮演了至关重要的角色，她主导的这项工作也很关键，但如果没有罗伯茨这样一位男性军官身处整个项目的核心位置并为整个战术小组的未来而奋战，那普尔所贡献的一切可能很快就会被遗忘。

“我们待在码头尽头的这座巨大建筑里，”她后来回忆说，“所有人都知道我们在这儿，但我们从来没有得到过正式的命名。”

在培训基地的其他角落，那些负责设定计时器并投掷深水炸弹的男人在不停地进行训练，直到他们能够以 15 秒为间隔不间断地投掷炸弹。这样的效率拿到海上实战中，往往就是击中 U 艇的关键。负责操作潜艇探测器的小分队在人工制作的模拟器上练习搜捕虚拟 U 艇。在普尔的鱼雷躲避训练台隔壁，格拉德斯通码头的一个小屋里，通信兵正在学习如何使用一种新型的密码机。据俘获了克雷齐默尔的唐纳德·麦

金泰尔所言，这个“与世隔绝、令人心情愉悦”的小屋由一名“极其迷人的女子服务队队员”管理，他手下的那些年轻军官“学习进展……出乎意料地缓慢”，总是需要“上很多节课才能掌握操作新机器所需的复杂技术”。

利物浦成了一个培训中心，数以百计的军官和小分队在这里演练或者完善他们在抗击 U 艇这项事业中所扮演的各种角色，小到如何从船上往水里投掷一桶桶炸药，大到在战术小组学习那些需要站在窥视孔后面才能领略的战术。

罗伯茨也迫不及待想要进一步开发自己的潜能。

“你只有让那些精疲力竭的人叹为观止，才算是真正完成了这件事……这是我最关心也最想要实现的目标。”罗伯茨后来这样说，“如果你能让他们热情洋溢，他们就会一直把游戏玩下去，一直战斗，直到实现最佳结果。”[20]

为了进一步提高自己的沟通能力，罗伯茨转而寻求当时最受欢迎的喜剧明星汤米 · 汉德里的帮助，汤米是利物浦人，后来红到全国闻名，每周四 20 点 30 分，上百万英国人围坐在收音机前，听汉德里的广播节目《又是那个男人》。《又是那个男人》——后来人们直接用它的缩写 ITMA 来表示——给全国人民带来了只有喜剧才能带来的那种心理安慰，在一个越发令人难以承受的严酷世界里，它就好像一片滑稽好笑的心灵绿洲。有了 ITMA，一个已经习惯共同悲伤的国度终于有机会再次一同大笑，这档节目很快就打破纪录，成为听 190

众最多的广播节目，并且将这个纪录一直保持到现在。*

这个节目之所以吸引人，有一个很重要的原因是汉德里擅长想象出一些充满喜剧性的角色。他会将一些老生常谈的东西进一步夸大，再用一些流行语来画龙点睛。和现在的表情包一样，当时他创造的笑点很快就会在大街小巷、工厂和商店里流行开来。“下颏带”上校这个角色，在汉德里去世多年后出现在《傻瓜秀》的舞台上，这是个酒鬼军官，总是用一种“我喝了也没人介意”的态度牛饮威士忌。莫普太太是个风骚的用人（《百货店奇遇记》里斯洛科姆太太的前身），永远都在问别人：“我可以和你做一场吗，先生？”“一般般”先生总是会摇摆不定（“我这就走——我回来了！”），弗里斯比则说着一口甜得发腻的利物浦口音的英语。汉德里最大的功绩——至少在战时可以这样说——是创造出了间谍房弗这个角色，这名外国间谍总是徒劳地把玻璃杯罩在自己的嘴巴上，伪装出一种低沉含糊的声音，以此来瞒过自己正向上峰汇报的事实。

就是在《又是那个男人》风头正盛的时候，曾在第一次世界大战中加入英国皇家海军航空队并在防空气球分部服役

---

* 《又是那个男人》是《傻瓜秀》的前身，《傻瓜秀》是《那就是那一周的事》的前身，《那就是那一周的事》又是《巨蟒剧团之飞翔的马戏团》的前身。直到今天，还可以在英国喜剧一路走来的历史中看到 ITMA 的影子，以及汉德里在观众心中的重要程度。

的汉德里收到罗伯茨上校的来信。罗伯茨想要知道汉德里是如何抓住上百万人的心的，他该借鉴汉德里的哪些技巧，来激励那些来到战术小组培训班时已被战争折磨得身心俱疲的军官。

尽管不符合各种规矩，但二人还是找机会见了面。罗伯茨邀请汉德里周日的时候来战术小组的秘密基地做客，向他解释了自己目前遇到的困难，作为一个“只能坐在椅子上表演的人”，该如何才能吸引台下那些疲惫不堪的学生的注意力，毕竟他们已经在大西洋上多次往返，疲于奔命，急需休息和放松。汉德里给罗伯茨拿了好几件可以用双手摆布的“小道具”。“他尤为擅长指导我怎么和学员交流并充分激发他们的兴趣。”罗伯茨后来回忆时这样说。[21] 喜剧演员将这些人生命中因为战争而承受的焦虑和悲伤转换为一出出喜剧，他们在舞台上尽情演绎，满怀希望，坚信他们所展示的一切经历都能让人与之共情。虽然罗伯茨不是在广播里面讲笑话， 191
也不是在喝得醉醺醺的观众面前表演，但他和汉德里所扮演的角色有共通之处：要在想象力的最深处挖掘出能够让观众聚精会神的场景。事实证明，汉德里的建议十分有效。加拿大的一名海军军官 A. F. C. 莱亚德后来在评价战术小组主管的时候，称他“是一个非常好的演说家，讲话充满戏剧性，而且，他理所当然地要让你知道最近在北大西洋能击退那么多U艇，其中 75% 都是他的功劳。而他说的很可能就是事实”。[22]

到1942年底，每个月有多达200名海军军官参加兵棋游戏培训。霍顿不是唯一一个从这里毕业的“大腕儿”。其中还有臭名昭著的戴维·“土豆”·琼斯，1937年，西班牙内战期间，这名来自威尔士的上校试图把大量枪支埋在一堆堆土豆下面，将其偷运到西班牙的毕尔巴鄂港，此举差点将整个英国皇家海军卷入混战之中；还有彼得·斯科特，女子服务队的一名队员记得这名自然派画家在所有的航海图上画满了鸭子；[23]还有年轻的菲利普·蒙巴顿，也就是伊丽莎白二世未来的夫君。

风度翩翩的蒙巴顿来德比之家参加培训，给战术小组的许多“鹪鹩”带来了“无尽的欢乐”——这是某个组员的原话。[24]很明显，他也很享受在这里度过的时光，他不仅完成了培训课程，在等待自己的舰船修整完毕的几周里，他还成了罗伯茨的助手。*由记者转行为随船外科医生的尼古拉斯·蒙萨拉特也来到了这里，他曾目睹不受压制的U艇究竟有多么大的杀伤力，更不用说曾经有那么多的女子服务队队员和“阿吉拉”号一起葬身大海。这位作家一直难忘他在培

---

* 菲利普亲王一直和罗伯茨保持联系，在听到他的死讯时，还给罗伯茨的妻子寄了一封手写信，表示深切的慰问。但在本书创作期间，亲王回复说自己已经不能准确记起在战术小组发生过什么具体事件了。

训班的这段经历。在1951年写成的小说《沧海无情》中，蒙萨拉特安排他虚构出来的一位舰长——埃里克森指挥官——参加了“指挥官战术培训班”，这段情节很显然是根据战术小组的培训课程创作的。蒙萨拉特详细描述了在一间空荡荡房 192
间的地板上进行的一场用模型演绎的“商船游戏”：

> U艇四面来袭，商船船队的护卫舰需要迅速研究出反击战术，像在真正的海战中那样将各种行动付诸实践。一位令人敬畏的皇家海军上校担任总指挥，多名耐心的女子服务队队员站在四周，负责移动舰船模型，传达最新收到的“信号”，有的时候还会谨慎地对下一步行动提出建议。看起来很不公平，她们就好像全知全能一样。

到1942年末，共有36名女子服务队军官和“水兵”在战术小组工作。这么多年轻单身男女在这样一个轻松的环境里工作，不可避免地诞生了许多浪漫的萌芽。

那一年，弗莱德·奥斯本——女子服务队首位主管南希的兄弟、唐纳德·麦金泰尔手下护卫舰队中皇家海军“龙胆”号的一名海军上校——也参加了战术小组的培训，他很快注意到了丽兹·德雷克，一名曾经帮助创办培训学校的“鹪鹩”。次年，弗雷德重返战术小组，要在这里当八个月的老师，这一对佳人很快订了婚。很快就有许多人像这样订了婚，后来，许多女子服务队的队员都去参加彼此的婚礼，偶尔还会担任重要角色，比如珍妮特·奥凯尔就去当了朵丽丝·劳福德的伴娘。

在参加兵棋游戏培训期间，彼得·格雷顿——驱逐舰“金刚狼”号上的一名少校，和沃尔克、麦金泰尔一并成为战时最知名的U艇捕手——为朱迪·杜·维维耶所倾倒，鲍勃·惠尼评价这名曾经在兵棋游戏中纠正了他的错误的年轻女子服务队队员时，说她是一个“格外博学聪慧的女孩”。在对她一见钟情之后，格雷顿——后来在决定大西洋局势的关键对抗“雀鸟与群狼的对决”中担任主角之一——主动邀请杜·维维耶外出约会，特拉法尔加日（即1942年10月21日）那天，二人在利物浦的一家餐厅正式约会。

在那之后没多久，杜·维维耶和德比之家的一名女子服务队军官发生了冲突，并因为在一次会面活动中晚了几分钟，
193 被“降级”为“普通队员”（杜·维维耶坚信这种重罚完全是因为自己和格雷顿的恋爱关系招来了他人的妒忌[25]）。让格雷顿感到沮丧的是，杜·维维耶很快被调到伦敦德里郡的战术小组分部，这是个独立出去的小组，但会按照战术小组的培训模式开展其他培训课程。在那里，和在罗伯茨手下工作时一样，杜·维维耶负责协助另外一名女子服务队军官和两名“水兵”，为参加培训的军官设计商船船队海战模拟场景。

威廉·图利-霍金斯是一名相貌英俊的轻型巡洋舰舰

长，1943年10月，他加入战术小组，成为罗伯茨最珍爱的一名同事（在日记中，罗伯茨每次提到他时都会称他是“我那忠诚不渝的图利-霍金斯”）。图利-霍金斯已经结婚，有一个年幼的小儿子，但他爱上了培训学校的“鹪鹩”伊丽莎白·“邦趣”·哈克尼，不久后，他为了和她在一起抛弃了妻子，闹出了不小的丑闻。

战争及其带给许多年轻女子的那种意料之外的自由，创造出一种锅炉房里才会有的气氛，恋情在这里沸腾。女子服务队的队员们和她们所吸引的那些年轻单身军官一样，也意识到自己正是待嫁的好年纪，于是在选择制服的时候总喜欢选大一两码的，然后带到城里的裁缝店，这样才能够——用德比之家负责更新作战图的“鹪鹩”玛丽·卡莱尔的话说——把衣服“裁剪得更加修身”。[26]很多女子服务队的队员会兴高采烈地在军帽上系上蝴蝶结。军帽上绣着她们基地的代号，皇家海军“幼鹰”号，但“幼鹰”（Eaglet）中的字母“t”出于字体的原因几乎被完全遮挡住，所以读起来就变成了“鹰”（Eagle），让“鹪鹩”们觉得队名更加时髦了。水兵都很擅长打结，霍尔这样解释说，“在德比之家，每个人都能找到一个乐于帮助自己的水兵朋友”。

这些同在一个屋檐下工作——对很多人来说，都是第一次有这样和异性共处的机会——的男女之间复杂的社交关系可以通过女子服务队队员之间流传的一则故事体现出来。故事主角是一群和海军航空兵共事的女子服务队队员，以及一名剑鱼式双翼鱼雷轰炸机的飞行员。

这名飞行员刚刚结束飞行任务，操作飞机降落地面。女子服务队的队员们走到他身旁，他却拒绝走下飞机，还命令这些女队员回屋子里去。他一直等到女队员们彻底走远，才在同僚的协助下走下飞机。

“我的天啊，伙计，”那名同僚大喊，“你中弹了！”

“那还真是谢天谢地，”飞行员回复说，“我还以为自己拉在裤子里了呢。”[27]

194 蒙萨拉特曾经写道，在大海上，水兵们谈吐淫秽不雅这件事早已众所周知（他解释说，“水兵们之间的对话风格并不会让人觉得他们会对应当予以尊重的女性恭恭敬敬”）。[28]但到了岸上，这位作家上尉表示，所有那些“发射我的鱼雷”和“各种不雅的粗俗玩笑”烟消云散。特别是当一名水兵不得不和一名女子单独对话的时候，蒙萨拉特认为，这种情形能够完全改变一个男人，让他转变成“充满敬意、全神贯注聆听对方的典范”。只有和自己的那群兄弟在一起的时候，一名水兵才会“失去把女人当作正常人类对待的那种勇气和初衷”。蒙萨拉特还注意到水兵们对女子服务队队员的“特别青睐”，他们“不是把她们当作猎物，而是当作自己的战友，所以她们需要被保护起来，不被外来人士所侵害”。

并不是所有的男人都这么有骑士风度。在被提拔为女子服务队队员之前当过一段时间司机的精力充沛的南希·斯班曾记下一起意外事件，当时两名候补军官突然摸了她的屁股。斯班的第一反应就是把他们两个人的脑袋重重地撞在一起，用力之猛，让他们跑到负责照顾病号的士官那里告状去了。这件事并没有什么下文，但直到战争结束，斯班没有再受到任何骚扰。

帕米拉·贝茨是布莱切利公园的一名译电员，她记得有些英国水兵重返陆地时“对性相当饥渴”，他们期待会有张开的双臂和温暖的床铺欢迎他们，因为根据之前得到的消息，“美国大兵搞定了英国所有的单身女孩”。[29] 第一批到达利物浦的女子服务队队员之一玛丽·卡莱尔一来到这里就得到旁人的建议，“一定要提防那些晴天里拿着雨衣来和你攀谈的水兵，他们一定没安好心”。*[30]

水兵们到岸上休假时，由于暂时远离了恐怖的大西洋，他们总是会开怀畅饮。玛丽·普尔开展潜艇探测器模拟训练的格拉德斯通码头是那些甲板上的水兵最喜欢光顾的地方之一。到了晚上，这里唯一的光亮来自停泊在码头的轮船上的舷灯，水兵们跌跌撞撞地穿过一道小门，再穿过一道厚厚的黑色布帘，就走进了热气腾腾、喧嚣沸腾的舰队俱乐部。这

---

* 水兵手里之所以拿雨衣，可能是打算把雨衣当作临时帐篷，让两个人能够躺在里面。

个长长的木头棚子里一头摆着食物台，另一头则是一个吧台。俱乐部的工作人员是一些女性志愿者。每天晚上，这里人山
195 人海，用一名通信兵的话说，“各种噪声、污浊的空气、沙丁鱼三明治以及不可或缺的啤酒，所有这些加在一起，组成了一个令人放松的避风港，我们得以暂时忘却自己遇到的各种烦恼”。[31]

在这样的酒吧里，他们一醉就是数个小时，接着，有些男人开始寻找其他亲密接触的方式来摆脱自己的烦恼，这种情况下，有的时候就会发生性质更加恶劣的性骚扰行为。

贝茨记得她和她的女友经常被水兵抓住胳膊，水兵会问“去救护车后面吗？”，暗指他在附近找到了一个可以快速打一炮的地方。警方的报告中虽然很少出现强奸控诉，可一旦出现，总能反映出当时在两性问题上对女性的那种惩罚性的恶劣态度。一名女子服务队队员记得，有一回，她的一名年轻、“涉世未深”的同事答应由一名水兵送她回家——她曾经和这个人在韦茅斯港皇家海军“蚱蜢”号举办的宴会上跳过舞。[32] 二人走在路上，男人突然探身过来索吻，她予以回应。“然后他就强奸了她。”她回忆道。第二天早晨，受害者向警方报告了这起强奸事件，水兵被起诉，但法官判决他无罪，因为受害者自己也有责任，毕竟她接受了那个吻，某种程度上鼓励了水兵接下来的行为。

劳顿·马修斯坚决反对给水兵们派发避孕套——尽管供

应有限，有时也没什么效果，但一名当护士的修女说，“每次办舞会之前需求量都很大”。劳顿·马修斯的政治观点一向激进，但她坚信分发避孕套这种行为“让大家觉得女人们已经预知有可能发生（道德水准）最低下的事情，并提前做好了准备”。[33]

尽管如此，每当有女子服务队的队员“极不明智地投入爱情”——劳顿·马修斯总是极其委婉地表述这种情况——那些更高阶的女子服务队军官还是会为了她们的手下挺身而出，努力争取，确保所有的责骂不会落到这个年轻女孩身上，毕竟论年龄和资历，这些女孩都处于劣势。有时，某个海军军官的妻子会给女子服务队的负责人打电话，抱怨说有年轻的“水兵”和她的丈夫不清不楚地纠缠在一起，她会得到自己意想不到的回复，“如果我是那个女孩的父亲，我会用马鞭狠狠地抽您丈夫一顿”。[34]

当时女同性恋是绝对的禁忌，所以官方的报告里从来没有提过女子服务队内部可能出现的浪漫爱情故事。劳顿·马修斯的服役记录里没有任何关于同性恋的记录；南希·斯班的自传里也没有任何相关内容，尽管她后来成为一名著名的 196
播音员，喜欢同性这件事也变得众所周知。关于同性恋的一些非官方的逸事倒是有所流传。

诺玛·迪林曾是布莱切利公园的一名译电员，2010 年，她回忆起当年的往事。[35]“当时有一起关于两个女同性恋者的事件。人们发现两个女孩躺在同一张床上睡觉，她们很快就被分开了，其中一人被派到了别的基地，在那个年代这种惩罚已经是相当严重的了。”吉恩·莱德劳从20世纪60年代起就公开和自己的女伴同居了，不过，即便她是在战术小组工作期间发现了自己与众不同的性取向，她当时也没有任何作为，不知道究竟是为了遵循当时的社会道德观（同性恋是不道德的行为），还是为了避免被抓现行后被迫调离岗位的风险。

罗伯茨对他手下的很多“鹪鹩”都是一副父亲的姿态。

“好多次，我都听到他斥责那些常驻资深军官，因为他觉得自己手下的某个‘小女孩’收到了不公正的恐吓。”为罗伯茨写悼词并在追悼会上致辞的乔治·菲利普斯这样回忆道。[36]除了频繁地（看起来并没有什么不良动机）带战术小组的年轻女队员外出晚餐，[37]他还常在私下里给她们写很多表示鼓励的纸条。

罗伯茨格外关照琼·邓肯，她是一名在战术小组成立之初就加入队伍的瘦弱女子。邓肯的父亲是利物浦最成功的鱼贩子之一，负责给邮轮提供从冰岛进口的鲜鱼。邓肯是战术小组最年轻的“鹪鹩”之一，战争爆发那年，她才刚满15岁，她的父母正在马恩岛北海岸一带度假，把她留在了拉姆齐的一名医生的家里。在那里，她学会了速记；她参加红十字会举办的演讲课，并在山上采集治疗骨折用的夹板所需要的泥炭藓。在回到利物浦之前，她还给医院编织病人穿的袜子和戴的巴拉克拉法帽。回到利物浦之后，她得了风疹，好几周都只能躺在家里由库房改造的防空地下室里。邓肯希望能加入女子服务队，之前，她还参加了福克斯小姐创办的女子秘书学校，选修了秘书课程，后来她专门回学校去取毕业证。

17 岁那年，邓肯申请加入女子服务队，但因为体重太轻
没有达标，两次被拒之门外。邓肯坚定不移，想尽办法加入 197
部队，于是她和她的母亲计划在第三次报名时作弊。邓肯的叔祖父是一名船长，有一次返航休假，带回家一把沉甸甸的暹罗银块。邓肯的母亲把这些银块缝进女儿的外套里。到了体检的时候，邓肯小心翼翼地踏上体重秤，多亏那些藏在衣服里的银块，她的体重终于超过了最低标准。

刚来战术小组的时候，有一天邓肯把厚厚的一摞书，也就是《西部海域商船船队行动指南》掉在了地板上。她蹲下身，准备收拾起散落一地的书，一个男人突然出现在她身边，帮起忙来。令她震惊的是，这个男人正是菲利普·蒙巴顿，邓肯和其他女子服务队的普通队员都接到指令，任何情况下都不能同这个男人交谈。

“我忙不迭地谢他，这样一来几乎打破了所有的规矩，我还差一点又一次把书掉在地上。”邓肯在日记中这样写道。

邓肯急于贡献自己的力量，但她的热情在于表演艺术而非

军事方面。她小时候是个腼腆又敏感的孩子，在她三岁那年，医生曾建议她的父母送她去学舞蹈，以此提高她的自信。一开始，邓肯“坐在母亲身旁，蜷缩成一团”，其他的孩子“在房间里来回跳跃，迈着华尔兹和波尔卡舞的轻快步伐”。[38] 终于，她离开母亲身边，加入舞动的行列中，也因此展现她在舞蹈方面的超强天赋。后来，她每晚都会去利物浦的希拉·埃利奥特·克拉克舞蹈与戏剧学院上课，12 岁那年，她在利物浦帝国剧院的一场歌唱大会上完成了自己的首场专业演出。

邓肯的这种艺术家气质，外加她自带的那种走猫步的模特才会有的神情，把她和德比之家的其他女性直接区分开来。她每次演出的时候，都会有男性观众在后台给她留纸条，请求单独见她一面；战争结束后，她成为专门为高档时装杂志工作的顶级模特，其中就包括《时尚芭莎》和康泰·纳仕的《时尚》。

大部分“鹪鹩”都表示，在女子服务队工作的这段时间里，自己的生命仿佛被注入新的活力，但邓肯和她们截然不同，她只觉得自己一直在苦苦挣扎。后来，她在日记里写道，自己“恨透了在女子服务队工作的每一分钟”。考虑到在这本日记的其他部分中，邓肯记下了很多暖心的回忆，这种说法也许有些夸张。罗伯茨，这位颇为精明的领导，劝服她加入了女
198 子服务队的戏剧社和合唱团。在那儿，和志同道合的人聚在一起，邓肯焕发了新的活力，她在本地专门出演保留剧目的剧院

里演戏和唱歌，BBC 的广播节目《海军杂谈》专门给她写了一首歌，她也因为这首歌而走上了演出事业的巅峰。

罗伯茨无数次观看邓肯的演出，也总是会给她写一些表示鼓励的小纸条，“对昨晚你在演出中非凡的表演，我们致以最诚挚的祝贺”。他经常会写下类似这样的鼓励，“演出场面绝对宏伟壮观，我们都非常享受观看的过程”。

不管邓肯对战术小组的其他队员怀有怎样的憎恶情绪，她对罗伯茨上校完全没有敌意。此后余生，他们二人一直保持联系，也算是一种超越了战争的感情关系。

约翰·兰姆也尝到了爱情的滋味。他从纽约安全返回后，被派到了南大西洋，参与“火炬行动”，也就是 1942 年 11 月盟军在法属北非殖民地发起的登陆战。等到那年年底他回到北大西洋执勤时，气候的巨大反差令他痛苦难忍。事态进一步恶化，在接下来很长的一段时间里，大西洋洋面的天气一直极为糟糕。[39]

数十艘轻型巡洋舰都遭受了相当程度的损害，商船船队总是被迫放慢速度，也因此增加了横跨大洋所需的时间。这些拖延又造成了其他间接影响：水兵们在新一轮巡航开始之前的休整时间变短了。尽管为了节约时间，利物浦港的那些码头工人也兼职做锅炉清理，但护卫舰的舰员们还要参加战术小组的战术培训课，所以每次重返岗位时都筋疲力尽。和在马路上开车是一个道理，在航行的舰船上，疲倦也是个无情的杀手。

兰姆现在所属的舰船是一艘崭新的驱逐舰，皇家海军“小羚羊”号。在服役多年的“瓦诺克”号和饱受摧残的“格拉斯哥”号之后，这艘航速迅猛的“小羚羊”号成为这名上尉乐于投怀的新家。但即便是这艘舰船，也没能抵挡得住1943年头几个月大西洋格外残暴的天气的凌虐，哪怕这艘驱逐舰的舰长是经验丰富的J. H. E. 麦克贝斯。据说此人很小的时候就从南非跑到大海上，在那之后凭借自己的努力一直升到了指挥层。

199 这艘舰船“很少有不随着海浪上下起伏、左右摇摆、来回晃动的时候”，兰姆这样回忆道。海水常灌入甲板上和船舱里，上层甲板“压根没法落脚”。有一次，他们在很靠北的地方实施突围，“小羚羊”号的索具和护栏都结了厚厚一层“像男人胳膊那么粗”的坚冰，舰船来回翻腾，每一次都是在差一点就要倾覆的时候才晃悠悠地找回平衡。海水常灌满甲板，有时甚至漫入下层驾驶台。后来，兰姆在回忆时表示，“这甚至比我们的敌人还要可怕”。[40]

但也不能因此小看敌军。德国稳定地生产出新的U型潜艇，不断壮大邓尼茨指挥的队伍，现在的“狼群”通常会由十艘以上装备精良、协同作战的U艇组成。1943年初，“小羚羊”号抵御了来自五艘U艇的联合袭击，其间只损失了45

艘商船中的一艘；[41]过了几周，这艘驱逐舰又协助击退了七艘U艇针对由57艘商船组成的HX.233号商船船队发动的袭击。在这之后没多久，天气再次发生变化，“小羚羊”号高速冲进波涛汹涌的大海时，船体结构遭到春分时节暴风雨的摧残，在“钢铁甲板”上裂开了一道横贯总长三分之一的裂痕——这段用钢筋加固的甲板刚好位于船体中部引擎室上方，下面就放置着两套四具装的鱼雷发射管。如果不及时修补，这种程度的损伤会造成整个船脊断裂，甚至就此了结这艘舰船。

1943年3月30日，“小羚羊”号脱离护卫舰队，返回伦敦德里郡，自此跌跌撞撞地绕过北爱尔兰的东北部海岸，驶向贝尔法斯特。[42]当信号旗宣布“小羚羊”号进港的时候，克里斯蒂安·奥尔德姆刚好在贝尔法斯特城堡值班，又恰好刚对作战图进行了更新。

她说：“我压根没注意这些，当时这不过是又一艘进港的舰船。”

随后，有电话打到女子服务队的办公室，邀请女子服务队的军官们在太阳下山之后到“小羚羊”号的军官室聚会。奥尔德姆从来不会拒绝此类邀请，她和其他六七名“鹪鹩”一起走到码头上，迈上舷梯，登上这艘饱经风霜的驱逐舰，而它也即将迎来一个新的未来。

第十四章　首屈一指

200 克里斯蒂安·奥尔德姆走进皇家海军“小羚羊”号的军官室，眼前是一幅对比鲜明的画面：一边是枪灰色的墙壁，上面凸起各种管道和齿轮；另一边是深色的真皮扶手椅和数名海军军官，其中一些人还打了领带。约翰·兰姆立马就对奥尔德姆产生了兴趣。他递给她一杯酒，随后，二人就窝在房间的一个角落里侃侃而谈，并且越发亲密，他们聊起迄今为止各自在这场战争中的经历，以及这一路走来所体验的各种激动人心的时刻或目睹的战争中的残暴恶行。[1] 时间、距离以及战争带来的日益增长的不确定性已经让兰姆对远在纽约的珍妮特·沃森小姐所怀抱的那种爱慕之情逐渐冷却。虽然并不知道他们还能有多少共处的时光，但他还是对奥尔德姆展开了不懈追求。

但奥尔德姆离开军官室的时候，内心充满了困惑：这里有一名适龄单身海军军官，明显对她很感兴趣，但在过去的几个月里，她一直在思念皇家海军“须鲸”号潜艇上的那位不可思议的舰长伦诺克斯·纳皮尔。

兰姆充满压迫性的追求是当时很多同他一般年纪的青年男子的典型行为。短暂的上岸休假时间让大家不得不把生活这件事压缩到短短几天内完成。蒙萨拉特后来说，因为一直生活在对葬身大海的无限恐惧中，所以每次上岸都有种难以遏制的冲动，“想要在再次出海航行之前把心中的这种恐惧告诉别人，毕竟我们都觉得自己总有一天会牺牲”。发展浪漫关系只是另一种让自己感受到羁绊的方式，不仅仅是与陆地产生羁绊，更是与生存这件事建立更紧密的联系。快马加鞭的订婚已经成为常态。

在接下来的几个日日夜夜，“小羚羊”号在岸边接受修整期间，二人开始了他们的约会。才过了不到十天，他们就订下了婚约。

“时间一点儿都没浪费。”兰姆在日记中这样写道。对战 201
时的许多青年男女而言，这句格言再熟悉不过了，毕竟时间短暂，形势急迫。[2]

奥尔德姆觉得发生这样的事对纳皮尔来说“有一点残忍”，她依然对他“满心好感”，只不过她也这样说服自己，“世事难料”。

“我并不是因为感受到压力才订下婚约，”她后来写道，“这件事自然而然就发生了。”

在贝尔法斯特城堡工作的其他“鹪鹩”听到她们的朋友订婚的消息，都欢欣雀跃，这也让她们得以从更新作战图的艰苦工作中暂时抽离出来，调整心情。用奥尔德姆的话讲，每天晚上，她们都被抛入那个“恐怖的竞技场”，尽管与真正的战场还隔了一段距离，“我们依然觉得自己已经与战场密不可分”。[3]

克里斯蒂安身边有三个最亲密的女友，她们给三人组合取了个名字，叫“女巫的监视”，她们给克里斯蒂安的未婚夫寄了一封推荐信，信上盖了一个“秘密”的印章。信里面写道：

> 我们认识她五个月了，发现她始终如一地诚实、清醒、善良且乐观。事实上，从没有人见她发过脾气，她也不是那种专横的人。早上的时候她总是平易近人，不过刚刚睡醒的那几分钟会有点迷糊。在过去的两周里，她多少有点疯狂的倾向，但除此之外，她是个非常正常、健康和阳光的人。

因为不知道“小羚羊”号什么时候能修好，也不知道兰姆什么时候就得随同驱逐舰返回大海，这对情侣决定办一场要求正式着装的订婚晚宴，要办成世界末日即将到来时才会有的那种规模。

在德国，高层方面出现了一些变化，卡尔·邓尼茨注定从此变化中受益。1942年12月30日，一艘位于北极圈内的U艇探测到一支从苏格兰高地的埃维港驶向苏联摩尔曼斯克港的商船船队。纳粹德国海军元帅雷德尔上将向希特勒报告，意在拦截并袭击这支商船船队。元首热情高涨地批准了此项计划，期待能就此打击俄国人的军队，因为此刻苏军正将德 202
国第六集团军围困在斯大林格勒，德军即将耗尽所有物资。

但这项被命名为“彩虹行动”的计划搞砸了。正当德军的两艘重型巡洋舰准备发动袭击时，突然不知道从哪里冒出两艘护卫舰，挡在了商船船队前方。负责本次行动的奥斯卡·库米茨上将收到上级的多次警告，一定不能把纳粹海军最宝贵的海上舰船置于危险境地，所以还没等发射一炮一弹，他就下令让所有舰船迅速撤退。令局面更糟的是，库米茨发回柏林的报告记录了这次撤退，却被雷德尔误解成是一次成功的征战。希特勒收到这条消息时，也错误地向他的新年客人宣布了一次不存在的胜利。

等令人倍感尴尬的真相浮出水面，希特勒立刻召见雷德尔，对这名海军大元帅进行了90分钟的愤怒讨伐，还威胁说要没收他手下的全部战舰，并把战舰上的远程火炮分配给海岸防卫队。雷德尔站在原地，接受元首的言语攻击，后来他形容道，那些话“恶毒又无礼”。随后，他递交了辞呈。尽管雷德尔和邓尼茨一直彼此看不顺眼（雷德尔总觉得邓尼茨这人既固执又不听话），但他还是向希特勒推荐自己的竞争对手作为继任人选。

“唯一的缺点，”后来，他在一封信里写道，“在于邓尼茨将军……已经不能像过去那样充分投入，无法在U艇作战时迅速做出指挥决策。”这句话中的潜台词显而易见。[4]

雷德尔的观点是正确的。邓尼茨无法想象自己居然会放弃U艇指挥权，因为他对潜艇部队的这群年轻人怀有父辈一般的关爱，而自从他的直系亲属中又有三人加入潜艇部队，这种感情进一步加深了。邓尼茨的大儿子克劳斯加入了位于基尔的潜艇部队第五战队，他的小儿子彼得成为U-954号潜艇上的二副，他的女婿金特·黑斯勒则是邓尼茨手下负责主管U艇作战行动的艾伯哈德·葛德特身边的第一参谋。对于邓尼茨而言，在这样的时刻抛弃U艇部队意味着抛弃他的家人。

弗兰克·伯奇是布莱切利公园负责德国海军相关事务的主管，有一次，他详细描述了邓尼茨与U艇之间的精神纽
203 带，并用体育术语和兵棋术语描述了邓尼茨指挥手下舰队时的状态，“他把它们（U艇）布置好；他来回移动它们……因此，在这场游戏里，他所怀有的是一种非常个人化的兴趣，那种热情类似于足球赛场上观众的那种狂热”。[5]

因为邓尼茨对U艇部队怀有这种近乎盲目的忠诚，又或者恰恰是因为他如此忠诚，1943年1月30日，希特勒任命

邓尼茨为雷德尔的继任者，成为新一任海军元帅。他被赐予柏林郊区一座巨大的崭新豪宅——离其他纳粹高官的宅邸很近——以及一支武装党卫队。除了一辆工作用的奔驰专车，邓尼茨还可以使用一架私人飞机。更令人想都不敢想的是，他还有一列私人火车，以森林里的野生动物命名，叫“雄松鸡”号，火车上完整配备了床铺、餐厅和会议室。他还收到了 30 万马克的奖金，约合 12 万美元。

这名 51 岁的将军所享受的一切舒适待遇都没有影响到他正常的工作态度。职能范围的扩大也没有让邓尼茨就此放松对 U 艇部队的掌控。他继续把自己当作 U 艇部队官兵的父亲和团队教练，这样一来，不可避免地，他依然保留着对 U 艇部队的指挥权。另外，由于纳粹德国目前在所有方面都退至防守状态，邓尼茨心中确信 U 艇战场是通往胜利的唯一道路。[6]不管怎么说，现在他最重要的职责就是孜孜不倦地指挥好手下的这些 U 艇。邓尼茨坚信 U 艇在德国发起的各项侵略战争中占据首要地位，没过几天，他的这种态度直接在书面材料中明确体现出来。作为新任元帅，他在给手下官兵下发的第一封指令里写道：“海上战争就是 U 艇之战，一切都要服从这个主要目标。”[7]

两杯粉色金酒下肚，即便是一点都经不得海上风浪的新水兵，也难以察觉修葺一新的“小羚羊”号的甲板正随着海浪上下起伏。

今晚为客人们举办的这场晚宴主要是为了庆祝上尉本人和他那位女子服务队三等军官未婚妻的订婚仪式，不知道是因为周围的装饰渲染，还是因为今晚的特殊气氛，乱哄哄的军官室突然有了一种狂欢夜的气息。多亏北爱尔兰的食物储备相对充足——至少和利物浦相比要丰盛得多——负责给军
204 官准备膳食的服务员努力拼凑出了一份丰盛的菜单：牛排腰子派和葡萄干布丁。而现场那一杯杯白色丽人、琴蕾、干马天尼以及其他各类鸡尾酒的香气，进一步衬托了这些美味。

现场的杯盘被一一清空，大家轮流举杯，说了一轮又一轮祝酒词——祝福上尉和他的未婚妻，祝福那些缺席的妻子和女朋友，祝福驻地离这里最近的海军上将，以及各类人等。很快，在一片狂欢的氛围中，游戏时间到了。性格腼腆的客人们退到房间的角落里，兰姆和奥尔德姆领着他们的朋友和同事在这个休息室里开始了一场马球比赛，每一名选手都用椅子当作自己的赛马，勺子当作马球棍，煮熟的土豆当作马球。

等到叫喊声和大笑声渐渐退去，有人因为发现一艘想象中的U艇而发出惊呼。大家选出一名志愿者扮演一枚鱼雷，军舰上的炮手开始正式演习，这些男人郑重其事地将这枚人肉鱼雷放在长长的餐桌上，当“开火”的指令被大声发出，他们马上把他狠狠推了出去。人肉鱼雷尽职尽责，双手紧贴

在身体两侧，顺着光滑的桌面向前滑去，一直滑到桌子的另一头，跌在那边的一张沙发里。尽管“小羚羊”号的这个军官休息室里充溢着醉醺醺的欢乐气氛，但这种鱼雷游戏的本意是为了在一种虚拟的环境中模拟真实的战争现场，这样就可以让人们体验并直面战争中的各种状况——这也是所有人类游戏的根源。

“小羚羊”号上的男男女女大笑着瘫倒在地，装扮成人肉鱼雷的男人也将自己的衣服打理平整，当晚的最后一场游戏拉开了序幕：一场障碍赛。每个参赛选手都要在休息室跑一圈，但在此期间不能碰到地板，房间里的椅子和桌子都成了燃起熊熊火焰的海面上的一块块残骸搭建起来的孤岛。聚会结束，奥尔德姆和其他“鹪鹩”离开了“小羚羊”号，走入吹着凉风的夜晚，头顶是缀满繁星的夜幕。她不知道什么时候才能再次见到自己的未婚夫，也不知道什么时候才能举办婚礼，但至少在这短暂的时光里，她的内心被装得满满当当。

在德国，海军元帅邓尼茨将军正在完善有可能是迄今为止大西洋战场上最猛烈的一次进攻的作战计划。他希望这一次进攻的效果能够与之前的“快乐时光”媲美。那个时候的 205
U 艇无论是巡航还是交战都可以纵横驰骋。

邓尼茨坚信，如果能把大批 U 艇派遣到大西洋海域中部的“裂隙”附近，组成一支比之前规模还要大许多的“狼群”，这样一来，不管盟军的战略战术和武器技术水平提高多少，“狼群”都可以利用数量优势包围商船船队，在切断英国供给线的行动中发挥决定性的作用。

这是通向胜利最快捷的道路，自 1937 年开始酝酿那个棋盘游戏以来，邓尼茨一直坚守这个信念。

因为现在可以全盘掌控 U 艇和整个纳粹海军部队，邓尼茨认为自己终于爬到了够高的位置，有机会实现自己一直以来的职业目标，即打造一支足够庞大的 U 艇部队，从而全面封锁英国的海上航线，一举切断所有供给。这个计划来得恰逢其时，美国宣布参战后，又为英国的海运增添了显而易见的巨大压力。每个被派往欧洲的美国步兵团，要想顺利横跨大西洋，都需要耗费 3.2 万吨的轮船载重，可这样一来就用掉了许多原本为民众食物供给、冷冻货物、石油和其他原材料预留的空间。[8] 结果，本来应该运往英国的超过 15 万立方米的冷冻食物只能白白烂在美国港口的仓库里。[9] 运送士兵、食物、武器装备和其他物资的需求之间发生冲突，将整个供应链的矛盾激化到了前所未有的程度。*

“这就相当于在整场战争期间，我们能掌握的只有需求总量三分之一的舰船，全靠这么点船只，为整个国家提供物资

* 有些人认为，运输方面的种种压力是盟军决定此时从北非登陆的主要原因，因为与原计划的从法国登陆相比，从北非登陆节省了很多资源。

补给。”丘吉尔的科学顾问彻韦尔勋爵这样写道，“由于突然出现许多来自军方的额外要求……我们的进口物资……蒙受巨大损失……也就不足为奇了。但不能再这样下去了。”[10]

粮食部给内阁发了书面提醒，如果不能进口足够数量的面粉、肉类和其他主要食品，英国人总共只能存活四到六个月。[11]事实上，到 1943 年 3 月，英国人所消耗的物资总数就已经比进口总量还要多至少 75 万吨了。目前国家储备的粮食只能再维持八周的时间。

1942 年 11 月，70 万吨船运物资在与 U 艇交战的过程中 206
沉入大海。这正是让邓尼茨巩固己方优势的大好时机。邓尼茨成为海军元帅后第一次参加元首出席的会议，就试图说服希特勒，任何负责建造或者修葺 U 艇的熟练工人都不应该被征召入伍，以免拖慢建造 U 艇的速度。[12]目前在役的 U 艇一共有 222 艘，就快要到 300 艘了，那可是邓尼茨在战前的模拟演练中就预定好的目标。只需要再建造 78 艘，就可以达成目标，邓尼茨坚信届时大西洋之战德军将大获全胜。

要建造 U 艇，邓尼茨需要很多钢材，但到了这个阶段，钢铁在德国已经是稀缺资源。为了实现自己的目标，邓尼茨把军舰的建造权拱手转让给了军备与战时生产部部长阿尔伯特·施佩尔。一直以来，施佩尔都在争取军舰的建造权，就是为了借此全面掌握钢铁原材料的分配权，但邓尼茨的前任雷德尔一直将他拒之门外。通过放弃军舰建造权，U 艇和其他装备的建造得以保证，邓尼茨也能收到建造U艇所需要的原材料。最终，邓尼茨一定会得到属于自己的300艘U艇。如此一来，他就可以摧毁足够多的盟军商船，将英国人餐桌上的食物、汽车里的汽油和家中的暖气一一夺走。

1943年2月5日，他在给下属的信中写道："重中之重在于赢得这场战争。"[13]

德军在东部战线举步维艰，而美国以其雄厚的经济和工业实力，气势汹汹地参战，也让希特勒彻夜难眠，忧虑德国将会战败。1943年2月7日，元首发表公开演说，称德国一旦战败，就意味着德意志人民不配赢得这场种族战争。这是希特勒头一次公开表示德国有可能战败。态度乐观的邓尼茨来得正是时候，他坚定的态度和对U艇不容置疑的信心又让希特勒找回了一点希望。这名新晋海军元帅成为希特勒的知己和私人顾问，邓尼茨怀有的雄心壮志也给希特勒这个已经是强弩之末的元首提供了新的作战灵感。

207 与此同时，邓尼茨从元首这里获得了必要的支持，不断提升U艇的产能。他把海军所需钢材的绝大部分都投入了基尔港的船坞里，虽然在斯大林格勒战役惨败后，能用的钢铁已所剩无几。希特勒对邓尼茨的信任也让这位海军元帅认为自己有义务在大西洋海域中部的"裂隙"附近尽快组织起一支庞大的"狼群"队伍。

但此刻邓尼茨和霍顿都不知道的是，接下来的几周即将迎来大西洋战场的最高潮，一方是为了让U艇称霸大海而发起最后一轮猛攻的纳粹海军，另一方则是奋勇反击的盟军。一场海上大战已经拉开序幕，在最后一批昭示夏天到来的雨燕和燕子飞抵英国之前，这场大战就将尘埃落定。

4月17日，至此皇家海军“小羚羊”号已经在贝尔法斯特港修整两周多了，这天，英国海军收到情报，U艇又对商船船队发动了袭击，于是“小羚羊”号接到指令，需要重返大西洋。兰姆和其他舰员需要全速赶往受袭区域，展开搜救工作。克里斯蒂安·奥尔德姆在贝尔法斯特城堡的城墙上挥手作别，她不知道什么时候才能再见到自己的未婚夫，甚至不知道到底还能不能再见到他。

“这让人感到十分沮丧，”她回忆此段往事时表示，“但就是这样的情况。他就这样离开，去海上执行任务了。”[14]

“小羚羊”号的徽章是一头小鹿，座右铭是“首屈一指”。它驶入了一片U艇四伏的海域：目前共有207艘U艇被派遣到了北大西洋海域，平均每天有111艘在海上巡航。在贝尔法斯特城堡的战术研究室里，年轻的“鹪鹩”看着“小羚羊”号同其他舰船一样被用记号笔添加到作战图上。但与此同时，它又是那么与众不同。

第十五章　雀鸟与群狼的对决：第一部

208 站在奥尔赛岛被海风吹打得斑驳的白色灯塔顶层，脚下是面朝赫布里底海、长满了青苔的 24 公顷大的石板，灯塔守卫勉强能看到周围有大批的舰船向此处聚集。天空是一道灰幕，冰冷刺骨的疾风拍打着海面，在离海岸数英里的地方形成惊涛巨浪，余波一直冲到岸边。1943 年 4 月 2 日，周三的下午，乱糟糟地围在这里的 42 艘商船，多数都载满了压舱物，就等着把缓解英国燃眉之急的食物、燃料等补给物资装进船舱。如果一切顺利的话，再过几周的时间，这支商船船队就可以抵达北美的海岸。

每一艘组成 ONS.5 号商船船队的船（ONS 意为“驶向北美，慢船”），或者说这支在密电码中被称为“MAR 舰队”里的商船此前都随同别的船队出过海。其中的两艘——美国商船“麦基斯波特”号和英国商船“多利俄斯”号——几周前才刚刚躲过一次 U 艇的突袭。不过，它们也就只有这么一点儿经验了，在这样危机四伏的天气里，要想让商船船队维持一个固定的队形是不可能的。在荒凉的苏格兰海岸旁放眼望去，这些舰船像是婴儿浴缸里晃来晃去的玩具，被灯塔扫射四周的灯光有节奏地拍打着。

商船船队名称中的“慢船”一词再恰当不过了，ONS.5 号商船船队的最高航速也不过 7.5 节。那天观测过海上天象的人都知道，如果这样的天气持续下去，在接下来的航程中，船队连维持这个速度恐怕都很艰难。商船船队选择的航行路线将会让他们遭遇近十年来最糟糕的天气，而且要穿过结了厚厚一层冰的海域。这一次之所以选择如此靠北的航线，主要是为了尽可能降低遭遇 U 艇的概率，就在月初，还有三支商船船队选择了同样的路线，其中两支只承受了轻微的损失， 209
第三支船队更是毫发无损地抵达目的地。* 这条航线能够让商船船队接受驻扎在附近沿岸的空军部队的庇护。尽管如此，在走到一半的时候，商船船队还是不得不穿越大西洋海域中部那道臭名昭著的“裂隙”，三年前，就是在这个地方，“贝拿勒斯城”号不幸被击沉，而由于这样糟糕的天气，没有空军部队能赶到这里支援，击退袭击者。

此时，英国人还不知道德国的情报部门已经掌握了 ONS.5 号商船船队选择的路线，有关路线设定的电报一早就

---

* 分别是 ON.178 号、ONS.3 号和 ONS.4 号商船船队。

被敌人截获了。海军大元帅邓尼茨现在已经掌握了比以往大许多的权力，而且他终于获得足够多的U艇，得以将一直以来推行的“狼群”战术发挥到极致，对决一触即发。在接下来的数日里，他会派出有史以来规模最庞大的“狼群”去袭击那支孤独的商船船队，U艇的总数是对方护卫舰数量的五倍之多。幸存的可能性几乎为零，虽然无知未必是福，但至少此刻因为对这一切一无所知，这支商船船队才能朝着不远处的战场航行，不然，任何知道真实情况的人肯定立马就会掉头逃跑。

商船船队还没有离开奥尔赛岛灯塔视野范围的时候，就已经有多达36艘U艇挡在了商船船队和它的目的地当中。[1]经过一番“细致全面的核查”，[2]邓尼茨将U艇部署在商船船队近期会经过的路线附近，并且组织成两道巡逻线，在纽芬兰以东500英里的地方，沿着大西洋海岸线排成一个巨大的弧形。仿佛是为了看起来不具备任何威胁性，每一支“狼群”都是用鸟的名字命名的，一支名叫“啄木鸟”，另一支名叫“山雀”。

商船船队上，人人噤声，大家的情绪都焦躁不安。所有参与其中的人都知道这次的跨大西洋之旅前途漫漫，迎接他们的只有严寒和残酷的天气。然而此时此刻，纳粹德国和英国方面都还没有意识到，等到这一批商船船队的幸存者得以瞥见北美洲的海岸线时，大西洋之战已经通过一场艰苦的持久战分出了胜负，这场持久战便是雀鸟与群狼的对决。

4月22日，周四14点，皇家海军“邓肯”号的舰长 210
（也是战术小组培训班的毕业生）彼得·格雷顿出现在人们的视野中，他负责指挥商船船队的B7号护卫舰队。舰队位于船队侧翼，由一群战舰组成，其中包括护卫舰“泰河”号和轻型巡洋舰“珍珠菜”号、“太阳花”号、“雪花”号和“粉红”号。皇家海军派出的战舰就好比护卫“羊群”一般的商船船队的牧羊犬，尽管舰队规模不大，而要护卫的商船船队却规模庞大，但舰队的官兵们和其他任何护卫舰队的舰员一样熟悉御敌的各种操作。

格雷顿、沃尔克舰长和麦金泰尔是利物浦远近闻名、最了不起的三位U艇捕手，而格雷顿以冷酷无情著名。只要他认为你是薄弱的一环，不管你是什么来头，他都会毫不犹豫地将你从集体中剔除。“对弱者心怀善意，很少能得到有用的回报，”他后来这样写道，“但如果严苛一点，付出便总会得到回报。”*他奉行勤勉的精神，这就意味着他手下的几艘舰船上的官兵在过去的几周里一直在爱尔兰海岸线附近受训和操

* 当时格雷顿手下有一名军官，皇家海军“粉红”号的舰长罗伯特·阿特金森，他后来成了收归国有的英国造船公司的首席执行官，同时也和格雷顿的儿子麦克成为终生挚友。“你知道吗，麦克，我对你父亲的尊敬之情远大于对他的喜爱之情。”阿特金森还在世的时候，每次遇到麦克的时候都会这样对他讲。

练。在战术小组的培训班里，格雷顿曾经通过兵棋游戏亲眼看到，一支紧密团结在一起作战的护卫舰队，其作战效果远远高于凑在一起却各自为战的那些舰队。后来，他称罗伯茨的工作“价值不可估量”，不仅因为后者“发明出搜寻U艇的新思路和新方法”，更是因为这种兵棋游戏“帮助护卫舰队更紧密地团结在一起”。[3]罗伯茨成功地让许多“非常愚蠢的军官真正开始思考”，格雷顿这样写道，“也许是他们此生头一遭思考”。格雷顿本人更是充分消化吸收了自己在战术小组培训班里所学的知识。

格雷顿初到伦敦德里郡，就开始无休止地操练手下护卫舰队的官兵，让他们不断练习战术小组研究出来的“树莓”战术、“半树莓”战术、“观察者”战术和“洋蓟”战术，在接下来的航行中，以上每一种战术都会发挥关键作用。[4]用格雷顿的话来讲，这些练习的效果“比平时好很多”。尽管规模庞大的ONS.5号商船船队和格雷顿手下规模小得可怜的护卫舰队之间形成了相当鲜明的对比，他依然坚信自己的团队已经做好了充分准备，足以迎接任何潜伏着伺机而动的U艇的挑战。

211 对于格雷顿手下的很多舰长而言，他们不仅仅在战术小组摆出的兵棋游戏中体验过来自U艇的威胁，更在大海上亲身体验过。哈罗德·彻斯特曼是一名非常强壮的海军上尉，长得很像好莱坞明星，两年前皇家海军“阿吉拉”号被击沉，

21 名女子服务队队员和一名护士葬身大海的时候，他就在事发现场。仅仅过了四天，彻斯特曼所在的皇家海军“百日菊”号——“阿吉拉”号的护卫舰之一——也在同样的袭击中被鱼雷击中了。弹药库被炸飞，仅过了 20 秒，船就沉了。

彻斯特曼十指滴血，用尽全力抓住一块烟熏火燎过、在海水中慢慢分解的船板——水面上到处都漂浮着尸体和沉船残骸。他终于下定决心放弃挣扎，与其延长自己苟延残喘的痛苦，不如直接投入海水的怀抱。在水下几英尺的地方，时年 24 岁的彻斯特曼突然看到年轻的妻子卡洛琳出现在眼前，恳求他再考虑一下，不要放弃。于是他挣扎着浮出水面，把自己挂在浮木上，并且毫不动摇地决定，如果要死，也只能死于必然，而非自己的意愿。[5]

天边露出第一道曙光，当他终于被前来营救的船只从水中打捞上船时，嘴里开始咳出鲜血和油污。那天晚上，“百日菊”号失去了 68 名舰员。彻斯特曼和“百日菊”号的舰长、蒙萨拉特的密友查尔斯·卡斯博森 * 成为仅有的 17 名幸存者中的两个——蒙萨拉特称他们是“被大海压迫过的人质”。[6] 这两个男人继续一起在皇家海军“雪花”号上服役，直到后来，卡斯博森到了升职的时间，他打破惯例，推荐手下这名年轻的上尉

---

* 海军少校埃里克森是蒙萨拉特的小说《沧海无情》中的重要主人公之一，他的原型就是卡斯博森。小说里皇家海军“酸模”号的沉没也是以“百日菊”号的经历为蓝本创作的。

接任舰长一职。彻斯特曼成为大型战舰最年轻的指挥官，在格雷顿训练有素的护卫舰队中，他也是备受青睐的一员。

尽管天气不尽如人意，但格雷顿的情绪还是很高涨，这不仅仅是因为他充分信任护卫舰队的防御能力以及各位舰长的经验水平。还在参加战术小组培训班的时候，他曾经邀请负责游戏演练的女子服务队队员朱迪·杜·维维耶共进晚餐，但没过多久她就被派驻到伦敦德里郡了。孤苦伶仃的杜·维
212 维耶与这位夺目的护卫舰舰长挥别，不知道自己什么时候才能再见到他。在这之后没多久，格雷顿得知自己也要被派往伦敦德里郡。他已经30岁了，十分迫切地想要与这名令人惊艳的年轻女子“有更多的交流”，于是他丝毫没有浪费时间，立马安排好了二人的第二次约会。

1943年1月2日，二人第二次见面，这是自他们从利物浦分别以来头一次见面，杜·维维耶跟格雷顿解释，自己刚刚从一场肺炎中恢复过来。她说，虽然自己很年轻，身体也还不错，但病情来得凶猛，她被送到了一个医疗机构，由皇家陆军医疗队的医生负责治疗，直到恢复健康。因为有这种与死神擦肩而过的经历，再加上如格雷顿所说的那样，[7]很多来自英国潜艇部队的小伙子和驻扎在伦敦德里郡的加拿大海军军官对她展开锲而不舍的追求，年轻、下巴外突的格雷顿决定立马采取行动。杜·维维耶接受了他的求婚。他们预定了5月底的教堂婚礼。现在，格雷顿只需要安全往返大西洋

一回就可以了：一次是去收集物资，另一次是按时返回英国交付物资，总之就是要保证在五周之内回来，按时赶到教堂圣坛。所以，对他而言，ONS.5 号商船船队按时、安全航行不仅仅是要为国家实现的目标，对他个人而言也意义重大。

格雷顿指挥护卫舰停在商船船队的旗舰“雷纳”号身旁，通过扬声器和商船船队护卫舰总指挥、海军准将 J. 肯尼斯·布鲁克敲定了作战计划的最终细节。一切准备就绪，布鲁克将军下令让商船船队的所有船只各就各位。等到组成 ONS.5 号商船船队的 43 艘商船离开英国海岸驶向格陵兰岛的时候，天色已经渐渐暗了下来。

格雷顿指挥的这艘驱逐舰以耗油量大而闻名，在海上待两周，油箱就会变得空空如也。为了在相对安全的前半截航行中节省燃料，他把它安置在商船船队中间，紧跟在油轮“阿尔贡”号身后。“阿尔贡”号是船队的两艘燃料补给船之一，一旦有船只在航行过程中耗尽燃料，就可以通过连接在船体上的软管把油加满。

出发后的第二天，格雷顿尝试给“邓肯”号补充燃料，但海浪太凶猛了，输油管在海浪巨大的拉扯力之下很快就被扯断。格雷顿意识到，如果海面不能平静下来，想从任一艘油轮补充燃料都是不可能的。可是狂风和巨浪从不停歇。1943 年 4 月 25 日，暴风雨来得如此猛烈，大部分的船只被 213
汹涌的波涛打乱了阵脚，而且只能以两节的航速前行[8]——只有正常天气下航速的四分之一。能见度之低，即便是这样龟速前进，仍然有两艘商船撞在了一起，其中，“博恩霍尔姆”号的引擎室直接被撞出来一个大洞。

第二天，格雷顿给坐镇德比之家的霍顿发电报，表示除非天气好转，让他能有机会给自己的驱逐舰补充燃料，否则他只能脱离商船船队，临时在格陵兰岛停靠加油。[9]

“一方面……我不想在这样的状况下离开我的船队，”格雷顿这样写道，“另一方面……我更不想发生燃料耗尽的状况，那样的话只能靠拖船拉着我们前进，而那时整个行动可能已经进展到了一个非常关键的阶段，我们会给船队带来不便。”[10]

同时，邓尼茨那边也收到U艇的报告，说已经发现了商船船队的踪迹，于是他在现有“狼群”的基础上，增派了“黑鸟”部队作为第三道巡防线。所有这些U艇加在一起，组成了一支令人生畏的部队。“啄木鸟”部队由17艘U艇组成，4月22日至25日期间，邓尼茨往“山雀”部队增派了一些U艇，现在总共有30艘了。新的巡逻队“黑鸟”部队由11艘U艇组成，如此一来，在这里做好准备拦截经过此处的商船船队的U艇总数接近60艘。

接下来是这段旅途中为数不多的一段可以稍稍喘息的时间，格雷顿给德比之家发完电报没多久，天气突然转晴，于是几个小时之后，“邓肯”号终于成功地补充了燃料。

4月26日中午，格雷顿和ONS.5号商船船队进入“狼群”潜伏区没多久，德军突然更换了BdU（即U艇指挥总部）和U艇之间的海军电传密码。在英国方面，负责拦截德军电报并对其进行破译的政府代码和密码学校突然失去头绪，再也无法解读德军的电报，而在最近的几个月里，一直都是由他们负责提醒英国舰船U艇的动向和行动计划。

因为无法获得准确信息，伦敦的潜艇追踪室能提供给竭力在德比之家的办公室里对ONS.5号商船船队展开指挥的霍顿将军的信息很粗略：有三支U艇部队“大概在纽芬兰海域附近”。[11] 因为对现状一无所知，所以英国皇家海军没有一个 214
人知道——更不用说完全被蒙在鼓里的格雷顿了——4月27日那天，又有16艘崭新的U艇按照U艇指挥总部的命令，在纽芬兰以东组成了第四支“狼群”，即“椋鸟”部队，守在商船必经之处。

德国军方4月27日那天的战争日志明确指出了这一切行动的终极目标：（“椋鸟”部队的）目标是拦截目前正在向北航行的ONS.5号商船船队……这支缓慢向西南方向航行的商船船队预计会在4月28日抵达此处。[12] U艇指挥总部的估测十分准确。28日9点，“椋鸟”部队还没来得及排列整齐，U-650号潜艇瞭望塔上的瞭望兵就在地平线的方向发现了一群桅顶，那就是即将航行至此的ONS.5号商船船队。

U-650号潜艇的艇长恩斯特·冯·维特森多夫将发现

船队一事发电报向邓尼茨和葛德特进行了汇报，然后按照自己曾经接受的培训，开始尾随商船船队。他在电报中写道："我在慢慢靠近他们，好仔细看看对方的情况。"对于邓尼茨而言，舞台已经准备就绪，他即将面对的肯定是一场大获全胜的演出。10点43分，U艇指挥总部发出指令，命令"椋鸟"部队的16艘U艇全部出击，"根据维特森多夫汇报的情况向对方发动袭击"。后来，有一条U艇间传送的信息被商船船队的护卫舰"邓肯"号和"泰河"号截获，这两艘舰船用船上的"哈夫·达夫"高频测向仪——这种测向装备能够使任意两艘携带同样装备的船只共同辨识高频无线电讯号，从而确定U艇所在的位置——估测出了来袭U艇的大致位置。

意识到商船船队身后有U艇在尾随，格雷顿马上派出彻斯特曼指挥的"雪花"号进行侦察，与此同时，又将船队的航线朝右舷方向调整了35度。"雪花"号一无所获。天气再度转糟，狂风大作，格雷顿后来在报告中形容道，"如同响起地狱催命的钟声"。能见度降到三英里，格雷顿也越发担心刚才发现的那艘U艇可能只是一支庞大"狼群"中的一员。随后，傍晚时分，"邓肯"号又发现一艘靠近船首左舷的U艇。他展开追捕，同时传令给"泰河"号，让"泰河"号沿着左舷一带搜寻。40分钟后，"邓肯"号舰桥上的瞭望兵发现了暴露U艇行踪的一串水花，那是海浪打在了U艇的瞭望塔上。

“邓肯”号慢慢向对方靠近，那艘U艇开始下潜。在向水下投掷了十组深水炸弹后，格雷顿和“泰河”号的舰长罗伯特·舍伍德开始执行“观察者”战术，这是在此次航行中 215
第一次实践战术小组发明的战术。他们以U艇最后出现的位置为中心，对周围的一片方形海域进行搜索，该正方形的“边长”为两英里。

尽管天气似乎在和商船船队对着干，但它也对U艇造成了很大影响。虽然格雷顿担心此刻的商船船队被大群的袭击者包围，但事实上，“椋鸟”部队中只有四艘赶到了U-650号U艇旁。不过这也足够令格雷顿惶恐不安了。那天晚上，他监听着“狼群”的每个成员依次向U艇指挥总部发回电报，内心无比沮丧。有一份报告提到，“哈夫·达夫”高频测向仪中传来的声音，就好像“一群喜鹊叽叽喳喳叫个不停”。夜色越来越深，发生突袭的可能性越来越大。

ONS.5号商船船队从4月24日起一直享有的空中护卫在27日午夜时分突然中断，因为直到此时，海军部的所有报告中都没有指出船队附近潜伏着U艇。现在，格雷顿和他用两只手就能数得过来的护卫舰只能独自面对来袭的U艇大军。

“那个夜晚，”格雷顿写道，“我们注定要彻夜奔忙。”[13]

此刻的德比之家，霍顿正在自己全知全览的办公室里，研究对面墙上的巨幅作战图，地图上标满了各种舰船，而多亏了格雷顿在过去几个小时里发回的电报，U 艇正聚集在冰岛以南这件事得以在地图上体现出来。显然，ONS.5 号商船船队迫切需要支援。霍顿在作战图上搜寻可能赶赴现场支援的其他舰船，他的视线落在了皇家海军“小羚羊”号身上，这正是克里斯蒂安·奥尔德姆的未婚夫，也就是刚刚订婚的约翰·兰姆所在的舰船。

兰姆所在的“小羚羊”号隶属一支新成立的支援队，这样称呼这支经过高度训练、能够快速行动的小型舰队好像有点低调，因为被派遣至大西洋海域的该支援队只有一个目标，就是为任何急需援助的船队即刻提供支援。基本上，支援队会一直在大海中徘徊，等待被派往出现紧急状况的现场。眼下，“小羚羊”号正在护卫从悉尼返回哈利法克斯的 SC.127 号商船船队。霍顿觉得可以把它调开，如果行动足够迅速，再过一两天，它就可以赶到格雷顿身边。

组织小型精英舰队的设想还是几个月前由珀西·诺贝尔爵士提出来的，不过当时他手下一直没有足够多的可支配的
216 舰船来实现这个计划。霍顿接任诺贝尔之后，同样坚定地认为这种行动灵活、战斗力强的小型舰队能够在大西洋战场上发挥关键作用。霍顿刚到德比之家的第一天就写信给海军部，表示“迫切需要”组织这样的支援队。但他的诉求遭到了拒绝：因为目前确实没有足够多的轻型战舰满足这样的诉求。

霍顿改变了策略。他认为，如果商船船队只能在没有任

何护卫的情况下穿越大西洋海域中部的“裂隙”，那么，为什么不把该区域各个方向上的护卫舰各减少一艘，以组成一支备用的支援队，在“裂隙”海域更加灵活地行动呢？毕竟这是唯一一片容许U艇肆意横行的海域，也是商船船队在整个航程中最容易陷入险境的区域。但海军部又一次拒绝了霍顿的提议。

1943年3月，U艇与盟军护卫舰队之间的战斗愈演愈烈，仅仅与U艇交战四次，就有共计1 120名商船海员、护卫舰舰员和乘客葬身大海。那个月，因为U艇袭击而损失的110艘盟军战舰中，有三分之二都是与护卫舰队同行的。德比之家的气氛一片凝重，霍顿认为，发生这些损失，并不代表罗伯茨和“鹪鹩”们研究出来的作战战术失败了，原因很简单，目前保护商船船队的护卫舰队的规模不足以面对如此庞大的U艇“狼群”。

霍顿需要收集有力的证据带到伦敦，向他们证明，他希望组建的这种支援舰队一定可以避免过去一个月发生的那种损失。又一次，兵棋游戏模拟战的胜利证明了他的观点。

3月15日，距ONS.5号商船船队在奥尔赛岛集合还有四周的时间，女子服务队的队员们在德比之家主墙那幅作战图上标注出两支真实存在的商船船队的航线，这两支船队分别是HX.229号和SC.112号商船船队，每一支船队都即将面对由31艘U艇组成的三支“狼群”。眼下，罗伯茨的同事内维尔·莱克上尉正在把三支虚拟出来的支援舰队增加到作战图上，让它们紧跟在商船船队后。

莱克希望能够预估出这种支援力量对即将到来的大战带来的影响。他用记号笔标注出各种正在建造或即将投入实战的真实储备，让这支“幽灵”护卫舰队前来支援已经出海、真实存在的商船船队。作战图上几乎实时更新着海上交战的
217 战况，而他的“幽灵”护卫舰队同时也在抵御来自“狼群”的袭击。除了保持一致的天气环境，莱克还考虑到了燃料和深水炸弹的消耗程度，来确保这场建立在实战基础上的演习尽可能精确。

女子服务队的许多“鹪鹩”被迫参与莱克主导的兵棋游戏，同时还要努力为真实的海上交战提供战术支持，这让她们心力交瘁（她们把这件事视作“莱克的蠢主意”[14]），但最终的结果一清二楚，对于霍顿而言已有定论。HX.229 号商船船队和 SC.112 号商船船队与 U 艇部队的遭遇战结束之后，德军广播反复播报，称之为“有史以来最伟大的商船船队袭击战”[15]——21 艘盟军舰船就此葬身海底。而据莱克估计，如果他虚构出来的这支支援舰队真实存在，至少有八艘舰船可以幸免于难。

又过了几天，霍顿被召唤到伦敦，参加一场由丘吉尔和其他研究如何抵御 U 艇袭击的海军高官出席的会议。莱克匆匆忙忙把兵棋游戏的结果写成笔记摘要，刚好赶在霍顿即将

登上从利物浦发往伦敦的夜间火车前把文件夹送到他的手中。

第二天，会议现场，丘吉尔心情很糟。石油储备已经在预警线之下，用他的话讲，U 艇的存在又一次威胁到战事的推进。

“目前的状况，你打算怎么办？”丘吉尔直截了当地问霍顿。

“给我 15 艘驱逐舰，我们就能击败那些 U 艇。”霍顿回复道。[16]

丘吉尔的拳头重重砸在桌子上。

“你们这些将军总是不停地索求更多的舰船，”他说，“但等你们如愿以偿，情况并没有好转。”

首相如此怒火中烧，倒是可以理解。在任何一场战争中，哪一方的资产都是有限的。因此，一位领导者的艰巨任务就是要保持天平的稳定，确保不断增长的物资需求和不断减少的可分配资源之间能够维持相对平衡。霍顿选准时机，将莱克关于兵棋游戏的报告推至桌子另一侧。丘吉尔瞥了一眼，然后端详起来。终于，他宣布会议暂停，好让自己和欧洲海域美国海军作战部队司令哈罗德·斯塔克将军一起更细致地研究这份报告。等丘吉尔返回会议室，他从一堆文件中抬起头，看着霍顿。

“你可以得到你想要的 15 艘驱逐舰。”他说。 218

等霍顿回到利物浦，他告诉莱克，自己“从未像当时那个瞬间那般崇拜过这位首相”。后来，霍顿表示，莱克的兵棋游戏成功实现了两位将军努力多年都未能达成的目标。西部海域反潜司令部终于获得了支援部队。

1943 年 3 月的最后一周，丘吉尔兑现了自己的承诺：霍顿接收了 20 多艘凭其差遣的崭新的驱逐舰。他将它们分成五支小分队，随时准备赶赴需要支援的现场。

皇家海军“小羚羊”号的约翰·兰姆上尉是五支精英支援队当中第三支援队的一员，这是个令人望而生畏的任务。在过去的三年里，护卫舰队的官兵每每横跨大洋，都希望不要与 U 艇发生任何接触。这是第一次水兵们带着追捕那些 U 艇的明确目标冲进大西洋，兰姆就是其中一员。冲突不可避免，交战时刻如期而至。

“小羚羊”号离港七天后，收到来自霍顿的指示，霍顿命令它脱离现在依附的护卫舰队，以 20 节的航速急速前行，尽快前去支援格雷顿和遭受恶劣天气摧残的 ONS.5 号商船船队。在贝尔法斯特城堡，克里斯蒂安·奥尔德姆眼睁睁看着载着她未婚夫的舰船脱离安全航行的商船船队，渐渐航行到作战图另一侧，冲进那片刚刚扎满代表 U 艇的大头针的危险海域。

德比之家愈加沉默。每个人都注意到 U 艇在大西洋逐渐聚集，而悲剧也已抵达这个地下工事。三天前，也就是 4 月

25日的晚上，一封电报传来，可能就是ONS.5号商船船队发来的，要求对航向进行修正。当时，空军辅助女子部队的年轻成员帕特里夏·莱恩正摇摇晃晃地站在高高的梯子上，探身想要调整作战图上的标记和绳线。梯子上安装了滑轮，地面上也布置了轨道，能够随时移动到地图的任何位置。

“每个人很快就习惯了这种工作状态，并迅速掌握了高超的平衡能力，有时为了体现商船船队的航线，橡皮筋圈会被扯出去很远。”轮班负责更新作战图的女子服务队队员玛丽·卡莱尔这样写道。（和琼·邓肯一样，卡莱尔为了进入女 219
子服务队，也在体检中动了手脚；尽管卡莱尔有过目不忘的超强记忆力，但她的视力非常糟糕。卡莱尔很害怕在视力检测的时候没有办法读出远处那面墙上的字母，便想办法提前背熟了标准视力测试字母表上所有字母的顺序。[17]）

但前面提到的帕特里夏·莱恩就不像女子服务队队员这般业务熟练了，因为空军辅助女子部队每天只需要在午夜时分爬一次梯子，在地图上为明天出航的商船船队安排护航飞机部队。电报发来的时候，女子服务队的一名队员抓住梯子，把它推到作战图东侧那片满是麻烦的海域下方。这一下，帕特里夏失去了平衡，脚下一滑，摔在坚硬的地板上。她被迅速抬出战术研究室，送到附近的医院里，但她随后还是因为伤势过重去世了。那名推梯子的队员一脸震惊，她被撤出值班室，但考虑到ONS.5号商船船队面前的威胁不断加大，作战图的更新工作还要继续进行。由于帕特里夏是在秘密指挥总部工作期间去世，她的死讯并没有马上向上报告。因为发生了这样的悲剧，后来，所有女子服务队队员在德比之家的主战术研究室值班时，都必须穿戴安全吊带（用玛丽·霍尔的话来讲，“是一种值得肯定的麻烦事”）。

尽管“鹪鹩”们面前的绝大多数困境实际上离她们都很遥远，她们也只是通过作战图上各种微小的标注间接体验，但死亡还是会时不时降临在她们的世界里。埃尔希·皮尔萨尔在战前曾经就职于一家负责做所得税的办公室，后来，为了“换换口味”加入女子服务队，成了一名厨师。

“我直接从整日计算所得税的世界跳了出来，”她说，“当时的我甚至不知道怎么煮熟一个鸡蛋。”[18]

皮尔萨尔被派遣至利物浦的布朗戴尔桑蒂酒店，在那里为德比之家的“鹪鹩”们烹制饭菜。厨师们手中的原材料十分贫乏，通常只有干瘪的西红柿、洋葱和苹果，因此很难即兴发挥，创造出什么令人惊艳的佳肴。女厨师们只好把大大的金属平底锅装满水，不停搅拌，试图把里面的糊状物搅拌成牛油布丁。

“通常需要两名队员一起用力，才能把所有的糊状物倒进锅里，那玩意儿闻起来和汽油一样。”她回忆当时的场景。

一旦做好，女厨师们就会抬起这些饭菜，沿着大街把它们从酒店一路送到另外两座维多利亚风格的建筑物里，那些驻扎在德比之家的军官会到来这里就餐。有一次，皮尔萨尔和另外一名“鹪鹩”费尽力气，试图把满满一大锅沉甸甸的蔬菜汤运到其中一座房子里。她们好不容易把锅子挪进正门里，皮尔萨尔正考虑着是否要向后甲板区的那些军官致敬，突然意识到沉甸甸的锅子向旁边倾斜了几分，赶忙打消了这个念头。又过了几分钟，一名女子服务队军官走进大厅。 220

“连想都没想，我的右手就举了起来，”皮尔萨尔回忆道，“豌豆和胡萝卜丁在门前的厚地毯上撒得到处都是。我那年才18岁。”

皮尔萨尔和其他年轻的女厨师每天都会在海滩上进行训练。她们列队经过横跨默西河的滑铁卢桥，在桥上看着停泊在格拉斯通码头的舰船。在海滩上，“鹪鹩”们会根据指令行进并完成操练。某天早上，她们收到消息，那一天不需要进行任何演练。

“后来我们才发现，前一天晚上，有一艘船驶进了雷区，经过一整晚，轮船炸毁后的尸体碎片都漂到了海滩上。”她说。

如同帕特里夏·莱恩的死讯飞快地在战术研究室中传开，海滩上堆满尸体碎片的流言也很快就在“鹪鹩”中传了个遍。这两条消息以不同的方式提醒了女子服务队的队员们，让她们意识到自己所从事的工作面对的各种直接、间接的风险与威胁。

4月29日，也就是帕特里夏·莱恩去世后的第五天，格雷顿收到情报，兰姆所在的“小羚羊”号和另外四艘来自第三支援队的舰船将加入他的护卫舰队，此刻这些舰船正从冰岛的方向向他们赶来。[19]

格雷顿之前曾预言，前一个晚上注定要彻夜奔忙，事实证明他没有说错：“邓肯”号探测到并抵挡住了U艇发动的四次袭击，而在狂风暴雨、波涛汹涌的海上，就连原本很简单的装填深水炸弹的动作都可能带来生命危险。商船船队中还没有船只被击沉或者炸毁。两艘发动袭击的U艇U-386号和U-528号被深水炸弹严重损毁，不得不撤回U艇基地。尽管现阶段御敌成功，但格雷顿还是惴惴不安。“小羚羊”号和姊妹船皇家海军“奥法”号还要数个小时才能赶到，天气
221 已经糟糕到令人“瞠目结舌”的骇人程度，格雷顿给出这样的评价，“即便是在北大西洋，也极少见到如此天气”。*

由于前一晚的失败过于令人沮丧，4月29日早晨，U-258号潜艇的艇长威廉·冯·麦森豪森上尉指挥潜艇使用克雷齐默尔开创的战术，潜入商船船队内部，停靠在商船船队第四纵队右舷一侧，潜望镜刚好露出水面。不知怎的，

---

* 格雷顿还不知道，就在同一天，他的未婚妻朱迪·杜·维维耶被提拔为女子服务队的主管，她之前曾与德比之家的某个不知名军官闹翻的事似乎完全被遗忘了。

这艘U艇恰好躲开了巡航护卫舰上潜艇探测器的扫描，让冯·麦森豪森成功瞄准一艘美国货轮“麦基斯波特”号，发射了鱼雷。

警报声吵醒了工作一夜刚刚入睡的格雷顿，7点30分，鱼雷发射一分钟后，他就下令实施了战术小组研究出来的下一步对应战术：“洋蓟”战术。一艘驱逐舰开足马力，潜艇探测器开到最大功率，朝着被击毁的船只开了过去，其他所有护卫舰掉头向外，以15节航速列队行进，横扫整片海域。在这种情况下，U-258号潜艇还是想方设法溜走了。“麦基斯波特”号的船身已经向一侧倾斜，并且还在不断吃水，但它依然保持与商船船队相同的航速，又行进了差不多50分钟，直到8点15分，终于收到弃船的命令。船上的68名船员被“北方钻石”号上的船员救起，另外一艘附属于B7船队的救援船负责打捞在U艇袭击中落水的幸存者。一个名叫约翰·安德森的瑞典人后来因为在海上暴晒太久，重度晒伤去世，这是那天唯一一名死难者。

4月30日凌晨，“小羚羊”号赶到护卫舰队身边，商船船队没有遭遇更多袭击。到了中午，天气平静了许多，兰姆所在的驱逐舰得以补充燃料。这是“小羚羊”号第一次尝试在海上进行燃料补给，当又一阵狂风刮过，经验不足的水兵们一下子就搞砸了。

“那天，‘小羚羊’号把油轮的输油装置搞得一团糟，别人都没法补给燃料了。”格雷顿记录下了这次事故，而这个小问题后来给ONS.5号商船船队护卫舰队的各个舰长带来了改变命运的影响。还是有一群U艇继续尾随船队，但当暴风雨又一次裹挟着十级大风从天而降，它们谁也不敢冒险露出水面发动袭击，哪怕它们的目标一动不动，并在大片海域分散开来。

222 “尽管引擎还在运转，但我们停留在原地。”彻斯特曼指挥的“雪花”号上的医务室主管霍华德·戈德史密斯这样回忆道。[20]

海军准将布鲁克的航海日志里也记下了船队此刻的不幸遭遇，他写道：“有一半的商船无法接收命令，顶风停船，四散开来。”

格雷顿向德比之家报告有“狼群”出没之后没多久，海军部就下令重新对ONS.5号商船船队提供空中支援。尽管天气条件如此恶劣，但仍有军机全天在船队附近低空巡逻，有些发现了前方的冰山，还有些发现了走散的船只。有一架美国轰炸机忘了关上探照灯，这个疏忽反而让商船船队从中受益，U-381号潜艇很快就发现了那个闪烁着耀眼光芒的圆球式探照灯，潜艇在慌乱中急忙向邓尼茨发了一封电报，报告他们发现的这个空中秘密武器，“像一个星球那么大的巨灯，忽闪忽灭的”。[21]

极端糟糕的天气，再加上额外的空中支援力量，让U艇和护卫舰队暂时休战，一整天都平安无事。后来，5月2日这天，风浪渐平，格雷顿手下的护卫舰和来自雷克雅未克小分队的“解放者”号终于有机会搜寻所有掉队的船只，并把它们拉回船队里。商船船队已经来到极北之地，此时他们面前最大的危险已不再是海浪，而是冰块了。“邓肯”号又一次尝试补给燃料，但如此一来就需要这些拴在一起的舰船绕过整座冰山，于是不得不放弃了尝试。

根据预报，接下来几天的天气情况仍然严峻。格雷顿计算了一下，他现有的燃料仅能保证以中等航速行驶到纽芬兰港。一旦中途与U艇有任何正面接触，“邓肯”号的燃料都不足以完成剩下的航程，这艘驱逐舰只能极其不光彩地被其他船只拖回北美的某个港口，而这也会让本该由它守护的船队陷入更大的危机。

经过“数番内心交战”，格雷顿做出决定，准备脱离ONS.5号商船船队。16点，他将B7号护卫舰队的指挥权转交给海军少校罗伯特·舍伍德，他是皇家海军“泰河”号的舰长，蓄着厚厚的大胡子，讲话鲁莽率直，作战经验丰富。

“我们分外沮丧。”格雷顿后来这样回忆道。[22]战术小组
发明出这些战术后，是由格雷顿起草的具体实施方案，结果 223
现在却要由舍伍德来执行这些行动计划。

那天，“邓肯”号不是唯一一艘因为燃料短缺而不得不脱离ONS.5号商船船队的驱逐舰。支援队里的另外三艘驱逐舰

也因为相似的理由从船队脱离，舍伍德给德比之家发了电报说明情况，假如天气状况一直不好转，舰船一直不能补给燃料，“奥法”号和“小羚羊”号就是下一批离队的护卫舰。舰船周围都是冰块，且已经驶入格陵兰岛附近的禁飞区，彻底没了空中支援，在空荡荡的天空下连夜航行的 ONS.5 号商船船队身边的守护者少得可怜。当这些商船驶入本次航程中最危险的一片海域时，原本的七艘蓄势待发的护卫驱逐舰只剩下了三艘。

德比之家的高层也意识到此刻的船队有多么脆弱。马克斯·霍顿立马安排另外一支由五艘战舰组成的支援队“以最快的速度前进”，前往支援暴露在敌人炮火下的船队。但这些护卫舰要再过两天才能赶到 ONS.5 号商船船队现在所在的位置。

晋升后，邓尼茨把原来在法国的 U 艇指挥总部搬到了位于柏林的斯坦普朗兹酒店，酒店也因此重新装修了一番。如此一来，他就可以继续密切关注并指挥海战。[23] 以邓尼茨的立场来看，他发现摆在自己眼前的不仅仅是一个独一无二的进攻机会，他手中还有无与伦比的丰富资源来支持自己发动一次重大袭击。

在过去的一周里，他一直因为“狼群”无法阻挠商船船队的行进而懊恼。于是，他命令“椋鸟”部队赶去与“啄木鸟”部队的 17 艘 U 艇会合。此前“椋鸟”部队损失了一些

U 艇，但有新的 U 艇补充进来。

1943 年 5 月 3 日 18 点，U 艇指挥总部给“狼群”下达严厉指示，明确表达了邓尼茨的意愿：“不要退缩，不要有任何保留。31 艘 U 艇肯定可以也必须打一场胜仗。”

格雷顿和他手下的“邓肯”号正逐渐驶离舞台中心，后来他说，当时他怎么也想不到，接下来发生的事会成为“商船船队最令人揪心的一段往事”。

第十六章　雀鸟与群狼的对决：第二部

224 自从第一封有关 ONS.5 号商船船队即将面对激烈海战的电报发回贝尔法斯特城堡，克里斯蒂安·奥尔德姆所在的指挥室就成了中枢部门，各种工作忙个不停，所有人的注意力都集中在这里。电传打字机响个不停，接收着来自各艘舰船的一连串电报，其中当然也包括“小羚羊”号发回的信息。消息在德比之家和贝尔法斯特城堡的“鹪鹩”们手中忙乱地来回传递着。

“没人想在此时离开岗位。”奥尔德姆后来这样写道。[1]

目前事态的发展让这名 22 岁的年轻女子比任何人都更加沮丧，她只瞥了一眼作战图，就意识到自己的未婚夫正面临何种风险。

“很显然，‘小羚羊’号正一头扎进‘狼群’的怀抱里。”她如此写道。

实际上，“小羚羊”号正驶向数支虎视眈眈的“狼群”。

由于此前德军突然更换恩尼格玛密码，布莱切利公园的译电员一下子失去头绪，贝尔法斯特城堡和德比之家挂满整面墙的作战图上显示的U艇数量只是实际已到位的U艇数量的一小部分。即便作战图只反映了部分情况，整个战场看起来也已经像是一扇被涂得乌黑的窗户，奥尔德姆后来这样形容："交战画面栩栩如生，我们所有人都间接成为这个战场的一分子。"

由于从海上的舰船发出电报到总部收到信息之间还有相当久的延时，整个形势"越发严峻"。随着紧张情绪的积蓄，奥尔德姆的朋友们不断尝试用各种似是而非的理由劝她离开战术研究室，"不必眼睁睁看着一幕幕危险剧情上演"。

但是，奥尔德姆不为所动。那一整周，她很少回到自己 225
在贝尔法斯特城堡的寝室。她的两个室友之前常嘲笑她总收拾不好乱糟糟的床铺，[2] 但这一周是个例外。

"我就是没有办法离开现场。"她说。

罗伯茨也是，他一直盯着在软木板背衬的作战图上逐渐铺开的战事，一个个用来代表不同舰船的模型从白色变成令人恐慌的红色——这意味着它们遭到鱼雷袭击。被对方命名为"头号敌人"的罗伯茨整晚守在德比之家，与海军准将伊恩·麦金泰尔和海军作战部长考维勒一道。三个人会对海上战况的走向进行分析预测，并研究应给作战的官兵怎样的建议。

德军一方也考虑到了他们的这些行动。为了进一步扩大现有优势，5月4日16点02分，U艇指挥总部的高层下达指令，命“啄木鸟”部队和“椋鸟”部队的绝大多数U艇组成一道侦察线，代号为“雀”（Fink）。当这27艘U艇各就各位，有好几艘都侦测到了远处的“小羚羊”号和它的姊妹船“奥法”号。与此同时，U艇指挥部又安排几艘单独活动的U艇加入“黑鸟”部队，潜伏在ONS.5号商船船队南侧。船队还在向前跋涉。黄昏时分，“泰河”号上的“哈夫·达夫”高频测向仪接收到数个讯号，说明在船体的各个方向都疑似有U艇存在。“泰河”号的舰长舍伍德立马命令“小羚羊”号和“奥法”号用潜艇探测器对该片海域进行扫描，但两艘船没能找到任何一艘U艇的准确位置。

5月5日中午，盟军方面的译电员终于破解了德国海军最新更换的这套恩尼格玛密码，ONS.5号商船船队此刻面对的骇人听闻的巨大威胁也展现在人们眼前。但是，从截获密电到破译密电之间存在时间差，等霍顿知道“雀”部队和“黑鸟”部队数量惊人的U艇——最终总计41艘，这是史上最庞大的一支“狼群”——正聚集在这支商船船队身边的时候，[3]一切为时已晚。

那么多的U艇集聚在战斗一线，这个舞台似乎即将见证邓尼茨的大获全胜。邓尼茨本人也急于拿到旗开得胜的大好消息，这样一来，他向希特勒报告的时候，就可以证明自己被提拔是理所应当，自己提出的集中力量建造U艇的策略也是正确的。他对手下的年轻人发出忠告：

> 我很确信你们会拼尽一切去战斗。不要过分高估你们的对手，把他们往死里打就可以了。[4] 226

U-125号潜艇的艇长乌尔里希·福尔克斯第一个出击。被袭击的受害者是“洛里昂”号，这艘盟军舰船的名称源自法国的洛里昂港，具有讽刺意味的是，发动袭击的U艇不久前正是从这个港口出发的。舰船上的舰员还没来得及发出遇险求救讯号，整艘舰船连同上面的46名舰员，瞬间消失在了海底。

接下来是U-707号潜艇，由甘特·格雷切尔艇长指挥，瞄准商船“北不列颠”号发射了一连串鱼雷，其中一枚鱼雷击中了船尾处的桅杆。

“上甲板瞬间被海水吞没，”格雷切尔在自己的战时日记中这样写道，“船在水面上又漂了一会儿，突然整个船身立了起来，船头与海面垂直，直接沉入大海。完全沉没花费的时间：69秒。”

一艘接着一艘，“雀”部队的U艇发动了猛烈攻击。曾经负责带队尾随船队的U-628号潜艇发射鱼雷，击沉了“哈伯雷”号。U-264号潜艇从商船船队内部发动袭击，发射的鱼雷击中了美国货轮“西部马克西姆斯”号和英国货轮“哈伯利”号。19分钟内，三艘船相继沉没。为了应对袭击，并阻止更多伤亡，舍伍德认为时机已到，该实施那个由吉尔伯特·罗伯茨发明、吉恩·莱德劳命名、彼得·格雷顿通过反复操演加以完善的战术，即“树莓”战术了。

这项行动此前曾让珀西·诺贝尔爵士认可了战术小组的存在价值，它要求多艘舰船按照固定的航行速度和时间间隔开展多个三角区的扫描，目的就是排查出所有位于商船内部或者航行方向上的U艇。那天晚上，舍伍德先实施了“半树莓”战术，该战术对原本的一套操作稍加调整，一些护卫舰会停在原地，当另外一些参与搜索的舰船向空中发射照明弹时，它们就会借着照明弹的亮光搜寻面前的海域是否有U艇的行踪。本次行动效果显著。多艘U艇的位置暴露，盟军得以连续发射数枚深水炸弹，抵挡住了侵略者的袭击。

在接下来的几个小时里，身长150英尺的拖船“北雾”号开始从海中打捞沉船幸存者，其中包括“哈伯利”号的38
227 名船员、“西部马克西姆斯”号的51名船员、“哈伯雷”号的43名船员和“北不列颠”号的两名船员。这些被搭救上来的水手都表示相当感激，他们占据了船上的各个角落，所有人的体重总量也让这艘拖船吃水越来越深。* 就这样，第一丝曙光出现的时候，ONS.5号商船船队中已经有五艘船被

* 所有被搭救上来的船员都在本次海战中幸存下来，“北雾”号于5月8日抵达纽芬兰岛的圣约翰港。

击沉，而U艇方面则毫无损失。因为夜袭大获成功而勇气激增，再加上本来就觉得自己是更强大的一方，这种狂妄的情绪让U艇在接下来的一整天里都维持了前一天的疯狂攻势。U-266号潜艇击中了三艘盟军舰船，其中包括一艘原属英属印度舰队的老油轮“甘林达”号。在冰冷刺骨的海水中，人最多只能活几分钟。尽管如此，取代“邓肯”号成为护卫舰领队的“泰河”号还是成功地从海中打捞上来“甘林达”号的舰长R. R. 斯通和他手下的舰员。斯通要求重返被击中但尚未沉没的“甘林达”号，他坚持认为自己的船还有救。

舍伍德坚定地拒绝了他，原因很简单，借助“泰河”号上的“哈夫·达夫”高频测向仪，他在附近发现了至少七艘U艇并对其展开追踪。截至当晚，盟军终于击杀了一艘U艇，但被击沉的商船已经从5艘增长到了12艘，而此时距商船船队的最终目的地还有数百海里的航程。

1943年5月5日，黄昏渐渐转入黑夜，天气逐渐平静下来，暴雨也转为海上的浓雾。负责“小羚羊”号20点到次日0点这班岗的兰姆已经做好随时迎接骚乱的准备。但到了午夜，一切似乎平静下来。在这种相对缓和的气氛中，2月才接任成为“小羚羊”号舰长的约翰·英格拉姆下令所有人进入“防卫状态”，如此一来，只有一半的舰员还留守在枪炮旁，余下的人总算有机会稍事休息。

返回船舱的路上，为了避开暴露在外、路程长又充满危机的上甲板，兰姆走到了舰桥下的医务室区，如果这里有空床位，他通常会暂时借用。他钻进被窝，一件衣服都没有脱，以防万一。[5]

三个小时之后，凌晨 2 点 52 分，“小羚羊”号的潜艇探
228 测器操作员报告，附近有物体传来回声。英格拉姆并不知道对方是艘 U 艇还是自己的护卫舰队友，但被迫要在那个瞬间做出决定，赌上下一步的行动。他选择发动进攻，调整“小羚羊”号的方向，朝着回声传来的方向冲了过去。过了几分钟，在 600 英尺以外的地方，他发现一艘 U 艇，而非己方的轻型巡洋舰，正从浓雾中穿过，这是 U-125 号潜艇，像不祥的深海怪物。

“小羚羊”号位置极佳，可以朝着对方发起一次完美的撞击。

“要想击沉潜艇，‘猛烈撞击’是一种很棒的方法。”格雷顿后来这样写道，“只不过，发动撞击的那一方之后也会摇晃不定。”[6] 不管怎么说，为了让这艘 U 艇彻底消失在战场上，还是值得冒一冒这样的风险的。英格拉姆抓住了机会。“小羚羊”号以 12 节的航速冲向这艘德国潜艇，英格拉姆和还在坚守岗位的舰员们做好了接受猛烈撞击的准备。他们看着 U 艇的瞭望塔消失在“小羚羊”号的船头下，顿了几秒钟，驱逐舰重重砸在 U-125 号潜艇艇身，瞭望塔下面一点的正中心

的部位。兰姆突然被一阵巨大的撞击声和撕裂声惊醒。

“我的第一个念头就是我们的船被鱼雷击中了。”兰姆在日记中这样写道。随后，他感受到整个船体升了起来，压到了什么东西上。由于刚刚从睡梦中突然惊醒，脑子里一片糨糊，他满心惊诧地下了结论：驱逐舰搁浅了。

“我跌跌撞撞地爬下床，”他回忆当时的场景，“却找不到地板在哪里。”

相反，兰姆发现脚下都是玻璃瓶。这些都是药瓶和医务室器材，原本放在房间一侧的架子上，但当“小羚羊”号受到重击、船身倾斜时，这一侧暂时成了地板。等到警铃大作的时候，兰姆已经成功爬上两层梯子，来到舰桥。在那里，他顺着值班人员的视线看过去，发现一艘 U 艇的瞭望塔被挤在左舷下方离船体很近的地方。

撞击带来的冲击力把“小羚羊”号舰桥上照亮壁钟的灯都砸灭了，但和 U-125 号潜艇遭受的损伤相比，这根本算不上什么。潜艇的瞭望塔塌了，潜望镜扭曲了，高射炮的枪管弯折，整个舱门都被撞掉了。U 艇的艇尾也损毁严重，不过等到“小羚羊”号恢复秩序时，从船上已经看不到这艘德国潜艇了。

“我确信无疑，不管发生了什么，这艘潜艇都已经被撞沉了。”英格拉姆在他的作战报告中这样写道。

这个结论合理却不正确。尽管遭受重创，残破不堪，也已 229
无法下潜，但 U-125 号潜艇还是通过海面逃离了战场。90 分钟后，也就是3点31分，福尔克斯艇长向U艇指挥总部汇报了自己目前的情况："被舰船撞击——无法下潜。要求支援。"六艘潜伏在附近的U艇予以回应，他们逐一表示正在赶往现场，为福尔克斯和他手下晕头转向的艇员提供支援。

但是，这些U艇还没来得及找到U-125号，3点54分，已沉没的皇家海军"百日菊"号的幸存者，即皇家海军"雪花"号现任舰长彻斯特曼，在船载雷达上发现了这艘受损潜艇的行踪。他立刻指挥"雪花"号赶往U艇所在位置。在浓雾中，"雪花"号一直开到离福尔克斯的U艇只有100码的位置，船上的瞭望兵才发现U艇就在眼前。彻斯特曼下令转舵，朝右舷方向猛地转弯，意图猛力撞击U艇。这将是这艘潜艇同一个晚上遭受的第二次撞击。

U艇躲过了这次撞击，但"雪花"号成功泊在潜艇身侧，如此一来，两艘船之间只隔了几英尺的距离，近到船上的机关枪都没有办法拉低到一个足以精确瞄准潜艇的角度。左舷一侧的探照灯唰啦一下打开，在一种诡异的寂静中，彻斯特曼打量着受损的U艇，同时命令"雪花"号慢慢撤退到一个可以瞄准发射的位置。

U艇勉强浮在水面，像一头受伤的野兽，关不上的舱门向外吐着气泡。在"雪花"号打过去的光束中，U-125号潜艇的个别艇员跳入海中，一些人排队站在甲板上，希望获得救援，但还有多数人想要跑到甲板炮旁边。为了让这些人打消念头，“雪花”号的40毫米口径机关炮开火了，余下的U艇艇员又惊又惧，跳入海中。伴随深水炸弹的五声低沉巨响，U-125号潜艇很快消失在水下。

彻斯特曼回头看着这片混乱景象。一些德国兵胡乱地划着救生艇，另外一些在雾气弥漫、冰冷刺骨的海水中奋力踩水。4点07分，这位舰长肯定是回忆起了近两年前自己曾在冰冷海水中浸泡过的往事——当年他差一点就放弃所有希望向大海屈服——他给“泰河”号的舍伍德发了封电报。

“我应该把那些幸存者捞上来吗？”

彻斯特曼和他的手下等待着，听着海里德军官兵的呼号，直到五分钟后，舍伍德的回复终于传来。

“打捞幸存者一事未获批准。”回电上这样写道。

1946年5月6日，几乎整整过了三年，邓尼茨站在纽伦 230
堡审判庭的木制被告席前接受询问，被问及一名水兵是否在任何状况下都有责任尝试搭救海战的幸存者。这是个尖锐的问题，意图明显。检察官坚信邓尼茨在战争后期下达指令，要求手下U艇官兵忽略水中的所有落难者，* 而克雷齐默尔这

---

* 检察官的判断是正确的。1945年10月的一次审判中，U-852号潜艇的艇长海因茨·艾克承认，U艇指挥总部曾发布明确指示：“不许对被击沉船只的落水船员进行任何形式的营救，包括将水中的落难者打捞上救生艇、推正即将倾翻的救生艇和递送食物淡水等行为……要严酷对待，时刻牢记敌军在轰炸袭击德国城市的时候也并没有特殊照顾城里的妇孺。”艾克和另外三名U艇成员受到指控，他们曾对水中的幸存者开枪，三人都认了罪。11月，他们被行刑队枪毙。

样的艇长曾经搭救敌军中的幸存者，为他们提供饮食乃至看护。邓尼茨小心翼翼地回答这个问题，说这件事关系到具体的军事行动判断。

“在战争中，有的时候会出现一些情况，我们不能施展救援。”他说，“比如，当你自己的舰船陷入险境，从军事行动的角度考虑，救援别人就是错误的，对于被搭救的一方来说也失去了获救的意义。如果自己的舰船会因此遇险，任何国家的指挥官都不会做出救援的决定的。”[7]

很显然，舍伍德那天晚上也得出了同样的结论，任凭福尔克斯和他手下幸存的艇员们浸泡在大西洋冰冷的海水里，疑惑着为什么英国人不来帮他们一把。就这样，“雪花”号离开了现场。当英军的驱逐舰像来时一样又逐渐消失在雾气中时，54 名浸泡在海水中的德军官兵眼睁睁看着自己生存的希望与之一同远离。再没有其他的 U 艇冒险赶来支援。一个接着一个，这些男人沉入海底。

对于兰姆而言，接下来的几个小时令人头晕目眩：轻型巡洋舰和 U 艇混战成一团，时不时被照明弹“转瞬即逝的光芒照亮”。他能听到雾气中偶尔传来的爆炸声或者哒哒作响的
231 枪炮声，这样的声音“好像噩梦一样的恐怖片中的主题曲”。他还能听到“小羚羊”号上的潜艇探测器时刻不停发出的催眠一般的“乒、乒、乒”声，这仪器竟然还能在与 U-125

号潜艇撞击后完好无损地继续运转。

但是，“小羚羊”号的船头部分损毁严重，一个螺旋桨被撞坏了，最前部的船舱和位于船体中下方的储物间也被淹了。[8]尽管如此，整条船的耐水性没有被破坏，只要小心操作，还是可以继续坚守岗位。第一丝曙光露出，比分板上的分数和 12 个小时之前大相径庭。根据最后的结果统计，每损失 2.6 艘商船，就有一艘 U 艇随之葬身大海。[9]邓尼茨下令让余下的“狼群”撤退。他后来表示，自己“认为这一次与商船船队交战的结果是失败了”。这样说算是保守了。“雀鸟与群狼的对决”后来被德军广泛称为“ONS.5 号商船船队带来的灾难”。

任务完成，皇家海军“小羚羊”号从商船船队撤离，以 12 节的航速稳稳地朝着象征着安全的纽芬兰岛圣约翰港前进。在贝尔法斯特城堡的指挥室里，奥尔德姆也收到信息，她的未婚夫所在的舰船已经朝着北美海岸线驶去，她终于松了口气，瘫倒在地。[10]

那天，一封加密电报通过德比之家的无线电发报员自海军部发往皇家海军“泰河”号。上面写着：“你们从来没有停止与 U 艇的战斗，我对你们表示赞赏。请向商船船队总司令传达我对船队坚定不移的作战精神的钦佩。”[11]随后，到了 5 月 9 日，“小羚羊”号和其他所有参战的护卫舰都收到了来自当时身在华盛顿的丘吉尔的贺信。贺信朴实直率：“我对你们抵御 U 艇取得的胜利表示赞赏。”

六个小时之后，兰姆和同船的舰员们驶进圣约翰港，经历了过去数日的煎熬与折磨——一次“令人精疲力竭、漫长又混乱的战斗”——后，这里简直是“平和的极乐之地”。[12]5 月 12 日 13 点，ONS.5 号商船船队的大多数船只逐渐靠近哈利法克斯，布鲁克将军发出了此行的最后一封电报：“已靠近引航站。商船船队任务完成。”

在干船坞，“小羚羊”号的船头被修整加固，随后，驱逐
232 舰继续向南驶至波士顿，接受彻底检修。兰姆上尉的日记中没有提到，在东海岸逗留的这段日子里，他是否和前任女友珍妮特·沃森再度会面并解释自己最新的恋爱情况。关于这件事，他只是简单写了几句：“我又回到了美国……本来这件事看上去极其不合时宜，也未经大脑，多亏了我在纽约的前女友知情达理，更要感谢我那正在大西洋另一侧的指挥室里全身心投入对敌作战的‘鹪鹩’未婚妻对我多有包容。”

兰姆现在暂时平安，但他要等上好几个月才能再见到奥尔德姆，而她从《每日快报》上剪下了一篇描述战斗细节的报道，并将它保存了一辈子。那篇文章基于当时所能掌握的全部信息写就，标题是“开战以来规模最大的 U 艇之战：海军击退 25 艘敌艇”，并得出结论，这“或许是战争打响以来最了不起的一场与 U 艇的对决”。[13]

除此之外，“雀鸟与群狼的对决”相对来说并没有引发太多关注。5月11日，每天20点放送的新闻广播即将结束，BBC广播电台的新闻广播员斯图尔特·希伯德报道了上个周四英军在大西洋击沉五艘德国潜艇的战绩。

“还有一些敌艇被击沉或者严重损毁，”他补充道，“有两艘是直接被撞沉的。”[14]

只有少数几家报纸转报了这则新闻。当斯蒂芬·罗斯基尔上校书写皇家海军战事行动的官方历史时，也只是草草提及这场对决。但邓尼茨和霍顿同时注意到这场对决发挥的决定性作用。两个男人分别向上级提出，ONS.5号商船船队一战是与U艇交战史中一个非常关键的时刻。霍顿首先称赞护卫舰队，认为它们的行动“堪称经典，囊括了现有几乎所有的策略与战术”，随后他补充道，“此次死伤惨重，会对敌军的士气造成严重打击，极有可能成为大西洋之战的一个转折点”。[15]

负责位于伦敦的U艇追踪部的罗杰·温也表示赞同，他在报告中表示，在商船船队参与的所有战役中，这一场是“绝对起到决定性作用的”，代表了“规模最大……但也是最后一次出现的‘狼群’协同作战”。*

1959年，罗斯基尔给《星期日泰晤士报》写了一篇关于 233

* 温的评估到1975年才对外公开，由英国国家档案局发布。

邓尼茨回忆录的书评，他显然受到邓尼茨对这场战役的评价的鼓舞，写下如下这段话："后人在记录这场持续了七天的与U艇的对决时，只记下了战役爆发时的经纬度，没人为其取一个后人能够铭记的名字；但这场战役以它自己的方式发挥了决定性作用，堪比基伯龙湾海战和尼罗河河口海战。"

彼得·格雷顿的战舰在圣约翰港的码头补充了燃料，现在的他离美好圣坛之约隔了整整一个大陆。很快，他就听说了离开ONS.5号商船船队之后打响的这次战役，内心充满沮丧。

"我永远都会后悔，自己居然没有冒着糟糕天气带来的风险和他们一起坚守到最后。"他后来这样写道。[16]格雷顿认为自己错过了本该是"一生中最辉煌璀璨的时刻"。[17]尽管格雷顿意识到自己当时脱离船队并移交指挥权给足以胜任的舍伍德是"基于常识"做出的"完全正确"的决定，但这件事还是令他余生都备受"困扰"。

在接下来的几天里，"邓肯"号补充了物资，并进行了大量修整。由于在护卫ONS.5号商船船队期间感受到了强烈颠簸，格雷顿下令将上甲板上所有不必要的重物都移走，连船体上涂的厚厚一层油漆也被刮掉了。当"邓肯"号驶离圣约翰港的时候，码头上堆满了舰船丢弃的储物柜、缆绳和管线。

5月11日，格雷顿启程返回利物浦。和商船船队的总司令交换完毕官方文件后，格雷顿私下里递了张纸条，要求他维持好手下船员的秩序，确保 SC.130 号船队能够于 5 月 25 日按时返回利物浦港，毕竟这天距他举办婚礼只有四天时间了。总司令官 J. 福赛斯在回复中承诺自己会尽最大努力，他补充说，不仅格雷顿有约，他自己那天也有早已约好的活动：一场高尔夫球赛。[18]

5 月 14 日，格雷顿横跨大西洋时，邓尼茨在希特勒位于波兰的“狼穴”与他见面，并商讨“狼群”下一步何去何从。邓尼茨并不想承认自己的 U 艇艇长败给了技高一筹的战术策略，他试着把盟军的胜利归因于他们具备更先进的军事技术。“敌军新配备的定位设备第一次让 U 艇在战役中寸步难行，并给我方带来严重损失——一个月就会损失 15 至 17 艘 U 艇。”当话题转移到海上战场的时候，邓尼茨斗胆提出这样的结论。

“损失太大了，”希特勒打断了他，“不能再这样继续下去。” 234

尽管如此，邓尼茨仍然坚持自己的信念，认为情势依然有可能逆转。第二天，他给所有 U 艇官兵发布通告，保证“会为正在苦苦挣扎的你们提供更精良的武器装备”。尽管这批武器马上就会下发（实际上并没有），邓尼茨也坚信其中就有能让盟军使用的“哈夫·达夫”高频测向仪失效的技术设备，但这一切对于某个年轻的 U 艇军官而言已经为时太晚。

5 月 19 日那天，格雷顿和他的商船船队横跨大西洋的航程已经走了一半，就在这时，霍顿安排的第一支援队赶到他们身边，其中包括一艘炮舰和三艘护卫舰。在这之后没多久，皇家海军“耶德”号——这艘战舰也参与了ONS.5号商船船队一战——发现了U-954号潜艇。“耶德”号与巡逻舰“森南”号一起执行了战术小组发明的“观察者”战术。“森南”号接连投掷了十枚深水炸弹，其中至少一枚击中了潜艇船体。U-954号潜艇的艇员中就有彼得·邓尼茨上尉，也即那名大将军的小儿子。本次袭击中无人幸存。

获悉儿子死讯，据说邓尼茨几乎没有流露出一点情绪。但他妻子的接受能力就没有这么强了，1945年，她一直在关注加拿大和北美的战俘名单，仍抱有一线希望，幻想她的儿子侥幸获救。彼得的死只是进一步坚定了邓尼茨的决心。*第二天，当U艇指挥总部向他报告另一支向东航行的英国商船船队的具体行踪时，他马上派遣让小儿子牺牲的那场战役里的幸存者和新的U艇一道前往拦截。

在一次对全体U艇艇长发表的广播演讲中，他说过这样一句话：“如果有人觉得现在再去袭击商船船队已经是不可能

---

* 作为一名高层军官，邓尼茨享有特殊豁免权，可以让一个儿子退下战场。根据纳粹的人种理念，这样做可以保证日耳曼人最优秀的血统得以继承，从而继续壮大雅利安人种。彼得死后，邓尼茨送他的大儿子克劳斯参加海军医官培训。1944年5月13日，休假期间，克劳斯到法国的瑟堡游玩，受邀陪朋友一起参加一艘鱼雷艇沿英国海岸开展的侦察行动。凌晨0点30分，鱼雷艇遭到一艘法国驱逐舰的火力攻击。艇身被击中两次，开始下沉。根据幸存者的报告，患有癫痫的克劳斯在水中突然发病，溺水身亡。

完成的任务，那他就是个懦弱的废物，不配成为真正的U艇指挥官。”

与此同时，格雷顿已经顺利在时限内返回利物浦港。235
1943年5月29日，他和曾经在战术小组工作的“鹪鹩”杜·维维耶在德比一位海军下属天主教牧师的见证下，在位于伦敦卡多根广场的圣玛丽天主教堂举行了婚礼。那个周末，这对新婚夫妇住在萨沃伊酒店（“十分舒适，而且不受空袭骚扰”[19]），在乘船前往爱尔兰的多尼戈尔享受三天蜜月假之前，还去剧院看了演出。第四天，格雷顿就回到了大西洋战场上。[20]

1943年6月30日，首相在伦敦市政厅对汇聚于此的各界显要人物宣布，大西洋战场的形势已发生逆转。他说：“想必你们每个人都已经听说，在突尼斯战役中，共有35万名德军和意军被俘或者被剿杀。”

> 另外还有一场5月发生在大西洋战场上的对阵德国U艇的战役，同样值得关注。出于某些显而易见的原因，公众很少提及那一战……5月，德国海军部投入重兵，想要阻挠为英国提供食物和物资补给的庞大商船队伍……而我们要想维持现有的作战能力，就必须保证这些资源能够安全准时送达国内。U艇在大西洋拉长战线，

> 拦截驶向英国的商船船队，每次都会有15至20艘U艇聚集成一支“狼群”，集中火力对船队发动袭击……这场战役主要围绕在一支商船船队周围，但也扩展到了更广泛的海域。战役以U艇全面落败告终。很确定的是，5月有超过30艘U艇被击毁，大多数时候，U艇上的官兵都葬身在漆黑深邃的海底。

随后，为了创造更具戏剧性的效果，丘吉尔紧紧抓住自己西装上的翻领，继续说道：

> 这样致命的损失对U艇部队而言打击很大，他们缩回自己的老巢舔舐伤口，并为死去的同僚哀悼。如今，多亏5月这场战役的胜利以及对U艇的清剿，我们迎来了战争爆发以来最顺利的一个6月。

236 丘吉尔停下来清清喉咙，现场传出的欢呼声和掌声震耳欲聋，回响在整座大厅里。[21]

1943年7月，盟军商船运抵货物——主要是从美国的港口运来的——的吨位，终于超过了被击沉商船货物吨位的总量。邓尼茨一直声称自己击沉敌军舰船的速度一定快过对方建造舰船的速度（用他自己的原话形容：“这样持续不断的放血意味着即便是体魄最为强健的人，也会因失血过多而死去。”[22]），他也一直积极研究手下提交的月度数据统计，[23]但最后他还是输了。有战术小组发明的战术，加上新增派的支援舰队，再加上弥补了空缺的空中支援，三者结合，让 1943 年 5 月成为 U 艇输掉大西洋之战——一场战中之战——的一个月。

后来，德军称此月为“黑色五月”，整整一个月，邓尼茨损失了 41 艘 U 艇。在这场战争公平客观的计分单上，这个计数起到了决定性作用。这个从未放弃对 U 艇和 U 艇年轻官兵的热爱的德国海军大元帅下令将“狼群”从大西洋战场撤离。他强调，这种变化只是对行动范围所做的暂时、“局部”的调整。又过了四个月，美国海军总司令欧内斯特·金将 U 艇的重要级别从“威胁”下调到“问题”。[24]

就这样，所谓的“吨位战”宣告结束，同时，在多方面都有重要意义的大西洋之战也终结了。

第十七章　荣　誉

237 克里斯蒂安·奥尔德姆眼看着马里波恩那一排漂亮整齐的房屋再一次从车窗外划过。这一天是她结婚的日子，她坐在一辆由专人驾驶的劳斯莱斯车里，后座上坐着她的父亲，他一脸严肃。

“你很确定吗？”他问。[1]

这位将军和他的女儿已经在伦敦市中心的牛津街北边绿荫环绕的曼彻斯特广场转了第三圈了。

“如果你有哪怕一点点的疑虑，”他继续说，“都不要结这个婚。”

“雀鸟与群狼的对决”结束后，皇家海军“小羚羊”号颤颤巍巍地驶进圣约翰港，立马开始检修，又过了几周才重返大海。U 艇也许已经撤退，但对于年仅 23 岁的奥尔德姆来说，U 艇所带来的担忧被另一种更大的焦虑取代——她总是对未婚夫即将前往的目的地一无所知。现在，皇家海军“小羚羊”号几乎不可能再出现在贝尔法斯特城堡的动态作战图上，奥尔德姆得知兰姆行踪的最好渠道就是那份粉色名单，上面会记录英国舰队每一艘舰船的位置，尽管名单并不完善，还经常不能及时更新。

有时，来往信函能在某种程度上安抚这些害了相思病、满怀焦虑的恋人，这一对每周都会给对方写信（她后来回忆，都是些年轻恋人会对彼此说的“恋爱中才会说的那种蠢话”）。但谁也说不准这封信要花多久长时间，要经历海军邮件系统多少道谜一样的关卡，才能奇迹般地出现在另一方不断变换的地址上。又要再过好几周，才能收到一封回信。

这一切都让规划婚礼这件事变得难上加难。尽管如此，
奥尔德姆的母亲还是做出了一个大胆的决定。她大概估算了 238
一下“小羚羊”号下次返港进行锅炉清理的日期，据此在教堂预定了 12 月某个周三那天的婚礼。她还通过刊载在《乡村绅士协会杂志》上的一则广告，花六英镑给女儿买了一件二手的白色天鹅绒婚纱。

从 5 月在贝尔法斯特城堡的墙头与兰姆挥别，到即将举办婚礼的这天，奥尔德姆在此期间只和他重聚过一回。两个人都盼着这一天很久了，但由于未来的岳母也陪着女儿赶来，在现场“虎视眈眈”地打量这位年轻的上尉，兰姆的激动心情有所收敛。奥尔德姆后来回忆这一天，说兰姆“被整件事吓着了”，他太着急想要尽快结束这一天的会面，没能给人留

下深刻鲜明的印象。但毕竟在大海上待了好几个月，一直在与U艇碰撞，还要忍受同船水兵粗鲁的玩笑，兰姆无法立刻适应这样微妙的社交场合也情有可原。用奥尔德姆的话说，这次会面“算不上太成功”。

尽管如此，这一切都没有减弱年轻“鹪鹩”的决心。坐在婚车后座，她又一次检查了自己朴素婚纱上的束腰绳结。

“我毫无疑虑。”过了一小会儿，她回复了父亲的问话。

汽车驶向西班牙广场，1943年12月15日接近14点，奥尔德姆穿着银色的便鞋，走进圣詹姆斯教堂的大门内。在场的宾客包括皇家海军“小羚羊”号上的军官，他们朝站在圣坛旁的上尉咧嘴笑着。奥尔德姆一步步走向圣坛，此时她心中对潜艇艇长伦诺克斯·纳皮尔的念想烟消云散。自奥尔德姆订婚后，纳皮尔开始同她的朋友伊芙·林赛约会，最终和林赛走进了婚姻的殿堂。不管是曾经还是现在，两个女人之间从未因此产生任何敌意。

等走到圣坛前，奥尔德姆转过脸来面对眼前的这个男人，曾经的那个5月，为了他，她有整整一周都心惊胆战地在大西洋的这一边关注着他。当看到兰姆所在的舰船前U艇成群，她甚至不确定他们以后是否还有机会再见面。但他们终于还是等到了今天，站在这里，即将举行一场战时婚礼。而
239 经历了此前的那场大战，不知怎的，他们都觉得自己离和平的生活更近了一些。

婚礼招待会在梅菲尔的达特茅斯别墅酒店举办，客人们一进门就看到一个高高立起的圣诞蛋糕，这是在斯隆街的瑟斯酒馆定做的。尽管还在实行食物配给制，但大胜U艇带来的好处已经通过全国各地的餐桌体现出来了。进口物资中沉船带来的损失已低于百分之一，粮食部储备的备用粮也已经超过了600万吨。[2]“小羚羊”号功不可没，它让食物又可以源源不断地送抵英国，如今新娘、新郎和参加婚礼的客人们也因此受益。*

就在离他们不足一英里的地方，在海军部的指挥室里，墙上挂着统计商船沉船数量的图表，一周接着一周，图表的走势令人逐渐心安。曾经，在大西洋之战最绝望的关头，图表曾一度触及象征英国人民即将忍饥挨饿的那条红线。但现在，即时损失总量和灾难的底线之间还隔着相当远的一段距离。

“大西洋之战已经发生了决定性逆转，目前的形势对我们有利。”“雀鸟与群狼的对决”结束两周后，海军上将马克斯·霍顿爵士在一封写给手下所有盟军部队——包括战术小组的全体官兵——的公告中这样表示：“返回总部的数据统

---

* 英国政府还需要保证在战争期间英属殖民地的臣民能够有足够的食物供给，而这个目标经常无法实现。比如说，1943年，英国政府决定将食物优先供给军队、公务员和其他“高人一等的阶层”，因此在孟加拉就有200万至300万印度人死于本可以避免的饥荒。在战争形势逆转，国内基本克服了缺粮少食危机的同一年里，这样悲剧性的事实足以将任何国家的自豪感抹灭。

计显示，U 艇的损毁数量在不断增加，商船船队中遇袭船只的数量在不断减少……这场战争发展的趋势就算没有逆转，也算是被抑制住了。”霍顿继续说，这次成功源自“努力付出”、“不断培训”和“高效作战”，其中大多数都可归功于战术小组辛勤工作的男女官兵。

时不我待，霍顿敦促大家，“是时候出击了，而且要重拳出击”。[3]

240 但针对霍顿的这条命令，护卫舰发挥实力的机会非常有限，因为 U 艇几乎不再活动。尽管这令格雷顿、麦金泰尔和沃尔克 * 这样的舰长感到无聊又失落，但对于商船船队和那些终于看到食物、蔬菜、燃料和汽油在增长的英国人民而言，这样的变化改变了他们的命运。

1943 年 5 月 17 日之后的 17 周里，盟军在北大西洋航线上一共派出了 62 支向东或向西航行的商船船队，没有一艘船只遭受 U 艇袭击。自西而来的商船船队载着超过 1 200 万吨的食物和其他物资补给，畅通无阻地抵达英国海岸。海军部的高层也抓住这个机会扩大了商船船队的规模，到了 1943

---

* 这三个人当中，沃尔克年纪最大，由于过度疲劳，1944 年 7 月 7 日，他突然中风，两天后就去世了。尽管某些战术操作存在问题，但在大西洋战场上，沃尔克击退的 U 艇总数还是比其他任何英国或盟军指挥官都要多。他的葬礼在利物浦大教堂举行，有超过 1 000 人出席，其中包括他的竞争对手罗伯茨上校，不过他们从来没有公开说过或者写过二人在专业意见方面存在的冲突。

年 6 月，每支船队平均下来有 62 艘商船，而前一个月平均只有 43 艘。[4]

还有两个次要因素也改变了 U 艇一片大好的局势。5 月 1 日，当“雀鸟与群狼的对决”还在如火如荼地进行，美国海军总司令欧内斯特·金在自己位于华盛顿的总部成立了一支战略小分队，专门负责与德国 U 型潜艇对战。到 5 月底，这支被编号为美国海军第十舰队的小分队已经和德比之家联手，共同训练美国的护卫舰队；同时，第十舰队也在通过自己的情报网收集情报，协助美国海军与 U 艇的作战。

5 月末，盟军方面也确认了一件事，U 艇指挥总部早已破译了英国海军发报使用的密码，此前的数月里一直在拦截海上商船船队相互之间发送的信息。这让邓尼茨和他的手下能够非常灵活地引导“狼群”直接冲向商船船队。意识到存在这样的漏洞，美国和英国海军都换了更新的密码，即海军第五号密电码，这再一次让邓尼茨和 U 艇部队乱了阵脚。

1943 年 9 月 21 日，丘吉尔首相在下议院发表演讲，要求议员们绕场一周庆祝胜利。

> 我曾多次在下议院表明，我们在本次战争中面对的 241
> 最大威胁……就是 U 艇在海上对我们以及所有盟军船队发动的袭击……5 月，我们航行在北大西洋的商船船队及其护卫舰在战役中取得重大胜利，随后沉船数量便明

> 显减少……自那以后一直到9月18日，在这十个月当中，北大西洋无一艘商船被敌军击沉……9月的头两周，全球范围内都没有盟军船只被U艇击沉。在整个与U艇的交战史中，这项成绩史无前例，不管是在这次还是上一次的世界大战中都没有出现过。

“那么高的伤亡率肯定已影响到U艇官兵的士气，而大多数作战经验丰富的U艇艇长要么已经淹死，要么已经成为战俘。”丘吉尔继续说，“在座的诸位也应该知道，我们充分利用U艇蛰伏的这段时间，组织了足够庞大的商船船队，我们也为大不列颠岛补足了所需的各种必要物资，特别是燃料，储备总量已经达到战争爆发以来的最高点。”[5]

内阁成员和下议院各个党派的代表都站起身来，大厅里响起经久不息的欢呼声和掌声。

丘吉尔演讲之后过了几周，就到了那场婚礼举办的日子。约翰·兰姆和克里斯蒂安·兰姆邀请来的客人怀着感激之心吃饱喝足，目送新婚夫妇爬进一辆绿色的奥斯汀七系小轿车，出发享受自己的蜜月之行。

1943年末最后几天，在战术小组位于德比之家顶层的办公室里，吉恩·莱德劳整日埋头于成堆的文件中，这天，罗伯茨上校突然出现在她办公室的玻璃窗前。在过去的几个月里，战术小组的人员发生了许多变动。一位挪威籍上尉佩尔·卢尔加入小组，成为每周都要同步开展的五组兵棋游戏其中一组的负责人（这一任命带来的结果是，战术小组专门为挪威海军军官们腾出了一张桌子，仅供他们使用。截至战 242
争结束，共有约100名挪威军官从培训项目结业[6]）。

丽兹·德雷克是战术小组创始成员之一，1942年3月15日就成为罗伯茨手下一员。1943年对于这个21岁的女孩而言跌宕起伏。1943年4月19日，德雷克被提拔为二等军官，后来，她遇见了澳大利亚军官弗莱德·奥斯本——亲手挑选加入战术小组的每名“鹪鹩”的资深领队南希·奥斯本的兄弟——并与其相恋。在这之后，德雷克唯一还在世的亲人，她的父亲，去世了。她病倒了，暂停工作，休息了一段时间。等德雷克重返战术小组，弗雷德已经不再担任教员，而是准备回到海上执行任务，她也接到通知，要做好准备离开战术小组，前往贝尔法斯特担任参谋。[7]

在战术小组的所有创始成员里，德雷克不是唯一一个另奔前程的：几周前，个人魅力十足的波比·豪斯也动身前往直布罗陀，将在那边担任战术研究主管。[8]通过兵棋游戏获取的经验已经让这些“鹪鹩”成为整个女子服务队中最有价值的一批成员，当有新的高层领导职务空缺，这些人就成为劳顿·马修斯最理想的派遣人选。

每当一名“鹪鹩”离开，就会有两个新人接替她的位置。

替代豪斯的是波琳·普勒斯顿，她在1943年5月被提拔为三等军官，后来嫁给了皇家海军预备役的鱼雷艇艇长伊凡·尤尔特上尉。另一位接替豪斯的是伊丽莎白·“邦趣”·哈克尼（她后来嫁给战术小组成员威廉·图利-霍金斯），转而与玛格丽特·理查兹、玛丽·戴金和朵丽丝·劳福德共事。伊丽莎白毕业于伦敦国王学院，她妹妹也在德比之家工作，担任通信官；她父亲退休后又被返聘，担任北极商船船队护卫舰指挥官。

不久前，珍妮特·奥凯尔被提拔为女子服务队队长，而琼·邓肯为了缓解战事带来的压力，坚持每晚在本地的话剧团排练演出。但是，忠心耿耿的莱德劳从来没有换过地方，一直是罗伯茨的得力助手。用罗伯茨的话说，“整场战争期间她都是我的头号干将”。[9]就这样，“因病退役”的上校和年轻的女同性恋者一起维持兵棋游戏长期的排演。

尽管战术小组的人员经常流动，但这里的人气一直很旺，
243 越来越多的军官到这里参加为期六天的培训。用罗伯茨的话说，为了避免自己的课程逐渐变得“陈腐、令人倦怠”，他和莱德劳经常更换兵棋游戏的场景，通常会采用一些能够反映海上实时战况的故事和战术。在某局游戏中，军官们必须对日本的大吨位潜艇发动反击，在另一场游戏中要对战的则是德国的鱼雷艇。罗伯茨曾经写到，因为过于担心课程会变得千篇一律、机械化，他“总是处于焦虑状态”。

当罗伯茨手握一封信，打开办公室的房门时，莱德劳面带微笑、充满期待地看着他。他把那封信甩在桌子上，眼尖的莱德劳立马看出这是一份官方文件。莱德劳开心地阅读信上的内容。为了表彰罗伯茨在战术小组的卓越工作，新年荣誉勋章名单中“额外”增加了他，拟授予他骑士指挥官勋章。对于这个几年前还被海军拒之门外，又因身患疾病而被迫退役的男人而言，这一荣耀有着治愈人心的作用。罗伯茨、莱德劳和其他“鹪鹩”一直顽强奋战，不仅要抵御U艇带来的威胁，还要对付那些怀疑在战时摆弄兵棋游戏到底能有多大作用的人。

对于莱德劳和其他战术小组的成员来说，这样的境遇让罗伯茨很多时候变成了一个很难相处的同事。

“罗伯茨的性格中有些重病之人会有的执拗，”1943年一整年都在战术小组工作的弗莱德·奥斯本这样写道，“在他手下工作很难，他过于看重培训学校的地位和声望，也不允许任何人对自己有异议。”[10]另一名女子服务队队员奥黛丽·皮特自1942年起在德比之家工作，直到战争结束。她曾说：“如果你能应付得了吉尔伯特·罗伯茨，你就可以应对任何人。”[11]乔治·菲利普斯曾在罗伯茨手下工作，在他写给罗伯茨的悼词中，有一些非常直率的描述，比如说罗伯茨“为人固执、充满魄力”，“不屈不挠、争强好胜”，而且众所周知，“他那些碾压一切的战术经常会给下属带来巨大的挫败感”。[12]尽管如此，“我们还是尊敬并热爱着他”，菲利普斯这样补充道。

罗伯茨当时为争取培训学校的地位和声誉做出很多努力，但他不仅仅是为了个人荣誉，也是为了和他共事的这群“鹪鹩”——尽管有时他要经人提醒才能想起要与同事共享赞誉。这回，罗伯茨来莱德劳的办公室也是受到妻子艾丽丝的敦促，
244 她建议他邀请这位在战术小组中举足轻重的女下属，一同前往皇宫参加授勋仪式。艾丽丝和罗伯茨的婚姻关系再过几个月就会破裂（有关这段婚姻，罗伯茨不仅在日记中只字未提，离婚之后也是积极地将其掩盖起来），尽管如此，他还是听从了妻子的建议。*

“你会来吗？”他这样问莱德劳。

由于年龄、级别，特别是性别，莱德劳永远不会获得这样的认可。不过，即便她当时生出嫉妒情绪，也没有对外显露出来。1944 年 2 月 15 日，她和一名“鹪鹩”队员陪同罗伯茨前往白金汉宫，** 祝贺她们的这位上校荣获殊荣，但和战时的常态一样，她们只能远远地分享这份喜悦。罗伯茨曾写

---

* 罗伯茨的这段婚姻具体的结束时间不得而知，出于礼仪方面的衡量，也没有在关于他的任何文件中体现。当时曾有一份报纸提及他接受妻子的建议，邀请莱德劳和另一名女子服务队队员一同前往皇宫参加授勋仪式；18 个月后，罗伯茨离开战术小组，孤身一人搬进新居。

** 在骑士任命中心的记录里，罗伯茨在白金汉宫举行的授衔仪式上，从乔治六世手中接过了属于自己的徽章。记录中没有提及陪着罗伯茨和莱德劳来到现场的另外一名女子服务队队员的姓名。

道："我把她们当成授勋仪式的一部分，假如没有她们，我们如何实现这一切胜利呢？"

罗伯茨的名字很快为大众所知晓，大家对他产生兴趣，并开始分析这位默默无名的退役上校到底做了些什么工作，以至于能在战争的最关键时刻获得如此殊荣。从战术小组成立至今，该部门的一切工作都是对外保密的，特别还要考虑到它所在的德比之家是一个需要隐匿位置的部门。但是，由于U艇开始撤离前线，高层决定将罗伯茨和女子服务队队员们所做的工作公开，不仅仅是通过将他纳入荣誉勋章名单这种方式，还会在媒体上公开发布。

1944年1月初，一名叫作A. J. 维尼的记者来到战术小组，旁观一群军官进行兵棋游戏，观察"鹪鹩"们如何在游戏中操作，并对罗伯茨进行了采访。此时，罗伯茨还在研究能够应对德军最新武器的新战术。德军发明了一种声响自导 245
鱼雷，命名为"鹪鹩"，这种鱼雷可以改变行进方向，使自己能够瞄准舰船水下推进器发出的超声波所代表的方向。*

维尼为许多出版物写下了自己看到的一切。与他同行的还有常被《每日先驱报》雇用的摄影师鲁本·赛德曼，由于

* 罗伯茨称，自从他研究出新的躲避战术"避让"，1943年9月之后，就再也没有护卫舰被这种自导鱼雷击沉。要想了解该战术的完整说明，可见保罗·斯特朗于2017年发表的文章《大西洋之战中的兵棋游戏》。

海军部的官方摄影师以前经常在这里拍摄她们的日常工作，“鹪鹩”们对镜头习以为常。有一次，莱德劳甚至按照官方摄影师的要求，在战术小组办公室门口的“WATU”徽章下面摆姿势拍照。在这张照片里，她安静地笑着，凝视着徽章上的那张国际象棋棋盘，似乎还沉浸在获胜的余晖中。不过，这些照片并不是为大众拍摄的，而是为了存档用的。

与之相反，赛德曼是专业媒体人，他的父亲和三个兄弟也都是专业摄影师。赛德曼这次拍摄的这组引人注目的照片不仅仅会刊登在《每日先驱报》上，还会配上一篇夸夸其谈的文章，刊载在当时非常流行的杂志《战争图解》上，文章的标题是《大西洋之战幕后：一所研究出对抗 U 艇新战术的学校》。

“如果你和英国反潜部队一起出海，”维尼在刊登于《战争图解》的那篇文章里说，“你经常会听到大家提及‘那场游戏’和‘每隔两分钟就得走一步’，这些都是在说西部海域反潜司令部成立的那所战术学校。”

就这样，战术小组所做的一切工作从盟军舰船的甲板和船舱扩散到广大英国人民家中的餐厅里和沙发上。用一篇新闻报道里的话讲，战术小组已经不再是“不可言说的秘密”。[13] 尽管很短暂，但用一名“鹪鹩”的原话说，的确有那么一瞬间，战术小组“声名远扬”。[14]

第十八章　夜晚的枪声

1945 年 5 月 23 日，也就是有人闯入罗伯茨船舱的那一天，这位上校才刚刚抵达弗伦斯堡。在德国投降之后，英国派出审讯员代表团前往 U 艇总部调查，他就是第一支代表团的成员之一。团员中还包括 ONS.5 号商船船队的司令官格雷顿，他们一行人秉持和平相处的原则而来。尽管如此，那位负责在罗伯茨逗留期间为他服务的前任 U 艇艇长海因茨·沃克林有充分的理由鄙视这群英国人。两年前，也就是 1943 年 3 月初，沃克林曾参与一次针对北大西洋海域向东航行的商船船队发起的“狼群”围攻，当时，他目睹自己的同胞与 U-444 号潜艇一同沉入大海。正是因为战术小组的“功劳”，上百名 U 艇艇员——其中一些还和沃克林有过私交——在战场上丢掉了性命。 246

即便罗伯茨对于分配给自己一名前 U 艇艇长做助理这件事有什么保留意见，他也并没有明确提出反对。沃克林的举止让他看不出有任何需要担心的地方，在官方报告里，他对沃克林的描述是“一个性格讨喜但毫无作为的懦夫”。[1]要认真说的话，这个德国人甚至过于谄媚，他急于讨好罗伯茨，主动帮罗伯茨追踪潜在审讯对象的下落，好让罗伯茨能够从这些人口中获取信息并带回英国。

罗伯茨迫切希望讯问一些曾在U艇指挥中心任职或者担任过U艇艇长的德国海军军官，从他们口中证实自己的推论和假想是否正确。但在弗伦斯堡，这样的候选人所剩无几。

“大多数人死在了战场上，有一些人成了俄国战俘，还有一些人被遣散或驱离了。”罗伯茨在他的报告中这样写道，[2]“U艇指挥总部也无法交代他们的具体下落。”[3]

247 让局势更加扑朔迷离的还有一件事，自5月8日起，德国海军军官接到禁令，禁止相互之间发送消息，所以没人知道自己的同僚到底身处何方。不过，在罗伯茨一到德国就登上的那艘“帕特利亚”号邮轮上，倒是有一名极具价值的囚犯。沃克林带着罗伯茨来到邓尼茨的参谋长、负责所有U艇的组织和行动的海军少将葛德特的船舱。罗伯茨和沃克林发现这名德国高官“怒不可遏”，“脾气大得令人震惊”。[4]葛德特用纯正的英语解释说，之前英国的士兵强行冲入他的指挥总部，直接从墙上撕下作战图。他还声称，之后这些人又闯进他的私人船舱，偷走了许多物品，其中包括一个放着他女儿照片的银质相框。

英国士兵的粗鲁举止令葛德特感到愤慨，此后这种情绪进一步恶化，因为在等待英国情报部门进行搜查的过程中，他又被迫和一群海军官兵一起，在一个练兵场足足等了五个小时。还有，他凄惨地表示自己至今没有吃到午餐。

罗伯茨看得出来，如果他不想办法平复邓尼茨的这名参谋长的情绪，就没有办法问出任何有用的信息。况且，他看得出来，那些士兵的确把葛德特的船舱搞得一团糟，他现在也和这名德国军官“一样愤愤不平”。罗伯茨要求召见附近离自己最近的一名旅长。来的是一名少将，罗伯茨要求他找到那个银质相框并将其归还。如果没有那个相框，罗伯茨说，“我就没办法和这些德国人合作，我的任务也就毫无意义了”。

这位军阶更高的少将并没有意识到自己刚刚被一名已经退役的海军上校下达了指令，他答应帮助找到并归还这个小装饰品，也如约将找到的相框送到了罗伯茨的房间。葛德特的情绪缓和下来，这两个男人在罗伯茨的船舱里坐下来，开始进行问答。罗伯茨在自己坐的长凳旁放了一台录音机，这样接受讯问的一方就会认为自己知道自己说的话什么时候被留在官方记录里，什么时候不被记录在案。但实际上，代表团里的另一名成员、海军中校哈里·泰勒·盖拉尔迪提前在罗伯茨的床板下面藏了另一台伪装成手提箱的录音机。盖拉尔迪此前是美国联邦调查局的探员，他来自罗得岛，祖父是

248 美国海军首位意大利裔将军班克罗夫特·盖拉尔迪。战争刚开始的时候，他就加入了海军预备役，后来，由于具备情报工作经验，他被派至英国，负责审讯U艇艇长。[5]他的秘密录音手提箱能够记录下所有的对话内容，一点儿都不会落下。换句话说，没有什么是“不被记录在案”的。[6]

罗伯茨发现葛德特是“一个很好的审讯对象”，尤其是没过几分钟，他就亲口证实，罗伯茨和莱德劳之前通过兵棋游戏做出的推断是正确的：克雷齐默尔率先试验成功后，U艇的艇员专门接受过训练，要潜入商船船队队列内部，近距离瞄准商船发射鱼雷，之后迅速下潜避开探测。

由于自己的理论经由邓尼茨手下军阶最高的U艇指挥官得到证实，兴奋的罗伯茨马上向对方抛出了一连串问题。接下来他问对方，德国海军有没有使用与战术小组相似的兵棋游戏来开发新战术或者完善已有战术？葛德特回复说他们并没有这样的操作，不过一年前，他曾经读过那期专门报道了罗伯茨和战术小组“鹪鹩”们的有关工作的《战争图解》。

“他承认这样一个部门的成立有其重要价值，”罗伯茨在报告中写道，“但他并没有考虑过应用同样的策略，因为‘战争进展到那个阶段，再这么做也为时已晚’。”

接着，葛德特不由自主地“赞美”英军能将这样的工作交给女子服务队的队员。他解释说，当然，德国海军部队也招募了很多女兵。这一点罗伯茨之前就已知晓，因为四周前，也就是1945年4月22日，在德国布克斯特胡德的一个北海地区海军基地，就有不少于500名德国“鹪鹩”向英国第七装甲师——素有“沙漠之鼠”之称——投降（“沮丧但未抵抗”，一家报纸这样说[7]）。但是，葛德特继续说，德国海军部永远不会给这些女子安排类似战术小组这样的重要工作。事实上，他补充说，海军中的女性官兵“甚至没有在大西洋之战中参与任何辅助工作”。

最后，罗伯茨问葛德特是否了解由战术小组研究发明、在实战中被证实极其有效并扭转了所有盟军舰船命运的那些战术。葛德特回复说他当然意识到对手齐心协力，共同采取了一些反击的作战战术，而且还根据发现U艇——在鱼雷发 249
射前发现U艇或者在鱼雷发射后发现U艇——的时间，在几种战术中进行了选择。但是，他说，德军只知道一种战术的具体名称。

“那是哪种战术呢？”罗伯茨问道。

“‘树莓’战术。”[8]

当罗伯茨意识到战术小组开创的战术已经吸引了德国海军最高将领的注意，那种满足感让他当晚沉沉陷入香甜的梦乡，再过几个小时，在他浑然不觉之时，他的舱门将被打开。

在法国的洛里昂港，在那个巨大的、有混凝土防护层的U艇地下工事，也出现了类似弗伦斯堡的混乱状况。最近几周，洛里昂已经变成一个由穷凶极恶的老鼠和负隅顽抗的U艇官兵占据的围城。在德国投降前夕，这里残存着邓尼茨一度声势浩大，现在却溃不成军的U艇部队里的最后一帮忠诚拥趸。

1944年8月巴黎解放后，大部分驻扎在法国的德军都投了降。在洛里昂，除了U艇的地下堡垒凯罗曼I–IV号毫发无损，整个城市变成了一堆废墟。尽管如此，这里还是成了德军为数不多做出最后抵抗的阵地之一：有2.6万名德国士兵在这座已经有两年多街上没有传出孩童玩耍大笑声的城市里留守。

1943年初，就在“雀鸟与群狼的对决”即将爆发前，丘吉尔不得不承认，尽管持续对敌进行轰炸，但很显然U艇的地下工事坚不可摧。*他转而下令轰炸整座城市的基础设施，如此一来，驻扎在U艇基地的那些官兵说不定会面对饥荒的威胁。1943年1月15日晚，200架轰炸机在这个法国港口城市投下燃烧弹。在接下来的一周里，353名平民死亡，超过800座建筑物被炸毁或者彻底坍塌，大约占到整座城市建筑物总量的90%。电话线和煤气管道都被炸断了，一半的邮局被
250 削去屋顶，只留下破败不堪的一堆房梁从屋顶的大洞露出来。

---

* 英国皇家空军从两万英尺的高空向下投掷一枚2 000磅的穿甲弹，足以穿透八英尺厚的混凝土屋顶。

2月3日，洛里昂市开始官方疏散市民，有五六万市民撤离到附近的村镇，因此，“只有被德国人雇用的工人”，也就是那些“保障新鲜物资、食物供应和公共卫生所不可或缺的人员”留了下来。如果说U艇建造工厂所在的基尔是邓尼茨U艇大业的机械中心，洛里昂就是行动的最前线，这座城市为自己在大西洋之战中扮演的至关重要的角色付出了惨重的代价。根据该市官方记录的数字，1940年9月25日至1945年5月8日，这座城市共经受了370次空中轰炸。

这些残余德军由57岁的威廉·法希巴赫将军带领，抵挡了盟军为了解放这个港口而发起的一轮又一轮进攻，洛里昂港仍然是U艇艇员得以停靠休整、补充物资的地方。然而，法希巴赫每天供应给士兵们的面包都是用锯末混上面粉做的，他对大部分官兵隐瞒了这个事实，就靠这样的面包维持他们的士气。为了维持供应，法希巴赫把本地的铁轨掀翻，把里面的枕木取出来，锯成粉末，做成面团。

仅仅两年，洛里昂就从一个德国人眼中的拥有无数香槟佳酿、八珍玉食的富饶城市变成了贫瘠之地。咖啡不是用咖啡豆煮出来的，而是用橡子磨成的粉冲泡的，有时是用烘焙过的薄胡萝卜片。对于当地的法国市民而言，从1940年11月7日开始就买不到皮鞋了，因为法国需要把所有的牛皮送往德国。现在，占领者也需承受同样的短缺。不同于法国人，他们倒是不需要扒下被击落的美国飞行员身上的降落伞来做衣服，但很多士兵只剩身上那一套磨得破破烂烂的制服可以穿。

1945年5月的第一周，法希巴赫喊来他手下的军需官。

“我们现在还剩下多少条铁路枕木？”他问道。

军需官犹豫了一下，将军知道，形势十分严峻。终于，军需官开口说：“一根。”

那天下午，法希巴赫意识到，磨碎一根枕木获得的粉末
251 已经不足以制作出足以喂饱手下成千上万名官兵的面包，他
给邓尼茨发了一封电报。

“希望能和我手下这群坚强、尚未被击垮的官兵一起结束战争，”电报里这样写道，“我们铭记我们饱受风霜的祖国。德意志帝国万岁。”

由此，最后一个设立在法国的U艇基地——许多U艇就是从这里出发，在大西洋战场上横行厮杀——沦陷了。如果说法希巴赫手下的官兵为此感到如释重负，那种心情远比不上依然在海上行动的U艇艇员们感受到的震撼。四天前，他们收到此刻已是四面楚歌的U艇部队创始人兼总指挥官发去的最后一封电报：

> 我的U艇艇员们：
>
> 我们身后是持续了六年的U艇大战。你们曾如雄狮一般奋勇作战……我们的战斗无法再继续下去……你们

英勇作战，此时虽放下武器，但并没有被任何人打败，你们的行动无可挑剔、无人可比。我们以最崇高的敬意哀悼牺牲的同志们，他们以死证明了自己对元首和祖国的忠诚。

由于他们的司令最近才刚发布指令，要求大家继续作战，突如其来的投降命令让邓尼茨手下的这群U艇艇长大惊失色。许多艇长甚至猜测敌军是否已经攻破了他们的密电系统，并发出这样一封伪造出来的电报。[9]对于那些相信这条命令的人而言，最初的释然转变成一种迷惑的心情，他们不知道接下来到底该怎么做。在奥托·克雷齐默尔击沉女子服务队队员们所在的皇家海军“阿吉拉”号之前，阿达尔伯特·舒尼艇长曾在他手下工作。此时，舒尼朝着一支商船船队发起佯攻——这也是这次战争中U艇发动的最后一次袭击。他采用了前辈艇长发明的战术，逐渐靠近船队纵列内部，然后在没人发现的情况下逃脱，掉头驶向挪威。

一些U艇选择在中立港口停靠。其中两艘最后一次横跨大西洋，前往阿根廷的港口，还有五艘驶向日本海海域。许多人还在等着“彩虹”暗号——这是让他们自毁U艇并弃船的信号。这个信号没有出现。

海因茨·沃克林站在罗伯茨一片漆黑的船舱里，手里握

252 着沉甸甸的鲁格手枪。这一刻，这个德国人既有手段也有动机杀死面前的这位英国上校。但沃克林并不是来暗杀他的新主人的。他蹑手蹑脚地走到罗伯茨卧室旁的客厅里，轻轻地将手枪放在擦得光亮的桌子上，然后退回自己的船舱，并反手将门带好。

沃克林后来解释说，他只是想确保罗伯茨在德国邮轮上逗留的这段时间里有能够保护自己的自卫武器。毕竟不是所有人都像U艇军官一样对军阶有足够的尊重。如果他的行动刚巧给罗伯茨展示出固执地拒绝配备武器会让自己面临什么样的险境，那也不错。

“我不知道他从哪儿搞来的手枪，也不知道这支枪怎么躲过了搜查队的搜查。”罗伯茨后来这样描述他发现桌子上有把枪时心里的想法。尽管如此，这位生性执拗的上校还是不肯武装自己。第二天早上，罗伯茨问清楚沃克林都做了些什么之后，把这支手枪转交给了代表团的另一名成员，罗伯茨在日记里称后者是一名“有点像希腊神话中的神偷之首奥托吕科斯”的轻型巡洋舰舰长。

罗伯茨处理掉这支手枪后，一整天都和葛德特少将待在U艇的指挥室里，他们现在“相处得极其愉快”。[10]在指挥室，罗伯茨看到了部分曾像德比之家和贝尔法斯特城堡的那群“鹪鹩”一样在作战图上标注舰船和U艇方位的工作人员。当罗伯茨表明自己的身份，这些男人的脸一下子变得苍白了。很快，罗伯茨就知道他们为什么这么害怕了。他开始巡视U艇的指挥区，首先来到U艇的值班室，他看到墙上挂着一张自己的照片，是从《战争图解》杂志上剪下来并放大的。在照片底下有一行手写的注释："这就是你们的敌人，反潜战术总指挥官，罗伯茨上校。"*

过了一会儿，一名德国士兵取下那张照片，把它递给罗伯茨。

"我在上面签了名，"罗伯茨在日记中这样记录，"我之 253
前也留存了一份。"

葛德特答应交给罗伯茨三份珍贵的文件：他手下整理的U艇位置日报、巡逻指令，以及每周搜集的盟军商船船队相关情报总结。罗伯茨开始研读这些文件，同时安排前美国联邦调查局探员盖拉尔迪列出一份清单，统计所有在役U艇最后一次出现的位置。这样盟军就可以将其与自己列出的击沉U艇清单交叉比对，从而看看事实到底如何。

罗伯茨是这样记录这次的行动的："我发现了一个令人震惊的事实，我们海军部自己的反潜委员会做出的估测事实上非常准确。"

* 关于这行手写注释的记载，只出现在1979年由马克·威廉斯写的一本传记《皇家海军上校吉尔伯特·罗伯茨和反U艇培训学校》里，后来，罗伯茨斥责此人惯于"油嘴滑舌、夸大事实"。不过，威廉斯的书里没提到罗伯茨还试图在那张照片上签上自己的大名，这个细节只留存在了罗伯茨没有公开发表的日记里。

葛德特也借这个机会向罗伯茨倾吐了自己的沮丧，他埋怨U艇的武器装备迟迟得不到扩充，在闪电战之后U艇上的艇员也都是一些几乎没怎么受过训练的纳粹空军军官，而不是经验丰富的水兵。*

罗伯茨虽然已经知道答案，但还是想听葛德特亲口讲出来。他终于发问，克雷齐默尔开创的战术——一艘U艇偷偷潜入商船船队内部，对商船发动袭击，随后借着混乱局面潜入水中，关掉引擎，安静等待危险过去——后来是否成为官方下达的指令。

“是的，”葛德特回复说，“你带着它潜入海底。然后你就停在那儿，没人能打扰，可以安心吃喝、休息。”

经过这漫长的一天，葛德特也有些疲惫。他似乎很享受和从前的对手探讨U艇战争。分别前，葛德特转向罗伯茨，问他是否可以和他握个手。罗伯茨点了点头，这两个人就此达成和解。

在接下来的几天里，罗伯茨继续进行了一轮又一轮的讯问，对数名U艇艇长展开了详细问话，其中就包括邓尼茨的女婿金特·黑斯勒指挥官。（罗伯茨极其生动地形容他是“一个毫无幽默感的点头虫，只知道立正敬礼、服从命令。不是

* 葛德特对这件事嗤之以鼻，他告诉罗伯茨，那些被调派到U艇部队的空军军官在出海前只接受了为期三周的培训，之后就觉得自己“无所不知”了。

我喜欢的类型”。）黑斯勒进一步证实了葛德特所言，“每一名U艇艇长都希望潜入商船船队纵列内部，因为他们在那里安全得很，绝不会遇到反击”。[11]

一天晚上，罗伯茨回到自己的套间，发现房间里又多出一些东西，不过这一次不是枪膛上满子弹的手枪，而是一瓶瓶香槟。沃克林解释说，这是来自葛德特的礼物，他从邓尼茨的私人酒窖取了这些酒，毕竟“他再也享受不到这些酒了”。罗伯茨和其他代表团成员每人拿了两瓶百事吉干邑留着带回家，其余的“数瓶留下来准备随时开瓶”。 254

他们在U艇指挥总部的任务完成了。但在启程返回英格兰之前，罗伯茨和盖拉尔迪又去了基尔，许多U艇都是在那里建造并完成首次出海的。几周前，也就是1945年4月20日，基尔港在一次联合空袭中被毁，所以当罗伯茨一行抵达这里，他们只看到港口里满满都是舰船残骸。装甲舰“舍尔将军”号倒在岸边，龙骨突兀地裸露出来，指向空中。重型巡洋舰“希佩尔”号和轻型巡洋舰“埃姆登”号疲惫地倒向一侧，前者在干船坞遭到三枚炸弹的连续轰炸。[12]罗伯茨回忆当时的场景，他看到整个码头到处都是U艇的残骸，“被炸得粉碎或者沉入水中”，邓尼茨已经破灭的美梦就这样变成一堆浮在水面上的碎片。[13]

女子服务队的创始人薇拉·劳顿·马修斯大约在同一时间也造访了这个港口城市，她是这样描述市里的街道的：“所剩无几，只剩下成堆的砖块和废墟，这下面肯定还埋葬着上千具尸体。”[14]“苍白的鬼魂从地下冒出”，在残垣断壁中飘行，空气中“充斥着浓重的腐败气味”，“有一名年轻军官曾这样说，‘我坚决不想在这里被蚊子咬到’，我非常认同他的说法”。

劳顿·马修斯记得自己受到了“如皇家一般”隆重的宴请，她坐在一堆从法国劫掳来的艺术品中，啜饮“明显是偷来”的高档红酒。

“那个时候很难维持清醒的头脑明辨是非。”她随后记下自己当时复杂的情绪，自己在这里被好生款待，而在不远处就有许多“忍饥挨饿”的德国士兵。

“当征服者的感觉并没有那么好。”她这样总结道，和平年代到来，人们似乎已经开始忘记战争初期那些血的教训。

对于罗伯茨而言，伴随基尔之行的是他的那种职业热情。他和他的美国助理被领到U-3008号潜艇上，这种新型的XXI型U艇几个月前才刚刚开始批量生产。尽管U艇的水平舵坏掉了，意味着它没有办法下潜，但罗伯茨和盖拉尔迪还
255 是带着它出海逛了一小圈。这是罗伯茨第一次乘U艇出海，他终于能够感受潜艇上的生活和工作环境，在过去的三年半里，他一直通过兵棋游戏对这些U艇开展围捕。在罗伯茨呈交的官方报告里，他表达了自己的诧异，他没想到这种新型U艇的艇员休息区竟如此舒适，他还提及潜艇上有一台留声

机和一摞唱片。

在罗伯茨返回英格兰之前，他曾与一名U艇艇长交流，因为此人目睹了皇家海军“胡德”号的覆没。[15]在罗伯茨发起的所有讯问中，这一场最能牵动他的情绪，因为他的好友伯纳德·斯塔布斯——罗伯茨当年就是和这位前BBC记者在伦敦地铁站的月台上共度圣诞之夜，并碰巧遇到微服私访的国王乔治六世——正是在此次沉船事件中牺牲的。罗伯茨快速完成提问，立马就离开了。

其他的审讯官继续发起讯问，罗伯茨却和盖拉尔迪告别，乘车前往小型机场。在机场，他搭上一架达科塔“顺风机”，这架飞机正要飞回英国，乘客包括一名即将接受审讯的纳粹党高层官员。

飞行期间，罗伯茨和这名德国高官有一搭没一搭地交谈着。等到在亨登着陆，罗伯茨转乘一架飞往冰岛的加拿大飞机，前往利物浦的斯皮克。这次对U艇艇长的审讯的结果如何？

“一无所获，”罗伯茨在报告中宣告胜利，“我一点新东西都没打听出来。”[16]

第十九章　油毡上的姐妹情

256 U-249号潜艇的艇员们站在甲板上，过去五周的航程中他们一直以此船为家。[1]艇员们双手举在空中表示投降，身体背对着英国的海岸线。这些男人疲惫不堪，身上的制服破破烂烂、臭不可闻。在收到邓尼茨对U艇发出的最后一封电报后，U-249号潜艇的艇长、33岁的乌维·考克在5月9日那天下令让U艇浮出水面，对着天空中的飞机举白旗表示投降。随后，考克和他手下的艇员由美国海军舰队航空兵联队的“解放者”轰炸机押送到英国南部海岸多塞特郡的韦茅斯湾。第二天，他们抵达港口后，这些男人站在码头上，等待进一步发落。

艇员们顺从地站在码头上，呼吸自由的新鲜空气，突然，他们听到身后的海港传来轮船靠近的声音。有几名艇员不安地互相看了一眼。一名年轻艇员实在无法压抑自己的好奇心，扭过头快速向身后瞥了一眼，但很快又把脸转了回来，难以置信地瞪大了眼睛。[2]

这个德国小伙子推了推自己旁边的战友，对方也扭过头向后看去。很快，所有艇员都转过头去，想要看看到底发生了什么事。在他们身后几米远的地方有一艘船，船上的乘客并不是他们想象中一脸严肃的海军壮汉，而是一群女子服务队的“鹪鹩”，大多十几岁。领队不是别人，正是南希·奥斯本。

因为听说有U艇战俘抵港，波特兰的海军高级将领R. R. 斯科特上将问奥斯本（正是她将克里斯蒂安·奥尔德姆送上职业战术研究员之路，并亲手挑选战术小组成员），是否 257
愿意陪他乘坐“驳船”前往。* 他说，他们可以一起接受德军的投降。他还请奥斯本带一些“鹪鹩”同行，其中最好包括一名海军士官、一名通信兵和三名女子服务队的水兵，因为他觉得让德国人看看女子服务队的精兵强将“很有好处”。[3]

那些年轻的德国士兵兴奋地偷看“鹪鹩”们的生动画面将留在奥斯本的记忆里。很多年后，她回忆道：“（他们）脸上那种吃惊和愉悦的表情……只有亲眼见到的人才会相信。”

“鹪鹩”们密切参与了结束一场世界大战所需要完成的漫

---

* 薇拉·劳顿·马修斯在自传《蓝色织锦》（第245页）中简短提及这件事。她说随行的是卡莱尔·斯韦比将军，这与当时的新闻报道不相符。本书采用的是新闻报道的说法。

长又艰苦的行政工作。这群年轻女子被派往柏林、汉堡、基尔和明登，还有数名女子服务队的口译员被派往波罗的海海域，协助那里由德国人负责具体执行的扫雷工作。女子服务队的军官不仅从事秘书或者助理工作，还要兼任通信官和执勤官，负责搜寻并登记之前被德军藏匿，现在才找到的纳粹海军有关战争的文件材料。“鹪鹩”们帮助组织那些装载了毒气弹的船只进行自毁，[4]遣返滞留在挪威的德国士兵，辨认并收回那些曾被德军征用的盟军舰船。

一旦收集齐全，纳粹海军的文件材料就被送到法国，进行翻译和相关性评估后供纽伦堡审判作为参考。完成这项工作的小组中也有女子服务队的成员，这些女兵作为第一批代表团成员，在诺曼底登陆日后不久就被派到法国，担任此次特殊任务的语言学专家。[5]一开始，她们躲在库赛叶栩美的一处旧农庄里。伊芙琳·格雷齐尔也是这个小组的一员，她的任务是通读大约五万份德军文件，从中找出证据，在纽伦堡审判中以此指认那22名纳粹高官。她还负责翻译另外一些记录了希特勒证言的文件。[6]在成堆的文件中，格雷齐尔的一名同事揪出了U-30号潜艇，正是这艘潜艇在战争打响的第一
258 天击沉了“雅典娜”号客轮，导致117名船员和平民乘客死亡，因此这是一项战争罪。这个工作小组效率极高，一名美国海军司令官写信给薇拉·劳顿·马修斯，询问能否让格雷齐尔和其他“鹪鹩”同事作为美国代表团的成员在纽伦堡审

判中承担翻译工作，劳顿·马修斯同意了他的请求。*

此前共有6.3万名在役女子服务队队员，德国投降后，军中就不需要这么多人了。[7]随着夏天的到来，许多“鹪鹩”开始复员，准备回归六年来被无限搁置的平民生活。但她们当中的大多数人发现，从前的生活一去不复返了。

“你抛下了当时所有的朋友，现在的气氛不一样了，人们也不像过去那样乐于互相帮助了。”一名队员谈及这种令人悲伤的变化时如此说道，“没有人建议我们该怎么做，也很难回归普通人的生活……这种结局虎头蛇尾。我们只能靠自己的力量尽可能地过好接下来的人生。”[8]

战争会以它独有的方式将无形的生活变得规规整整：它让人们为了一个共同的目标聚集在一起，在这项事业中，不管是在壕沟中奋战，还是在后方修补军装，每个人都发挥出了自己的特长。当战争结束，最开始是一阵释然，是一个充满欢乐的时刻，大家共同庆祝渴望已久的崭新的和平时代，每张在欧洲胜利日拍下的照片都捕捉到了这份快乐，人们洋溢着笑容，街头横幅彩带高挂。随之而来的是一种更复杂的情绪，这种情绪就很难通过胶片捕捉下来了。之所以出现这种情绪，是因为一种所有人共享的决心消失了，而在过去痛

* 斯蒂芬妮·海厄姆，娘家姓是皮高特，1944年9月后曾担任马克斯·霍顿的助理参谋。战争结束后，她也被派到德国担任口译员。每天早上，她去参加纽伦堡审判，下午骑马、乘船出海或者去滑雪，到了晚上再去参加晚宴。

苦又危机四伏的六年里，这种坚定的信念超越了所有阶层、性别和年龄的界限。

“不管他们能否用准确的文字描述，真正的巨大收获在于：感觉自己参与了一个意义重大的大事件，感觉因此证明了自己的存在。”薇拉·劳顿·马修斯是这样总结战争带来的意外礼物的。和平虽然降临，代价却是让人们失去共同的目
259 标。这就是二战之后无法言明的损失，不能为之哀悼的逝亡。毕竟，战争的目的就在于最终赢得和平。不管怎么说，在充斥着失业者的英国，人们明显感觉到出现了一片空白。

“战争的结束在很多方面都给人带来了打击，”在斯温西海军基地任职的一名女子服务队队员佩吉·希尔这样说，“每个人都有同样的感觉。这意味着一种完全不寻常的生活方式就此结束，就像我们突然又回到地球上，必须面对现实。这种失落感会持续很多年。”[9]

女性感受到的“失落”尤为强烈，战争的到来让她们获得前所未有的机会，能够从事一些之前完全对她们关闭门户的职业。她们加入战争的时候是一个样子，退出的时候又是截然不同的另一副样子了。

“女子服务队的队员们在战争中完成的任务，一度是人们觉得女性完全不可能胜任的工作。”1945 年 10 月，一名为《西部新闻晨报》撰稿的记者这样写道，[10]“她们掌握的秘密情报十分重要，有时整个国家的命运都掌握在她们手中。她

们曾肩负重任，目睹一场场重要战役被浓缩到巨大的作战图上，每个画面都反映出英国遭受的来自U艇的威胁。”

对于这些“鹪鹩”而言，和平的到来在某种程度上也意味着自己新建立起的这种身份消失了。有人看到，一名女子在归还制服时，弯下腰拍拍自己的海军靴，低声说：“再见了，老伙计。”在战争的大熔炉里，女子服务队的队员们因为选择在此服役，整个人生都被重塑，也更加紧密地团结在一起。曾在利物浦操作鱼雷模拟器的玛丽·普尔于2015年去世，享年93岁，她至死都在床头放着自己的“鹪鹩”头饰，旁边还有一张拍摄于1943年的照片，照片里的她穿着当年的制服。[11] 对于女子服务队的大多数女性而言，她们在女子服务队服役的经历塑造了她们，她们的人生因此定型。

“我回到家，回到我的丈夫身边，他也刚刚获得解放，这对于我们来说都是天大的喜事。”一名“鹪鹩”在复员当天这样说，“但如果再来一次，我也绝对不会错过这段奇妙的经历，还有在此期间建立的深厚姐妹情。”

尽管如此，当她们复员回家，很多人发现自己很难融入原来的同龄人圈子里。

“他们不知道我经历过一段怎样的人生，”克莱尔·詹姆斯这样说，她曾经是战术研究员，后来晋升为女子服务队的一名军官，“我的人生和所有在家留守的人截然不同。我经历过许多那些人没有经历过的事。我发现自己很难适应之前的生活。”[12]

260 战术小组的存在已经众所周知，在新闻报道中也获得了一席之地。

“这种团队精神在其他领域也有所体现，在某个重要港口为军官们设立的战术培训学校，马克斯·霍顿爵士布局谋划，设计各种击退 U 艇的战术。”一篇报道这样写道，“在那所学校里，学员们常常玩一种在地板上铺开的‘兵棋游戏’。这种游戏如果操作得当，足以拯救不计其数的生命。在这项伟大的工程中，女子服务队的队员们积极配合，将本领发挥到极致，她们在作战图上进行标注和记录，所用技巧、速度和准确度让所有亲眼见过她们工作状态的人为之折服。”[13]

在战争中提供给女性的新机会在战后很快就被大量收回了。许多公司，包括学校和政府部门，在战后开始施加一种已婚限制，导致一些女性雇员为了避免自己被辞退，不得不藏起她们手上的婚戒。[14]男人们已经回归，女人理所应当顺从地回归曾经的主妇角色。同时，很多女性也面对新的挑战，要在和平年代找到能够发挥自己在战争中磨炼过的那些特长的工作，实属不易。战争时期很多女性从事的职业，至少就战术研究员这份工作而言，仅适用于战争时期，战后就消失了，所以很多“鹪鹩”复员后面临没有工作可做的困境。

“战争结束，我之前学到的那些东西就都毫无用处了。”克里斯蒂安·兰姆这样说道。她后来在法尔茅斯的作战指挥中心待过一段时间，当时“小羚羊”号也在那里进行整修（这一次，她也是得到了南希·奥斯本的特殊关照，奥斯本把她派到这里，这样她就可以和新婚丈夫离得更近一些）。再后来，她与约翰有了女儿费莉希蒂。“我确实没有任何职业资质。”

但这一切对于那些在战术小组工作的女队员而言，似乎没那么严重，她们通过兵棋游戏掌握了许多可以应用在其他工作领域的技能。莱德劳回到伦敦重操旧业，成为英国首批女性注册会计师之一，最后以贝克·麦坚时国际律师事务所总会计师的身份退休。过去的那段服役经历让她一辈子都是女子服务队的忠实拥趸，终其一生她都在为女子服务队这个组织提供金融和财务方面的建议，她还把一部分遗产捐给了女子服务组织。[15]“这是比战争影响更深远的事，”她的侄子比尔·莱德劳这样说，“这事关她对自己的身份认同。”

珍妮特·奥凯尔一直到2005年去世之前都住在利物浦 261
附近。她在战后担任制造企业希普合伙人有限公司的办公室经理。据她侄女回忆，奥凯尔“非常喜欢女孩子”，毫无疑问，她在工作中采用了很多自己担任女水兵和女子服务队军官时获取的管理经验和技巧。*

* 罗伯茨在日记中称，奥凯尔和朵丽丝·劳福德在战争快要结束时都被提拔为军官。但没有证据证明他的言论。1945年7月、10月和1946年1月、4月的海军军官名单中都没有奥凯尔或者劳福德的名字。也许这只是罗伯茨的美好心愿。

南·威尔士在战争结束后一直未婚，和莱德劳一样，她的家人也说她是“一个非常内敛的人”。[16]她回到家乡赫尔，但依然留在女子服务队工作。她成为驻扎在赫尔、负责岸防的皇家海军“盖亚提亚”号的大副，继续参加郡里举办的曲棍球赛，最终去了一所高中教授体育课，也因此又延续了多年的运动生涯。

战争结束后，琼·邓肯被告知自己的身板“过于单薄”，缺少该有的“肢体力量”，所以只能放弃成为职业演员的梦想。[17]结果，她走上了模特之路，在伦敦、巴黎和罗马的各大T台走秀，照片登上了《时尚》这类华丽的时尚杂志（“这种生活真是棒极了，但需要付出艰辛的努力。”）。[18]后来，她成为《时尚芭莎》杂志的助理编辑；再后来，她退休了，搬到了德文郡，找回自己最初的梦想，开始为当地的一家报社撰写戏剧评论。表面看来，邓肯在战术小组的工作与她后来选择的职业道路没有太大关系，但在各种访谈中，她总会提及罗伯茨当初对她的信任与支持。

“他是一位很严苛的监工，”有一次她这样说道，“但也是个才华横溢的男人。他发明战术游戏的方式令人惊讶。我很骄傲自己曾是那个团队的一员，我们曾为赢下大西洋之战做出许多贡献。”[19]

许多在战术小组结下的缘分也都持续下来。弗莱德·奥斯本和利兹·德雷克于1944年11月4日结婚，1946年夏末，他们乘船奔赴澳大利亚，弗雷德成为澳大利亚自由党的一名政府部长。威廉·图利－霍金斯和伊丽莎白·哈克尼——她在加入战术小组之前曾就读于伦敦大学学院思莱德美术学院——于 1947 年结婚，后来成为酒吧老板，在雷丁经营一家名为“旅人休闲”的酒吧，后来又在德文郡的布里克瑟姆开了“红狮”酒吧。彼得·格雷顿和朱迪·杜·维 262
维耶白头偕老，格雷顿在海军中一路晋升，最后成为一名中将。

劳顿·马修斯毕生致力于推动女性提升地位，战争的胜利改变了她要考虑的首要问题。

“如何在战争阴影退去后，仍然鼓励人们保留战争中的那些美德，比如英雄主义、自我牺牲、善良、坚忍和忠诚？”她现在开始思考这个问题。[20]

对于劳顿·马修斯而言，战争的恐怖并非道听途说。早在担任女子服务队主管时，她就对悲伤有了深刻的认识，特别是在皇家海军“阿吉拉”号被击沉，船上的年轻“鹪鹩”们全数牺牲的时候。有一次，她访问伦敦的一处培训基地，那里培训的都是从集中营里救出来的波兰女兵，她曾目睹“她们皱皱巴巴、面色灰白的脸上……写满了苦难与煎熬”。但只有当她前往纽伦堡看望手下那批聪慧的女子译员时，她才真正理解纳粹分子到底犯下了多么骇人听闻的罪行。

在纽伦堡，劳顿·马修斯参观了一个“恐怖屋”，这个名字看起来像是游乐园里的某个设施，但里面陈列着大批令人毛骨悚然的物品：用人体脂肪制成的肥皂，用刺青人皮制成的灯罩，拍摄了毒气室外面堆得像小山一样的童鞋的照片等。等劳顿·马修斯返回家中，她足足一周都无法入睡。有一张照片尤其令她彻夜难眠。照片上，一群年轻的犹太姑娘绕着一个圆圈跑，旁边有一群全副武装的德国士兵在围观，她猜想他们当时一定在考虑到底要把这些孩子送进“焚尸炉还是妓院”。

在接下来的数个夜晚，劳顿·马修斯为那些女孩哭泣，她知道她们可能早就已经遇害了，但又寄希望于某种神秘的力量，希望自己此刻的悲痛至少能让这些女孩在照片拍摄的那一瞬间没有那么痛苦。这种幻想完全建立在一种不合理的妄想之上。

两年后，劳顿·马修斯这样写道：“我心中满是一种痛苦的无助感，男性居然获得这种力量，能够对女性施加此等羞辱。”

263 这就是她长此以往努力争取实现的目标。自她站在贫民窟兜售女子参政权论者的宣传册却被路人唾弃那天起，她的奋斗目标从未改变：另一种女性性，一种不仅与纳粹理念中女子应该扮演的角色相悖的概念，一种在家庭中、工作场中、整个社会中以更为低调却意义重大的方式推行的概念。

1946年6月8日，200名女子服务队队员参加了伦敦胜利大游行。游行队伍长达四英里，人员包括来自所有武装部队的代表，此外还有来自皇家海军、皇家空军、英国文职部门和英国陆军的500多辆汽车。队伍最前面的是骑着摩托车的女子服务队通信兵。游行队伍步伐悠闲，消防车缓缓跟在队尾。苏格兰和爱尔兰的风笛手尽情吹奏。劳顿·马修斯身边跟着女子服务队的另外两名队长莱斯利·惠特利女爵和威尔士夫人，她们一起坐在伊丽莎白女王、乔治六世、克莱门特·艾德礼和温斯顿·丘吉尔就座的皇家看台后方，等着观摩女子服务队的主代表团出场。

最先出现的是水兵，然后是海军军官，然后是来自海军医护队的一个小型代表团。最后，头戴白色军帽的“鹪鹩”们出现在众人眼前。当她们经过国王与女王面前，所有女兵整齐划一地转过脸来。在劳顿·马修斯耳中，乐队奏乐声、人群欢呼声、鼓掌声都渐渐消退了。其他人看到的只是游行队伍整洁的制服和统一的动作，劳顿·马修斯却仿佛看到这些女孩穿着被汗水浸透的工作服和残破的工装裤，脸上沾满了机油。她仿佛看到这些女孩穿着喇叭裤，一路小跑，急匆匆地爬上梯子，传递紧急情报，而水兵们在栏杆另一侧翘首以盼。她仿佛看到这些女孩戴着绑着皮带的锡制头盔，俯身贴在摩托车上，天上落下的炸弹在她们耳边轰然炸开。

最后，她仿佛看到她的女孩们在利物浦的一个顶楼房间里，双膝跪地，小心翼翼地在铺着油毡的地板上来回推动木制船模。她们距离大西洋那片恐怖的战场远达数百英里，却又近在咫尺，近到她们仿佛可以感受到，咸涩的海水正拍打在自己的指尖上。

附记

从 1942 年 2 月第一周到 1945 年 7 月末西部海域反潜司令部战术小组正式解散之时，有将近 5 000 名海军军官通过 130 多期课程，参与了由罗伯茨上校和“鹪鹩”们主导的兵棋游戏。[1] 除了几千名完成该项课程的英国海军军官，罗伯茨和“鹪鹩”们还对来自美国、加拿大、澳大利亚、新西兰、印度、英属马来亚、南非、丹麦、比利时、荷兰、挪威、波兰和法国的代表（以及四名大学教授）进行了培训。[2] 264

很多参与了兵棋游戏的人后来在海战中遇到 U 艇并取得胜利，他们将此归功于兵棋游戏，认为当年在铺着油毡的地板上演绎的一场场战役起到了至关重要的作用。大英帝国各地——从贝尔法斯特到孟买，从塞拉利昂到哈利法克斯——

都涌现出类似的战术小组，其中有些小组的成员也都是年轻的女子服务队成员，她们通过一场又一场兵棋游戏，逐渐成为反潜战争的专家。到 1945 年，总共有 66 名女子服务队的成员接受兵棋游戏培训，以便成为战术小组或者其姊妹单位的正式成员。[3]

在大西洋战役中，有 2 603 艘商船和 175 艘随船队出行的护卫舰被击沉，大西洋战役也因此成为第二次世界大战期间持续时间最长的一场战役。战争期间，30 000 余名商船船员、6 000 余名皇家海军将士葬身大西洋，大多数人都是在 U 艇突袭中丧生。[4] 牺牲人数之多令人震惊，但因为战术小组的男女组员辛勤努力，再加上很多将士在海上采用了他们的战术，伤亡有所减缓。

由于在研究发明并授课教学这些战术时表现出卓越才智，罗伯茨获得世界各地颁发给他的多个勋章，其中包括挪威皇
265 家圣奥拉夫勋章、波兰复兴勋章和法国荣誉军团勋章。1945 年 6 月 8 日，罗伯茨收到海军大臣 A. V. 亚历山大的一封来信，信中说：“毫无疑问，由您组建的战术学校和组织的兵棋课程极具价值，面对敌人的各种袭击，我们都取得了成功，您和您的属下理应为此骄傲。我对您永远心怀感恩。”[5]

没有任何一名女子服务队的成员因为自己为战争做出的贡献而获得公众认可。战争结束时，马克斯 · 霍顿在关于罗伯茨的报告中写道：“这名军官和他的战术学校在大西洋战役

中扮演了影响深远且至关重要的角色。他不能再为我们效力，我感到万分遗憾。”

这位西部海域反潜司令部总司令曾在兵棋游戏中被战术小组的两名“鹪鹩”击败，后来，他向所有曾在战术小组服役过的组员写了一封私人信函，对他们默默获得的巨大成功致以深切的敬意：

“战术小组即将解散，在此，我谨代表个人对罗伯茨上校和他的属下完成的出色工作致以最崇高的敬意和感谢，他们为最终能够战胜德国做出了不可忽视的卓越贡献。”[6]

后记

266 我还是个孩子的时候，就和我的兄弟一起在德文郡的祖父家的地板上玩过一款兵棋游戏，设计更为复杂精细，道具也精致到近乎奢华。这套游戏存放在散发出霉味的餐厅一角的一个皮革行李箱里，箱子里还有一套破破烂烂的大富翁和一套战时售卖的玩具农场（塑料小猪缺了一两个蹄子，红色拖拉机的车身涂漆也已经变得斑驳）。

这套游戏比我和兄弟在自己家里玩的那套更精美，场面也更大。我们在家玩的那套使用灰色塑料制成的小方块代表战舰，五颜六色的小钉子代表鱼雷攻击。而祖父家的这一套有一张皱巴巴的地图可以铺在地板上，我们轮流投掷骰子，然后把各自的战舰移动到相应的位置。之后，按下驱逐舰上的一个按钮，一个很小的塑料圆盘就会飞射出来，像一个迷你冰球一样呼啸着划过光滑的棋盘。每艘塑料船底部都有一个小洞，在那里船体与地图相连。如果你瞄得足够准，圆盘就会刚刚好滑进那个洞里。通过玩具制造者的魔法，一记“直球”可以让迷你战舰的顶部直接弹飞到空中，就像一瓶柠檬汽水落地后，瓶盖会像火箭一样喷向天空。这一招并不总是灵验，有的时候圆盘会半卡在洞口，导致双重烦恼：既没能激活弹飞系统，又阻碍了接下来的攻击。不过，只要一切按部就班进行，效果还是极其刺激，令人无比兴奋。

我和我的兄弟穿着短裤，玩这个游戏一直玩到彻底厌倦，然后就会跑到户外玩些别的。这个游戏让我们得以集中注意力，由此消磨了那些年漫长暑假的许多时光。我从来没停下来想一想，为什么在那么多的游戏里，我祖父拥有的是这套兵棋游戏。

我祖父丹利·帕金很少谈及关于二战的事。他在战争中 267
扮演着和其他商船船员一样的角色——他们从利物浦开航，前往美国，再返回利物浦——负责横跨大西洋运送关键食物和燃料补给。这是至关重要的工作，但并不是战后诸多图书和电影所歌颂的那种英雄事迹。

我祖父比女子服务队队员珍妮特·奥凯尔小三岁，二战爆发的时候，他还不到 14 岁。那个月，他被安排驻守在肯特港的练习舰皇家海军“伍斯特”号上，这艘船险些没能避开德军轰炸机投下的难以计数的炸弹。1942 年 6 月 11 日，17 岁的祖父登上他人生中第一艘船“帝国城堡”号邮轮，这是一艘载重 7 000 吨、运送冷藏货物的邮轮，六个月前第一次下海的地方就在位于贝尔法斯特城堡的克里斯蒂安·兰姆的视线范围之内。

“帝国城堡”号第一次出海（距我祖父加入还有几个月）是作为 UC.001 号商船船队的一员随行，从利物浦驶往纽约。[1] 航行的第七天，这支由 33 艘舰船组成的船队被一支名叫“鳐鱼”的“狼群”盯上了，第二天，“狼群”击沉了三艘舰船，重伤了四艘。“帝国城堡”号在首航中遭遇 U 艇袭击并幸存下来，安全返回英国。等我祖父登上这艘邮轮时，船体依然未受到来自大西洋人为或自然的任何侵蚀。

我祖父加入船组五天后，“帝国城堡”号跟随 ON.189 号商船船队出行，前往纽约。航行线路与四周前刚刚经历了“雀鸟与群狼的对决”的 ONS.5 号商船船队所走路线类似。

为了压沉去程的空船，“帝国城堡”号的船舱里装满了压舱物，那是格拉斯哥被炸毁房屋的碎石瓦砾，船驶达纽约就会卸下，换上返程所需的食物及其他物资。（那些碎石瓦砾则用来建造纽约码头的防波堤，因此，苏格兰的一小部分就永远镶嵌在了曼哈顿的海岸边。）

我祖父在他第一次出海的航海日志中这样写道：“我们以最慢的船速，沿着预先设计好的路线，尽可能向北航行，从而避开有可能潜伏着U艇的海域。”[2]同时协调超过50艘舰船的航行方向，一名17岁的少年也知道这项工作带来多大的挑战。 268

“我们有的时候需要走Z字形航线，这是相当庞大的工作量。”他继续写道。

很大一部分归功于ONS.5号商船船队在上个月的战役中取得关键性胜利，如天降奇迹一般，我祖父有幸驶入一片宁静的大海。7月1日，他和满船的苏格兰瓦砾一同抵达纽约，毫发无损。

战争时期，生存更多是靠平凡的机缘巧合，而不是巧计或战术。决定生死的可能是导火索没能引爆砸在你家门外人行道上的汽油炸弹，可能是一封任命函，命令你作为注定要全军覆没的“鹪鹩”代表团的团员，前往直布罗陀，也可能是驱逐舰刚好选择了那么一个角度，让炮弹飞向正站在U艇瞭望塔上的你。

在邓尼茨命令他的U艇部队撤退的19天后，我祖父成为“帝国城堡”号的一名船员。正是由于身处这个幸运的时间点，他才能在首次航行中安全抵达美国，将自己排除在战时丧生的30 248名商船船员之外。[3]他，以及之后出生的我，都要将我们的生命归功于那些精准运用了战术小组海战战术的皇家海军护卫舰队。

我祖父位于德文郡的房子离罗伯茨上校开始战后生活的

地方很近，祖父有时会看着我和兄弟像当年的“鹪鹩”一样，推着我们的玩具舰船跨过棋盘上没有悲伤的大海。

2018年一个潮湿的春夜，我驱车驶入位于牛津郊外什里弗纳姆的英国国防学院。在一排排高大的铁丝网和一连串歪斜的闭路摄像机之下，藏着一个杂乱无章的军事综合体，在这里，年龄各异的士兵汇聚一堂，学习艺术、科学和战争谋略。在靠近场地中央的某个地方，在一道篱笆后面，在一片树林下，我发现了一间寒冷的小屋，周围亮着一条条荧光灯，屋子里，一群大胡子学者和胡须剃得干净、下巴光滑的退休军官弓着腰，围在一张桌子前。

他们喃喃自语，互相开玩笑，大嚼薯片，他们注意到我
269 的到来但并不太在意，摆出年长的业余爱好者惯有的谨慎样子。当天早些时候，时任英国首相特蕾莎·梅刚刚将12名俄罗斯外交官逐出英国，这是对那场在光天化日之下实施的神经毒剂袭击的报复。当时，两名俄罗斯公民就坐在索尔兹伯里市中心的长椅上，变得不省人事。政府排除一切质疑，坚信袭击中使用的诺维乔克毒药是在一家俄罗斯实验室生产的。中毒事件肯定是俄罗斯特工所为，因此这些外交官必须离开。

小屋里的人聚集在一起不是为了讨论涉及俄罗斯人的间谍案，也不是为了讨论英国的反应有多平静，而是要根据当

天发生的事件进行一场战争游戏。每个人扮演一个利益涉及其中的国家。俄罗斯代表在乌克兰代表旁边的座位上抠指甲，乌克兰代表斜眼瞥向左边的希腊代表，后者则偷偷审视对面座位上的美国代表，而美国代表看起来对自己被赋予的强大角色相当沾沾自喜。

在这些男人面前，一张巨大的层压地图摊开在桌子上，周围是几十张彩色卡片和代表战舰、社交媒体账户等各种资产的筹码，玩家可以在游戏中使用这些筹码。

从国际象棋到《太空入侵者》，战争一直是游戏的核心主题。专业的战争游戏，比如我那天晚上观看的那场，就是另一回事了。通过这种娱乐方式，政府和军队可以在现已发生事件的基础上向前拨动时钟指针，从而多多少少瞥见未来可能发生的事件。比如，美国人面对俄罗斯特工在英国本土实施的神经毒剂袭击，将会如何应对？当受到指控时，俄罗斯人会承认罪行，还是提出抗议，说自己是清白的？像这样的游戏可以为军官和外交官提供机会，让他们从另一个国家的视角考虑眼前的问题。

正如罗伯茨上校在第二次世界大战中发现的那样，战争游戏免不了被质疑，几十年来这种游戏曾多次流行又逐渐过时。正如一名分析师曾告诉我的，对战争游戏的需求在混乱时期往往更大。当然，就算军事指挥官有意愿测试他们的作战计划和战略，在游戏背景下这样做也可能带来风险。国防科技实验室的战争游戏设计师兼分析师保罗·斯特朗告诉我，270 指挥官和他的规划人员经常看到他们的计划被有条不紊地摧毁。“没有人喜欢这种经历，即使是经验丰富的指挥官，当他们意识到自己极具价值的作战概念被测试的结果是毁灭时，也会不开心。”

当国际局势动荡不安时，战争游戏就会格外受欢迎并广泛流传。2017 年，克里姆林宫制作了一款规模宏大的战争游戏，俄罗斯人在游戏中与虚构的国家维什诺里亚发生冲突。[4]这款游戏的设计者甚至为该国注册了一些虚假的社交媒体账号。（推特上，一个账户这样自我介绍：“历史上被入侵最多的国家之一，本账号代表我国外交部。今天就开始制订计划，来风景优美的维什诺里亚旅游吧！”[5]）正如《纽约时报》的一篇头条报道所评论的那样，“俄罗斯与假想敌的战争游戏引发了真正的恐慌”。[6]

游戏游离于专业竞技体育项目之外，拥有高昂的销售收入以及广告带来的合法收益和光鲜的形象，通常被视为颇为幼稚的消遣方式。但在军队和政府中，人们对游戏的看法不同。玩游戏是测试和完善各种大小理论的过程，通过游戏的方式，可以以一种其代价可承受又十分隐秘的方式获得至关重要的，甚至可能拯救生命的经验。例如，英国政府利用战争游戏模拟了特朗普总统 2018 年 7 月访问伦敦时可能发生的公众抗议，并预判就脱欧举行第二次公投会对社会稳定性造成的潜在影响。*

战争游戏不仅能影响政策的制定，还能引入全新的想法。冷战期间，美国陆军军官认为，在一个只需按下单个按钮就可以开始（和结束）核战争的世界里，最明智的做法是，美国总统能够直接打电话到克里姆林宫，而不必通过外交渠道转线。由此，才得以在白宫和俄罗斯总统办公室之间架设一条热线，在电影中经常用红机电话代表。

战争游戏演绎的虚构故事必须具备可信度且与现实息息 271
相关。南加州大学创意技术研究所经常会让美国军方代表与好莱坞编剧建立联系，而北约成立了一个作家营，就像你在热门电视节目中看到的那种，他们手下有至少 15 名作家。**

机缘巧合，战争游戏也出现在我的家族史中。战争爆发时，我祖父的弟弟安东尼才九岁，后来，他成为一名陆军少将。他去世后，我在他的文件中发现了一份盖有“绝密”印章的文件，里面印着 20 世纪 70 年代一场涉及英国军队和一个虚构欧洲国家（就像维什诺里亚一样）的战争游戏的规则和游戏场景。游戏中的一场冷战包括一页又一页的神秘背景故事。就像他的那些女子服务队的前辈一样，他也从未向家人提起过这件事。

---

* 根据《泰晤士报》的一篇报道，政府职员“扮演”脱欧这出戏中的领导角色，如雅各布·里斯·莫格和博里斯·约翰逊。

** 这个作家营叫联合战事中心。

我曾前往施里文汉姆，想要了解更多关于当下战争游戏在军队发挥作用的信息。英国军方不允许我观看“真实”的例子，因为游戏主题通常是机密信息，但我被允许旁听一个为了练习游戏而设计的变体，并与游戏设计师进行了交谈，他是目前英国为数不多的当代战争游戏设计师之一，遵循的正是罗伯茨上校留下的传统。

和我已故的叔祖父一样，汤姆·莫阿特也是一名前陆军少将。退役后，汤姆少将曾短暂地运营过一家私人侦探社，随后他被重新招募入伍，成为女王陛下的兵棋游戏总司令。他说话的声音清晰、放松，就像一个理解一切并在自己所处阶层如鱼得水的人。有很多像汤姆少将这样的专家，在世界各国运行他们的战争游戏，他们获得授权，可以无条件进入大多数人永远不会有机会进入的房间。他们有幸见证改变历史的决定是如何做出，以及除了争论和逻辑推理，有缺陷易崩坏的人性、傲慢和机敏的头脑都在作战室中扮演了什么角色。

那天晚上在施里文汉姆，汤姆少将站在桌子的一端，一
272 只手里摆弄着一对骰子。他阐述了游戏的前提——神经毒剂袭击、外交部的报复、俄罗斯公开表达的愤慨和抗议。然后，每个参与者代表自己的国家，提出一个符合他们自身利益的“行动”，比如充满挑衅地把军队从一处转移到另一处，或者出于不可告人的动机，向邻国提供援助。其他参与者将讨论

这些“行动”实际发生的可能性以及成功的概率。然后，汤姆少将会将所有的讨论具体化为一个数字，玩家必须像在赌场里一样，用他手里那对完美的骰子投出这个数字，才能证明拟定的行动是成功的。让成功和失败取决于掷骰子掷出的点数似乎会削弱外交在游戏中的作用，但汤姆少将坚信，只有引入这种偶然因素，游戏才能正确地模拟变化无常的现实。

他说：“有些人可能会说：‘如果你用骰子，那么，这只不过是一场概率游戏。’但如果你这么想，那你就没有真正地理解什么是风险。如果你不理解风险，那也许你真的应该换一份工作。”

在两个小时的过程中，我观看了连续六个回合的比赛。美国将一艘航空母舰开进了波罗的海，英国驱逐了更多的俄罗斯外交官，俄罗斯怒气冲冲地举行了多场新闻发布会，声称遭到了报复，自己的国家被妖魔化了。希腊试图与任何愿意与其一道参加会议的人建立有利可图的同盟。在两场游戏的间隙，战争游戏的这些参与者会以角色的身份在房间里打成一片，在肮脏的角落里做交易，通常还把手里一把把蘸了盐和醋的薯片塞进嘴里。这些人是延续已久的秘密战争游戏的继承者，他们的前辈可以追溯到罗伯茨上校和“鹪鹩”，乃至更久远的过去。

自1944年以来，关于战术小组的存在就一直处于公众的视线里，只是罗伯茨上校、女子服务队和他们的小分队从未得到太多关注。

1948年春天，西部海域反潜司令部时任总司令马丁·邓巴尔-纳史密斯上将要求罗伯茨设计一个装置，并安装在格
273 林威治的国家海事博物馆，进行展出。[7]这个装置花了一年时间才完成，耗资14 000英镑，[*]在博物馆玻璃展台后面展示了一场与U艇作战的小型海战鸟瞰图。该模型有三张并排放置的台球桌那么大，周围是分层的座位，游客可以坐在那里听罗伯茨预先录制的解说，在解说中，罗伯茨会解释他当年设计一些战术的思路。[**]

在1948年7月24日的一封信中，博物馆馆长将罗伯茨制作的展品描述为“现存的一件宝贵的证明材料，展示了在大西洋战役中商船船队是如何组织起来的，还展示了它们在航行中必然会遇到的危险，又是如何处理紧急情况并战胜敌人的”。[8]

然而，在那些重要的海军军官后来写就的自传里，战术小组在各场战役中发挥的特别作用只是被简略提及。那些在

---

* 费用由英国航运公司承担。

** “最不可思议的是，你能如此声情并茂，让人听不出来是照稿读的。”在1959年的一封祝贺罗伯茨举办展览的信中，为罗伯茨录制解说的林顿·H. 弗莱彻这样写道，“难上加难的是，做出男子气概的、客观的阐释。我向你表示祝贺。”以一种宽容大度的姿态，罗伯茨将他的前竞争对手沃尔克舰长的护航队EG2加到了模型里。

海上意志坚定的舰长和在国内焦虑不安的海军上将都获得了特许，可以在战后不久就讲述他们的故事；而包括女子服务队在内的所有其他参与者在50年内都被禁止谈论或写作关于他们工作的详情。*

罗伯茨意识到自己和“鹪鹩”在战争中的角色被逐渐淡化，20世纪70年代，身体状况每况愈下的罗伯茨授权他人，同意接受一位名叫马克·威廉斯的历史学家对其进行一系列采访，并查阅他的私人文件。威廉斯为罗伯茨写了一本传记，名为《为王室效力的日子》，标题浮夸且有些不知所云，结果，这份手稿于1975年被原计划予以出版的W. H. 艾伦拒绝。威廉斯又花了四年时间才找到新的出版商，并以《皇家 274
海军上校吉尔伯特·罗伯茨上校和反U艇学校的故事》为名出版了这本书。

罗伯茨对这本书感到“失望”，[9]他与威廉斯的关系在书出版前就恶化了，因为他认为威廉斯偷走并卖掉了他珍藏的一张照片。罗伯茨在日记中写道，这名作者“根本就不理解‘真相’这个词的内涵，并且总是喜欢‘油嘴滑舌、夸大其词’”。[10]至少就传记而言，这种评价本身也是夸大其词的一

---

* 在思考关于大西洋战役还有多少未完成的研究工作时，加拿大历史学家马克·米尔纳在他于2003年出版的《大西洋之战》的后记中指出：“英国和美国关于大西洋的文字作品……已停滞了数十年。”此外，他还认为，“当代学者从未留意过西线战事中的战术和战略的发展”。

种。作者威廉斯拼错了一些被粗略提及的女子服务队队员的名字，其中包括珍妮特·奥凯尔（Janet Okell，Okell 被拼成了 O'kell）和南希·威尔士（Nancy Wales，Wales 被拼成了 Wailes），但这些都是很小的错误，而不是对事实的恶意捏造。虽然书中包含的一些逸事与罗伯茨在日记中讲述的版本有所不同，但这本书的重要意义之一在于第一次专注于讲述战术小组的故事，而此时战术小组在战争中扮演的角色已经几乎被淡忘。

战争结束后，1945 年 8 月 15 日，罗伯茨将自己的物品装进一个盒子，永远离开了利物浦。他的前竞争对手沃尔克舰长已于 1944 年因为身体衰竭而去世，战争对体能的消耗也让如今的罗伯茨疲惫不堪、病痛缠身，毕竟自 1942 年 1 月成立以来，战术小组每一周的每一天都要开展大量工作。

罗伯茨写道："就像伦敦经典的音乐厅'风车谷'一样，我们也从未关门歇业过。"

由于体重急剧下降，罗伯茨住进了医院，试着将因为无休止的努力工作而耗尽的身体恢复过来。当医生允许他出院后，他南下前往德文郡开始了新的生活。[11] 他的婚姻早已破裂，随着盟军的胜利，他在过去三年半里以如此坚定的决心扮演的角色也不复存在。1945 年末，对战争游戏设计师的需求并不多。

一天，在外面散步时，他开始隔着篱笆和一个名叫苏珊的小女孩聊天，苏珊和她母亲吉恩住在同一条街道上几户人家之外的地方。罗伯茨和吉恩很快就开始谈恋爱，为了遵守当时的社会传统，他们于1947年8月23日低调结婚。*他们搬到一个新的城镇，在那里他们可以假装彼此都是首次迈 275
进婚姻殿堂，苏珊是他们婚姻唯一的结晶。罗伯茨为他们三个人和养着的两条狗“水兵”“两便士”建了一座房子。也许是为了怀念曾经在海上作战的经历，就好像歌舞电影《欢乐满人间》里的将军把自家房子的屋顶改造成轮船甲板的样子，罗伯茨也把自家的房子设计成轮船船舱的样子。

当地一家报纸报道称：“就像美国拓荒者在中西部荒凉的平原上创造了丰沃的农场一样，一名前海军上校在摩尔河边开垦了一片废弃的树林和两块田地……把这里变成了物产丰富的农场……还有个让人联想到舰长室的客厅。”[12]

在职业生涯中，罗伯茨经历了一次非同寻常的转折：刚被诊断出身患恶疾时他感到被世界抛弃，后来他从国王那里荣获大英帝国司令勋章，又令他无比兴奋。尽管如此，他还是觉得自己的付出被低估了。1951年5月8日，罗伯茨意外地收到了海军部的一封信，信中向他提供了来自赫伯特·洛特海军信托基金的200英镑的少许奖励，以表彰他“对反潜

---

* 苏珊36岁时，她的母亲才向她透露了秘密婚礼的日子是哪一天。从前，许多再婚的人出于极度的羞耻感，会选择秘密举行婚礼。

战术发展做出的最为宝贵的贡献”。罗伯茨在信的页边空白处充满讽刺地写道：“只是晚来了一点。”*

然而，十几年后，罗伯茨的自尊心受到了最大的打击，1965年1月4日，他收到一封信，通知他将被授予骑士爵位。这种表态证明了罗伯茨所做工作的正确性，多年前他被海军劝退留下的伤疤终于能够消除。第二天，电话响了。打电话的人解释说，这封信发错了，出席封爵仪式的邀请被撤回了。

“他们为什么不让他拥有它呢？”他女儿苏珊问我（在后来的一次谈话中，她推测这项荣誉之所以被取消，可能是因为她父亲离过婚，并且与第一个家庭的成员关系疏远）。最后
276 这次背叛行为直接导致罗伯茨的健康状况直线下降。她说，这种行为极其残忍，她父亲从此一蹶不振。传记项目失败、海军的补偿过于吝啬，再加上失去骑士爵位，直到1986年1月22日去世之前，罗伯茨都觉得自己和那些与他并肩作战过的“鹪鹩”在战争中扮演的角色从未得到充分认可。

罗伯茨一生都在为战术小组留下的遗产不懈地奋斗。他保存了一切，每一段记忆，每一张剪报，都保存在一个印有

---

* 罗伯茨的义愤填膺还因为这个奖项一开始授予了海军部的一名参谋。当一个朋友向他提到这件事时，罗伯茨拿出了证据，证明那名参谋与WATU“没有任何关系”。之后，这笔现金奖励的得主才更换了。罗伯茨在日记中写道：“海军就是这样对待自己的退役人员的。”

他名字的棕色皮箱里，这是一场为子孙后代进行的单人战役，也是给后代留下的宝库，如果没有它，这本书不可能写出来。但这是一场失败的战斗。如果把大西洋战役比作一张挂毯，战术小组的故事只是这张挂毯上的一根丝线，而大西洋战役本身就快要消失在公众视线中了。当整个海上战场被忽视时，罗伯茨和“鹪鹩”还有什么希望？保罗·斯特朗2016年发表的文章《西部海域反潜司令部战术小组中的女子服务队队员》再次引发了人们对该战术小组的兴趣，文章提到：“即便人们现在想起这场战役，也是更容易想起护卫舰指挥官和商船船员的英勇事迹，而不是战术小组耐心的付出。”

在为尼古拉斯·蒙萨拉特的小说《沧海无情》改编剧本时，电影公司砍掉了基于战术小组工作内容展开的战争游戏的一场戏。一群男人和女人站在兵棋游戏周围，这种画面肯定不符合公众对战争故事的预期。此外，游戏是幼稚的东西，不是吗？没有人把它们当回事。

虽然罗伯茨可能对自己的战时贡献被遗忘的速度和彻底程度感到沮丧，但这些与女性角色的消失相比，算不上什么。没有一个加入战术小组的女子服务队队员因为她的贡献而获得任何个人荣誉。唯一对其战时贡献的认可发生在1945年5月8日，当时的英国海事委员会向驻守国内外的所有女子服务队队员写了一封笼统的感谢信。上面写道：“在五年半多的战争期间，皇家海军女子服务队的军官和士兵们分担了海军的负担，维护了海军的传统，她们的忠诚、热情和高效赢得了皇家海军的感激。”

277 这种致敬将女性的角色置于男性的从属地位，并将其与男性分隔开来。即便如此，对于绝大多数年轻女性来说，这已经是对她们在战争中所扮演角色的唯一正式认可。

20世纪40年代，英国皇家海军虽然在考虑让女性履行和男性一样的职责，却没有做好准备在官方记录中记下她们的英雄事迹。在接下来的几年里，数十本讲述战时关键人物事迹的书面世——讲述对象有海军上将马克斯·霍顿爵士、彼得·格雷顿爵士、唐纳德·麦金泰尔、奥托·克雷齐默尔。在某些情况下，他们的传记作者会寻求海军的许可，从而使用一些战时敏感文件材料来纪念他们的事迹，而其他的军官、舰员和“鹪鹩”却必须遵守相关规定，不得有任何例外。

一些从战争中幸存的女子服务队队员告诉我，她们从未和丈夫谈论过自己在战争中所做的事情。因此，她们的故事大多被遗忘了，导致这些女性在战争中扮演的角色存在大量令人痛苦的空白。与我交谈过的战术小组“鹪鹩”的家人都不知道他们的亲属在战争期间所做的具体工作。

在战术小组门外，一些引人注目的声音打破了沉默。薇拉·劳顿·马修斯作为女子服务队的第二创始人，于1948年写了一本生动的回忆录。南希·斯班在战争爆发时曾是一名获得罕见成功的自由记者，她写了唯一一篇关于战争期间女子服务队如何工作生活的报道。《谢谢你，纳尔逊》是一本于 1942 年出版的小书，书中充满了海军上将们庄严、被净化过的回忆录中所没有的那种脏兮兮、带来触感的细节，讲述了与水兵生活在一起的感觉。然而，其他大部分女子服务队队员关于自己在第二次世界大战中所做工作的回忆录都是在 50 多年后，在她们生命即将走到尽头时才写的，此时，名字、日期和事件的顺序可能会变得不可信。作者们经常在她们的书中分享细节，这无疑是为了丰富因时间而变得模糊的回忆。

毫无疑问，很多女子服务队队员只是觉得她们的故事不值得大费周章地回忆，或者觉得这些事轮不到她们来回忆。
尽管对于每个个体而言，那些经历通常能改变人的一生（特 278
别是对于战术小组成员而言，她们的经历表明，不同寻常的合作伙伴到底能产生多大的能量，愿意分享独特才赋的市民又会为战争做出多少贡献），但还是会有一些人觉得她们的工作一成不变。

“很多人不知道这些女性在战争期间做了什么，”曾在战术小组加拿大分校协助运行兵棋游戏的“鹪鹩”卡罗尔·达夫斯这样表示，“（但）我觉得我能够做一些有用的事情……还有很多女性也做了有用的事，她们的贡献可能永远不会被认可。我希望让更多人知道她们有多重要。”[13]

在某些例子里，努力记录自己经历的女子服务队队员的记忆被彻底抛弃了。20世纪70年代，罗伯茨上校的得力助手吉恩·莱德劳在伴侣贝丽尔去世后，独自一人住在伦敦梅达谷的家里，她十几岁时就和父母搬进了这所房子，从没离开过。2008年8月，莱德劳去世后，她侄子在清理房子时发现了一捆文件。他发现，他姑姑把自己的战争回忆录打印出来了。这份文件价值极高，提供了难得的战术小组女子服务队队员的视角。可是，莱德劳的侄子并不理解这份文件的历史价值，他告诉我，他或许是把回忆录寄给了女子服务队联合会，更有可能是把它扔掉了。女子服务队联合会和皇家海军博物馆都没有收到回忆录的记录。

在战术小组的核心团队中，只有琼·邓肯的回忆得以留存下来。她写日记，并确保家人知道日记的存在，这一行为无疑受到了曾经的媒体行业生涯的启发（她曾是《时尚芭莎》的助理编辑[14]）。然而，里面只有不到一段话提及她在德比之家的时光。

丽兹·德雷克是战术小组“鹪鹩”中最晚离世的一位，在我撰写本书期间去世，她只用了三页纸就讲完了自己的一生。关于她在战术小组的那段日子，德雷克只记录了两个日期，一个是她于1942年抵达德比之家的具体日期，另一个是她在两年后于1944年1月离开的日期。

所有在此期间发生的事都被省略掉了，这段令人抓狂的空白时光暗示了太多。

致谢

感谢战术小组男女队员的家人，他们为本书的研究提供了战时的回忆、照片和历史文件，没有他们，这个故事就没有办法这么顺利地讲出来。

感谢吉恩·莱德劳的表弟约翰·伦特和侄子比尔·莱德劳；感谢彼得·格雷顿和朱迪·杜·维维耶的儿子迈克·格雷顿和女儿安妮·科万；感谢劳拉·珍妮特·波比·豪斯的女儿珍妮特·雷诺兹；感谢珍妮特·奥凯尔的继女玛格丽特·斯万森和外甥女珍妮特·海宁斯；感谢南希·威尔士的外甥托尼·布里杰；感谢朵丽丝·劳福德的女儿苏珊·阿姆斯特朗；感谢波琳·普勒斯顿的女儿崔西·布朗；感谢威廉·图利–霍金斯的儿子、伊丽莎白·哈克尼的继子罗杰斯·图利–霍金斯；感谢弗莱德·奥斯本和伊丽莎白·德雷克的儿子迈克·奥斯本和女儿佩妮·史密斯，他们也是南希·奥斯本的外甥和外甥女；感谢玛丽·霍斯福尔的孙子杰斯·罗宾逊；感谢克里斯蒂安·兰姆（本姓奥尔德姆），以及她的看护洛雷纳·薇薇安，她的大儿子西蒙·兰姆和她的女儿罗洛夫人；感谢科林·莱德·理查德森的女儿萨拉·沃尔森和女婿帕特里克·沃尔森。

格外感谢吉尔伯特·罗伯茨的女儿苏珊·奥斯曼。

感谢其他仍健在的“鹪鹩”与我分享她们的回忆，尤其是曼彻斯特女子服务队主管罗斯玛丽·史密斯，帕特里夏·戴维斯，以及德比之家的厨师埃尔希·皮尔萨尔。

感谢皇家档案馆的资深管理员朱莉·克罗克，感谢肯辛顿中央图书馆的档案管理员伊莎贝尔·赫尔南德斯，感谢爱丁堡公爵殿下的私人秘书、陆军准将阿奇·米勒–贝克威尔，感谢利物浦国家博物馆艺术画廊和苏德雷之屋的资深馆长波琳·拉什顿，感谢女子服务队及皇家海军女兵协会代表西莉亚·赛维尔，感谢利物浦战争博物馆馆长艾玛·斯特林费洛。

格外感谢劳拉·贝里，在为许多女子服务队队员和海军军官梳理家谱并寻找在世亲属的过程中，她为本研究做出了不可磨灭的贡献。感谢霍利·尼尔森在针对兵棋游戏进行的研究中提供的支持。

感谢国防科技实验室的保罗·斯特朗和萨利·戴维斯，

依托于他们最早的研究，大家重燃了对这个战术单位的研究兴趣，他们也很愉快地成为本书的顾问。格外感谢萨利分享了相关的研究成果，特别是战术小组徽章的源起，同时，她还协助从群体合照中辨识出女子服务队的队员。

感谢莱克斯·布林恩、布莱恩·麦丘和彼得·珀尔拉，他们为第二次世界大战期间兵棋游戏和战争博弈的实际情况提供了极富价值的背景资料。

感谢《纽约客》电台的亚历克斯·巴伦，是他委派我对当代及历史上的兵棋游戏进行研究报道。感谢汤姆·莫阿特，在撰写本书时，是他第一个告诉我“树莓”战术的事。感谢汤姆·比斯尔，是他最先建议我写这本书。感谢我的父亲保罗·帕金阅读最初的草稿。

格外感谢我的编辑朱利叶·布鲁克和凡妮莎·莫布利，我的文字编辑大卫·米尔纳和勒琴斯·鲁宾斯坦书店的简·费尼根。

最诚挚的谢意送给克里斯蒂安·唐兰、汤姆·芬威克、达伦·盖雷特、艾德·霍金斯、维基·琼斯、威尔·波特和基思·斯图尔特，感谢他们在我写书期间给予的长期鼓励。最后，无限的感谢献给尼基·帕金，感谢她对我无限的支持。

文献说明

《雀鸟与群狼的对决》是一部非虚构历史作品。书中的对话及所述事件均不含虚构或加工，而是取自日记、回忆录、一手访谈和二手历史文献，它们都基于形形色色的玩家和主人公关于过去的最清晰的记忆。当我发现信源的叙述之间存在细微差别时，我会采纳最接近所述事件发生日期的叙述。

Archival and Unpublished Sources

Associated Press Archive, AP

Bodleian Library, John Johnson Collection

British Film Institute National Archive, BFI

Derby House "Area Combined HQ" blueprints

Duncan, June, unpublished diaries, courtesy of Liverpool Museum

General Register Office, Southport, GRO

Gretton Family Papers, private collection of Michael Gretton

Hall, (née Carlisle) Mary, unpublished memoir, courtesy of Second World War Experience Centre

Horsfall, Mary Charlotte, eulogy, courtesy of Jez Robinson

Imperial War Museum, IWM

Kensington and Chelsea Local Authority Archives, KCLA

Laidlaw, Jean, Last Will and Testament

Lamb, John, *Last Tales of a Dog-Watch*, unpublished memoir

Naval History.net, NHN

Osborne, Nancy, unpublished memoir

Osborne, Fred, *Looking Astern After 50 Years*, self-published memoir, Sydney, 1995

Parkin, Dynley, unpublished memoir

Roberts Family Papers, private collection of Susan Osman

Roberts, Gilbert, *Life and Letters of Gilbert Howland Roberts*, unpublished diaries

The National Archives, Kew, Surrey, TNA

U-boat Archive.net, UBA

Wales, Nancy, eulogy, courtesy of Bridger Anthony

Wartime Memories Project, WMP

Western Approaches Museum, Liverpool, WAM

WW2 People's War Archive, BBC

Yale Law School, Lillian Goldman Law Library, YLS

精选书目

Baker, R., *The Terror of Tobermory*, Birlinn, Edinburgh, 1999

Blair, C., *Hitler's U-boat War 1939–1942*, Cassell, London, 2000

Boog, H., W. Rahn, R. Stumpf & B. Wegner (eds.), *Germany and the Second World War, Volume 6: The Global War*, Oxford University Press, Oxford, 2001

Buchheim, L-G., *Das Boot*, Cassell, London, 1999

Buchheim, L-G., *U-boat War*, William Collins Sons & Co., London, 1978

Chalmers, W. S., *Max Horton and the Western Approaches*, Hodder & Stoughton, London, 1954

Churchill, W., *The Second World War, Volume II: Their Finest Hour*,

Houghton Mifflin Harcourt, London, 1949

Churchill, W., *The Second World War, Volume III: The Grand Alliance*, Houghton Mifflin Harcourt, London, 1950

Churchill, W., *Winston Churchill: My Early Life*, T. Butterworth, London, 1930

Clerk, J., *An Essay on Naval Tactics, Systematic and Historical*, Alan Black, Edinburgh, 1804

Collingham, L., *The Taste of War: World War II and the Battle for Food*, Penguin, London, 2011

Costello, J. & T. Hughes, *Battle of the Atlantic*, Harper Collins, London, 1977

Curry, J., *The Fred Jane Naval War Game* (1906), Lulu.com, 2008

Davidson, R. & M. A. Eastwood, *Human Nutrition and Dietetics*, Churchill Livingstone, London, 1986

Dimbleby, J., *The Battle of the Atlantic*, Penguin, London, 2015

Doenitz, K., *Memoirs: Ten Years and Twenty Days*, Greenhill Books, London, 2012

Elliot, P., *Allied Escort Ships of World War II*, Naval Institute Press, Annapolis, Maryland, 1977

Gannon, M., *Black May*, Dell, New York, 1998

Garfield, S., *Private Battles: Our Intimate Diaries: How the War Almost Defeated Us*, Ebury Press, London, 2007

Gentile, G., *Track of the Gray Wolf: U-boat Warfare on the US Eastern Seaboard, 1942–1944*, Avon Books, New York, 1989

Gretton, P., *Convoy Escort Commander*, Corgi Books, London, 1971

Hammond, R. J., *Food and Agriculture in Britain 1939–1945: Aspects of Wartime Control*, Stanford University Press, Stanford, 1954

Herzog, L., *60 Jahre deutscher U-boote: 1906–1966*, J. F. Lehmanns Verlag, Munich, 1968

Houston, R., *Changing Course*, Grub Street, London, 2005

Kelley, D. M., *22 Cells in Nuremberg*, McFadden, New York, 1961

Kennedy, J., *The Business of War*, Hutchinson, London, 1957

Lamb, C., *I Only Joined for the Hat*, Bene Factum, London, 2007

Laughton Mathews, V., *Blue Tapestry*, Hollis & Carter, London, 1948

Layard, A. F. C., *Commanding Canadians: The Second World War Diaries of A. F. C. Layard*, University of British Columbia Press, Vancouver, 2006

Le Berd, J., *Lorient sous l'occupation*, Editions Ouest-France, Rennes, 1986

Leroux, R., *Le Morbihan en Guerre 1939–1945*, Joseph Floch, Mayenne, 1979

Lund, P. & H. Ludlam, *Nightmare Convoy: The Story of the Lost Wrens*, W. Foulsham, Slough, 1987

Macintyre, D., *U-boat Killer*, Seeley, London, 1976

Mason, U., *Britannia's Daughters*, Leo Cooper, 1992

Middlebrook, M., *Convoy: The Battle for Convoys SC 122 and HX 229*, Allen Lane, 1976

Milner, M., *The Battle of the Atlantic*, The History Press, Stroud, 2011

Monsarrat, N., *Life is a Four-Letter Word—Book Two: Breaking Out*, Pan, London, 1972

Monsarrat, N., *Monsarrat at Sea*, Cassell, London, 1975

Nagorski, T., *Miracles on the Water*, Robinson, London, 2007

Neitzel, S. & H. Welzer, *Soldaten—On Fighting, Killing and Dying: The Secret Second World War Tapes of German POWs*, Simon & Schuster, London, 2012

Nicholson, N., *What Did You Do in the War, Mummy?*, Pimlico, London, 1995

Noakes, L., *Women in the British Army: War and the Gentle Sex*, Routledge, London, 2006

Offley, E., *Turning the Tide*, Basic Books, New York, 2011

Overy, R., *Why the Allies Won*, Pimlico, London, 2006

Padfield, P., *Dönitz: The Last Führer*, Gollancz, London, 1984

Padfield, P., *War Beneath the Sea*, John Murray, London, 1995

Paton, M., *The Best of Women*, The Women's Press, London, 2000

Perla, P., *The Art of Wargaming*, United States Naval Institute, Maryland, 1990

Prien, G., *Fortunes of War: U-boat Commander*, Tempus, London, 2000

Reynolds, D., *Rich Relations: The American Occupation of Britain, 1942–1945*, Harper Collins, London, 1995

Roberts, H., *The WRNS in Wartime*, I. B. Taurus, London, 2018

Robertson, T., *The Golden Horseshoe*, Evans Brothers, London, 1955

Robertson, T., *Walker R.N.*, Evans Brothers, London, 1956

Salewski, M., *Die deutsche Seekriegsleitung: 1935–1945*, Bernard & Graefe, Frankfurt, 1970

Schaeffer, H., *U-boat 977*, William Kimber, London, 1953

Seth, R., *The Fiercest Battle*, Hutchinson, London, 1961

Smith, K., *Conflict over Convoys: Anglo-American Logistics Diplomacy in the Second World War*, Cambridge University Press, Cambridge, 2002

Spain, N., *Thank You, Nelson*, Hutchinson, London, 1942

Stanley, J., *Women and the Royal Navy*, I. B. Tauris, London, 2017

Storey, M. (ed.), *Battle of the Atlantic: An Anthology of Personal Memories*, Picton Press, Liverpool, 1993

Strong, P., *Wargaming the Atlantic War*, Paper for MORS Wargaming Special Meeting, 2017

Suhren, T., *Ace of Aces*, Chatham, London, 2006

Thomas, L. & C. Howard Bailey, *WRNS in Camera*, Sutton, Stroud, 2002

Watt, F., *In All Aspects Ready*, Prentice-Hall, Ontario, 1985

Wells, H. G., *Little Wars*, Frank Palmer, London, 1913

Whinney, R., *The U-boat Peril*, Arrow Books, London, 1989

Williams, A., *Battle of the Atlantic*, BBC Books, London, 2002

Williams, M., *Captain Gilbert Roberts R. N. and the Anti-U-Boat School*, Cassell, London, 1979

Williamson, G., *World War II German Women's Auxiliary Services*, Osprey, Oxford, 2003

Wilt, A. F., *Food for War*, Oxford University Press, Oxford, 2001

注释

第一章　最后一个站立的人

1. “Life and Letters of Gilbert Howland Roberts”, 未出版日记, pp. 147ff。
2. “Behind the Atlantic Battle”, *Illustrated* magazine, 26th February 1944.
3. Padfield, *Dönitz: The Last Führer*, p. 478.
4. “Heinz Walkerling”, UBA.
5. “Life and Letters of Gilbert Howland Roberts”, 未出版日记, pp. 147ff。

第二章　当你与我挥手作别

1. “Colin Ryder Richardson: Oral History”, January 2000, IWM, 20805.
2. Ibid.
3. “*SS Volendam*”, UBA.
4. 迪布拜所言，*The Battle of the Atlantic*, p. 93。

5. U-530号潜艇上的赫尔曼·拉沃什所言，引自 Middelebrook, *Convoy*, p. 60。
6. *Battle of the Atlantic*, 由 Karl Heinz Geiger 拍摄，Oracle Home Entertainment (2003)。
7. Robertson, *Walker R.N.*, 转引自 BBC's *People's War*。
8. Offley, *Turning the Tide*, p. xxiv.
9. Kurt Neide, *U-415*, 转引自 Middlebrook, p. 57。
10. Suhren, *Ace of Aces*, p. 89.
11. "Rolf Hilse: Oral History", April 2004, IWM, 26952.

第三章　他们会来的

1. 克里斯蒂安·奥尔德姆对本书作者述，2018 年 5—7 月多次访谈。
2. 由 Samuel Palmer 复述，for WMP。
3. Collingham, *The Taste of War: World War II and the Battle for Food*, ch. "The Battle for Food".
4. Wilt, *Food for War*, p. 224.
5. Hammond, *Food and Agriculture in Britain 1939-1945: Aspects of Wartime Control*, p. 231.
6. Robertson, *Walker R.N.*, p. 9.
7. Nagorski, *Miracles on the Water*, p. 62.
8. Ibid., p. 65.
9. Suhren, *Ace of Aces*, p. 85.
10. Padfield, *Dönitz: The Last Führer*, p. 203.
11. Nagorski, *Miracles on the Water*, p. 79.
12. Memorial to J. H. Wallace, Ullapool, Old Telford Church.
13. "Conscription: The Second World War", parliament.uk.
14. Mason, *Britannia's Daughters*, p. 44.
15. Middlebrook, *Convoy*, p. 204.

16. Neitzel & Welzer, *Soldaten — On Fighting, Killing and Dying: The Secret Second World War Tapes of German POWs*, p.121.
17. "Rolf Hilse: Oral History", April 2004, IWM, 26952.
18. 罗尔夫·希尔泽的访谈，*International Express* (Australia), 10th February 2004, p. 24。
19. Gannon, *Black May*, p. 166.
20. Monsarrat, *Life is a Four-Letter Word*, p. 19.
21. Nagorski, *Miracles on the Water*, p. 123.
22. Ibid., p. 129.

第四章　狼群

1. Padfield, *Dönitz: The Last Führer*, p. 25.
2. Ibid., p. 79.
3. "Walter Forstmann", UBA.
4. Kelley, *22 Cells in Nuremberg*, p. 106.
5. "Hindenburgriese", Karl Doenitz (unpublished), p. 9.
6. Doenitz, *Ten Years and Twenty Days*, p. 4.
7. Ibid.
8. Doenitz, *Die Verwendung von U-booten im Rahmen des Flottenverbandes*.
9. Nagorski, *Miracles on the Water*, p. 129.
10. Ibid., p. 130.
11. Ibid., p. 131.
12. Ibid., p. 107.
13. "Bericht uber FdU Kreigspiel", 13th April 1939 (PG33390).
14. Herzog, *60 Jahre deutscher U-boote: 1906–1966*, pp. 170–172.
15. 转述自 Padfield, *Dönitz: The Last Führer*, p. 204。
16. "Aufschlusselung neuer U-bootstonnage und neuer U-bootstypen", Carls, 6th May 1938.

17. Prien, *Fortunes of War: U-boat Commander*, p. 93.
18. Padfield, *Dönitz: The Last Führer*, p. 256.
19. "Memorandum for Submarine Commanders" (translated), TNA, ADM 223/331.
20. Robertson, *The Golden Horseshoe*, p. 55.
21. Padfield, *Dönitz: The Last Führer*, p. 181.

第五章　菠萝和香槟

1. Middlebrook, *Convoy*, p. 69.
2. Suhren, *Ace of Aces*, p. 65.
3. "SS Firby", UBA.
4. Middlebrook, *Convoy*, p. 5.
5. "Truth, Reality and Publicity", Admiral J. H. Godfrey, TNA, ADM 223/320.
6. Ibid., p. 2.
7. Buchheim, *U-boat War*, ch.1: "Occupation: The Atlantic Bases".
8. Padfield, *Dönitz: The Last Führer*, p. 246.
9. Le Berd, *Lorient sous l'occupation*, p. 21.
10. Leroux, *Le Morbihan en Guerre 1939–1945*, p. 22.
11. "Orders for U-Boats in Harbour at Lorient", 1940–1941, TNA, ADM 223/343.
12. Leroux, *Le Morbihan en Guerre 1939–1945*, pp. 89, 97–98.
13. *Taking Control: Women of Lorient, France Direct Their Lives Despite the German Occupation (June 1940–May 1945)*, Victoria Le Corre (2002), p. 77.

第六章　永不出海

1. 南希・奥斯本未出版的人生记述（1990 年）。
2. Fletcher, *The Wrens: A History of the Women's Royal Naval Service*, p. 14.
3. 约翰・伦特对本书作者述，2018 年 8 月。

4. Thomas & Bailey, *WRNS in Camera*, p. 101.
5. 南希·奥斯本未出版的人生记述。
6. Middlebrook, *Convoy*, p. 73.
7. Peggy Hill, 转引自 Nicholson，*What Did You Do in the War, Mummy?*, p. 130。
8. Laughton Mathews, *Blue Tapestry*, p. 148.
9. 私人文件，Miss Janet Sheila Bentram Swete-Evans, IWM, 14994。
10. Stanley, *Women and the Royal Navy*, p. 99.
11. "Women of the Royal Naval Services Uniform Policies", courtesy of WAM.
12. "Capt. Edward H. Molyneux, 79; Dominated Fashions for Years", *New York Times*, 23rd March 1974.
13. Elliot, *Allied Escort Ships of World War II*, p. 171.
14. Osborne, *Looking Astern After 50 Years*, p. 11.
15. Monsarrat, *Monsarrat at Sea*, p. 5.
16. Monsarrat, *Life is a Four-Letter Word*, p. 31.
17. Lund & Ludlam, *Nightmare Convoy: The Story of the Lost Wrens*, p. 36.
18. Monsarrat, *Monsarrat at Sea*, p. 6.
19. Doenitz, *Ten Years and Twenty Days*, p. 428.
20. "Adalbert Schnee", UBA.
21. Buchheim, *Das Boot*, p. 21.
22. Suhren, *Ace of Aces*, p. 89.
23. Churchill Address to House of Commons, 9th September 1941, Hansard.
24. Davidson & Eastwood, *Human Nutrition and Dietetics*, p. 67.
25. Prime Minister to Minister of Information, 14th April 1941, *The Second World War, Volume III: The Grand Alliance, Churchill*, p. 128.

第七章　罗伯茨

1. "Record of Bomb Incidents 1940－1941", KCLA, Incident Number 16, "Opposite Number 59".

2. Ibid., Incident Number 20, “Opposite Number 9”.
3. “Life and Letters of Gilbert Howland Roberts”, 未出版日记，p. 123。
4. Ibid., p. 67.
5. “Life and Letters of Gilbert Howland Roberts”, 未出版日记，*unidentified newspaper clipping*。
6. “Life and Letters of Gilbert Howland Roberts”, 未出版日记，p. 70。
7. Ibid.
8. “Life and Letters of Gilbert Howland Roberts”, 未出版日记，*unidentified newspaper clipping*。
9. Wells, *Little Wars*, p. 97.
10. Perla, *The Art of Wargaming*, p. 19.
11. “An Essay on Naval Tactics, Systematic and Historical”, Clerk.
12. Perla, *The Art of Wargaming*, p. 40.
13. Churchill, *Winston Churchill: My Early Life*, p. 3.
14. Kelly Wade 致本书作者的电子邮件，Associate Manager, Global Communications, Hasbro, Inc.
15. Bodleian Library, John Johnson Collection, Indoor Games Box Nine.
16. Curry, *The Fred Jane Naval Wargame* (1906), p. 7.
17. *The World at War: Wolfpack: U-boats in the Atlantic (1939–1944)*, BBC2, 初次广播于 1974 年 1 月 9 日。
18. “Life and Letters of Gilbert Howland Roberts”, 未出版日记，p. 106。
19. “Atlantic Trade Protection”, TNA, ADM 1/ 9466.
20. “Life and Letters of Gilbert Howland Roberts”, 未出版日记，p. 105。
21. Ibid., p. 115.

第八章　橡树叶和圣诞树

1. “Very Secret” Report, SRN 178, TNA, WO 208/4141.
2. Williamson, *World War II German Women's Auxiliary Services*, p. 11.

3. Laughton Mathews, *Blue Tapestry*, p. 77.
4. Noakes, *Women in the British Army: War and the Gentle Sex*, pp. 116–117.
5. *Dictionary of Labour Biography*, Volume 13, p. 155.
6. Record of Bomb Incidents 1940–1941, KCLA.
7. Lamb, *I Only Joined for the Hat*, p. 5.
8. Ibid., p. 34.
9. Macintyre, *U-boat Killer*, p. 28.
10. Christmas Under Fire, 宣传影片，BFI。
11. "Life and Letters of Gilbert Howland Roberts", 未出版日记，p. 124。
12. "British food control", *Army News*, 14th May 1942.
13. "Fighting fit: how dietitians tested if Britain would be starved into defeat", Laura Dawes, *Guardian*, 24th September 2013.
14. "British and Foreign Merchant Shipping Losses 1941–1942", TNA, MFQ 586/7/372.
15. DA/SW subcommittee minutes, TNA, ADM 1/1219.
16. *Private Battles: Our Intimate Diaries: How the War Almost Defeated Us*, p. 56.
17. Macintyre, *U-boat Killer*, p. 30.
18. Overy, *Why the Allies Won*, p. 31.
19. Smith, *Conflict over Convoys: Anglo-American Logistics Diplomacy in the Second World War*, pp. 45–46.
20. "Life and Letters of Gilbert Howland Roberts", 未出版日记，p. 131。
21. Ibid.

第九章　王牌和小纸条

1. Prien, *Fortunes of War: U-boat Commander*, p. 92.
2. Ibid., p. 80.
3. Appendix III, "U.99 Interrogation of Survivors", April 1941, UBA.

4. Doenitz, *Ten Years and Twenty Days*, p. 174.
5. Robertson, *The Golden Horseshoe*, p.127.
6. Ibid., p. 114.
7. Ibid.
8. Ibid.
9. Prien, *Fortunes of War: U-boat Commander*, p. 128.
10. Macintyre, *U-boat Killer*, p. 28.
11. Ibid., p. 32.
12. http://vandwdestroyerassociation.org.uk/HMS_Walker/index.html.
13. Blair, *Hitler's U-boat War 1939–1942*, p. 256.
14. Macintyre, *U-boat Killer*, p. 35.
15. "Vanoc's report of proceedings dated 19/3/41", TNA, ADM 1/11065.
16. Macintyre, *U-boat Killer*, p. 39.
17. Ibid., p. 49.
18. Ibid., p. 54.
19. Robertson, *The Golden Horseshoe*, p. 156.
20. Storey (ed.), *Battle of the Atlantic: An Anthology of Personal Memories*, p. 11.

第十章　大堡垒

1. Lamb, "Last Tales of a Dog-Watch", p. 35.
2. Historic England.org, "Exchange Buildings".
3. Betty Sinclair，转引自 *Battle of the Atlantic: An Anthology of Personal Memories*， p. 109。
4. Ibid., p. 103.
5. Watt, *In All Aspects Ready*, p. 164.
6. 利物浦战争博物馆馆长艾玛・斯特林费洛对本书作者述，2018 年 10 月。

7. 玛丽·霍尔的未出版回忆录，由利物浦战争博物馆提供。
8. Middlebrook, *Convoy*, p. 48.
9. “Patricia Anne Parkyn”, WW2 People’s War Archive, BBC.
10. 玛丽·霍尔的未出版回忆录，由利物浦战争博物馆提供。
11. Norman Robertson，转引自 *Battle of the Atlantic: An Anthology of Personal Memories*，p. 107。
12. “Dorothy Oldfield”, WW2 People’s War Archive, BBC.
13. Private Papers of Captain H. N. Lake, IWM, 16731.
14. “Liverpool Combined Area HQ: completion and enquiries into cost of conversions at Derby House and WRNS accommodation”, TNA, ADM 1/11581.
15. Robertson, *Walker R.N.*, p. 31.
16. Watt, *In All Aspects Ready*, p. 165.
17. “Life and Letters of Gilbert Howland Roberts”, 未出版日记，p. 131。
18. Williams, *Captain Gilbert Roberts R.N. and the Anti-U-boat School*, p. 86.
19. 南希·奥斯本未出版的人生记述，p. 1。
20. Ibid., p. 2.
21. Monica Janet Sandford 对本书作者述，2018 年。
22. Osborne, *Looking Astern After 50 Years*, p. 18.
23. “Life and Letters of Gilbert Howland Roberts”, 未出版日记，p. 132。

第十一章　树莓

1. Janet Okell DOB: “30th August 1922”, GRO, vol. 8a, p. 586.
2. “U-boats Killed on Office Floor”, *Liverpool Daily Post*, 28th January 1944.
3. “Life and Letters of Gilbert Howland Roberts”, 未出版日记，p. 132。
4. 迈克·奥斯本对本书作者述，2019 年 1 月。
5. “Behind the Atlantic Battle”, *Illustrated* magazine, 26th February 1944.

6. "Life and Letters of Gilbert Howland Roberts", 未出版日记，p. 132。
7. 玛丽·霍尔的未出版回忆录，由利物浦战争博物馆提供。
8. Baker, *The Terror of Tobermory*, p. 155.
9. Osborne, *Looking Astern After 50 Years*, p. 16.
10. Heitmann, *Atlantic War Conference*, chapter 27.
11. Robertson, *Walker R.N.*, p. 55.
12. Ibid.
13. Osborne, *Looking Astern After 50 Years*, p. 19.
14. Robertson, *Walker R.N.*, p. 138.
15. "Life and Letters of Gilbert Howland Roberts", 未出版日记，p. 131。
16. Robertson, *Walker R.N.*, p. 33.
17. Ibid., p. 157.
18. "Life and Letters of Gilbert Howland Roberts", 未出版日记，p. 133。
19. Williams, *Battle of the Atlantic*, p. 158.
20. "Life and Letters of Gilbert Howland Roberts", 未出版日记，p. 133。
21. Ibid.
22. Ibid.
23. Ibid.

第十二章　皇家认定的关键

1. "Life and Letters of Gilbert Howland Roberts", 未出版日记，p.132。
2. "Behind the Atlantic Battle", *Illustrated* magazine, 26th February 1944.
3. Ibid.
4. Introduction to Less-Knowles Lecture, Trinity College, Cambridge, 1951, Vice Admiral Sir Gilbert Stephenson.
5. "Western Approaches Tactical Unit: Annual Report", 1944, TNA, ADM 1/17557.
6. "Correspondence with Commanders-in-Chief, Dominions' Navies and

Allied Admirals", TNA, ADM 205/22A.
7. Whinney, *The U-boat Peril*, p. 119.
8. Ibid.
9. "Scarcer than rubies", *Liverpool Daily Post*, 28th January 1944.
10. Milner, *The Battle of the Atlantic*, p. 128.
11. 利物浦战争博物馆存档记录。
12. "Air Requirements for the Successful Prosecution of the War At Sea", TNA, AIR 19/9/243.
13. "Memorandum to Minister of Aircraft Production", 8th July 1940, 转引自丘吉尔，*Their Finest Hour*, p. 567。
14. Air Staff Paper, 引自 Brodhurst，*Churchill's Anchor*, p. 266.
15. Ibid., p. 269.
16. Kennedy, *The Business of War*, pp. 246–247.
17. Milner, *The Battle of the Atlantic*, pp. 125–126.
18. "The Battles of the Atlantic", Royal United Services Institution, 吉尔伯特·罗伯茨所做演讲，1947 年 2 月 12 日。Journal 92.566, 202–215, DOI: 10.1080/03071844709433989.
19. Macintyre, *U-boat Killer*, p. 122.
20. Association of Wrens, *Battle of the Atlantic: Official Publication*, 2013.
21. Williams, *Captain Gilbert Roberts R.N. and the Anti-U-boat School*, p. 117.
22. "Life and Letters of Gilbert Howland Roberts", 未出版回忆录，p. 137。

第十三章　大象已经登陆

1. Lamb, *Last Tales of a Dog-Watch*, p. 35.
2. Ibid.
3. United States Holocaust Memorial Museum.
4. Gentile, *Track of the Gray Wolf: U-boat Warfare on the US Eastern*

Seaboard, 1942–1944, p. 12.

5. "New U-boat Victim Confirmed by Navy", *New York Times*, 17th January 1942.
6. Lamb, *Last Tales of a Dog-Watch*, p. 60.
7. Ibid.
8. "Life and Letters of Gilbert Howland Roberts", 未出版日记，p. 137。
9. Chalmers, *Max Horton and the Western Approaches*, p. 150.
10. "Gilbert Roberts: Oral History", IWM, 2766.
11. Ibid.
12. Macintyre, *U-boat Killer*, p. 121.
13. Ibid., p. 135.
14. Paul Strong, "Wargaming the Atlantic War", Paper for MORS Wargaming Special Meeting (2017), p. 12.
15. "Life and Letters of Gilbert Howland Roberts", 未出版日记，p. 136。
16. Ibid., p. 135.
17. 玛丽·夏洛特·霍斯福尔的葬礼悼词，由杰斯·罗宾逊提供。
18. "Mary Charlotte Horsfall: Oral History", IWM, 24920.
19. Laughton Mathews, *Blue Tapestry*, p. 272.
20. "Gilbert Roberts: Oral History", IWM, 2766.
21. Ibid.
22. Layard, *Commanding Canadians: The Second World War Diaries of A. F. C. Layard*, pp. 33–35.
23. 琼·邓肯的未出版日记，pp. 8–9。
24. Ibid.
25. 迈克·格雷顿对本书作者述，2018 年 10 月。
26. 玛丽·霍尔的未出版日记。
27. 埃尔希·皮尔萨尔对本书作者述，2018 年 8 月。
28. Monsarrat, *East Coast Corvette*.
29. Roberts, *The WRNS in Wartime*, p. 189.

30. 玛丽·霍尔的未出版日记，由利物浦战争博物馆提供。
31. 转引自 Middlebrook，*Convoy*, p. 40。
32. Ibid., p. 190.
33. Laughton Mathews, *Blue Tapestry*, p. 119.
34. Ibid., p. 120.
35. Roberts, *The WRNS in Wartime*, p. 202.
36. 吉尔伯特·罗伯茨的葬礼悼词，乔治·菲利普斯，由苏珊·奥斯曼提供。
37. 伊丽莎白·奥斯本对本书作者述，2018 年 5 月。
38. 琼·邓肯的未出版日记，由利物浦战争博物馆提供，p. 8。
39. "Gilbert Roberts: Oral History", IWM, 2766.
40. Lamb, *Last Tales of a Dog-Watch*, p. 68.
41. HX. 230 号商船船队。
42. Service Histories of RN Warships in World War 2: HMS ORIBI (G 66), NHN.

第十四章　首屈一指

1. 克里斯蒂安·兰姆对本书作者述，2018 年 7 月 25 日。
2. Lamb, *Last Tales of a Dog-Watch*, p. 69.
3. Lamb, *I Only Joined for the Hat*, p. 66.
4. Raeder to Hitler, 14th January 1943，引自 Sandhofer，*Dokumente zu militarischem Werdegang des Gr. Admls Doenitz*, p. 80。
5. "Message from Admiral Commanding U-boats", 24th June 1941, TNA, HW 1/7.
6. Padfield, *Dönitz: The Last Führer*, p. 297.
7. Salewski, *Die deutsche Seekriegsleitung: 1935–1945*, p. 146.
8. Reynolds, *Rich Relations: The American Occupation of Britain, 1942–1945*, p. 86.

9. Collingham, *The Taste of War: World War II and the Battle for Food*, p. 243.
10. Smith, *Conflict over Convoys: Anglo-American Logistics Diplomacy in the Second World War*, p. 152.
11. Costello & Hughes, *Battle of the Atlantic*, p. 213.
12. Ibid., p. 304.
13. Ibid., p. 146.
14. 克里斯蒂安·兰姆对本书作者述，2018 年 7 月 25 日。

第十五章　雀鸟与群狼的对决：第一部

1. Gannon, *Black May*, p. 131.
2. Doenitz, *Ten Years and Twenty Days*, p. 338.
3. Gretton, *Convoy Escort Commander*, p. 107.
4. Seth, *The Fiercest Battle*, p. 75.
5. Lund & Ludlam, *Nightmare Convoy: The Story of the Lost Wrens*, p. 76.
6. Monsarrat, *Life is a Four-Letter Word*, p. 104.
7. “Notes on the Gretton Family”, 未出版的家族史，p. 17。
8. “Commodore’s Report”, TNA, ADM 237/ 113.
9. Ibid.
10. Gretton, *Convoy Escort Commander*, p. 147.
11. “Use of Special Intelligence in Battle of Atlantic, Convoy ONS.5, April–May 1943”, TNA, ADM 223/88.
12. KTB-BdU, 27th April, p. 7, 参见 Gannon，*Black May*, p. 140。
13. Gretton, *Convoy Escort Commander*, p. 140.
14. Middlebrook, *Convoy*, p. 316.
15. Ibid.
16. Captain Lake memorandum, 引自 Middlebrook，*Convoy*, p. 289。
17. 玛丽·霍尔未出版的回忆录，由利物浦战争博物馆提供。

18. 埃尔希·皮尔萨尔对本书作者述，2018 年 8 月。
19. Gretton, *Convoy Escort Commander*, p. 143.
20. “Interview with Howard Oliver Goldsmith”, *Daily Telegraph*, 8th February 1993.
21. Gannon, *Black May*, p. 155.
22. Gretton, *Convoy Escort Commander*, p. 147.
23. Padfield, *Dönitz: The Last Führer*, p. 303.

第十六章　雀鸟与群狼的对决：第二部

1. Lamb, *I Only Joined for the Hat*, pp. 79ff.
2. Ibid.
3. Gannon, *Black May*, p. 170.
4. “Special Intelligence Summary, April 29th–May 5th 1943, Convoy ONS.5, Analysis of U-boat Operations”, TNA, ADM 223/16.
5. Lamb, *Last Tales of a Dog-Watch*, p. 71.
6. Gretton, *Convoy Escort Commander*, p. 141.
7. Nuremberg Trial Proceedings Vol. 13, Thursday, 9 May 1946, YLS.
8. Service Histories of RN Warships in World War 2: HMS *ORIBI* (G 66), NHN.
9. Gannon, *Black May*, p. 243.
10. 克里斯蒂安·兰姆对本书作者述，2018 年 7 月 25 日。
11. 利物浦战争博物馆文件。
12. Lamb, *Last Tales of a Dog-Watch*, p. 70.
13. *Daily Express*, 13th May 1943.
14. Seth, *The Fiercest Battle*, p. 17.
15. Commander-in-Chief Western Approaches to Lords Commissioners of the Admiralty, 20th June 1943, TNA, ADM 234/370 pp. 28–30.
16. Gretton, *Convoy Escort Commander*, p. 149.

17. Gretton, "Notes on the Gretton Family", p. 83.
18. Offley, *Turning the Tide*, p. 354.
19. Gretton, "Notes on the Gretton Family", p. 83.
20. Ibid., p.18.
21. "Premier's Guildhall Speech: Freedom of the City", AP, BM43824-4.
22. BdU-KTB, 23rd May 1943, 引自 Padfield，*Dönitz: The Last Führer*。
23. Padfield, *Dönitz: The Last Führer*, p. 320.
24. Boog, Rahn, Stumpf & Wegner (eds.), *Germany and the Second World War Volume 6: The Global War*.

第十七章　荣誉

1. 克里斯蒂安·兰姆对本书作者述，2018 年 7 月 25 日。
2. Hammond, *Food and Agriculture in Britain 1939–1945: Aspects of Wartime Control*, p. 185.
3. Chalmers, *Max Horton and the Western Approaches*, pp. 199–200.
4. Offley, *Turning the Tide*, p. 373.
5. Hansard, 21 September 1943 Vol. 392 cc69–170.
6. "Life and Letters of Gilbert Howland Roberts", 未出版日记（无页码）。
7. 伊丽莎白·奥斯本的未出版回忆录。
8. "Life and Letters of Gilbert Howland Roberts", 未出版日记，p. 132。
9. Ibid.
10. Osborne, *Looking Astern After 50 Years*, p. 19.
11. 艾玛·斯特林费洛对本书作者述，2019 年 5 月。
12. 吉尔伯特·罗伯茨的葬礼悼词，乔治·菲利普斯，由苏珊·奥斯曼提供。
13. "It Was Once Hush-Hush"，琼·邓肯的新闻剪报，来源不明。
14. "Mary Charlotte Horsfall: Oral History", IWM, 24920.

第十八章　夜晚的枪声

1. “Report from Captain Roberts on his visit to Germany”, TNA, ADM 1/17561, Appendix I, pp. 1−2.
2. Ibid.
3. Ibid.
4. “Life and Letters of Gilbert Howland Roberts”, 未出版日记，p. 147。
5. “Getting Fritz to Talk”, *Virginia Quarterly Review*, Spring 1978.
6. “Life and Letters of Gilbert Howard Roberts”, 未出版日记，p.147。
7. “The Capture of 500 Enemy Wrens”, *War Illustrated*.
8. “Report from Captain Roberts on his visit to Germany”, TNA, ADM 1/17561, Appendix I, p. 1.
9. Schaeffer, *U-boat 977*, p. 163.
10. “Life and Letters of Gilbert Howland Roberts”, 未出版日记，pp. 148ff。
11. Ibid., p. 150.
12. “Interrogation of Senior German Officers at Flensburg”, TNA, ADM 1/18222.
13. “Visit to U−3008 at Kiel, 25th May 1945”, TNA, ADM 1/17561.
14. Laughton Mathews, *Blue Tapestry*, p. 248.
15. “Life and Letters of Gilbert Howland Roberts”, 未出版日记，p. 152。
16. Ibid, p. 153.

第十九章　油毡上的姐妹情

1. “*U−249*”, UBA.
2. 南希·奥斯本的私人文件。
3. Laughton Mathews, *Blue Tapestry*, p. 245.
4. Ibid., p. 247.

5. Roberts, *The WRNS in Wartime*, p. 171.
6. “Hitler’s Testimony Before the Court for High Treason from *Frankfurter Zeitung*”, Document 2512–PS, Cornell University Law Library, Evelyn Glazier 译，P/O WRNS, 37371。
7. Thomas & Bailey, *WRNS in Camera*, p. 101.
8. “Olive”, WW2 People’s War Archive, BBC.
9. Nicholson, *What Did You Do in the War, Mummy?*, p. 133.
10. “A Service Which Astonished the World”, *Western Morning News*, 25th October 1945.
11. 玛丽·夏洛特·霍斯福尔的葬礼悼词。
12. Roberts, *The WRNS in Wartime*, p. 223.
13. Ibid.
14. Paton, “The Best of Women”, p. 39.
15. 吉恩·莱德劳的遗嘱，2007 年。
16. “鹪鹩”南·威尔士的葬礼悼词，2005 年 6 月。
17. “Battle of the Atlantic”, *Daily Post* 增刊，22nd March 1993, p. 3。
18. “Glory days of model June”, Sidmouth Herald, April 1990.
19. “Battle of the Atlantic”, *Daily Post* 增刊，22nd March 1993, p. 3。
20. Laughton Mathews, *Blue Tapestry*, p. 281.

附　记

1. “Western Approaches Tactical Unit: Annual Report”, 1944, TNA, ADM 1/17557.
2. Ibid., Appendix, pp. 2–3.
3. Ibid., Appendix, p. 3.
4. 利物浦战争博物馆档案。
5. A. V. 亚历山大写给吉尔伯特·罗伯茨的信，1945 年 6 月 8 日，罗伯茨家族文件。

6. 转引自“鷦鷯”南·威尔士的葬礼悼词，2005 年 6 月。

后　记

1. http://www.warsailors.com/convoys/ucconvoys.html.
2. “The Life Story of Dynley Parkin”, Parkin, pp. 4ff.
3. 利物浦战争博物馆存档数据。
4. “Russia’s War Games With Fake Enemies Cause Real Alarm”, *New York Times*, 13th September 2017.
5. https://twitter.com/veishnoriya_f_o.
6. “Russia’s War Games With Fake Enemies Cause Real Alarm”, *New York Times*, 13th September 2017.
7. “Life and Letters of Gilbert Howland Roberts”, 未出版日记，p. 194。
8. 国家海事博物馆馆长弗兰克·卡尔写给吉尔伯特·罗伯茨的信，1948 年 7 月 24 日。吉尔伯特·罗伯茨私人文件。
9. 苏珊·奥斯曼对本书作者述，2918 年 10 月。
10. “Life and Letters of Gilbert Howland Roberts”，未出版日记，“New Year 1976”。
11. Ibid., p. 144.
12. “He Left Sea To Create Modern Farm”, *Western Morning News*, 18th June 1948, p. 2.
13. “Veteran Stories: Carol Elizabeth Duffus (née Hendry)”, The Memory Project, https://bit.ly/2DgA5iq.
14. “Wren’s Model Career”, *Daily Post*, 22nd March 1993, p. 3.

索引

（说明：索引中的页码均系英文原书页码，即本书边码）